ENSAIO DA PAIXÃO

ENSAIO DA PAIXÃO

CRISTOVÃO TEZZA

EDIÇÃO REVISTA PELO AUTOR

EDITORA RECORD
RIO DE JANEIRO • SÃO PAULO
2024

CIP-BRASIL. CATALOGAÇÃO NA PUBLICAÇÃO
SINDICATO NACIONAL DOS EDITORES DE LIVROS, RJ

T339e Tezza, Cristovão
Ensaio da Paixão / Cristovão Tezza. - 1. ed. - Rio de Janeiro : Record, 2024.

ISBN 978-85-01-92142-0

1. Romance brasileiro. I. Título.

24-87724 CDD: 869.3
CDU: 82-31(81)

Meri Gleice Rodrigues de Souza - Bibliotecária - CRB-7/6439

Texto revisado segundo o Acordo Ortográfico da Língua Portuguesa de 1990.

Direitos exclusivos desta edição reservados pela
EDITORA RECORD LTDA.
Rua Argentina, 171 – Rio de Janeiro, RJ – 20921-380 – Tel.: (21) 2585-2000.

Impresso no Brasil

ISBN 978-85-01-92142-0

Seja um leitor preferencial Record.
Cadastre-se no site www.record.com.br
e receba informações sobre nossos
lançamentos e nossas promoções.

Atendimento e venda direta ao leitor:
sac@record.com.br

A W. Rio Apa, *in memoriam*,
e aos atores da Paixão.

Sumário

I
Pablo, o intratável

No trapiche de tábuas podres, entulhado de redes, balaios, tralhas, canoas velhas e pescadores modorrentos, sob um bafo opressivo de peixe morto, Pablo coçava o cavanhaque, olhando para longe, mochila às costas. No horizonte despontava um pequeno morro — a Ilha da Paixão. *É para lá que eu vou. Para aquele inferno. Todo ano é a mesma coisa. E a úlcera me comendo o estômago.*

— Vai pra ilha?

Desviou os olhos para o pescador sujo que sorria sem dentes, pés na água. Soltou a mochila das costas e suspirou. A simples ideia de atravessar o canal já o irritava, uma antecipação ansiosa de desgraças. O preço que iriam cobrar pelo aluguel da canoa. A chegada na ilha. Aquela invencível estranheza dos amigos, dos só conhecidos e dos desconhecidos — tudo igual. Os dois meses pagando os pecados. Talvez... O homem insistiu:

— Vai pra ilha?

Não: não tem mais recuo.

— Vou.

— Eu posso alugar minha canoa.

Pablo preparava-se, já sentindo a sombra da pontada no estômago: uma luta desagradável de acerto de preço, como todas as vezes.

— Esse caco velho aí?

— Caco nada! Coisa firme.

— Sei. Pago quinhentos cruzeiros. E se quiser.

— Por dia?

— Ah sim, era só o que faltava. Por dois meses.

— Não. Assim não dá.

Começou a se irritar com a aproximação lenta, mas sólida, dos outros pescadores. *Parecem abutres. Pensam que sou rico, que sou turista. O ano todo juntando dinheiro pra jogar fora em um minuto.* Uma outra voz:

— O senhor quer por dois meses?

— É.

— Eu posso levar o senhor lá.

— Não. No ano passado quase me matei pra conseguir carona de volta.

Desta vez não dependeria de ninguém: um ligeiro conforto.

— Eu alugo a minha por dois mil — ofereceu outro pescador.

— Qual é a sua?

— Aquela uma.

A canoa tinha um palmo de água no fundo.

— Dois mil por essa tralha?!

— Mas aguenta firme! Vai junto o remo e a lata pra tirar água.

Pablo coçava o cavanhaque. Fosse rico, alugava um barco a motor no trapiche dos grã-finos. Chegaria lá espirrando água. Pechinchou:

— Pago mil e quinhentos.

O homem vacilava, rosto retalhado de rugas, orelhas grandes, cansaço. Parecia fazer contas:

— O senhor garante que traz de volta?

— É claro. Vou voltar como? A nado? Só não volto se afundar.

— Afunda não. Faz um pouco d'água, mas não afunda.

— Assim espero. E então?

O homem não se decidia, Pablo perdeu a paciência, aquela droga de canoa não valia nada:

— Mil e seiscentos e pronto!

— Tá bem.

Correu um burburinho de aprovação. Pablo tirou o dinheiro do bolso — *eles vão ficar me olhando?* — e pagou o homem, nota a nota. Sobrou quase nada. Agarrou a mochila, uma satisfação momentânea pela independência que o aluguel representava, pegou o cabo que prendia a canoa — e jogou-se nela. A canoa empinou, e água suja de camarão e peixe, acumulada no fundo, se concentrou nos seus pés, encharcando-lhe os sapatos, meias adentro, enquanto ele inteiro ameaçava desabar para a frente.

— Porra!

Conseguiu se equilibrar, ouvindo as gargalhadas do trapiche. Duas remadas desesperadas, queria estar logo longe dali — o remo enterrando-se no lodo e a canoa dançando nervosa — e caiu sentado no fundo, a mochila e ele se enchendo d'água.

— Merda.

Conformava-se: arregaçou as calças, tirou os sapatos, meias, camisa, atafulhando tudo na proa, junto aos restos de peixe e camarão, e começou a esvaziar a canoa em latadas frenéticas. Finalmente, sentando-se no fundo, pernas estendidas, passou a remar com todas as forças. Ainda ouvia as risadas prolongadas do trapiche — a ilha longe, teria a manhã toda a remar.

— PABLO!

Fingiu não ouvir o grito: boa notícia não seria.

— PABLO! PAAA... BLOOOÔ!...

Irritado, olhou para trás. Da ponta do trapiche alguém gritava, mãos em concha na boca.

— PABLOOOÔ!...

— É o Miro. É o porra do Miro.

— PABLO! DÁ UMA CARONA! TÔ SEM DINHEIRO!

Não ia dar carona. *Não vou mesmo! Vou então me matar pra levar esse pintor de bosta nas minhas costas?! Ele que vá nadando!* Com maior fúria, deu cinco remadas seguidas — e parou. A voz esganiçada:

— PAA... BLOÔ!

— Sujeitinho explorador. Artista de bosta. Levar pra quê? Pra afundar o barco? Qualquer um vê que não cabem dois aqui. Depois, ele não vai fazer falta nenhuma.

Mas não voltou a remar. *Devia deixar ele aí. Que se dane. Por que não arrumou dinheiro, como eu? Ele que alugue o barco dele.*

— PABLOOÔ! PABLOÔ!

— Já ouvi, idiota.

Mordido por uma raiva crescente, viu-se fazendo a volta e remando em direção ao trapiche. *Só pra me incomodar. Por que não chegou mais tarde, que não me encontrava mais? Sou sempre eu que tenho de ajudar os outros?*

Miro — cabelão encaracolado em volta da cabeça pequena — esperava-o de braços abertos:

— Pablo, que bom que você me ouviu! Que legal, cara! Te ver aqui de novo, pra outra Paixão! Vamos nessa!

Pablo quieto, Miro falando:

— Gastei meu último tostão no ônibus pra cá. Se não te encontro, tava fodido. Pega a mochila pra mim.

Nas mãos de Pablo a mochila pesou duas toneladas:

— Pô, a canoa não aguenta.

— Guenta sim, cara. E aí, tudo bem? Me ajuda aqui.

— O que é isso?

— Meus últimos quadros, quer dizer, só esboço. Vou terminar na ilha. Mas, bah, cara, agora sim, acertei na cor. Depois te mostro.

Os quadros de Miro — dois metros por um e meio — estavam empacotados em jornal e papelão, amarrados com pedaços de corda e fita isolante, num todo frouxo e desengonçado. Pablo transbordava:

— Porra, Miro. Assim não dá! Pra que trazer esse troço?

Miro deu uma risada gostosa:

— Pablo, ah, Pablo, sempre puto da vida! A gente dá um jeitinho de levar. Segura aí.

A muito custo — sob o olhar curioso e divertido dos pescadores — puseram a coisa atravessada na proa. Miro preocupava-se:

— Será que não vai molhar?

— Eu quero que afunde. Vambora.

Miro tentava se ajeitar no pouco espaço restante.

— Pablo, essa canoa tá toda molhada.

— É claro. — Jogou a lata: — Comece a secar o barco enquanto eu remo.

— Mas não tinha uma canoa melhor pra pegar?

— Se eu soubesse que você viria, alugava um iate.

E lá foram eles, Pablo na popa remando, Miro no meio tirando água e segurando os quadros da proa. As risadas dos pescadores se distanciavam, e uma hora depois ouvia-se apenas o remo ritmado de Pablo, a respiração funda e a lata de Miro raspando o casco. Mar calmo, sol alto. Miro suspirou:

— Cansei.

Pablo remava, bufando. Miro tocava o mar com a mão livre, olhava a paisagem, o continente longe, uma emoção gostosa:

— É o maior barato isso aqui. Passei o ano pensando na ilha e na Paixão. Pablo, se você soubesse o bem que isso me faz!... Minha pintura cresceu, descobri formas, cores incríveis...

Pablo remava.

— Eu era muito bloqueado, sabe? E isso se refletia nos quadros. Não me soltava. Depois, aquele encontro com a Aninha... Pô, cara, parece que eu nasci de novo. Você vai ver nos meus quadros. O ruim é que eu nunca sei quando está pronto, quando é hora de assinar o bruto. Estraguei muita tela por não saber parar. Nunca te aconteceu? Estragar alguma coisa porque a gente não sabe parar? Parece que sempre falta alguma coisa.

Pablo remava.

— Mas agora eu já sei o que fazer. Vou me entocar na ilha. Nada de agitação, de farra. Chego lá, pego uma gruta das rochas do sul (Você já foi lá? É do caralho!) e fico pintando. Apareço no dia da representação, só no dia. Faço papel de homem do povo, é barbada, nem precisa ensaio. Além dessas telas, trouxe outras enroladas na mochila, ainda sem armação.

Pablo remava. *Essa canoa não vai aguentar. Se der vento...*

— E mudei meus temas também. Aquela crise de cidade, prédios, ruas sem saída, placas, rodas, emparedamentos, isso não me interessa mais. Agora quero coisa visceral, sabe? Lá do fundo da gente. E figuras humanas: alma, corpo, físico, músculos, olhos. Finalmente aprendi a pintar olhos. O olhar da Aninha... Foi a primeira vez que descobri o olhar na pintura. Você vai ver os esboços. Quando chegar te mostro. Será que a Aninha vem esse ano?

Pablo remava. Miro insistia:

— Você acha que ela vem?

— Não sei.

— Você não gosta dela?

— Eu acho ela um monte de bosta.

Miro deu uma risada:

— Pablo, você é um cara engraçado. Sempre muito na tua.

Pablo parou de remar. Passou a mão no rosto, deu uma cuspida, suspirou. Teria que suar sozinho. *E remo não é pincel. Remo pesa.*

— Vou fumar, que não aguento mais.

— Uma boa, Pablo. Me arruma um.

Estava demorando pra pedir. Abriu a mochila encharcada, tirou dois cigarros da carteira felizmente seca, a caixa de fósforos. Batia um vento leve. Deram tragadas fundas, demoradas — Miro fechava os olhos:

— Que sensação gostosa... limpo, por dentro e por fora. Dois meses no paraíso, boia garantida, Aninha... mato, passarinho, gruta, beira de mar, sol...

— Mosquito, comida ruim, mulherada fresca, um bando de chatos, dez horas de ensaio por dia, carregar cruz para os outros...

Emendaram uma gargalhada que se desdobrou no mar.

— É isso aí, Pablo: a gente se encontra na risada.

Pablo suspirou, tentando agarrar pela ponta uma sombra de felicidade:

— Miro, desta vez eu vou gostar, vou me salvar... — Mas o susto: — Vambora que vem vento!

— Que vento?

— Olha lá!

A ilha próxima de repente se escondia numa imensa nuvem negra, e o vento aumentava.

— Mas que diabo é isso?

— E esse barco não vai aguentar até o fim!

— Meus quadros!

Ajoelhado, Miro abraçava o pacote dos quadros. Pablo, agora sim, ria solto:

— É hoje que essa merda vai pro fundo!

O mar engrossando, Pablo remava com fúria:

— Eh, desgraça de vento!

E mais ventava, as ondas jogando a canoa sem rumo. De tempos em tempos, Pablo gritava:

— Segura firme, Miro!

— Meus quadros vão voar!

Pablo remava com força, enquanto a canoa se enchia de água. Começou a se assustar com a tempestade inexplicável:

— Larga esses quadros e esvazia a canoa!

— Vou perder tudo!

— Essa merda vai virar, seu filho da puta! Larga isso!

— Não largo!

— Eu te dou com o remo na cabeça!

— Tá molhando todos meus quadros!

Não havia tempo para nada, exceto remar — e Pablo cresceu com a tempestade, digno ao vento como um conquistador, pressentindo agora que não seria desta vez o fim, a canoa misteriosamente resistia, como se planasse. Mas uma secreta sensação de derrota lhe devorava a grandeza, pequenas misérias que somadas eram um painel medonho de sofrimento. *O que eu estou fazendo aqui, me danando com essa canoa furada que paguei do meu bolso, carregando um inútil com uns quadros vagabundos, pegando pneumonia no vento, com cãibras no braço de tanto remar, para ir trabalhar de graça numa Paixão que ninguém vai ver e provavelmente fazendo papel de soldado no meio de quarenta idiotas?*

— Aguenta aí, Pablo, que eu seguro aqui na frente!

Por que não morre afogado? De repente, a ilha apareceu inteira, enorme diante deles:

— Estamos chegando!

No tempo exato: com três palmos de água, o velho casco foi ao fundo, felizmente raso — estavam na praia do trapiche, uma pequena enseada de areia branca e mar transparente.

— Pablo, salvei meus quadros! — gritava Miro, arrastando a mochila na água e equilibrando o pacote na cabeça.

— Me ajuda a puxar o barco, desgraçado!

Pablo suava. Depois de recolher camisa, meias e sapatos junto à mochila pendurada dolorosamente nas costas, tentava arrastar a canoa para terra firme, num esforço descomunal.

— Me ajuda!...

Inútil — Miro contemplava a ilha, de joelhos na areia firme, ante a montanha verde cheia de caminhos, pedras e grutas, dunas e praias, vento e pássaros. Beijou o chão:

— Terra abençoada! Você vai ver como vou te pintar, te curtir, te amar...

O céu se abriu num repente luminoso — e o sol banhou as extensões da ilha, fazendo explodir a cantoria dos pássaros nas árvores próximas. Na água, Pablo gemia:

— Me ajuda!...

II

Batalha nos céus

A casa de Isaías era uma bizarra construção ao pé da montanha, feita de pedras, madeira, tijolos, troncos, folhas de zinco, portas velhas, chapas de compensado, telhas de todo tipo — um material recolhido ao longo dos anos, trazido pelo mar, comprado de segunda mão, desenterrado de ruínas, que foi criando, a partir de uma sala inicial, uma sequência caótica de corredores, quartos, escadas, saletas, meias-águas, pátios, morro acima ou morro abaixo, de acordo com os acidentes do terreno e com a necessidade, de modo a abrigar algumas dezenas de filhos, amigos, curiosos, visitantes que ali chegavam e iam ficando ou se revezando, numa espécie anárquica de tribo, sob a autoridade silenciosa e distante daquele velho de barbas longas.

Nos últimos anos, só era visto ali de madrugada, quando todos dormiam. Depois de percorrer os mil e um caminhos da casa, subir e descer degraus no silêncio dos pés descalços, regar folhagens, colocar e recolocar tudo no lugar numa impossível ordenação — conchas, cadeiras, estatuetas, garrafas — em meio a um monólogo sussurrado com a irritação de quem não terá tempo de consertar o mundo inteiro, como desejaria, e depois de tirar o leite de duas vacas que gostavam de fugir dele e destroçar a pequena horta, e de ajeitar alguns paus caídos da velha cerca, e de juntar um que outro lixo e recolher um copo de vinho escondido numa touceira, e de olhar em volta, desanimado — o mundo é muito grande para as nossas mãos pequenas —, costumava afinal comer um pão com manteiga, alguns legumes sem tempero, e subir a encosta, sua verdadeira morada.

Assim fez, naquele amanhecer de janeiro. Subia o morro com a vagareza e a pontualidade do sol, parando em cada plantação, em estreitas e engenhosas plataformas de pedra, carpindo o mato, abrindo covas, semeando, transplantando mudas — e às vezes interrompendo o trabalho para um cachimbada. Naquela manhã estava preocupado, entretanto: tinha uma missão a cumprir. Mais algumas horas de trabalho e decidiu subir a escadaria até o topo da montanha.

Eram mil degraus irregulares de pedra, numa picada abrupta e estafante, que ele mesmo construíra, dia após dia, até o alto, uma clareira de vista magnífica para os quatro pontos cardeais, onde soprava um vento eterno. Subia devagar, cada vez mais devagar, ajeitando matos e flores, podando ramagens, e sempre monologando, um resmungo sussurrado que ia dando sentido aos gestos e parecia criar, só pela força da voz, um outro mundo.

Às vezes parava, sentava num degrau, tirava o cachimbo e o fumo e os fósforos de um bolsão da túnica surrada, e fumava, pensativo; entre uma baforada e outra, redesenhava as linhas, as cores, os sons e as curvas das extensões da ilha só com um olho e a ponta do cachimbo riscando o espaço, a mão estendida. E pensava, também, na tarefa difícil que teria nos próximos dois meses, uma tarefa que exigia, como todos os anos, proteções maiores que simplesmente a força do desejo. Distraído entre o desenho e o pensamento, batia o cachimbo na pedra, limpava-o com carinho, guardava-o e prosseguia a subida.

Finalmente chegou ao topo da montanha. A única coisa erguida naquela pequena vastidão vazia era um banco de pedra, capaz de resistir ao vento. Em todas as direções, via-se o mar e a grande curva do horizonte. Ele estava no centro do mundo. Isaías sentou-se, cruzou as pernas e, sem pressa, recomeçou a lida com o cachimbo, agora de má vontade, como se perseguido pelo vento que lhe sacudia os cabelos ralos. Acima dele, o céu — e nuvens negras que começaram a encobrir o sol, a ilha e a encapelar as águas.

Mas ele não olhava para cima. Cuidava do cachimbo, quase indiferente, pensando no que iria falar, enquanto as nuvens — negras e brancas, armando-se imponentes — formavam um volume gigantesco nos céus, que parecia uma versão ampliada e grandiosa dele mesmo. A sombra repentina na clareira e a sensação angustiante de que o momento mais uma vez se aproximava o levaram a se refugiar na lembrança dos velhos tempos, quando ele ainda repetia ladainhas da Bíblia — no tempo em que ele ainda sabia ler. Com os anos, foi esquecendo as falas e inventando outras, mais irritadas, sentindo-se cada vez mais semelhante ao próprio Deus.

— Senhor... — recitava ele sem levantar a cabeça, lidando com o cachimbo agora indócil nas mãos — ... aqui estou eu de novo, a... a... a pedir... — mas alguma coisa estava errada: a falta de convicção, e ao mesmo tempo a irritação pelo cachimbo que não acendia — ... a pedir a proteção que o senhor não me tem dado nos últimos anos. Minha paciência se esgota! — vociferou por fim, na última tentativa de acender o fumo.

E veio a trovoada:

— MISERÁVEL! TENHO PERCEBIDO O TEU DESPREZO PELA CRENÇA! TODA A MEMÓRIA DO MEU CULTO E DO CULTO DO MEU FILHO TRANSFORMA-SE, NAS TUAS MÃOS IMPURAS, NUM RITUAL CORROMPIDO. NÃO VEJO FÉ, MAS CINISMO; NÃO VEJO HUMILDADE, MAS ARROGÂNCIA; NÃO VEJO RESPEITO, MAS SODOMA E GOMORRA! EM NADA ÉS DIFERENTE DO RESTO! — e o suspiro de Deus, ainda com um fiapo de paciência, se fez ouvir na Terra. — QUE TENS A DIZER AGORA?

Isaías tentava manter a calma. Irritava-o aquela nuvem imensa, aquela sombra enorme.

— Não pense que me põe medo com essa trovoada. Venho por bem, em paz!

— TU ME INSULTAS!

Isaías suspirou, o cansaço de uma vida inteira.

— Ouça com atenção: a verdade é que o Senhor está velho e cego. Não há neste mundo inteiro um só desgraçado que lhe dê um tostão furado. E eu, sozinho, sem ajuda de ninguém, a não ser com este bando...

com esta corja de aflitos e desesperados que vem comer de graça por dois meses, e eu me dou ao trabalho de venerar o Senhor.

— Tu ainda me insultas, miserável? Chamas veneração a este Cristo decadente que crucificas todo ano?

Finalmente aceso o cachimbo, Isaías tentava pôr a cabeça em ordem. Era preciso conversar com calma, mas ressurgia nele a velha desconfiança das palavras, a sensação de inutilidade profunda de todo aquele arrazoado lógico. Era impossível qualquer comunicação verbal: se pudesse se fazer *sentir*, se Deus pudesse ler seus pensamentos, compreender suas intenções mais subterrâneas — ele estaria salvo. Mas não: era preciso voltar à retórica vazia, à paciência que se tem com os velhos, com os doentes, com os moribundos. Suspirou. Era preciso recomeçar, enfrentar aquela sombra que se movia furiosa diante dele.

— Senhor...

As nuvens se acalmaram, talvez comovidas com a aparente contrição.

— ... vou tentar me explicar.

Silêncio. Deus aguardava, soberano. Em Isaías, a angústia crescente — mais uma vez, não conseguiria.

— Quero devolver a Deus a grandeza de Deus.

Gostou do que disse: como quem descobre a chave. Mas a trovoada:

— O quê? Devolv...

— Espere! É isso! Quero te tornar grande, necessário! Quero te usar para salvar os homens! — Levantou-se agitado do banco de pedra, apontou com o cachimbo o mar revolto onde muito ao longe se debatia uma canoa. — Está vendo aqueles dois aflitos? — Desesperava-se por demonstrar a Deus a nitidez que sentia na alma: — Está vendo? Aqueles...

— Tu me...

— Espere! Eu tenho de falar! Aquelas duas sombras perdidas no mar e no mundo são a matéria-prima do meu ritual! Esta ilha vai se encher de loucos e perdidos, de doentes que nada sabem da vida, de homens e mulheres cegos, de gente na escuridão, de seres massacrados de mesquinharias, jovens corrompidos e sem saída nem futuro; e eu faço eles viverem, sem nada ensinar, porque nada se ensina, Senhor — e esse *nada se ensina*, dedo sacudindo, soava com a força de uma advertência —, eu faço eles tirarem de dentro da alma, por conta própria, toda a grandeza possível da nossa vida curta e vazia; eu deixo eles maiores do que eles de fato são... Não percebe, Senhor? Mas para isso preciso também da sua ajuda, Deus miserável e egoísta, de ajuda e não de rezas, que não servem para nada! Preciso de sua ajuda renovada, porque, bem ou mal, o Senhor é o meu único modelo!

Emocionado pela força da voz, Isaías chorava, agora: via a canoa distante dançando aflita no mar e chorava. Afinal envergonhado, o céu em silêncio, abaixou a cabeça, enxugou as lágrimas com a manga da túnica, sentou-se de novo no banco de pedra e, mais uma vez, olhou as nuvens de frente. Não era um pedido de desculpa; era apenas o reconhecimento de um pequeno fracasso:

— Falei demais, eu sei. Perdi o rumo da fala. — A fúria súbita, o dedo de novo apontado aos céus: — Mas o Senhor não pode compreender? O Senhor também se torna grande na Paixão! Em que outro lugar do mundo, me diga, em que outro lugar o Senhor alcança esta estatura viva? Responda!

De novo as lágrimas: a ânsia de soltar as amarras, todas as amarras da limitação da vida, romper as mesquinharias do próprio Deus, fazê-lo voltar a si. E já previa a resposta, balançando desolado a cabeça cansada: todos os velhos condicionamentos, a cegueira milenar do poder, o temor da heresia, os chavões da divindade. As trovoadas, tomando fôlego, descambaram medonhas céu abaixo:

— Tuas palavras não me comovem, miserável arrogante e atrevido! Ouço insultos e mais insultos de um mortal de três metros de altura! Que queres, maldito? Que eu agradeça por me corromperes? Pois eu desprezo teus ganidos de semideus! — O braço de Deus, uma nuvem negra, atravessou Isaías de um lado a outro: — Cuidado! Eu advirto: a morte te ronda, te espreita, te espera, de braços dados com o demônio! Será a última vez!

Envolto na escuridão, Isaías respondeu, cego, aos gritos:

— Não tenho medo! Não me assusta! O meu jogo é limpo e venho em paz! Não tenho culpa se o Senhor não me compreende! É a sua salvação, miserável!

Sentiu a cortante ironia dos céus:

— Minha salvação?! — e seguiu-se uma gargalhada terrível. — Tu me misturas com todos os deuses, tu me jogas lama e me transformas em bárbaro, em bezerro de ouro! E chamas a isto salvação? Não tolero a vulgaridade dos teus totens, a arrogância daqueles pequenos deuses pagãos, não suporto teus rituais panteístas! Tu fazes de Cristo, meu filho, um homem comum. Pois ouve bem: ou tu te humilhas e me adoras como devo ser adorado, o único Deus de todos os tempos, criador do céu e da terra, pregando tudo o que está escrito, ou não te ajudarei em nada!

— O Senhor não passa de um velho estúpido e cego, insensível ao mundo dos homens! Pois fique aí, no seu paraíso morto, enquanto eu recrio a vida na terra. E tem mais: não quero rebanho, mas solidão.

Agora as nuvens subiam, deixando ainda um rastro de trovoadas:

— Já tive paciência demais, maldito! Mas ainda posso perdoar e te ajudar. Arrepende-te! Arrepende-te!

Súbito, o céu se abriu, inteiro azul. Isaías suspirou, exausto, mas aliviado. Fizera o seu trabalho, cumprira a sua parte. O resto não era com ele. Voltou a preparar o cachimbo, que se apagara na luta. Resmungou:

— Sozinho, de novo sozinho. Carregar o mundo nas costas. Todo ano é o mesmo inferno.

Olhou para o alto, absorto, como quem constata, já conformado, um fato inexorável:

— Ele não compreende. Ele não compreende mais nada.

E começou a descer o morro.

III
Toco e o anjo

Toco tinha dois metros de altura e um anjo da guarda. Toda manhã a mesma angústia: abrir os olhos, piscar, sentir a vã esperança de liberdade, e afinal vê-lo, de novo, o maldito anjo — pendurado nas tarrafas e redes do quarto, escondido atrás dos caniços, varas e fios de pesca, olhando para ele, guardando-o a uma distância segura, sempre um pouco assustado, talvez até mesmo com vergonha de viver naquela indiscrição eterna. Não dormia, não sumia; somente guardava-o. Fosse Toco onde fosse, acompanhava-o o anjo miúdo, a dois, três metros de distância, com seu silencioso bater de asas — e sempre com medo, temendo a mão de Toco, as pedras que quase o acertavam, temendo a fúria, o ódio de Toco. Nesses ataques esporádicos, voava célere, desaparecendo por alguns instantes. Mas bastava Toco suspirar, fechar e abrir os olhos — e lá estava de novo o anjinho, na fresta da porta, no telhado, no galho de árvore, atrás das pedras, o olhar em Toco, alerta, mas respeitoso.

Por fim, acostumou-se com o anjo. Excepcionalmente, chegava a falar com ele, embora jamais ouvisse uma resposta: o anjinho era mudo. E Toco, ao se perceber falando, sentia um medo adicional: o de que percebessem seus monólogos, e bastava pensar nisso, na invasão do que tinha de mais íntimo, para odiar o anjo com mais força:

— Um dia te acerto, desgraçado.

Outras vezes, nas noites melancólicas, de lua, filosofava:

— Por que você não é um passarinho? Te botava na gaiola, ficava teu amigo.

E, quando bebia vinho com Edgar e depois vagava solitário pelos caminhos da ilha, preparava armadilhas, oferecia doces:

— Vem aqui, meu anjo! Vem aqui perto, come um doce! — e a mão esquerda trêmula, pronta a agarrar e esgoelar a figurinha de asas.

Mas o anjo nunca se aproximava.

Naquela manhã de janeiro, acordou tarde e ficou na cama pensando na vida. Uma sonolência gostosa, o calor, a perspectiva da pesca e, principalmente, da Paixão que se aproximava, com a multidão de amigos, das mulheres que ele amava e que logo iriam povoar a ilha, como todos os anos. Sensação de preguiça e felicidade, a beleza serena do ritual de Cristo, as conversas e bebidas noite adentro, as mil paixões avulsas, a solidão compartilhada...

Finalmente acordou de vez, levantou-se, vestiu um calção, desviou-se das redes e tarrafas penduradas, passou indiferente pelo anjo, foi ao banheirinho da segunda escada e mijou com estrépito. Depois, lavou o rosto e ficou se olhando no espelho: duas espinhas na face ainda sem barba. Lembrou a voz de Dilma: *Você tem um rosto bonito. O que eu queria mesmo era viver com você* — e Toco sorriu. Estufou o peito nu e viu-se cônsul romano, digno e corrupto no palácio das prostitutas. *Então* — um gesto largo, lento, nobre — *tu és o Cristo?* De noite, à beira do mar, lembrou (um ano distante) o choro de Dilma: *Você não gosta de mim* — e o beijo na boca. Lembrou também o peixe enorme que pescou num fim de tarde, nas Grutas: oito quilos. No canto do espelho, o rosto do anjo a fitá-lo, com espanto e medo.

Sacudiu a cabeça — *esquecer* — e subiu à cozinha. Enquanto comia pão e bebia leite, ainda sonolento, ouvia a máquina de costura trabalhando sem parar numa saleta próxima, por certo a Vó e a Mãe preparando as vestes da Paixão, com os velhos tecidos de sempre, infinitamente retalhados e costurados em novas combinações. Mastigando o pão — diante de tantas mulheres imaginárias que logo povoariam a ilha —, fantasiava um modo de explicar preventivamente à Dilma que talvez ela não fosse a mulher ideal para ele, mas se sentia incapaz dessa façanha. *Dilma, eu acho que...* — e não sairia disso, tomado de um mutismo que até a ele irritava; não era bem timidez, era uma espécie intuitiva de filosofia, essa ausência angustiante de palavras. Bem, talvez esse ano ela não viesse, e o problema — se é que havia algum problema em algum lugar — se resolveria por conta própria.

Pelo olhar do anjo sentadinho na janela, percebeu que alguém se aproximava. Rômulo atravessou o pátio central que dava para a cozinha e estacionou à porta, violão debaixo do braço. Sem dúvida, tinha acabado de acordar. A voz baixa e rouca:

— Tudo bem com você?

Cabelos sempre desfeitos, ar cansado, queixo meio caído, Rômulo era lento de fala e de gestos. Há alguns meses dormia no chalé de Edgar.

— Tudo bem, cara. Come aí qualquer coisa.

— Tô sem fome. Os mosquitos quase me matam essa noite. Pô, não foi fácil.

A Mãe gritou de dentro da casa:

— Alguém de vocês que leve comida pras galinhas!

Toco livrou-se rápido:

— A lata está aí no chão, Rômulo.

— Tudo bem. — Virou-se para sair, parou, voltou-se. — Toco, tem um cigarro?

— Não fumo.

O sorriso cansado de Rômulo.

— Ah, é. Que bobeira a minha — e afastou-se dois passos, voltando em seguida para pegar a lata de milho das galinhas.

Como que para compensar o sonho com as mulheres, ou talvez pelo olhar severo do anjinho, a lembrança da Paixão despertou em Toco um sentido franciscano de responsabilidade, quase um bater no peito de contrição. Doravante, todos precisavam acordar mais cedo e preparar-se para os ensaios. Acabava agora a prolongada folga de fim de ano. Mas a severidade súbita foi vencida mais uma vez pela sensação gostosa do dia ensolarado. Vigiado pelo anjo, agora na outra ponta da mesa, pensava no que fazer antes: aproveitar o resto da manhã para pescar, tomar banho na enseada ou ler o penúltimo capítulo das aventuras do capitão Krupp, um velho volume sem capa que ele lia há meses. Para pescar, já era muito tarde. E, quanto à leitura, queria prolongar ainda mais o prazer da história, a expectativa do fim. O capitão Krupp era um homem corajoso e triste, apaixonado por uma deusa raptada por um pirata também corajoso e triste. Seria uma luta desesperada. Toco se imaginava um tanto capitão Krupp (e também Lord Jim, para compensar o excesso de grandeza, um outro livro que ele já lera umas três vezes) — e sonhava com o dia em que sairia pelo mundo numa longa viagem. Rômulo apareceu de novo na porta, lata de milho ainda na mão:

— Toco, tá chegando alguém na praia, dá pra ver ali de cima. Será que não era bom a gente...

Antes que Rômulo terminasse de arrastar a frase, Toco já descia o morro, contornando a casa. Correu pelo caminho entre as árvores que separavam a encosta da enseada e, já na praia, viu Pablo tentando puxar a canoa cheia d'água e Miro ajoelhado na areia.

— Pablo! Miro! Viva!

Pablo nem olhou, lutando na água. Miro abraçou-o demoradamente:

— Eh, Toco, firme! E aí?!

— Tudo bem, velhão! E teus quadros?

— Pois dessa vez acertei! Ninguém vai botar defeito! Depois te mostro os esboços. — Agoniado: — Me diga: a Aninha veio?

— Faz tempo.

Alegria, alegria!

— Mas, bah, tem horas que dá tudo certo!

Toco gritou ao Pablo:

— E aí, bicho louco!? — Ao Miro: — Vamos lá dar uma ajuda que ele deve estar furioso...

— Esse Pablo é muito engraçado!...

Toco e Pablo afinal se abraçam, velhos amigos.

— Levou azar na canoa?

— Me fodi. Ajuda a puxar, que esse bosta do Miro não serve pra nada. Primeiro vamos tirar a água.

Toco, braços de Hércules, virou a canoa de borco:

— Segura na popa que eu aguento aqui.

Carregaram a canoa até terra firme. Pablo, encharcado, vasculhava a mochila.

— O cigarro, pelo menos, não molhou.

— Me arruma um — pediu Miro.

— Mas que cara de pau! Pega aí.

— Não chia, Pablo. Depois eu compro outro maço. — Ao Toco: — A venda funciona ainda?

— Funciona. Só que lá em Garapa, no outro lado da ilha.

Pablo afinal sorriu:

— É só pra saber, porque dinheiro o Miro não tem mesmo.

— Só espere eu vender umas telas, Pablo. Um mês de farra por minha conta!

— Tô esperando. — Pablo tirava as calças. — Tem mulher por perto? Se tiver eu já como aqui mesmo. Porra, que atraso.

Deram risadas, Pablo vestiu um calção quase seco e os três sossegaram na sombra, olhando o mar. Os assuntos se atropelavam em silêncio, a ânsia de colocar a vida em dia, mil detalhes para contar — e era tudo tão importante! Esperavam que o principal viesse à tona, vivendo a emoção discreta do reencontro. Miro, indócil, enterrou o toco de cigarro no chão e levantou-se:

— Vou andar, pessoal, arrumar minhas tralhas. O Isaías, a Vó, a Mãe, tudo bem?

Tudo estava bem na ilha. Mas, antes de subir, ele achou melhor esclarecer:

— Negócio seguinte, Toco: eu quero pintar nesses dois meses. Quero ver se pego uma gruta do sul e trabalho dia e noite. Preciso me livrar dos ensaios. O que você acha?

— Fala com o Cisco.

O nome caiu como uma sombra no rosto de Miro. Toco suavizou:

— Mas acho que com você não tem problema, já está por dentro. Depois você explica pra ele.

— Tudo bem. — Pegou a mochila, o pacote dos quadros. — Vou subindo, tô morrendo de fome. Vocês ficam?

— Vamos dar um tempo.

Miro avançou dois passos, parou, olhou em volta, riu sozinho:

— Essa ilha é demais. Nasci de novo — e seguiu adiante.

Pablo fumou o cigarro até o filtro e arremessou-o longe com um peteleco. Vendo o anjo coçar a asa, empoleirado na canoa, Toco pensava em Pablo, o velho amigo. Costumavam falar pouco, mas compartilhariam horas e horas de silêncio.

— A Carmem já veio, Toco?

— Não ainda. Vocês dois são os primeiros do ano.

— Eu tinha que vir. Não aguentava mais de dor de estômago. Meu último emprego foi de guardião de estacionamento. Sempre chegava um filho da puta pra pegar o carro às quatro da madrugada.

Toco achou graça.

— E aquela menina que você comentou ano passado?

— Casou. Com outro, é claro.

Riram. Pablo quase começava a se sentir bem:

— É chegar aqui e melhora tudo. Quer dizer, pelo menos no primeiro dia. Mas eu sei: devagar vou me emputecendo com coisas miúdas e no fim é um inferno. Você entende isso?

Toco riscava a areia.

— Acho que entendo. Vamos tomar uns porres de vinho. Aí fica tudo claro.

— É.

Pausa. Pablo ia dizer qualquer coisa, desistiu, e acabou falando, uma ansiedade mal disfarçada:

— Já distribuíram os papéis?

— Não ainda. Mas vai ser daquele jeito: cada um escolhe o seu. Sempre deu certo. O que você quer ser?

Um segundo apenas de incerteza — e a confissão abrupta:

— Jesus Cristo. Eu queria fazer o Cristo. Eu sei que não tenho imaginação, que não sei falar direito, mas eu queria. — Segurou o braço de Toco, que contemplava o anjo alarmado com a ideia, boquiaberto diante dele. — O que você acha?

— Eu acho muito bom, Pablo. Já comentei com o Cisco e concordamos que você seria o Cristo certo para esse ano. Fique tranquilo.

Pablo suspirou — e imediatamente imaginou-se no grande Sermão da Montanha: as pernas tremendo, a voz sufocada, a multidão ansiosa, os braços erguidos, o sol no rosto. O rosto de Carmem: *eu te amo, Pablo.* Depois, as chicotadas sob a cruz e a redenção final. Um belo começo de ano.

— Quem já está aí, Toco?

— Pouca gente. A casa ficou meio vazia. Edgar...

— Saudades dele...

— ... Aninha, o Barros...

— O Barros!? Aquele filho da puta?

— É. Faz uns três ou quatro meses. Eu quase nunca vejo.

— Ainda bem. E quem mais?

— O Rômulo...

— O mosca-morta?

— É.

— Bom, pelo menos arranjo umas *cannabis* de vez em quando...

Riram. E Pablo se entusiasmava, antecipando a Paixão:

— Tomara que venha bastante gente boa esse ano. Fazer uns ensaios porretas, de limpar a alma. O velho Isaías está bom?

— Firme, do jeitão dele, no meio do mato. Só se vê de longe.

— Grande figura, o Isaías... O Isaías salvou minha vida. Se não fosse essa Paixão, eu já tinha dado um tiro na cabeça. — Mais assunto: — E a pesca?

— Outro dia peguei um robalo de cinco quilos.

— E camarão?

— Ainda tem bastantinho.

Planos:

— Um dia desses fazemos um acampamento nas Grutas, levamos vara, linha, isca, tarrafa. E eu levo a Carmem, ah, a Carmem! Toco, por Deus do céu, se ela quiser transar comigo como quis no ano passado, largo tudo, venho pra cá, planto uma horta e tenho um filho com ela. Quero sossego. Ficar olhando as bananeiras. Coçando o saco na beira da represa. Ó meu braço: só de pensar fico arrepiado. — De repente sério: eram coisas demais ao mesmo tempo, o sonho desmoronava. — Mas... me diga: por que uma coisa tão simples é tão difícil?

Agora o anjo vigiava Toco por trás, oculto nas ramagens.

— Não sei, Pablo.

Os dois pensavam, súbito melancólicos. De repente, Pablo levantou--se assustado e apontou o mar:

— Caralho! O que é aquilo?!

Toco também se ergueu, assombrado:

— Olha lá, cara!... que puta navio!...

IV

O escritor e sua esposa

No convés de primeira classe do *Leonardo da Vinci*, à beira de uma piscina de águas cristalinas, estendidos em espreguiçadeiras e bebendo uísque *on the rocks*, Antônio e Hellen conversavam.

— Meu bem, não poderia haver comemoração melhor para os meus trinta e cinco anos: uma visita à selva. Você não acha?

Hellen sacudia o gelo do copo, pensativa. Trocou o copo de mão e encostou os dedos gelados na barriga ainda discreta de Antônio.

— Ai!

— Eu acho que você merece.

Ele sorria:

— A selva ou o teu ataque de gelo?

— As duas coisas, querido. Para falar a verdade, para ser bem, bem sincera, essa tua... ahn... *visita* não me agrada muito. Que extravagância! Tão boa que está a viagem! Poderíamos ir direto, até Buenos Aires, como todo mundo.

Ele não levou a observação a sério.

— Claro, claro. Eu já sabia. Você nunca vai entender...

— Sei. — Sorrindo: — Sou burra mesmo, não? Como é o nome daquele livro? *O gênio e a deusa...*

— *The genius and the goddess*, um texto menor do Huxley.

— É. Você, o gênio, o escritor de sucesso, o teórico e o romancista. E eu, a deusa...

— Gostosa... — cochichou ele.

— E burrinha, não é? Não é isso mesmo que você pensa, bem no fundo?

— Está bem, meu amor, eu me entrego. Minha doce burrinha. — Deu mais um gole. *A misteriosa combinação de seres tão diferentes. Por que estavam casados? A delicadeza do rosto, o tecido dos cabelos macios entre os dedos, a admiração da leitora. Ou o dinheiro? Teria sido mesmo o dinheiro? Alguém, de fato, casa por dinheiro, ou essa ideia não passa de um folhetim — um folhetim que ele, Antônio Donetti, jamais escreveria?* — Vou te confessar uma coisa, Hellen.

— Coisa boa ou coisa ruim? Se for ruim, guarde com você.

Ele se irritou — detestava essas leviandades da mulher, que impediam a sequência emocional das pequenas coisas, a emoção que talvez salvasse sua vida, ultimamente amarga em segredo, um sentimento muito vago e muito presente que não tinha coragem sequer de formular: a de que traía algo fundamental; a de que traía algo irrecuperável. Hellen, sábia, corrigiu-se a tempo, segurando carinhosamente a mão dele:

— Desculpe. O que você queria confessar?

— Que te amo.

Ela riu:

— Ah, isso eu já sabia.

— Mas eu não.

O beliscão (não tão simbólico) na coxa dele, a raiva fingida:

— Ah é? Pois repita, se for homem! — e os dedos apertando.

— Não, não, não! Retiro o que eu disse.

— Assim é melhor. Agora me dá um beijo.

Beijaram-se, ele discreto, ainda carregando o peso da mentira, o azedo da covardia e a dor do beliscão; e ela devorante e escandalosa:

— Meu gênio gostoso...

Voltaram a beber, cada um deu um gole. *Terei mesmo casado por dinheiro, sem nenhuma outra razão?* Próximo deles, um grupo de jovens se divertia aos gritos e velhas senhoras pálidas se lambuzavam de óleo. Uma moça tímida aproximou-se, um livro à mão:

— Desculpe... interromper vocês... Me disseram... — Sorria desengonçada, não sabia onde botar as mãos, as pernas, o corpo, a alma; e olhava para trás, para o outro lado da piscina, onde a família (um par de velhos gordos e sorridentes) aguardava ansiosa a investida da filha — ... É que... O senhor que escreveu este livro?

Hellen devassou a moça de alto a baixo, erguendo os óculos de sol. O marido compensou a curiosidade impiedosa da mulher com uma gentileza exagerada:

— Ah, pois não... Fui eu, sim... Meu primeiro romance. Mas já saiu a quarta edição, revista.

A moça não entendeu, espantou-se:

— Em revista, assim? — e imitou com as mãos inseguras o formato de uma revista. Ante o sorriso constrangedor de Hellen, calou-se: podia-se ver o calor e o rubor avançando na sua face. O silêncio, o olhar da mulher e a indiferença do autor folheando o livro eram insuportáveis. Coração disparado, prosseguiu: — Desculpe. Eu... eu não entendo de livro. Quer dizer... meu pai... — e ela apontou o velho imponente na espreguiçadeira, um ar de militar aposentado — ... meu pai está lendo... ele gosta muito... eu também... — e o olhar de Hellen, fixo, sorridente, o escritor sem levantar a cabeça do próprio livro. — Eu... queria um autógrafo, assim, quer dizer, é a primeira vez que vejo um escritor de livros e...

Mais um pouco e choraria. Antônio afinal abriu-se num sorriso:

— Claro, claro! Só que... Hellen, você tem uma caneta na bolsa? — Sorriu para a moça, que ela não tivesse medo: — Você sabe, casa de ferreiro...

Ela, instantaneamente feliz, aquilo acabaria logo:

— Caneta? Eu trouxe! Aqui, ó!

— Ótimo. Qual o seu nome?

— Prissila, com dois *esses*.

Hellen ergueu a cabeça, curiosa:

— Você é filha única?

— Ahn? Ah, sim, eu sou...

— Já havia notado — e voltou a fechar os olhos.

Caneta em punho, livro aberto na página de rosto, incomodou-se com a inexplicável grosseria da mulher. Por que dizer aquilo? Sentiu pena da moça, provavelmente forçada pelo pai a ver o escritor *in loco*, com observações do tipo *Isso é cultura, minha filha!*, e ela com uma má vontade dos infernos, suando de desespero diante do escritor e de sua insuportável esposa, com a resignação e o estoicismo de quem paga uma promessa. Juventude! A juventude moderna, ele pensava, não passa de uma burrice vazia, estéril, morta aos vinte anos, com esses olhos de galinha legorne vendo o mundo como quem vê uma vitrine de luzes coloridas que piscam, aqui, ali, ali, aqui, uma galinha solta banhada de tédio, agitação e estupidez. Afinal comoveu-se. Como se comovia fácil com a miséria do mundo sobre a qual se propunha eventualmente a refletir nos seus livros para aquela meia dúzia (no caso dele, aquela dúzia) de leitores capazes de mergulhar fundo no poço da realidade... Eram poucos, conformava-se, seriam sempre poucos, até o fim dos tempos.

— Tôni! A moça está esperando!

— Ah, claro! É que escrever dedicatória é... — mas calou-se; explicar sempre piorava as coisas.

Prissila, trocando a perna de apoio, mentia, delicada:

— Não tem pressa, não. — Arriscou alguma coisa: — Os escritores... é... são distraídos, não? Pensam muito! — encerrou séria, sorridente e em pânico.

Desta vez, Hellen foi suave:

— Tem razão. O Antônio é superdistraído. Vive no mundo da lua.

— Deve ser... ahn... — já havia começado a frase, e agora não havia outra solução senão terminá-la, o quanto antes: — Deve ser bom ser assim, é, ahn... *culto*, né?

O *culto*, involuntário e barulhento feito uma pedra que rola, soou como uma estranha ironia no coração do escritor. Imaginou imediatamente a dedicatória: *Prissila, larga teu pai bunda-mole e vá viver a vida.* Mas era muito difícil ser grosseiro. Frestando as pernas dela, afinal apetitosas até as coxas, quando então antecipavam uma futura obesidade, quase escreveu: *Tesãozinho, deixe de ser boba, saia dando por aí, frenética, que a vida é curta. Um beijo na boca do...* Os demônios invadindo sua cabeça: Dionísio sempre foi mais interessante que Apolo. Outro gole de uísque — aquela dedicatória durava uma eternidade, e ele começou a suar — e o intelectual ameno, gentil, equilibrado e falso ressurgia das cinzas: *Prissila: há um pássaro no teu coração.* Esta não, é demais. (A moça aguardava, numa abnegação que já lhe dava um toque de superioridade, a ponto de incomodar a mulher do escritor — seu marido gênio emburrecera?) Ou então — ele ponderava — o didatismo singelo, pré-messiânico: *Que este livro revele a outra Prissila que se oculta em você.* Três mil páginas publicadas e era derrotado, mais uma vez, por uma dedicatória. Hellen, indócil, simulava indiferença:

— Acho esse o pior livro do Antônio.

Um frio na espinha do escritor, aquele segundo cada vez mais frequente em que caía no abismo da distância: o que havia em comum entre ele e a mulher? Respirou fundo, escreveu rápido: *À Prissila, com o abraço amigo do* — e a assinatura ilegível. Sorriu e entregou o livro, furioso consigo próprio — *sou um homem imaturo* —, furioso com a mulher, com a moça, com a traição literária, com a vida, o mundo e o inferno: fracasso e derrota, o destino universal. A moça despediu-se sorridente, ele nem respondeu. Pediu outro uísque, o peito seco, a mão trêmula. Hellen — ela conhecia exatamente cada detalhe dos humores do marido, e sabia quando ele de fato se tornava perigoso — fechou os olhos e ficou em silêncio, à espera. Calculou: *mais dois minutos e ele emitirá uma sentença filosófica.*

Donetti devolveu ao garçom o copo vazio e pegou outro, cheio. Deu um gole prolongado, repetiu a pergunta que sempre se fazia — por que não era um monge iogue? — e devagar foi se sentindo mais calmo. De olhos fechados, sentiu a mão de Hellen avançar carinhosa e arrependida sobre a dele.

— Os escritores nunca entenderão os homens.

— Por que, meu bem?

— Porque os artistas têm uma razão profunda para viver que supera todo o resto: expressar e realizar a sua arte. Por esse impulso, eles fazem qualquer coisa. O resto da humanidade não é assim. São bancários, médicos, professores, lixeiros, funcionários públicos, gerentes de lanchonete, serralheiros, que, ao fim e ao cabo, vivem apenas porque nasceram. É uma coisa que jamais vou compreender. A menos que se acredite em Deus.

— E o que tem a ver uma coisa com outra?

— Tudo. — Pensou um instante. — Ou melhor: nada. Estou só fazendo piada. Eu jamais seria um filósofo. — O esboço de raciocínio acabou por deprimi-lo mais: — A verdade é que não compreendo nada do que se passa comigo, nem com os outros. Acho que por isso os meus livros fazem algum sucesso aqui no Brasil. Absolutamente ninguém está interessado em qualquer coisa verdadeiramente séria, essencial.

Mais um gole. A depressão metafísica abraçou-o, gorda, imensa, mole, e ele recebeu-a, todos os poros abertos, numa entrega irônica, quase prazerosa. Mas não por muito tempo: era preciso, sempre, levantar de novo.

— O que eu estou necessitando mesmo é de um banho selvagem. Tenho a impressão de que agora, aos trinta e cinco, minha literatura vai mudar de rumo. Para melhor.

Hellen continuava acariciando as mãos do marido.

— Eu sempre acreditei em você. — Brincou: — Acho que você não ganhou o Nobel ainda por pura perseguição.

Ele riu alto, mas com alguma ansiedade; o Nobel, de fato, não era ainda um sonho descartado para sempre. Para se livrar desse pequeno fantasma, desviou-se para as férias na ilha, com a mesma abnegação de quem resolve deixar de fumar, parar de beber, levantar cedo, cuidar da saúde:

— Enfrentar dois ou três meses nessa ilha, longe da civilização, não vai ser muito fácil. Mas é preciso.

Hellen tateou em sentido contrário, gentil e insinuante:

— Meu amor, falando sério: por que a gente não vai direto a Buenos Aires? Só a trapalhada que vai ser parar este navio imenso...

— Está tudo acertado, Hellen. Aliás, ele já está parando faz horas... O capitão é meu amigo e meu leitor. Foi colega do meu pai na escola dos oficiais. Para falar a verdade, o desembarque já se transformou em outra atração do cruzeiro. Estão todos com inveja da nossa aventura!

— Bem, espero que a gente não sofra muito. Você sabe que sou alérgica a mosquitos. E não suporto desconforto! Já passei da idade!

— Bobagem, Hellen. A ilha é o paraíso.

— Ah, nos livros é tudo uma maravilha. Mas esses lugares são cheios de aranhas, bichos, ui, que horror! Só de pensar me arrepia!

Ele segurou a mão dela, protetor — e feliz por vê-la momentaneamente mais frágil.

— Você está comigo, meu anjo. Fique tranquila. Estou dizendo há meses: lá tem lugares belíssimos, cascatas, grutas de pedra, ruínas antigas. Vou tirar fotos, realizar meu sonho secreto de me tornar um bom fotógrafo. Além disso, o personagem central do meu próximo romance é um fotógrafo.

— Sei. E vai para uma ilha deserta. É isso?

Ele riu.

— Isso eu não decidi ainda...

Ela se animou um pouco.

— Bem, se é como você fala... tem mesmo lugares bem desabitados?

— *Só* tem lugar vazio. A ilha é praticamente deserta.

O cochicho saboroso e safado:

— Tudo bem, eu vou com você. Mas quero tirar umas fotos nuas — esse é o *meu* desejo secreto — e ela riu. — Você tira?

— Tiro: a roupa e as fotos.

Finalmente risadas felizes. O sexo, meu Deus, o sexo! Como é bom! Mas ela não se convencia:

— E o teatro, não vai ser uma chatice?

— Meu bem, o teatro é essencial. Para isso que viemos.

— Para isso que *você* veio. Não me inclua, por favor. Esse negócio de teatro moderninho você já sabe que não é comigo... Desde que me espirraram sangue de uma galinha assassinada no palco, em São Paulo, lembra?... Ui, que horror... não posso nem lembrar...

Ele riu.

— Quanto a isso, acho que você não precisa ter medo. O teatro desse tal de Isaías pode ser tudo, menos moderno. A coisa tem um toque medieval. Parece que é um ritual, uma mistura de teatro com religião, praticamente sem plateia, a não ser meia dúzia de pescadores e alguns extraterrestres, como nós dois. Eu quero muito conhecer o velho Isaías. Tem fama de maluco.

— Ele que escreveu a peça?

— Pelo que sei, não tem nada escrito. É bem possível que o velho não saiba nem escrever.

— Que horror!

— É isso aí, meu anjo. Tomo aqui meu uísque sossegadinho a bordo do *Da Vinci*, e o Brasil se abarrota de analfabetos. E ainda me chamam de escritor popular, como se alguém que sabe escrever pudesse ser popular aqui. No máximo, meio popular... acho que é o meu caso.

Ela pensava, mexendo o gelo no copo.

— Mas espere aí. Se não tem nada escrito e se é todo mundo analfabeto, vamos aprender o que nessa ilha?

— Essa é boa... não tenho a mínima ideia. Pense na curtição da coisa. Cabeça aberta. É para isso que vamos lá.

— Está bem, mas fica selado meu protesto solene. Se é para o teu bem...

— Você vai gostar, Hellen. Prometo.

Ele sentiu a brisa gostosa do mar, novamente feliz com a vida e com o amor. Talvez fosse o caso de, tranquilo, não esperar mesmo mais nada da mulher além daquela cativante infância recuperada, aquele terno e doce faz de conta, regado com os prazeres breves e intensos da pele. Sentia na mulher uma grande qualidade: ela jamais ameaçaria o paredão fechado do mundo dele. Uma descansada e completa solidão a dois.

De repente, a voz no alto-falante:

— Senhoras e senhores! A ilha que vemos a estibordo é uma das paisagens mais maravilhosas do Atlântico Sul. Aqui, neste lugar esquecido e selvagem, vive um estranho profeta que todos os anos representa, durante a Semana Santa, a vida de Cristo! Ladies and gentleman! Here, in this beautiful island...

Correria desabalada de turistas para a proa, binóculos e máquinas fotográficas, dedos apontados, bocas abertas, ahs e ohs por toda parte.

— Olha, filha, que beleza!

— *Mui hermoso!*

— *It's beautiful!*

— *Das kleine wonder!*

— *Ma che isola belissima!*

Vinte minutos mais tarde, um *boy* percorria o convés, tabuleta pendurada no pescoço:

— Mister António! Mister António!

Era hora de partir. Antônio vestiu uma camisa, Hellen uma blusa leve, recolheram sacolas, malas e frasqueiras do camarote. O escaler, com dois marujos, estava pronto para descer e levá-los à ilha. O capitão em pessoa — todo de branco, elegante, cinematográfico — veio despedir-se do casal, afirmando categórico, para o bando internacional de curiosos que rodeava o momento do adeus, que Antônio ainda escreveria um grande livro sobre o exótico lugar. Pipocaram três ou quatro fotografias — e um cochicho se esparramou pela assistência, dando conta de que se tratava de uma lua de mel, provavelmente paga em barras de ouro, daí a extraordinária deferência da Companhia em parar um transatlântico (seriam parentes do armador?), informação que fez multiplicar as fotos até se transformar numa verdadeira ovação em palmas.

Devolvendo os cumprimentos com acenos tímidos, afinal os dois embarcaram, ajeitaram-se sob a orientação dos marujos, roldanas e cabos giraram e o escaler desceu ao mar.

Hellen procurava ansiosa alguma coisa na mochila.

— Você trouxe o Repelex?

— Trouxe. Comprei dez tubos.

Mil adeuses da amurada. E em poucos minutos chegaram a uma enseada tranquila e acostaram num pequeno trapiche, onde duas figuras — um altíssimo, louro, outro mais baixo, moreno — os aguardavam.

V
A eminência parda

No começo da tarde o sol finalmente atravessou as grades da única janela e projetou-se no quarto: uma faixa que crescia quadrada no rosto de Cisco. Como sempre, ele acordou aflito, o rosto suado. Levantou-se de um pulo, e, também como sempre, a tontura o obrigou a sentar-se. Pensava em voz alta:

— A bebida e o cigarro estão acabando comigo.

Passou a mão no rosto, lembrando-se da Paixão que se aproximava, o que o deixava tenso, mas feliz. Ele era talvez a única pessoa realmente indispensável do grupo, além de Isaías; talvez — e ele sentia a agulhada da culpa — *talvez nem Isaías seja mais indispensável.* Ano após ano, Cisco foi se transformando no *factótum* da Paixão, o coordenador, o quebra-galho, o juiz de paz, em princípio mais por incompetência alheia do que por liderança própria, mas o que era apenas um desejo de participar ativamente (e, quem sabe, o terror de voltar à vida na cidade) foi se transformando — quem mais mereceria, além dele? — numa ambição vaga, às vezes uma leve safadeza, essa ânsia de se tornar verdadeiramente grande e importante na ilha; em alguns sonhos apavorantes, via-se passando por cima de Isaías, literalmente pisando-lhe o pescoço com uma indiferença atroz, o que provocava esse difícil, incômodo, desconjuntado sentimento de culpa sempre que abria os olhos de manhã.

Em passos lentos, foi até a janelinha e, feito prisioneiro, agarrou as grades com as mãos, olhando para fora, o paredão de mato da montanha adiante.

— Já é tarde.

Entrou no banheiro anexo que ele mesmo ergueu pedra a pedra, e deu uma mijada prolongada. Depois, pegou de baixo da cama suas luvas de boxe, tamanho profissional. Enquanto vestia as luvas, tentava planejar o dia, já cortado pela metade — *preciso acordar mais cedo.* Dias e dias sem fazer nada, como se continuasse preso no mesmo apartamento de cinco anos atrás. Repetiu, como uma reza:

— Preciso me casar, e urgente.

Tentava puxar o barbante da luva direita com os dentes, o mesmo esforço inútil e irritante de todas as manhãs. Deu uns pulinhos, simulando luta no apertado ringue do quarto. Desfechou no ar alguns golpes rápidos e violentos, por baixo, por cima, respirando fundo, a catarreira se atropelando na garganta, suor correndo da testa, cabelos nos olhos. Foi à janela e cuspiu para fora um jato reto e violento — uma técnica que desenvolvia com eficiência e algum prazer, como quem purifica não a garganta, mas a alma — e voltou aos golpes. Sentindo-se já aquecido, avançou em direção do grande adversário: as paredes de pedra. Respirou fundo, colocou-se em guarda a meio metro das pedras e desfechou afinal uma saraivada de golpes, que do choque nos punhos percorriam o corpo inteiro até o alto da cabeça. Braços doendo, cambaleou até a cama, arrancou as luvas e ficou largado alguns minutos, bufando. Um bom começo.

Respiração voltando ao normal, a mão ainda um pouco trêmula tateou uma chave debaixo do travesseiro, com que abriu um pequeno cofre de madeira, onde ele escondia um estoque de centenas de cigarros de todas as marcas, filados ao longo do ano de quem quer que fumasse perto dele. Pegou um ao acaso, fechou o cofre, escondeu a chave e, cigarro aceso, deu uma tragada embrutecedora e anestésica. Quando já sentia o gosto nauseante do filtro, apagou-o num cinzeiro abarrotado — *preciso limpar isso aqui* — e abriu o cadeado da porta, arrepiando-se com a aragem fresca do início de tarde. De calção, sem camisa, olhou as próprias pernas — tortas, ossudas, sobre dois pés imensos e chatos.

Preferiu vestir as calças de brim, sem lavar há tempos — *preciso me casar* — e calçou as velhas sandálias de borracha. Mais tarde tomaria um banho na represa, naquelas águas geladas, para lavar a ressaca e romper a inércia do dia.

Trancou a porta da cela com corrente e cadeado, como sempre, e escondeu a chave num vão de pedra. Contornando a casa, entrou no corredor que dava ao pátio central. Pela fresta da primeira porta, viu Aninha estendida sob o lençol, belos cabelos negros e lisos soltos no travesseiro, os seios à mostra, entre luz e sombra: uma lâmina de sol cortava-a ao meio — e Cisco sentiu uma emoção vaga por vê-la assim, uma emoção que ele tentou engolir rapidamente. *Sair daqui, e já* — mas ficou. Aninha moveu-se, revelando agora um trecho de perna. *Não, não: essa mulher não me serve.* Para vencer um impulso de desejo, pensou em acordá-la aos gritos, batendo palmas, como sempre fazia no amanhecer dos ensaios, o grande momento de Cisco: *Vamos lá, uma hora da tarde! Levanta que logo tem ensaio! Chega de festa!* — mas avançou silencioso e sentou-se na beira da cama. Desenhava com os olhos o rosto de Aninha, os cabelos, os seios que subiam e desciam na respiração suave. Ela mexeu-se, lenta, resmungou baixíssimo, por fim abriu os olhos inchados:

— Cisco!? — e, rápida, escondeu os seios no lençol. — Que susto você me deu!

Provavelmente passou a noite puxando fumo. Com Rômulo, talvez? Sozinha? Não, é inútil — ela não me serve.

— Estava te admirando, mocinha. Você sabe que sempre tive uma paixão secreta por você. Mas você não se importa comigo.

Ela riu.

— Mentiroso! Então me dá um beijo de bom dia!

Ele avançou para beijá-la a boca, ela desviou suave a cabeça para sentir os lábios no rosto. Cisco disfarçou o mal-estar de quem pisa em falso:

— Você me maltrata demais. Meu coração não aguenta.

Um longo bocejo, braços se abrindo:

— Tive um sonho muito ruim, Cisco. Sonhei que meus pais me perseguiam com uma metralhadora, no meio do mato. Eu tentava fugir e não conseguia sair do lugar. E eu estava nua. Tinha um monte de gente me espiando detrás das árvores. Daí começou a chover... Não me lembro mais, uma sensação horrível... O que você acha?

Não acho nada. Uma mulher muito complicada. De complicado, chega eu. Não serve. Disfarçou o desinteresse:

— Mocinha, quando você tiver um sonho ruim desses, dá uma corrida até o meu quarto — e ele ria, que ela entendesse a brincadeira —, bate três vezes na minha porta e dorme comigo. — Como um profeta da Paixão, altissonante: — Eu te protegerei!

Ela se escondia no lençol:

— Não tem graça, Cisco. Eu sei o que você quer.

— O teu amor, ora!

— Amor assim não é amor! Você é muito materialista. — Pensou em Miro, que chegaria breve, uma boa lembrança. — Cisco, você só pensa nisso, o tempo todo? Não pode ser *apenas* meu amigo?

A conversa enveredava pelos caminhos da seriedade. Cisco protegeu-se:

— Nunca! Mulher a gente come.

A mão direita de Aninha desfechou tapas erráticos nele, enquanto a esquerda protegia os seios com o lençol:

— Como você pode ser tão estúpido, tão idiota?! Seu sujo, cara de pau, machista, some daqui!

Ele se defendia falsamente da aparente falsa agressão (mas os socos de brincadeira cada vez mais fortes). Contrito:

— Você não entende nada de amor, Aninha. Depois tem esses sonhos ruins. Azar o seu.

Ela balançava a cabeça: como podia existir um sujeito tão contraditório como ele?

— Apesar de tudo, gosto de você, Cisco. Não adianta se fingir de mau. Você não é quem pensa ser. Você é muito querido, sabia?

— Isso você diz pra todo mundo.

— É que todo mundo aqui é querido. Essa ilha é minha salvação.

Ele apalpou o braço, a careta no rosto:

— O teu soco doeu, Aninha.

— Tadinho do Cisco... Vamos fazer as pazes. Venha, me abrace, me dê bom dia!

E ele sentiu no peito os peitos de Aninha, o corpo miúdo, no rosto a face macia. *Ela tem perfume.* Fechou os olhos.

— Você é uma ninfa...

— O que é mesmo uma ninfa?

— Ninfa? — O desejo, era só o desejo bruto que sentia: *Preciso de uma mulher, preciso me casar; mais que isso: preciso desesperadamente trepar...* — Ninfa eram deusas da Antiguidade, novinhas, tesudinhas, fofinhas, que viviam no mundo da lua.

Ela achou graça. Afastou-se dele, fitando-o como quem investiga:

— Que bonito. Você fala bonito mesmo dizendo besteira. Você bota sexo em tudo, mas tem o dom da palavra, Cisco.

Voltar à realidade: ele mordeu o lábio. Qualquer envolvimento com Aninha redundaria em fracasso e num inaceitável ego ferido. Já tinha representado o seu papel de sempre; agora era preciso manter distância. Levantou-se sério, outra voz, solenizando a mentira:

— Negócio seguinte, Aninha: já é tarde, todo mundo já saiu da cama e já almoçou. O pessoal está se concentrando para a Paixão. De agora em diante, acabou a festa. Desculpe encher o saco, mas agora é dormir cedo, levantar cedo, ajudar na horta, dar a mão na cozinha, que o trabalho triplica. Pô, a Mãe e a Vó têm de fazer tudo sozinhas. Você sabe como é.

Ela fechou o rosto.

— Tudo bem, Cisco. É que eu ainda não tô legal.

Um pai falando — o fato de estar em pé, a uma distância segura, ajudava:

— Se você continuar nessa modorra o dia inteiro, nunca vai ficar legal. Como diz o Isaías, o melhor remédio para a alma é a enxada.

— Tudo bem. Desculpe, senhor. A escrava da Paixão já vai se levantar. Eu não pensei que...

Cisco se perturbou com a ironia; talvez tivesse exagerado na dose; por que sempre escapava uma agressão no que dizia?

— Calma, minha ninfa. Perdão. Não é nenhum terremoto. Só quis lembrar. — O beijo na testa, desta vez apenas carinhoso: — Até mais, Aninha.

Da porta, ouviu o pedido inesperado:

— Não fique brabo comigo.

Triunfo: ele sorriu, mandou um beijo, mas se afastou rápido — a sensação de culpa era uma espada atravessada na garganta. Ao descer o primeiro lance de escada, ouviu ao longe o piano de Edgar. Mudando de ideia, saiu da casa, atravessou um caminho de orquídeas e pedras e chegou ao refúgio do pianista, uma meia-água florida à sombra de uma figueira. Edgar, cabeleira e barba ruivas, bochechas rosadas, olhos miúdos, dedilhava uma melodia ao piano. Ao ver Cisco, levantou-se eufórico, falando aos solavancos:

— Cisco! Grande Cisco! Velhão! Amigo!

E abraçaram-se longamente, no ritual de todo dia, como se não se vissem há anos. Edgar, bonachão e teatral, e alguma coisa de bíblico:

— E eis que recebo uma visita! Uma visita! Sente aí!

Cisco puxou um caixote e sentou-se.

— Agora... não saia daí! Primeiro ouça minha última composição!

De novo ao piano, tirou uma melodia delicada, com engenho e arte.

— Que tal achou?

Cisco ainda pensava em Aninha: teria exagerado na brincadeira? Miro talvez não gostasse de saber que...

— Muito bonita, Edgar.

— Cisco, essa ilha é o paraíso! Eu estou me sentindo — respirou fundo, abriu os braços roliços —, me sentindo limpo, renovado, inteiro! Acabou insônia, dor de cabeça, o diabo! Demorei pra me decidir, mas decidi. Daqui não saio mais. Não volto. Olha as plantinhas, minhas flores, o canário cantador! — Mostrava a gaiola: — Ele ficou tímido agora por causa de você. Ele... — e começou a rir da própria piada —, ele respeita os chefes! Quando o Isaías entra aqui, o canário chega a esconder a cabeça debaixo das asas!

Emendaram um riso anárquico e saboroso, até o suspiro e o silêncio. Edgar bateu no joelho de Cisco:

— E com você, tudo bem?

— Tô uma bosta. Acordei agora.

— Já sei: tomou mais um porrete daquele vinho assassino lá de Garapa?

— É. Mais um. Me arruma um cigarro.

Aflito:

— Você está sem cigarro? — Pegou a carteira de cima do piano: — Pega aí, fica com você. Eu tenho mais.

— Não, que é isso, eu...

A culpa de tamanha miudeza, a angústia, mas Edgar enterrava a carteira na mão de Cisco, sem deixar escolha. Aceitou, cabeça baixa:

— Te devo uma carteira.

— Não deve porra nenhuma. O que está aqui é nosso! Pelo menos enquanto durar o meu dinheiro no continente, que já está à míngua... — Teatral: — Mas vou em frente, Cisco, até a miséria absoluta, meu verdadeiro destino!

A carteira de cigarro queimava na mão de Cisco. Um súbito desejo de correr ao quarto e esmurrar a parede de pedra. Talvez Aninha estivesse certa: *eu não sou mau; apenas me finjo de mau.* Sem se decidir, suspirou:

— Ando meio doente. Preciso me casar.

Um segundo de espanto — que lógica haveria entre uma coisa e outra? — e a explosão de Edgar:

— Não! Não! Não! Pelo amor de Deus, em nome da Paixão, jamais faça isso! Velhão amigo, já fui casado, o casamento é uma bosta! É a morte! Fique livre, livre, que nem um passarinho! Não como esse, que está na gaiola, só pra valorizar os outros, que estão soltos! Casar!? Que ideia absurda! — De repente preocupado mesmo, segurando a mão de Cisco como um enfermeiro procurando no pulso o sinal do coração: — Você não está bem?

Ele acabou rindo:

— Tudo bem, Edgar. Você é um santo. Queria ter essa pureza.

— Eu, santo?! — E segurou o ombro de Cisco, baixou a voz e a cabeça, confessando: — Aí é que você e todo mundo se engana. Eu sou falso. Se você soubesse o que eu tenho aqui — apontou a própria testa —, nunca mais falava comigo.

Ficaram quietos, como em penitência. Mas, diante do sorriso de Cisco, *ele não acredita*, Edgar prosseguiu no confessionário, aos solavancos:

— Quer uma prova? Por exemplo: o Rô... Rô...

— Rômulo? O que tem ele?

— Esse mesmo! Que sujeito mais terrivelmente chato, Cisco! — A acusação lhe doía: — Coitado, é bonzinho, mas tem fluidos... fluidos negativos! E eu não aguento o violão dele, que troço desafinado! É só nheco-nheco, nheco-nheco, porra, o dia inteiro! E a voz, então!? Aquela voz rastejando, meu Deus!... A música já acabou faz duas horas e ele continua cantando, quem aguenta? — Enterrava os dedos na cabeleira ruiva, desanimado. — Não dá, Cisco. Não dá. Só te peço uma coisa, você que é dos antigos da casa e que tem autoridade na ilha: tira esse cara daqui, manda lá pra longe, lá pra baixo, tem quarto sobrando. O filho da puta cismou de morar comigo, diz que lugar de músico é com outro músico!... — Concedia, equânime, as palmas das mãos pedindo calma: — Eu sei... eu sei... Tá certo que ele me arruma uns fuminhos de vez em quando, mas o preço é muito alto! Eu prefiro pagar em dinheiro! O cara é um peso, ocupa espaço demais, me enche o saco! Quero ficar sozinho! Eu vim para essa ilha para ficar sozinho, porra!

Cisco deu risada — isso era tarefa muito fácil.

— Deixa comigo, Edgar. Eu resolvo hoje mesmo.

Edgar deu um tapa na testa, pegando-se em flagrante, a prova do próprio crime:

— Você viu? Viu o comprimento, o tamanho, a extensão, a espessura da minha mesquinharia? Pô, eu sou absolutamente incapaz de dividir um espaço com alguém! Trauma de bancário: passei a metade da vida contando dinheiro dos outros! Agora não divido nada! Nem com mulher, mais! Mulher é bom pra dividir a cama, não a casa! Xô, todo mundo! Fora! Falta muito pra santidade... Mas eu vou ficar melhor, Cisco. Vou mesmo. Eu, o piano e a Paixão, é questão de tempo. E já escolhi meu papel para esse ano: músico, flautista do povo. Que tal?

— Perfeito, Edgar!

Cisco levantou-se, tinha o que fazer. Despediram-se com efusão histriônica, como se fossem se encontrar de novo só no final da vida. Edgar sussurrou, que o canário, calado, não ouvisse:

— Só não comente com ninguém esse papo sobre o Rômulo. Fica entre nós...

— Tudo bem, Edgar.

Passando entre bananeiras, Cisco escondeu a carteira de cigarros na bainha da calça, dobrando a barra duas vezes. Contemplou-se: uma canela à mostra, outra não. Dobrou também a outra barra — agora iguais

— e prosseguiu. Chegando à casa, atravessou o pátio central e entrou na cozinha. A Mãe ajeitava panelas grandes e barulhentas na prateleira. Pressentiu Cisco na porta:

— O Rômulo levou milho pras galinhas e não trouxe a lata de volta.

— Eu vejo isso.

Ele já sabia: com certeza estava na beira do riacho, tentando tocar aquele violão. Virou-se para sair.

— Mas antes coma um franguinho. Não vi você almoçar.

— Depois, Mãe.

Perseguido por todas as pequenas culpas, que estavam em toda parte, feito praga (por que a Mãe o protegia?), Cisco encontrou Rômulo exatamente no lugar previsto, à beira do riacho, tirando sons do violão, a lata de milho esquecida na grama. Era muito difícil controlar o prazer da crueldade contra um adversário tão absurdamente fraco.

— Porra, cara. Assim não dá.

Rômulo interrompeu a sequência de sons e olhou para cima, para o sol, até reconhecer quem era:

— O que foi, Cisco?

— Tô cansado de segurar a tua barra. Você é inútil demais.

Rômulo olhava para ele, protegendo os olhos do sol, sem entender. Os olhos vagos:

— O que é que eu tenho que fazer?

— Primeiro de tudo, deixar de fumar maconha. Em segundo lugar, levar o milho pras galinhas.

— Ah. É mesmo. Eu esque...

— E, em terceiro lugar, pegar tuas tralhas do chalé do Edgar e vir pra baixo.

Rômulo não se moveu.

— Mas isso é já, porra! Quer matar as galinhas de fome?

Levantou-se, lento. Pensava em Edgar: por que sair de lá?

— Tudo bem. Eu...

Já ia esquecendo a lata de milho. Voltou, ergueu a lata com a mão livre, um peso que parecia enorme. Cisco continuou o massacre:

— Você já parou pra pensar na Paixão?

Rômulo largou o violão, coçou a cabeça. Continuava pensando em Edgar. O que estava acontecendo?

— Já. Um pouco.

A ironia, irresistível:

— Que beleza! Parabéns! Escolheu o papel, pelo menos?

— Jesus.

Cisco segurou firme o riso que ameaçava explodir e mudou rápido de assunto. A resposta merecia plateia — não queria desperdiçá-la sozinho.

— Rômulo, o Isaías não vê a hora de te dar um pontapé na bunda e te pôr pra fora da ilha — mentiu, paternal, colocando a mão no ombro dele. — Eu estou segurando como posso, mas você é um defunto muito duro de carregar.

Rômulo coçou a cabeça de novo. A voz arrastada:

— Pô, eu sempre ajudei em tudo. Não sei por que essa perseguição. — Mais uma vez lembrando Edgar, chegou a alterar o tom de voz: — Tudo bem, mas da ilha eu não saio. Isso aqui é de todo mundo.

Cisco respirou fundo. *E o Isaías gosta deste traste.*

— Aonde é que você vai?

— Vou tirar minhas coisas do quarto do Edgar. Aquele cara é mesmo muito baixo-astral.

Outra respirada funda:

— Escuta aqui, palerma, idiota, cérebro de pardal, e essa lata que você tem na mão? É pra enfiar no rabo?

Rômulo pousou a lata no chão, e por alguns segundos um ar de brutalidade completa pairou ameaçante entre as duas respirações. Mas não se moveram.

— Olha, Cisco... você... — seria um choro preso na garganta? — ... você me ofendeu, e...

Calou-se. A dor de Rômulo passou a Cisco, de outra forma. Sentiu-se mal, terrivelmente mal, sem remendo possível. A mesma mão no ombro:

— Tudo bem, Rômulo. Mas vá alimentar as galinhas.

— Tudo bem com a gente, então?

— Tudo bem. Em paz.

Rômulo deu dois passos, parou, largou a lata e o violão:

— Tem um cigarro aí?

Cisco puxou os bolsos vazios para fora com a rapidez e o humor de um palhaço de circo:

— Nada.

— Tudo bem.

Rômulo recolheu novamente a lata e o violão, pensou, olhou para o galinheiro adiante e recomeçou. Ouviu uma última crueldade:

— Só não vá jogar o violão pras galinhas e comer o milho!

Ao se voltar, rindo sozinho, Cisco viu um casal de turistas — ela de biquíni, ele de calção — subindo o caminho da praia em direção à casa, rodeados por Toco e Pablo e por uma bagagem que parecia de dez pessoas. Foi rápido ao encontro deles.

VI

As mulheres da Paixão

Garapa era um vilarejo de pescadores no extremo leste da ilha, protegido por uma muralha de rochas. Na baixada, cresciam bananeiras, plantações de mandioca e ralos canaviais, próximos de uma dúzia de casinhas quadradas, de tábuas velhas e sem pintura, que rodeavam uma venda em cujo balcão ensebado de vez em quando funcionava, à bateria, a única televisão da ilha. Mensalmente aportava ali uma barcaça trazendo Coca-Cola, café, pacotinhos de Ki-Suco, Melhoral, camisetas de propaganda, venenos contra ratos, cartelas com agulhas e alfinetes, sal, fotonovelas, caixinhas de boa-noite, às vezes um padre de sotaque estrangeiro, pirulitos de framboesa, paçoca, anzóis, pastores da Assembleia de Deus — e levava, em troca, caixotes e mais caixotes de peixe e camarão conservados no gelo que se fabricava a querosene nos fundos da venda.

Neste janeiro do ano da Paixão de 1971, a barcaça trazia, além da carga de costume, um enxame de mulheres moças, altas, baixas, gordas, magras, loiras, morenas, angustiadas, felizes, apertadas em calças de brim e blusinhas vaporosas, à vontade em saiotes, arrastando sandalinhas delicadas no chão sujo do barco, carregando bolsinhas com cigarros, pastilhas de hortelã, comprimidos contra dor de cabeça, tubos de inseticida, absorventes, livros, desodorantes, espelhinhos, fotos 3x4, anticoncepcionais, escovas, mertiolate.

Contemplavam a ilha da amurada num falatório feliz, animado e ansioso — e em vozes tão altas que o Mestre, conduzindo o barco do castelinho da popa, braços enormes queimados de sol e bigodão no rosto moreno, resmungou com desprezo:

— Parecem galinhas.

Os três marinheiros da barcaça mantinham-se a uma distância respeitosa das assim chamadas galinhas, num instinto de proteção, mas já inebriados, contaminados pelo perfume, pelas bundas tão visíveis, por aqueles dentes, e além de dentes, branquíssimos, os cabelos soltos ao vento, aquela profusão de carnes macias, de peles tratadas, de pouca vergonha. Era melhor manter mesmo distância. Mas uma baixinha com rosto de índia, cabelos negros e espessos e seios firmes, e perfumada, e também cheia de dentes brancos, insistia em conversar com eles:

— Seu... o seu nome, qual é mesmo?

O homem tirou o boné, dois passos atrás.

— Quincas.

— Seu Quincas, meu nome é Raquel. Pra que servem essas cordas enroladas?

O homem riu, escondendo a boca.

— Não é corda não, dona. É cabo.

Um outro atreveu-se a fazer piada, sem olhar para ela:

— Corda só de relógio.

E riram os dois. Raquel não perdeu o jeito:

— E pra que serve?

Tão linda e tão burra, o homem pensava. Mas não riu desta vez.

— Ora, pra segurar o barco, dona, depois que atraca.

O outro meteu-se de novo na conversa:

— Ou pra rebocar outro, quando precisa.

— Ah, entendi. — Era só para puxar conversa: — E quanto tempo falta pra gente chegar na ilha?

— Uma meia hora.

O terceiro marinheiro, solícito, trouxe um engradado vazio:

— Não quer sentar, dona?

— Ah, quero sim. Obrigada. Tô exausta.

Suspirou e cruzou as pernas. Os homens meteram o olho naquela nesga firme de coxa, e disfarçaram. Um deles começou a picar o fumo; os outros dois giravam o boné nas mãos. Afinal arriscou-se a pergunta:

— As senhoras... vão rezar na procissão?

— Procissão?

— É. Lá do velho Isaías.

Raquel achou graça.

— Não é procissão, não. É teatro.

Não entenderam.

— Teatro!? O que é teatro?

Como explicar?

— É uma espécie de... de circo.

Um deles protestou:

— Não é circo não, dona. Ano passado fui ver, com a mulher e os filhos. É coisa séria, a vida de Jesus, de muito respeito.

A vida de Jesus? Os outros dois marinheiros olhavam as mulheres na amurada e não conseguiam relacionar uma coisa com outra. Novo silêncio. Raquel percebeu o abismo e tateou noutra direção:

— O senhor... o senhor já tem filhos?

— Tenho sete, dona. Quatro meninos e três meninas. O mais velho já está trabalhando no porto. Na estiva.

Mais à vontade, os outros de novo se meteram na conversa:

— Tenho três, dona.

— E eu cinco. Cinco meninos, tudo forte, graças a Deus. Quer dizer, um anjinho morreu cedo. Eram seis.

— Os meus é duas meninas e um rapaz feito. Por enquanto! — E a boca se abriu num riso envergonhado e quase sem dentes. — É que a mulher já tá de bucho, esperando mais.

Raquel olhava de um para outro, admirando:

— Puxa vida, que bonito! É tão lindo família grande, não?

— Aqui tem muito, dona. Na cidade é que não tá mais em voga.

Riam, meio escondendo o rosto, com vergonha e atrevimento. Raquel, como quem falasse sozinha, fazia planos:

— Ah, eu quero ter um monte de filhos! — A mão desenhava o projeto no ar: — De fazer escadinha! Mas — e ela suspirou, desanimada — mas falta homem!

E deu uma risada limpa e saborosa. Eles riram juntos, escondendo a boca com as mãos, até que silenciaram sob o olhar duro do mais velho, que pregou, chapéu à mão, solene:

— A senhora parece moça bonita e direita. Não há de ficar sozinha. Ainda tem gente de respeito nesse mundo — e o olhar arremessado em direção às mulheres adiante parecia condená-las para todo o sempre.

Raquel, mais uma vez, percebeu o abismo. Séria:

— É verdade. O senhor tem razão.

Quase contrita, pensou na Paixão. Lembrou as tochas do ritual de quinta-feira à noite, antes da Sexta-feira Santa, o vozerio do povo faminto em volta das fogueiras, e sentiu um arrepio no corpo. Começou a cantarolar baixinho uma música. Raquel era assim: quando triste, cantava.

A ilha, vagarosa, se erguia à frente, pouco a pouco mais próxima.

— Como demora!

— Mas é linda!

— A gente vai acabar chegando de noite...

— O vento tá mais frio... Será que faz frio nessa ilha?

— Ai, vou ver o Toco, tesão de homem! Vou comê-lo!

— Será que reservaram o quarto grande pra gente?

— Pra mim, tanto faz. Quero quarto pequeno, pra dormir acompanhada.

— Quem vê a gente pensa que é tudo puta. Chega lá é aquele cu-doce, aquele não me toques...

— Que língua! Parece que a gente tá bêbada!

— O que me impressiona mesmo é não ter texto escrito. Não tem uma só palavra escrita. Você vai ver que coisa incrível.

— Eu nunca fiz teatro.

— Trouxe um presente pra Mãe. Ela é tão boazinha.

— Também, haja saco pra aguentar aquele povo.

— Tem de tudo lá. Se prepare.

— Esse ano quero curtir a Paixão de verdade. Me entregar inteira. Tomara que eu pegue um papel bom.

— Olha só, que visual bonito!

— Ai, porra, bati o dedão no ferro!

— No Palácio eu não fico mais. A gente lá não fala quase nada!

— É mesmo, né? Você já reparou que mulher não tem vez na Paixão? Ou é a Virgem, ou a Madalena. Ou santa ou puta. O resto é povinho.

— É claro, menina. Só existe homem no mundo real. Nós somos frutos da imaginação. Então você não sabe que Deus é do sexo masculino?

— Tremendo babaca.

— Credo, guria! Não fala assim!

— Deviam fazer Cristo mulher. Seria mais justo.

— Era só o que faltava. Se for, eu não trabalho...

— Além disso, já pensou a Crista com os peitões na cruz? Não ia ter romano malvado!

— Cale essa boca! Mas como você fala besteira!

— Tá bem, não precisa fazer o sinal da cruz. Não sou o anticristo.

— Mas parece.

— Cristo mulher? Ah, eu acho legal. Por que esse preconceito? Pensando bem, a mulher é o Cristo do mundo.

— Antes de vir, li todinho o São Lucas.

— Eu também não sei, é minha primeira vez.

— Olha lá, um barquinho a vela! Bonitinho.

— Nunca que eu trabalhei em teatro na vida. Morro de vergonha.

— Besteira.

— Olha a ilha, que maravilha!

— Onde é que é o palco?

— Não tem palco nenhum, você não sabia? Não tem diferença entre plateia e elenco, é tudo a mesma coisa, teatro total.

— Bem, pelo menos deve ter um lugar onde se representa a peça, não?

— É no outro lado, virando o morro. Bem longinho. Amanhã de manhã a gente chega.

— Eu não trouxe barraca.

— Eu trouxe a minha. É uma barraca sutiã: só cabem dois!

— Por que o barco não deixa a gente mais perto do lugar?

— Cá entre nós, como é feia essa tal de Norma, hein?

— E é um porre de chata.

— Coitada.

— Coitadas somos nós.

— Quero tomar tanto banho de sol, voltar preta!

— Se sobrar tempo. É ensaio o dia inteiro.

— Chegando na vila vou tomar caldo de cana. Adoro!

— Caldo de cana engorda, é açúcar puro.

— Cadê a Raquel?

— Ali, falando com os marinheiros. Ela é engraçada.

— E a Maria?

— Deu crise de solidão. Tá lá atrás, sozinha.

— Só espero que essa viagem me renda uma boa reportagem. Pobre foca, como sofre! Vou pedir um aumento pela insalubridade.

— Vão é te despedir, todo esse tempo fora.

— Não tenho contrato mesmo. Que se fodam eles. Não ia perder essa viagem. E é capaz de dar uma bela matéria.

— Será que o Júlio vai? Acho ele lindo.

— Será que é verdade que ele é bicha?

— Meu Deus, em que tempo você vive? E daí?! Qual é o problema?

— Tudo bem, nada contra. É só curiosidade mesmo.

— Amor é amor. Ponto final. Cada um na sua.

— Pode até ser, mas é um ator de arrepiar. Lembra o sermão do ano passado? Chorei o tempo todo.

— Ele é um doce de pessoa, mas eu acho ele meio canastrão. Fazer chorar qualquer um faz. O difícil é fazer pensar. Pra dizer a verdade, acho esse povo todo da Paixão muito alienado. Essa coisa meio hippie. Esse mundo alternativo sem alternativa. Esse túnel do tempo pra lugar nenhum.

— Ai, esse balanço me deixa tonta. Daqui a pouco vou vomitar.

— Uma fotografia? Deixa que eu bato.

— Tenho um grilo na cabeça. Não é fácil.

— O Rômulo? Aquele é um personagem. Nunca conseguiu dizer uma só frase na Paixão. Faz quatro anos que ele está tentando!

— E quer comer todas!

— Olha lá, que bonito, contra o sol!
E todas olharam as gaivotas voando.

Escondida na popa, atrás de uma pilha de caixas, Maria escrevia.
Meu querido (tempo)
Meu querido Pablo
Passei esse ano pensando em você, na tua (risco) na sua solidão. Nem sei ainda se você virá este ano (risco) se você virá. Queria muito que você
Rasgou o papel, jogou no mar. O motor ensurdecia.
Pablo:
Mordeu a caneta. Por que ele? Por que justamente ele? Nunca se tocaram. Ele nunca percebeu a minha respiração. Ele nunca percebeu.
teus olhos são (risco nervoso)
teus olhos tua boca teu peito teus lábios nos meus
no céu brilha a lua
no céu da boca a lua dos olhos (tempo)
Mordeu a caneta.
quero a tua mão estendida no meu corpo — é simples
quero teu corpo estendido no meu
na lua
o espelho dos olhos
teus
(tempo)
Releu em voz alta: nem ela mesma conseguia ouvir. Arrancou a folha do bloco, dobrou e guardou. Mordeu a caneta.
Eu queria lembrar cada minuto
Arrancou a folha, jogou no mar.
Eu queria. Não. Eu não queria mais nada.
Eu não queria nem a rosa nem outra flor nem
o depósito na caderneta de poupança nem
meu emprego meu futuro nem nada nada nada nada
(tempo)
se você fosse a morte
(tempo)

Mordeu a caneta.

eu queria morrer.

Enterrou a cabeça entre as pernas e chorou. Deixou-se sacudir, alma e motor ensurdecendo. Sentiu na caneta o gosto de sal.

Era uma vez Pablo e Maria. Ela amava-o (risco) ela amava ele, ele não amava ela. Um dia, Maria disse: eu te amo, desgraçado, com unhas, dentes e coxas (risco) com unhas e dentes. E Pablo disse:

e eu infeliz
que não sabia
que me danava
que sofria que nem diabo na porta do céu
agora é tarde
tomei veneno (risco)
agora é cedo
toma essa flor de presente
e pega um beijo

Guardou a folha sem reler.

Pablo, quero conversar com você, só eu e você.
Quero falar com você de noite, de madrugada.
Quero falar com você em silêncio
na hora em que parar o vento
que parar o mundo
eu quero falar
Quero falar com você de manhã cedo
um minuto antes dos passarinhos para acordar o dia
antes que comece a vida eu quero falar
meu Pablo querido
antes da Paixão
antes de abrir a boca de te ver te cheirar te pegar
Pablo eu quero
ao meio-dia sol na testa desgraçada de mim
quero falar

* * *

— CHEGAMOS!

Maria guardou o bloco na bolsa, escovou os cabelos, enxugou o rosto e juntou-se às outras. Raquel se despedia dos marinheiros, um por um, estendendo a mão, que eles seguravam com relutância e extremo cuidado:

— Felicidades pro senhor. E não deixem de ver a Paixão!

Bonés rodando entre os dedos.

— Se der, a gente vai, dona.

As mulheres faziam fila na tábua incerta que descia ao trapiche:

— Ai, cuidado!

— Devagar!

— Isso tá podre!

— Olha a frente!

— Me segura!

— Que vila horrível!

— Ah, eu acho charmosa...

— Vamos pra onde?

— Tomar caldo de cana!

— Tem que pegar o mato, atravessar o morro.

— Dormir no mato? Vai ser muito legal.

— Tem mosquito. A parte ruim do pacote da felicidade.

— Passar nas grutas! São lindas!

— Me empresta o espelho?

Os tímidos habitantes da vila olhavam de longe aquela invasão desesperada que sem pudor lhes devassava a vida com o espetáculo atraente e ofensivo das cores, da alegria solta, dos gritos sem dor, das peles sem rugas, brancas e morenas.

— Olha, aqui tem uma venda!

— Puta, que fedor!

— Ai, pisei num espinho!

— Cuidado aí!

— Calma, gente! Olha o respeito, pô!

Crianças nuas, sujas e barrigudas espiavam de longe, olhos arregalados, pés na lama, até que as mães, também barrigudas, as chamassem com rispidez — então corriam às casas, assustadas. Na venda, as mulheres se abarrotavam de bolachas, roscas, doces, chicletes.

— Não parece um outro país?

Longe, apoiado no timão da barcaça enquanto os marinheiros desciam a carga, o Mestre cofiava o bigode:

— Umas galinhas. Não passam de umas galinhas.

VII

O espelho de Barros

Acordou, remexeu-se na cama, bocejou. Trêmula, a mão tateou até encontrar a garrafa; ergueu o tronco, deu um gole, outro, mais um. Ainda deitado, passou a mão no rosto, com força, e enterrou os dedos na barba longa, negra, espessa. Ao lado, o pequeno espelho inclinava-se para ele, refletindo o jato de luz da janelinha redonda. Ouviu a voz, nítida e suave:

— Quer saber de uma coisa, senhor Barros?

— Não. Eu não quero mais saber nada. Já sei tudo.

Abriu os lábios e contemplou no espelho os próprios dentes, fortes e quadrados como dentes de cavalo. Os dedos agora abriam caminho nos cabelos bastos que avançavam pela testa: sentiu ali as duas pontas de chifre, que nasciam discretas, mas agudas.

— Está bem: o que é? Outro exame de consciência? Está desistindo?

— Esta Paixão pode salvar você.

— Isso é ridículo.

Repetiu sem pensar, mais para empurrar a rouquidão peito acima:

— Ridículo, entendeu? Eles que devem ser salvos. Ao nosso modo.

Tossiu. Era sol demais no quarto. Fechou a janelinha de vidro fosco, ainda sem sair da cama. Seu rosto no espelho agora era uma sombra, os olhos brilhando vermelhos. Buscou de novo a garrafa, deu outro gole, prolongado. Recitou baixinho, sentindo a voz melhorar:

— Tudo aqui é furado. O Isaías é vazio como um balão de ar. Mete-se a unha, e pfff... Pior que isso: mau-caráter. Um homem não confiável. Ingênuo, ele? Ah ah! Ingênuas são as moçoilas da cidade, são os garotinhos idiotas encantados com o circo. Isso aqui significa nada.

O espelho abriu um sorriso derretido, sarcástico, deformante:

— Você não sabe? Isaías fala com Deus...

Quase um urro:

— Ah!... E eu falo com você, meu amigo — o dedo ameaçador diante do espelho. — Ele não me põe medo. Além disso, ele é mudo! É incapaz de apresentar um só argumento em defesa dessa festa. Algo de peso, quero dizer. Algo minimamente sustentável. Por exemplo: qual a função disso? Para que serve essa Paixão? Que ensinamentos ela nos traz? Um provérbio que fosse!... Nada, nada, nada! Vou reduzi-lo ao que ele é, desprovido de palavra: nada. Tirar, arrancar a última palavra do fundo da garganta, e suprimi-la a ferro e fogo. Vou produzir o silêncio.

O espelho calou-se, sorridente. Parecia satisfeito. Barros continuou:

— Contente, agora? Estou prontíssimo. Eu tenho trinta anos de vida, meu amigo! Está vendo meus braços, minhas mãos? Olhe bem — e ele estendia os braços para o espelho, que reduzia a extensão das formas —, são braços e mãos de quem já viveu as contradições profundas, de quem aprendeu a diferença entre a água e o vinho, que jamais se transformam uma coisa em outra, exceto à força de dinheiro; são os braços de quem amou, sofreu, entregou-se à vida de peito aberto. Mas sempre com o dedo na ferida, sempre revelando a chaga. Não sou um pássaro, que voa; quem voa não sabe. Sou inteiro raiz. Sou seiva, suor, casca grossa, ramagem tensa. E é por isso que repito: Paixão vazia! Eles vão sentir o peso desconjuntado dos ideais.

Outro gole. Todas as formas do mundo começavam finalmente a se equilibrar. Fechou os olhos e ouviu:

— Por que você não vai embora? Esse não é o teu lugar.

— O que é isso agora? Um teste ou uma agressão pessoal, direta? Você desistiu do acordo? Posso quebrá-lo de um golpe, se for essa a regra do jogo. Mas não; nunca estive interessado na força bruta. Sou capaz dela, mais que todos; mas não estou interessado nela. Eu enfrento cara a cara tudo que você tenha a me dizer, porque não sei o que é medo. Falo de boca cheia: não tenho medo.

— Você não respondeu: por que não vai embora?

— Porque paguei. Paguei vinte vezes mais do que todos esses vagabundos pobretões juntos no mesmo balaio. Paguei, e vou levar, e essa é a regra do jogo. Que eu saiba, o capitalismo ainda não foi revogado, e espero que nunca seja. A lei é essa, aqui, no céu, no limbo ou no inferno, por inteiro ou do avesso, gargalhante ou borbulhante: com dinheiro você é livre, não depende de filho da puta nenhum para fazer o que bem entender. E também qualquer filho da puta pode ter dinheiro, então que ninguém reclame. Sei como é, trabalho com publicidade. A coisa funciona azeitadamente engrenante. Não há guichê de reclamações para os vazios da alma. Que ponham os ideais no rabo: o mundo é uma linha reta que se desloca interminavelmente no vácuo, à velocidade do fogo, como o judeu tentou desmontar. Quanto a mim, estarei salvo; paguei, e vou levar.

— Não entendi.

— Você é burro. Me dê um lápis e um papel e eu faço um roteiro para essa Paixão e transformo ela em alguma coisa realmente produtiva. De cobrar ingresso. Mas mudaria tudo, é claro.

— Palavras, palavras, palavras. A Paixão não é feita de palavras.

— Ora, você me irrita. Pare de se fazer de ignorante. Eu quero tudo.

Tirou os olhos do espelho, espreguiçou-se, sentou na cama. Olhou os livros esparramados em volta. Continuava, a contragosto, pensando na Paixão:

— Quer um exemplo? A procissão de quinta-feira à noite. Que significado tem aquela gritaria imbecil à luz de tochas? Nenhum. E mais: quem, *quem*, quem vê a Paixão? Ninguém! Ab-so-lu-ta-men-te ninguém! Quer dizer, só se meia dúzia de pescadores subnutridos rodeados de filhotes cheios de lombrigas na barriga forem alguém; eles jamais compreenderão o significado da fome, da miséria, da proliferação dos filhos, ou de qualquer mensagem que algum estúpido daqui queira meter à força na vida de Cristo; não compreenderão porque são idiotas. Que espetáculo é esse, então, representado por um cesto de ignorantes para, no máximo, três ou quatro ignorantes outros? — e explodiu uma gargalhada até o engasgo.

— Isso não é um espetáculo.

Furioso, sacudindo o dedo no nariz do espelho:

— É o que, então, porra!? Aos trinta anos de idade, depois de ler dois mil livros e viver na carne o que li, vou brincar de casinha? É isso?

Silêncio.

— Você me irrita até o último osso! Não tenho mais idade para a fé. Não vou jogar fora a minha vida acreditando nisso! Paguei e vou levar.

— E como você vai saber?

Barros cochichou o segredo, rouquíssimo:

— O salto de cinco metros de altura! Eis o homem! — Começou a vestir a calça preta. — E para que serve a vida de Cristo? Não haverá assuntos mais racionais no mundo? Para que serve a vida de um fanático milagreiro (que, aliás, aqui nunca produziu milagre algum, nem dos facinhos, de fazer falso cego ver...) com seu séquito miserável de falsos profetas, falsas virgens, falsos anjos e falsos demônios, esses malditos contos da carochinha que arrastam a humanidade para trás, pra quê? Ou então — e Barros entusiasmava-se com a própria retórica, a mão esquerda puxando o cinto da calça, a direita gesticulando —, ou então vejamos de outro ângulo, do ponto de vista dos crentes, que não sou nenhum radical: com que direito destroçam uma crença milenar que sequer compreendem? Hein? — Procurava uma camisa na prateleira. — Isso é uma empulhação.

— Mas vamos repetir: por que você não vai embora?

— De novo essa agressão? Pois eu fico aqui, e não é só pelo pacto, ou pelo dinheiro que eu pus no chapéu na Paixão. Fico aqui pregando no deserto, cumprindo minha função iluminadora. Esse lunático safado não vai se livrar de mim. Vou denunciar todas as contradições, escrutinar todos os podres, desvendar a verdade até o último minuto, nem que me transforme numa bandeira esfarrapada segundos antes da transformação final! Eu vim aqui provocar! E vou azucrinar a cabeça de cada ser! Porque esse pessoal cretino que vem chegando para a curtição não está sabendo de nada. Eles vêm para a boca do lobo na maior ingenuidade. Não os malandros velhos, os perigosos, tipo Cisco, Toco, Edgar; esses são muito vivos. Esses na cadeia eterna estariam bem. Têm planos na cabeça, só um cego não vê. Existe alguma coisa por trás dessa Paixão, e eu vou descobrir o que é. E mais os tais artistas, os gênios de boteco, os subatores, os revolucionários de creche, toda a vagabundalha que vem aqui comer gente e arrotar Paixão. Essa classe dominante da empáfia, esses pés-rapados vão ter de cair do cavalo, e *eu, eu* vou derrubá-los!

Era um risinho de escárnio que ele estava ouvindo? A voz baixinha:

— Com que armas?

O dedo peludo sacudindo:

— Com a lucidez da razão! Com a força dos argumentos! Os fins justificam os meios, e só a palavra cria realidade! A palavra desvenda e conduz o mundo, imbecil! Para isso eu estudo: para anular a emoção vazia dos vegetais!

Abotoava a camisa negra, mãos trêmulas. Em seguida, defronte ao espelho, colocou as abotoaduras douradas com alguma dificuldade. Agora escolhia as meias soltas na prateleira até se decidir pelo par mais escuro. Ouviu a voz sussurrando:

— Você é rancoroso.

— Pois, se é assim, digo que o rancor alimenta a alma quando a causa é verdadeira. É isso: quem não tem rancor acaba trabalhando na Paixão — e riu alto com a própria descoberta.

— Você também trabalha nela...

— Mas às avessas! Sou o espião, o quinta-coluna, o traidor, o dedo-na-ferida, o infiltrado, o inimigo, o outro; faço questão absoluta de ser o outro, a contraparte, a sombra, o lado escuro, o incansável.

— O Judas?

— Pobre Judas, o das trinta moedinhas. Tão medíocre, que se enforcou pelo próprio gesto. Não, sou muito mais do que ele, que era igual aos outros: você sabe que eu sou aquele-que-vê e não tem culpa. Não simplesmente *aquele*; sou o *único*!

Limpou a sola do pé direito com a mão, vestiu a meia, depois o pé esquerdo, a outra meia. De joelhos, procurava os sapatos sob a cama, mas encontrou antes a garrafa, e deu outro gole. Resmungava:

— Eles vão sentir o hálito da minha presença... Vou desmontar os egos, as pretensões, a vacuidade, a simulação de fúria e as profecias de coisa alguma. Bonequinhos brincando de Deus...

Agora amarrava o cordão dos sapatos pretos com força. Ouviu vozes; apurou o ouvido e foi à janelinha abrindo uma fresta.

— Quem vem lá? Hum... Uma idiota sorridente seminua, um bobo alegre com cara de turista, Toco, Cisco e... será o Pablo? Todos de lacaios carregando bagagem.

Fechou a janela. Agora escolhia uma gravata adequada. Preferiu a cinza. Ajeitava o nó diante do espelho, provocando-o:

— Está quieto agora? Eu sei, não é fácil me contestar: eu tenho o poder da sedução. Sou lúcido como o corte da navalha. A realidade, em estado puro, é a minha matéria. Corto-a pelo meio, revelo o interior e o exterior, depilo-a como o artesão cônscio de seu trabalho e de sua função. Até o fim!

Com um pente de madeira ajeitou os cabelos e a barba, indóceis. Conferiu o prumo da calça, da camisa. Abriu a boca e contemplou novamente a fila homogênea de dentes. Alcançou o cabide pendurado no teto e vestiu o paletó negro, ajeitando a barba sobre a gravata. Apalpou os pequenos chifres, escondidos no emaranhado espesso de fios de cabelo que cobria a testa. Da gavetinha da cabeceira, recolheu o talão de cheques, várias notas de mil cruzeiros, alguns trocados, a carteira de identidade, dois cartões de crédito, um lenço vermelho, pequeno, que ajeitou no bolsinho do paletó, a ponta aparecendo, outro verde, que meteu no bolso da calça. Procurou e achou uma escova de sapatos — sentado na cama, cruzando uma perna, depois a outra, deixou-os reluzentes. Olhou ainda uma vez para o espelho, agora em completo silêncio, sorriu, satisfeito com a vitória, e mostrou os dentes.

— Fique aqui, quietinho, que é o teu lugar. O futuro a mim pertence.

Pendurado na parede, o espelho refletia um fiapo de sol. Barros estendeu a mão para a maçaneta da porta, mas, lembrando súbito, abriu uma gaveta, pegou duas garrafas pequenas e colocou-as nos bolsos internos do paletó. As mãos em concha na boca, soprou duas, três vezes, avaliando a intensidade do hálito da manhã.

Aberta a porta para o corredor estreito, atropelou Aninha, que descia rápido a escada.

— Olha por onde anda, porra!

Ela se ergueu do chão, assustada:

— Desculpe, eu...

Barros deu três voltas na chave e subiu a escada sem olhar para trás.

VIII
Primeiras impressões

— Toco... que tesão de mulher...

— Pss... fala baixo que já encostaram...

Antônio, máquina fotográfica balançando no pescoço, pulou no trapiche, ansioso e feliz. Hellen, mal equilibrada no balouçante escaler, pedia ajuda:

— Ai, me dá a mão, Tôni!

Os dois nativos contemplavam a cena, enquanto os marujos descarregavam malas, mochilas, sacolas, pacotes. Antônio, cidadão do mundo, avançou sorridente, mão estendida:

— Boa tarde!

(— Eu não vou carregar mala bosta nenhuma!

— Pss... calma, Pablo, é gente boa...)

— Viva! Tudo bem? Vieram trabalhar na Paixão?

— Não exatamente. Sou escritor.

Pablo coçou o cavanhaque. *Mais um intelectual. Chegam aqui e pensam que são os donos. Conheço a raça.*

— Escritor? Ah, sei...

— Meu nome é Antônio Donetti.

Nenhuma reação. Olhavam para a mulher, que ao lado dele passava uma escova nos cabelos, sorridente e magnífica.

— Esse vento do mar *a-ca-ba* com os cabelos da gente!

— Bem... é... esta é a Hellen, minha mulher.

Ela sorriu, generosa — eles pareciam tão simpáticos! Os nativos trocavam a perna de apoio, tímidos, resmungando um "oi". Os marujos despediram-se e o escaler afastou-se rapidamente em direção ao *Da Vinci*. Todos admiravam a presença magnífica do transatlântico logo adiante, até que Antônio preencheu o silêncio:

— Estou à procura do senhor Isaías... Eu soube que vocês representam todo ano a vida de Cristo e...

Impaciente, Hellen interrompeu mostrando a bagagem:

— Será que vocês podiam dar uma mãozinha pra gente?

Toco imediatamente procurou uma alça:

— Claro! (Vamos lá, Pablo!)

Ele acompanhou, de mau humor. Hellen comandava:

— Então podemos ir. O hotel é aqui perto, não?

Os nativos largaram as malas e se entreolharam.

— Hotel?!

Antônio suavizou a pergunta, começando a se preocupar com a displicência agressiva da mulher:

— É... um local para ficar, é o que a Hellen quer dizer. A informação que a gente tinha era que... — e colocou a mão no ombro de Pablo, conciliador: queria passar para o lado deles, compreensivo, humanista, adepto da comunhão universal entre os seres. Sorriu: — Eu sei que vocês não foram ainda corrompidos pelos confortos da civilização e...

Pablo cochichou, ostensivo:

— Ele pensa que a gente é índio. Você viu? É o mesmo papo de sempre.

Toco disfarçou:

— Olha, seu Antônio, isso tem que ver com o Cisco. Ele que lida com a distribuição dos quartos. Mas...

Pablo vingou-se:

— Não sei se ainda tem lugar.

Hellen colocou as mãos na cintura nua:

— Mais essa agora, Antônio! Era só o que faltava!

Antônio arrastou a mulher para trás, sorriso falso no rosto e o sussurro furioso, aquelas férias começavam muito mal:

— Minha querida, você quer deixar de ser alienada e respeitar essa gente? Não estamos mais no convés do *Da Vinci* rodeados de empregados à disposição. Por favor. — E aos dois, simpático: — Não tem problema, a gente se ajeita em qualquer lugar.

Pablo insistia, suando com a bagagem:

— Se levarem sorte... — Percebeu, irritado, que esquecera na praia a própria mochila. Largou as malas, correu até ela, pendurou-a no pescoço, pegou as malas novamente e em passadas largas se juntou ao grupo.

Antônio se condoeu:

— Deixa eu te ajudar, por favor...

— Não precisa. Eu aguento.

A conversa morreu. Toco ia na frente, carregando outras malas e frasqueiras. A única vez que olhou para trás viu o anjo pendurado na cabeça de Hellen, muito assustado, com medo de cair. Ela andava desviando das pedrinhas, evitando os galhos que atravessavam a picada, num requebro cuidadoso. Antônio, a correia da máquina fotográfica raspando a pele do pescoço, começava a esquecer o paraíso e a antever um inferno sem saída, encurralado entre uma esposa imbecil e um bando de bugres — e já começando a sentir uma saudade agressiva do uísque à beira da piscina azul. Cinco metros atrás dele arrastava-se Pablo, a correia da mochila lhe estrangulando a alma, enquanto os braços se retesavam no limite da resistência, aguentando o peso absurdo das malas. *Se me encherem o saco mais um pouco, largo esse povo, fico pelado e vou tomar banho de mar até a noite.*

Depois de subirem um caminho estreito rodeado de vegetação alta, súbito a vista se abriu — e os telhados, portas, janelas e pátios da casa da ilha se estendiam na encosta acima como uma trepadeira viva.

— Mas é incrível!...

Momentaneamente esquecido da desgraça, Antônio empunhou a máquina fotográfica, demorando-se a enquadrar a pintura:

— Que coisa mais estranha... uma arquitetura com traços coloniais e... uma torre mourisca?! e... janelas de ferro e paredes de pedra e... parece uma fave... parece uma vila de Canudos alucinógena?! E o que faz aquela roda?

Pararam todos, aguardando o fim do monólogo. Para Hellen, aquilo era igual a nada:

— Vamos logo, Tôni!

Pablo demorava-se a largar a bagagem no chão, aguentando firme, suor entrando nos olhos, na boca. Antônio se deliciava:

— Zinco?! Folhas de zinco também? Mas é o caos da arquitetura! Lembra uma paródia de Gaudí!

Hellen remexia na bolsa, atrás de cigarros. Irritada:

— Tôni! Os meninos estão cansados!

— Que bela e tosca escadaria de pedra... onde vai dar?

Ela passou a desculpá-lo aos nativos:

— Não liguem. Escritor é assim mesmo, vive vendo coisas...

— O que são aquelas árvores esmagadas no meio de duas paredes?

Toco:

— Mamoeiro.

— Ah! É claro, claro...

Acabou não tirando a foto: alguma coisa emperrou no mecanismo. Continuaram a subida, ele mexendo na máquina, intrigado — e de repente Hellen deu um grito, seguido de um tapa violento na coxa:

— Ai! Um bicho!

Toco informou:

— É butuca.

— Tem muito aqui?!

Pablo ria, afinal:

— De enxame.

— Que horror! — Contemplava desolada a própria perna: — Ó! Deixou marca!

Toco olhava as coxas de Hellen, atento para o dedo apontando a marca, até que viu as mãozinhas, depois o rosto do anjo escondido atrás dela. Sacudiu a cabeça e voltou a andar.

— Isso não é nada. Pior são as cobras.

— Tem cobra aqui?!

Pablo secundava:

— Principalmente nessa época.

— Cruzes!

Alheio à conversa, Antônio pesquisava em volta, encantado e espantado, antevendo a página em branco a ser preenchida com aquela descrição insólita, um material para, no mínimo, uma ótima crônica. *Jardins suspensos da ilha da Paixão*, ou *Creta revisitada*, ou *O guarda-roupas de Gaudí*. Já próximos da casa, ouviram o chamado:

— Pablo!

Era Cisco, que abraçou um Pablo ainda indócil com a bagagem.

— Tudo bem com você? Como foi a viagem?

— Mais ou menos.

Afinal sorriu para o casal de estranhos, estendendo gentilmente a mão:

— Então temos visitas?

Toco explicava, dedo apontando:

— Ele é escritor, casado com ela.

— Muito prazer, Francisco.

Mestre de cerimônias, cumprimentou-os com franca simpatia, classificando rapidamente os visitantes, olho atento — condição social, objetivos na vida, aparência, profusão de bagagens — e de imediato se pôs em sintonia:

— Donetti? Ah, mas claro, conheço seus livros — mentiu sorrindo. O casal pareceu suspirar com alívio, enfim alguém civilizado. Prosseguiu fazendo sucesso: — Mas que ótimo que vocês vieram! Tenho certeza de que vão gostar de participar da Paixão. — Para Hellen: — A senhora talvez estranhe o local, um tanto rude, mas...

Ela se desmanchava, que menino simpático!

— Ora, que é isso, não sou de vidro! E me chame de você, que não sou tão velha!

Afastando-se dois passos, Pablo cochichava a Toco:

— Esse porra do Cisco continua o mesmo vaselina de sempre.

E Cisco prosseguia:

— Antônio Donetti! Olha só que coisa, quando que a gente ia pensar que um escritor de verdade aparecesse por aqui... Vai melhorar o nível dos atores!

Donetti ressalvava:

— Bem, nós não viemos exatamente trabalhar na Paixão, mas...

— Todos participam, é a única regra aqui. Não temos plateia! — Mas o tapinha cordial nas costas, que ele não se preocupasse: — E vocês vão gostar, tenho certeza.

Hellen ofereceu cigarro, que Cisco aceitou distraído. Para Antônio, pensando bem, a ideia não parecia tão má:

— Então viraremos atores, eu e Hellen?

— Mas Tôni, eu tenho uma dicção pavorosa!

Donetti mudou de assunto, puxando Cisco para o lado:

— Eu gostaria muito de conversar com o senhor Isaías. Já ouvi falar muito do trabalho que ele...

Cisco interrompeu:

— Antes dos ensaios, é muito difícil. Mas, se eu encontrar, dou o recado. — Apontou a montanha adiante, num gesto vago: — Ele está por aí, escondido, concentrando-se para a peça. — Baixou a voz: — Já vou prevenindo, Donetti: ele não gosta de falar com ninguém. — E mudou de assunto, a casa diante deles: — Mas vamos chegando! Eu...

Barros aproximou-se do grupo, terno e gravata, cabelos e barba enormes, olhos injetados, sapatos lustrosos:

— Olá, temos gente nova! Mais um casal que caiu no conto da Paixão? — e estendeu a mão e a gargalhada.

Espanto, risos amarelos, apresentações. Barros puxou Donetti de lado, que sentiu de imediato o peso estranho daquele hálito:

— Donetti, o escritor, não é? Então você terá condições de perceber a paranoia que se alcança quando se abandona a razão, a lógica e o rigor da palavra. Até que enfim alguém capaz de compreender o que eu digo!

Mudo, Antônio observava aquele maluco de terno ao sol tropical, olhos sinistros, gestos grandiloquentes e voz empostada. Abriu a boca para dizer alguma coisa, mas foi salvo pela voz de uma mulher, gritando de alguma janela da casa:

— Vocês aí! Quem não comeu ainda que suba antes que acabe!

Cisco coordenou a debandada, levando o casal para um (bom) quarto da parte de baixo. Quanto a Pablo, ficou no quarto de Toco, onde largou finalmente a mochila encharcada. Jogou-se na cama e suspirou:

— Você percebeu, Toco? Esse escritor não está nem aí com a mulher dele. E ela não está nem aí com ele. Os ricaços são assim. Estão cagando e andando um para o outro. E para nós, que carregamos as malas, como sempre. — Outro suspiro. — Você viu as coxas dela? Se der no jeito eu como essa mulher. Seria um sonho. Mas eu não tenho lábia. É inútil. Ela nunca que vai me dar bola.

— Vai firme, Pablo. Não desanime.

Aninha deu três batidas e mostrou o rosto e o sorriso na porta:

— Oi, Pablo! O Miro não veio?

IX
A caverna de Miro

Miro encontrou a casa em silêncio. Largou a bagagem embaixo, entrou em um corredor cheio de portas fechadas, atravessou uma saleta, subiu uma escada e alcançou a cozinha. Dali ouvia o pedalar monótono da máquina de costura no quarto ao lado. Pegou um prato no aparador, abasteceu-o do frango ensopado que enchia um panelão e comeu rapidamente, em pé. Comer sozinho tinha um toque angustiante, mas preferiu não chamar ninguém, deixando os encontros por conta do acaso. Decidiu, num rompante agitado, lavando o prato agora vazio: iria imediatamente para a Gruta das Pedras, antes mesmo de falar com Aninha (em que porta estaria ela?). Uma tela imensa, toda em azul e branco, delineou-se rápido na sua cabeça, complementando o verde emoldurado no janelão aberto. Uma sucessão vertiginosa de imagens, e fechou os olhos — se mais demorasse, perderia o quadro para sempre. Pegou uma sacola de plástico que achou na prateleira, encheu-a de farinha, pão, carne-seca, tudo misturado — e mais uma coxa de frango, escolhida a dedo, que jogou por cima.

Desceu a escada, quase se perdeu no emaranhado de caminhos — *por onde eu vim?* —, afinal achou a bagagem e pôs-se a andar, os quadros na cabeça protegendo-o do sol. Era uma caminhada rude, mas este caminho ele conhecia bem — nos últimos anos, sempre fugia de um ou outro ensaio para esconder-se na Gruta, num transe quase absoluto de criação. Chegava no limite angustiante da solidão, porque seus quadros jamais se realizavam; a imagem mental nunca se traduzia completamente em cores. Entre a ideia e a tela, alguma coisa se desmanchava para sempre. Nesses momentos culminantes, deixava-se devorar pela dor, até um novo impulso, o de voltar para a casa. Então recuperava o humor, a fala fácil, a risada — e o ensaio da Paixão se transformava num alívio completo, a purgação do desespero.

A caminhada era também o prazer de ver. Atravessando o morro a leste, o mar e o céu súbitos se abriam atrás da folhagem, num azul quase de artifício, e de repente ele mergulhava no verde do mato, nos vermelhos, nos amarelos das plantas, nas mil cores, tons e subtons que se recortavam; e mais os estranhos troncos e raízes como braços e pernas se retorcendo num esgar de séculos, garras fincadas na terra; e a sugestão de pássaros invisíveis, quando, imóvel e atento, Miro ouvia; e pedras, blocos de pedras em pequenas gargantas, caminhos secretos que se abriam, para quem soubesse procurar, atrás da luta de raízes e ramas e cipós entrelaçados; e, finalmente, a grande gruta ao sul, boca aberta para o mar, logo acima de um paredão onde as ondas estouravam numa espumarada furiosa. O patamar de pedras lembrava uma vila pré-histórica, brutos caminhos abandonados, casas sem teto, templos monolíticos esquecidos aos pedaços, minúsculos desfiladeiros, rachaduras sinistras que reproduziam ampliados os rugidos de um mar subterrâneo. Aos olhos de Miro, a terra inteira se deformava ali, não cabendo no próprio espaço e se transfigurando numa pintura viva.

E o mar: o mar era um som medonho em volta — aquele revolver branco estilhaçado nas pedras, a espuma voava alta, pontas de um chicote pegajoso e traiçoeiro. O acesso à Gruta se fazia por uma estreita rampa natural banhada de ondas na maré cheia, quando se tornava inviável de tão perigosa; três pessoas já morreram ali, alguém disse — para Miro, aquele risco era um prazer a mais. Avançou raspando as costas no paredão, passos laterais, sustentando a um tempo a mochila, os quadros e o medo, enquanto saboreava o azul saturado de sol que se estendia diante dele.

Finalmente dentro da Gruta — apenas uma garganta de escuridão —, suspirou aliviado, o coração batendo forte. Procurou na meia claridade os vestígios do último ano: a pedra servindo de cavalete, tubos espremidos de tinta, pincéis velhos e secos, uma lata vazia, a vasilha de água, papéis úmidos com esboços em crayon. Metódico, desembrulhou os quadros incompletos, apoiando-os nas saliências da caverna, uma decoração bizarra: vultos amarelos em fundo negro, braços e cabeças em contorções de dor, e, como que fora de lugar, um delicado perfil de mulher, com o olhar de Aninha. Abrindo a mochila, separou objetos e roupas numa prateleira natural de pedra. Depois, pegou um pacotinho de maconha habilmente oculto numa dobra da costura e pôs-se a preparar um baseado. Espalhou o fumo economicamente no papel, enrolou-o cuidadoso, molhou a beirada na língua e fechou-o. Olhando para a boca da gruta — aquele inspirador clarão azul com línguas de espuma —, apalpou-se atrás da caixa de fósforos.

— Porra. Esqueci.

Revirou com raiva a mochila: nada. Quase chutou uma pedra de ódio, mas controlou-se. Quem sabe do ano passado? Revirou tudo atrás de um fósforo, remexeu bolsos e roupas e acabou descarregando o pé numa lata velha, que rolou penhasco abaixo. Cigarro de maconha na mão, era difícil se conformar.

— Logo agora, que eu entrava numa boa.

Quem sabe voltar, pela caixa de fósforos?

— Terminou o meu dia.

Mas a simples perspectiva de outras duas horas de caminhada atrás de um palito de fósforo acabou por tranquilizá-lo, num lampejo de entusiasmo que ele não deixou escapar: em vez de fumar, pintaria um quadro.

— Sim, por que não? Viajar é bom, mas daí eu não trabalho.

Ajeitou-se diante do cavalete improvisado e da tela em branco. Separou os tubos de tinta — somente cores básicas —, destampou o vidro de solventes e encheu uma xícara imunda. Com o carvão, esboçou as linhas, marcas sinuosas ainda sem definição. *A forma aparece: súbito, ela vem e se afirma na tela.* Mas a angústia foi crescendo: sensação de vazio. As linhas na tela não se transformavam em nada. *Sou incapaz de pintar.* Levantou-se agoniado e sentou-se na beira do abismo, pensando na maconha, em Aninha: as duas ausências. Diante dele, a grande extensão azul: o mar estourando nos pés era o escárnio da natureza. Pensou em comer qualquer coisa, mas se conteve — a carne-seca tinha de durar três dias, no mínimo. Encostado nas pedras, o cansaço venceu-o; cochilou algum tempo, ouvindo o vozerio do mar, uma gritaria desesperada que se somava na memória com pedaços de imagens. Acordou com sede. Decidindo-se a romper a angústia, voltou pela rampa até uma fonte próxima, que formava um riacho entre as pedras. Enterrou a cabeça na água gelada, bebeu em goladas vorazes e voltou para a Gruta. Agora — ele via — o quadro estava inteiro na cabeça: um rosto em dor e fogo, rodeado de visões vagas, surgindo e desaparecendo. Traços curtos, a figura se completou. Em seguida, o vermelho e o amarelo se misturavam em semitons vibrantes e tensos. Um braço se ergueu, como braço de poente a espantar fantasmas. Figuras escarmentas ao fundo: chifres, rabos, dentes — e o rosto em primeiro plano, um segundo de dor gravado para sempre. Levantou-se, olhou o quadro de vários ângulos, calculando os efeitos da luz nas pinceladas grossas que simulavam relevo. Olhava atentamente — até sorrir:

— Mas isso está bom!

Um passo atrás, e o rosto deformado se compunha nos buracos da caverna, como uma pedra a mais, outra sombra, desenhada há um milhão de anos; o braço amarelo e vermelho, torcido, prolongava-se nas dobras da parede, alongava-se em dedos largos, raízes, escurecendo enquanto avançava, até a escuridão completa. Uma perfeita gradação entre a luz de fora e o negro do fundo: no centro, o rosto da tela. E, em volta, os demônios. Sussurrou:

— Que obra...

Como se, de fato, a obra não coubesse no quadro; ela avança para todos os lados, transborda e transforma-se; não um objeto imóvel à espera de contemplação, mas parte de uma vida que perpetuamente se move. Encostou-se no outro lado, entontecido pelo cheiro forte da tinta — olhos nos olhos da tela. O momento terrível: decidir-se pelo acabamento, o pincel menor; dar agora todos os detalhes mínimos que transformariam o projeto quase completo de uma ideia numa realização enfim fechada para sempre. Tentar chegar ao que na sua cabeça já nascia pronto; viver o risco de matar a figura com um traço, com algum simulacro de aparência que naquele segundo engana; porque havia, como sempre, qualquer coisa diabolicamente incompleta no quadro. Jogou os pincéis à frente, limpou os dedos lambuzados na calça e continuou a fitar a obra. Estava suando.

— Miro, é você?

A silhueta de Aninha na boca da caverna, a sombra cortando o quadro ao meio. Ele estendeu o braço, trêmulo:

— Não se mexa!

Olhava para a tela, para Aninha.

— Você está pintando?

— O maior quadro da minha vida.

— Eu quero ver.

— Não! Fique aí! Você está linda!

Ele foi escorregando de costas até sentar-se no chão úmido. Limpou o suor do rosto.

— Miro, senti saudade de você.

— Trouxe fósforo?

— Não. Posso entrar?

— Ainda não. Queria morrer aqui, vendo você toda recortada no azul.

— Não fale assim. Eu tenho medo da morte

— Que quadro pintei, Aninha!

— Quero te dar um beijo.

— Tem tempo.

— Você nem falou comigo. Nem falou com ninguém. Você é maluco!

— Esperei um ano inteiro pra sair essa figura amarela. Puta que pariu: um ano inteiro! E aí está.

— Eu quero ver.

— Espere...

— Está esfriando, Miro. Logo é de noite. Aqui na ilha anoitece de repente.

— Não vou mais mexer no quadro. Está pronto.

— Eu vou entrar.

— Espere um pouco. Só um pouco.

— Você quer ficar sozinho?

— Não, não! Eu quero só pensar mais três segundos. Só isso. Quando você chegar perto eu vou te dar um beijo na boca e daí não vou conseguir pensar em mais nada.

— Por que você se esconde? Eu não consigo te ver direito.

— Aninha, daqui em diante vou pintar só você. Você fica nua para eu pintar?

— Eu queria te falar uma coisa.

Miro olhava o quadro. Sentiu o soluço subir:

— Puta solidão do caralho, até morrer.

Ficaram quietos, ele olhando o quadro, ela olhando ele. Anoitecia. Na penumbra, ela foi entrando devagar, sentou-se ao lado dele, abraçou-o, acariciou seus cabelos. Miro enlaçava as próprias pernas, vendo o quadro se mover em manchas cada vez mais escuras, como coisa que respira.

— Que saudade.

Agora ele recortava o perfil de Aninha contra o resto de luz. O mundo se encheu de um vazio tranquilo.

— Que bom que você veio.

— Eu não estava bem.

— Fica comigo?

— Fico. Mas...

— Pode falar.

— Tem tanta coisa! Tenho de pensar na Paixão, tenho de ajudar na casa. Tenho de lembrar do meu pai, que qualquer dia aparece aí, armado, pra me buscar. Tenho que botar a cabeça em ordem. Tô confusa, Miro. Minha vida é um passarinho doente.

— Olhe para mim.

Ela obedeceu.

— Eu te gosto demais, menina.

Aninha sorriu.

— Você é querido.

Ele avançou para o beijo, ela recuou a cabeça, um começo de susto. Ele puxou-a com força, e afinal beijaram-se.

— Miro, eu queria te falar.

— Fale, meu anjo.

— É que... eu quero que as coisas aconteçam naturalmente. Não me force a nada que me dá medo.

— Foi só um beijo. Eu...

— Tudo bem, tudo bem. Mas... eu sei que você vai querer mais e... e eu estou muito insegura. Eu tive experiências ruins. Não quero repetir. Eu...

E desandou num choro alto, sofrido, em soluços, enquanto enterrava a cabeça nele como quem se esconde. Ele suspirou. O quadro tinha desaparecido dos olhos — um amontoado de sombras.

— Aninha, você cortou todo o impulso.

— Desculpe.

Falava chorando. Miro se arrependeu:

— É claro, menina. Sou um estúpido. Eu te amo.

De repente perceberam a escuridão.

X
Os profissionais

Ao anoitecer, um barco com motor de popa contornou a face oeste da ilha e atracou no trapiche da praia, trazendo cinco passageiros. Não havia ninguém para recebê-los, mas os visitantes, velhos frequentadores da Paixão, já se sentiam à vontade, na alegria solta de quem começa uma boa temporada de descanso e liberdade. Pagaram o dono do barco dividindo as cotas numa discussão atrapalhada de cálculos e trocos, entremeada de piadas, e carregaram mochilas, violões e barracas até a praia. O motor do barco pipocou duas vezes, morreu, pipocou novamente, ganhou força, fez uma curva e desapareceu no mar. Uma lua imensa e pesada começava a nascer e a se refletir nas águas, e um vento leve soprava, quase frio. Enéas levantou os braços e girou o corpo, teatral:

— Ó ilha de todas as paixões! Ilha fogo e fera, das armas e dos varões assinalados, *arma virumque cano*, felina ilha da felicidade impossível! Prometo te escrever o meu melhor poema épico, nas areias desta praia, qual Anchieta redivivo! Esquecerei as porradas do mundo, os rios de sangue, as crianças famintas, a energia atômica, esquecerei a democracia estilhaçada das Américas — e, qual bom selvagem, saberei te amar numa pureza sem mácula!

Afinal baixou os braços, feliz da vida:

— Que tal? Não é um bom começo?

Márcio, Juca e Bruno bateram palmas:

— Bravo, poeta da Paixão!

— Merece um beijo, garoto!

Enéas ressalvou, dedo erguido:

— De mulher! Eu falei varões assinalados, não garanhões aveadados!

Risos discretos, exceto de Júlio:

— A boneca anda insegura? Deve ser dureza carregar um armário pela vida. Abre logo essa porta. — Mais risadas, e um começo de tensão. — E o pior é que a declamação foi cafona, o texto ruim, a direção péssima, iluminação ridícula, dicção de canastra, humor de chanchada, preconceito de boteco. Não enchia nem meia casa de um teatro de bolso. — Acabou perdoando, sorriso cínico: — Não se incomode, poeta, que aqui vale tudo, é o império do amadorismo. Nem sei o que venho fazer nessa ilha.

Enéas irritou-se, elevando o tom:

— Falou a elite dos palcos! O grande ator do eixo Rio-São Paulo! A estrela ascendente da... ah, fodam-se. Vocês não têm mais humor?

Mas Júlio virava as costas, histriônico, já representando, circense:

— Atenção, ralé: vou armar minha barraca ali adiante. Por favor, não me incomodem nem me atrapalhem!

Enéas ergueu mais o tom, farsesco:

— Vai, bobo da corte do sistema, palhaço do circo da burguesia, papagaio de bosta!

Júlio parou e virou-se, a dignidade ferida de um César na tribuna, já um ensaio de teatro diante de uma multidão inexistente:

— Escutai, poetinha pequeninho, lugar-comum, chavão de bar, pensador de esquina! Recolhei-vos à vossa impressionante insignificância! Respeitai, bardo de taverna, o ar puro desta ilha. Não me tireis o que não podeis dar, já dizia o filósofo.

O troco, impaciente:

— Cala a boca, Macbeth de quintal! Pega essa tua mochila e... e vai para o raio que te parta!

Com esta, Júlio triunfou, dando uma gargalhada de desprezo, que fez eco no silêncio ressentido. Começou a montar a barraca, vinte metros adiante:

— Que nível, meu Deus! Que nível! Como é que a gente aguenta esse poetinha, e faz anos!

Márcio, Bruno e Juca agora se entretinham abrindo as mochilas, desenrolando as cordas, fincando estacas, numa falação agitada.

— Alguém trouxe o manual de instruções desta barraca?

— No desenho tem até uma varandinha!

Enéas, subitamente sem plateia, não sabia o que fazer.

— As bonecas vão ficar se bicando por aqui? Não vão nem subir, cumprimentar o povo?

— Nessa escuridão?

— Amanhã a gente sobe.

— Dá um abraço no pessoal pela gente.

Enéas contemplava a luta pela montagem da barraca:

— Bem que eu pensei. Um bando de hedonistas alienados, decadentes e corrompidos, que não respeitam o próximo!

De longe, a voz de Júlio:

— Hum... que humanista! Respeitador da moral! Qual é a próxima lição? Não seja ridículo.

O poeta resolveu argumentar, comprando a briga pelo prazer da briga.

— Pô, um mínimo de consideração pelos outros não faz mal. Essa ilha por acaso é o cu da mãe joana?

Júlio bateu palmas:

— Muito bem! Viva o defensor da tradição, da família e da propriedade! E das criancinhas do nordeste, claro! Pobre Carlos Drummond de Andrade, com colegas de profissão tão babacas!

Enéas irritou-se, mas ainda não perdeu a pose. Dedo erguido:

— Não te atrevas a pronunciar o nome de Drummond sem antes lavar a boca! Era só o que faltava!

Júlio parecia se divertir com aquele idiota; interrompendo o trabalho, ergueu os braços aos céus:

— Deus guarde Manuel Bandeira, que não tem culpa!

Enéas ria, mas já no limite da fúria:

— Ah, é? É guerra? Vale pedrada, então? As bichas querem ferro?

Silêncio. Júlio fincou mais uma estaca da barraca. Em voz baixa:

— Que nível, ó Senhor. Perdoai os imbecis, porque não sabem o que fazem.

— Vocês que pediram. E vem aí Enéas, o poeta justiceiro! A levantar a venda, revelar mutretas e desfazer a lenda!

Márcio entrou na conversa:

— Dá-lhe, Bilac de feira! Cada rima que pelo amor de Deus!...

Enéas passou ao ataque direto, golpes baixos, com prazer:

— Por exemplo: vejam, senhores, essas três dondocas aqui. Três galinhas em volta duma barraca!

Bruno esticava a lona:

— De quem foi a ideia de convidar esse cara pro nosso barco? Puta que pariu. Se não ajuda, pelo menos fique quieto. Já está enchendo o saco. Se não trouxe barraca, vai lá em cima procurar um lugar pra ficar. Vai achar a tua turma.

— Ninguém me calará! É a noite da verdade! — A voz mais baixa, safada, aliciante, cínica: — Cá entre nós, garotinhos, o que vocês fazem agarradinhos noite adentro? Hum? Na mesma barraca? Contem pra mim... morro de curiosidade...

— Quer saber? Durma com a gente, bem!...

Risadas.

— Até que o poetinha é bem apanhado, hein? Dos enrustidos.

— Viu só que barbicha erótica?

— Olha só a bundinha dele.

Os três gargalharam soltos, mais ainda pelo desconcerto de Enéas, subitamente tímido. Balbuciou:

— Então é mesmo verdade? É tudo veado?

Os três pararam de montar a barraca, mãos na cintura, clima carregado. Márcio:

— Negócio seguinte, cara: pintou sujeira. Fica na tua, nós ficamos na nossa e tudo bem. Chega.

Bruno acendeu um cigarro:

— Você é doente, cara. E se diz poeta?

Júlio gritou de longe:

— E poeta humanista!

Juca contemporizou, braços estendidos.

— Está tudo bem, Enéas. Brincadeira é brincadeira. Mas chega.

Enéas calou-se. Tentou consertar, meio sério, meio cínico:

— Pronto. Era só curiosidade mesmo, mas fico quieto. É isso que vocês querem? Só que... só que...

De longe, a silhueta de Júlio completou:

— Só que já deu pra perceber que você tem mais vocação pra polícia do que pra poeta.

Enéas, pavio curto de novo aceso:

— O que deu pra perceber é que vocês são uns alienados de merda que não enfrentam coisa alguma. As bonecas agridem todo mundo, mas não aguentam humor.

Voltaram a armar a barraca:

— Essa agora.

— Tá bem, papai.

— Parece que a gente nem chegou na ilha.

Uma sensação desagradável de noite estragada. Em silêncio, esperavam agora que aquele bosta se fosse de uma vez. Enéas, indócil, buscava o que dizer; pelo menos completar o pensamento, apagar a má impressão, o sentimento irritadiço de culpa. Acabou estourando:

— Porra, que se fodam!

Deu alguns passos e ouviu a voz de Júlio na escuridão:

— É isso aí, poeta. Nazismo é assim: controlar a vida dos outros, ofender, humilhar, pisar em cima e sair rindo.

Nazismo?! Enéas parou, furioso, buscando uma resposta — a cabeça em cacos, percebendo-se diante de um monstro que não conhecia. Olhou para trás, vendo o recorte da sombra dos quatro se movendo. Abriu a boca para dizer mil coisas, um caleidoscópio que ia desde o pedido sincero de desculpas (*eu errei: desculpem; eu não sou o que vocês estão pensando que eu sou*) até ofensas grossas (*filhos da puta, veados de merda*), passando por filosofadas em profundidade (*são só vítimas ingênuas do sistema e da repressão, artistas lúmpens que se imaginam centrais*), mas acabou apenas resmungando para ele mesmo:

— ... parecem umas bonequinhas de cristal, umas bichonas delicadas, porra, não se pode falar nada...

A raiva o apressava; em poucos minutos subiu a encosta, procurando o caminho na meia escuridão, sob as árvores, até enxergar o pátio frontal da casa, iluminado por um lampião e com uma meia dúzia de pessoas sentadas em roda. Começou a relaxar quando viu os braços abertos e a voz de Toco:

— E aí, poeta!

Largou a mochila, abraçou-o demoradamente; depois cumprimentou Pablo, Cisco, acenou para um Barros professoral e distante, passou a mão na cabeça de Rômulo, apresentou-se a Antônio e Hellen, sentou-se, deu um gole fundo da cachaça que passava de mão em mão e suspirou.

— Veio sozinho?

— Não, mas antes viesse! — Sorriso: — Vim com aquela bicharada, os profissionais do teatro, o Júlio e turminha. Ficaram lá embaixo, se esfregando e montando barraca. Ô, racinha difícil de lidar!

Antônio levou um choque — *foi isso mesmo que eu ouvi?!* —, mas Hellen deu uma risada comprida, o rapaz até que era engraçado. Centro das atenções, continuou:

— Aliás, o que me tranquiliza é que as bichas, como os padres, tendem a desaparecer, porque não procriam.

Antônio abriu a boca para responder, mas foi engolido pelas risadas. Barros cruzou as pernas, ajeitou o paletó, pigarreou. Olharam para ele:

— É o que eu tenho dito e repetido: o crescimento do homossexualismo (nada contra, pessoalmente, cada um faz o que quer de sua vida, mas quem pensa não pode deixar de dizer a verdade) é um dos sinais mais visíveis da decadência contemporânea. Entre outras coisas, bem entendido. Enquanto houver tolerância, esse resíduo cristão, o mal vai se espalhar como fogo em feno seco, numa marcha implacável cujo fim, necessariamente, será a nulidade absoluta. O que, aliás, já é a realidade.

O poeta não gostou do apoio:

— Mas o Barros continua tão idiota como antes!

Pablo não aguentava mais aquela conversa imbecil:

— Vocês são todos uns babacas. Vou dormir.

Barros, olhos vermelhos, dava de dedo, em resposta a Enéas:

— E você continua um poeta, ou nem isso. Encha-se essa ilha de poetas, e esse chão se transforma em vento. Alguém aqui tem de falar a verdade! O Antônio, que é escritor, sabe o que é a função da palavra. Não a palavra-adjetivo, a palavra-enfeite, a rima ou a aliteração dos poetas vazios, mas a palavra seca, lâmina de aço na ferida real, a coisa em si. É ou não é?

O escritor titubeou olhando em torno — *onde é a saída?* —, bombardeado pela fala de Barros e açulado pela sua mão peluda apertando o braço, insistente:

— É ou não é? Porque as coisas ou são de um modo ou são de outro. Meio-termo é mediocridade. É ou não é?

Enquanto o escritor paralisado se decidia entre levantar-se e responder, Pablo e Toco se afastavam, discretos.

— Toco, minha úlcera chegou na boca. Sabe o que me dá vontade? Deixar esses cretinos pelados no sol do meio-dia, amarrar bem eles e escovar eles com uma escova de aço, da testa aos pés.

— Calma, Pablo. Logo chega a mulherada.

— É bom mesmo. — Cuspiu para o lado: — Que corja de idiotas!

Cisco, pressentindo um terrível fim de noite — o escritor ainda não se decidia a responder aos puxões de Barros, aturdido pelo que ouvia enquanto a mulher começava a reclamar dos mosquitos —, levantou-se sorridente:

— Pessoal, vocês me dão licença, mas tenho de recepcionar o grupo que chegou na praia.

O poeta tentou fazer graça, mas ninguém ria.

— Recepcionar as bonecas da ribalta? Cuidado que elas te comem!

Antes de entrar na casa, Pablo segurou o braço de Toco:

— Você viu o Cisco, que vaselina? Já tô vendo tudo: vai chegar lá embaixo, sorrir pra todo mundo, contar lorota, perguntar se precisam de alguma coisa, filar cigarro, distribuir papéis, os melhores, é claro, porque eles são os profissionais, gente fina... — Uma fúria sincera: — Quem esse porra do Cisco pensa que é?

Toco bocejou.

— Vamos dormir duma vez, Pablo. Tô podre.

Na fresta da porta, uma última visão de Hellen:

— Mas, cá entre nós, hein, Toco? Se esse cara bobear...

Entre as pernas de Hellen, o anjinho fitava Toco, fazendo *não* com a cabecinha. Ele sacudiu a cabeça, para espantá-lo:

— Gostosa, isso é. Mas tem um jeitão de mulher xarope.

Na roda, Barros, implacável, exigia resposta:

— Afinal, é ou não é?

Antônio suspirava, sentindo de antemão a inutilidade de dizer qualquer coisa; não era uma questão do momento, mas uma constatação metafísica, para todo o sempre: *é inútil falar.*

— Bem, eu não colocaria a questão dessa forma.

Hellen franziu a testa, como quem cumpre uma obrigação penosa:

— Acho que o Tôni está certo.

Enéas, já começando a ficar bêbado, um gole de cachaça atrás do outro, exultou com a súbita descoberta:

— Espere aí!... Eu conheço você! É o Antônio Donetti?! Bem que não me era estranha essa figura! Então, puta que pariu, estou diante de Antônio Donetti, o grande vulto das letras nacionais, a estrela ascendente?!

Um breve bálsamo, para Antônio e Hellen, que sorriram — momentaneamente. E sentiram a alegria anárquica do poeta, o dedo acusador apontando:

— Eis então o legítimo escritor do sistemão, em carne e osso!

O casal sentiu o pânico oco no peito, e Hellen apertou forte a mão do marido em busca de socorro.

— Como assim?...

Enéas deu mais dois goles seguidos, na alegria incontrolável da provocação:

— Mas então temos Donetti aqui!? Metade da humanidade passando fome, e o Donetti, com bisturi de gênio, dissecando mazelas da burguesia urbana, à la Proust e Joyce, mas com a facilidade de um Harold Robbins! Temos entre nós um liberal, um social-democrata das letras, uma torre de marfim com ar de palafita! — Batia palmas: — Viva Donetti!

Olhava em volta, buscando apoio. Rômulo olhava para nada, num torpor contemplativo; Barros, indócil, cruzava e descruzava as pernas, amarrava o cordão do sapato, bebia, ajeitava a gravata sob a barba; Antônio, pálido, segurava-se na cadeira tentando perceber qual seria o tom exato daquele humor, enquanto sua mulher cochichava, furiosa:

— Que noite horrível.

O poeta avançava, tonto e feliz:

— E então, Donetti? Ganhando muito dinheiro? Já entrou pro Conselho Federal de Cultura? Cavando vaga na Academia?

Encurralado, Antônio engoliu em seco — *serão dois meses de inferno* — e viu-se paternal, distante, um sorriso neutro:

— Podemos até conversar, Enéas, mas não com esse espernear de criança.

No meio da própria agitação, o poeta sentiu subir uma nesga de remorso, que rapidamente tratou de esmagar com a cachaça e com a ironia:

— Claro... claro... eu acho inclusive que você tem textos bons, ou melhor, *trechos* bons...

Barros aproveitou o momento, suor escorrendo na testa:

— Caríssimo Antônio: é minha obrigação avisá-lo de que o Enéas não acha absolutamente nada na vida. O que ele não suporta, na verdade, é o fato de que alguém tenha publicado um livro (pior que isso: vários livros de razoável qualidade, como os seus, que, suponho, se não são tão bons assim pelo menos tratam a palavra com dignidade), enquanto ele não conseguiu juntar mais que nove folhas de papel mimeografado, em espaço três, com os piores poemas jamais produzidos nesta Terra, cada um deles com sete erros de ortografia, dois de regência e um de concordância.

Hellen jogou a cabeça para trás numa gargalhada esganiçada, de desprezo:

— Ah! Então está explicado!

Mas Enéas não respondeu; entregou-se de vez à náusea da bebida, que subiu abrupta à cabeça, com pressão — respirou fundo, sentindo o frio invadir o rosto, a palidez e a tremura das mãos. Estava definitivamente imprestável. Segurou-se incerto no espaldar de uma cadeira. No silêncio, Rômulo apontou céu, nuvens e lua:

— A música... e o céu...

Era o piano de Edgar que descia o morro com a brisa, em meio a silêncios, notas perdidas, meios-tons sugeridos, um encantamento sutil. Antônio sussurrou:

— Mas é Beethoven... a sonata do...

Tensa, Hellen apertou sua mão, a voz mecânica:

— Que lindo.

— Pss...

Barros, inquieto, meteu a mão no bolso do paletó, uma impressão súbita e angustiante de que tinha perdido a carteira. Apalpou-a, aliviado, a mão oleosa de suor. Enéas ainda deu mais um gole de bebida, como o último gesto heroico de uma gincana, cuspiu e arriscou dois passos cambaleantes. O máximo de ofensa na voz destroçada:

— Burguesia de merda.

A música banhava a noite com suavidade. Enéas avançou mais um passo, em direção a lugar nenhum. O vulto de Antônio próximo, *Você está bem?*, e o poeta repeliu a mão estendida:

— Me deixe, porra.

O universo inteiro era a contração de vômito na barriga vazia. Deu a volta na casa, oculto nas sombras, e debruçou-se na parede. O vômito era um soluço mortal, de entranhas, baba e bílis: a exata sensação da morte. Mais três golfadas de coisa nenhuma, o esôfago estrangulado, lágrimas nos olhos, e deixou-se cair na grama, tremores frios. O clarão da lua aumentou, a música cresceu de intensidade — e Enéas arrepiou--se, num alívio frio e manso.

XI
A primeira noite do escritor

Na escuridão do quarto, Antônio tentava acender o lampião: dez fósforos queimados, e nada. Finalmente acertou: a chama vacilante cresceu irregular até que o escritor conseguiu regulá-la num meio-termo satisfatório. Olharam em volta, com a inibição de dois prisioneiros novatos jogados numa cela: um colchão estreito, quadros, redes e máscaras nas paredes, caixotes empilhados servindo de prateleiras, uma janela miúda. O forro baixo angustiava Hellen mais ainda:

— Horrível! Tudo horrível! Não sei o que nós estamos fazendo aqui!

— Calma, Hellen. Por favor, calma.

As paredes de tábuas davam a impressão de que naquela casa esparramada todos ouviam as conversas de todos. Escutavam tossidas, ruídos, ranger de portas — e uns pios assustadores. Ela abraçou-o, falando em cochichos:

— Eu não estou suportando, Antônio. Vir para esse inferno ouvir desaforo de moleques!? Ser tratado como cachorro! Você devia era...

Em Antônio, a luta íntima para não concordar com a mulher. Já estavam ali, não havia mais volta. Consolava:

— Que bobagem, Hellen. Coisa de adolescente bêbado. Amanhã ele vem com o rabo entre as pernas pedir desculpa. É síndrome de diretório acadêmico fazendo a revolução. Vamos abrir as malas e dormir. Estou cansado.

Ela não se aguentava:

— Uma corja de grossos, isso sim! Não têm o mínimo respeito e consideração pelos outros. Nem sabem quem você é, esses burros!

Ele suspirou.

— Deixa de frescura Hellen.

Ela abriu a mala maior, olhou em volta, suspirou desanimada, o choro esmagado na garganta:

— Por que diabo você inventou essa maldita ilha, Antônio? Só me diga por quê. Tão bom que estava no navio! Ai, dormir nesse cubículo abafado, com essa mosquitada me comendo inteira, já gastei um tubo de Repelex.

Ele decidiu-se pelo humor:

— É que os mosquitos têm bom gosto. Me dá o lençol que eu estendo aqui.

— Engraçadinho. — Ela não se conformava: — E você ainda está *pagando* por esse *hotel*?

Antônio ajeitava pacientemente o lençol no colchão.

— Bem, vou dar um dinheiro de ajuda, a meu critério. É o sistema na ilha. Uma espécie de socialismo primitivo. Você não acha interessante?

— Interessante! Interessante é... é o *rabo* deles!

Ele achou graça:

— Ótimo! O teatro faz efeito e você já começa a liberar os palavrões! É isso que o Isaías quer, meu amor. Liberar as verdades mais medonhas da alma. Purgar as paixões, como queria Aristóteles. Catarse, Hellen. Catarse!

— Ai, que ódio, que *ódio* que me dá! — um tapa raivoso na coxa, a gosma de um mosquito morto. — Ui, que asco!

— Hellen, acho que não tem travesseiro. Esquecemos do detalhe.

— Essa agora! Você sabe que eu não suporto dormir sem travesseiro! Me dá torcicolo em cinco minutos! Será que não vem ninguém aqui perguntar pra gente se falta alguma coisa? — Não conseguia parar o rosário de reclamações: — Nem cabide, nem guarda-roupa, nem nada. Frigobar, nem pensar! Nós vamos dormir nesse colchão estreito? Puta que pariu.

Ele começou a rir com a fúria da mulher:

— Então, meu anjo, juntinhos, como nos velhos tempos! Que tal? Estamos em férias! Não dá vontade de...

Hellen revirava a mala atrás da camisola.

— Dá vontade de morrer, isso sim. E nem escovei os dentes.

— O banheiro é aí do lado, terceira porta à esquerda.

— Eu é que não vou sair nessa escuridão procurando porta! Ainda esbarro num *coisa* desses, ui!

Ele olhava a mulher tirando a calcinha, corpo nu bruxuleante na chama do lampião. Um pânico súbito:

— Tôni, você trancou a porta?

— Não tem chave.

Hellen empurrou um caixote pesado até a porta e tentou prendê-lo sob o trinco. Inútil: qualquer empurrão abriria aquilo.

— Essa agora. Não estranhe se amanhã a gente acordar sem máquina fotográfica, dinheiro, cartão de crédito.

Ele sentou no colchão, mãos desanimadas na cabeça.

— Hellen, por favor, quer deixar de ser neurótica? Não estamos no Hilton.

— Isso já deu pra notar.

Antônio suspirou e acendeu um cigarro, pensativo. Hellen destampou um Repelex; passava o líquido nos braços, nas coxas, no pescoço, no pé:

— Essa coisa resseca toda a pele.

— Então não use.

— É. Falar é fácil. Ó como estão minhas pernas, de tanto mosquito.

Ele deu uma tragada funda e soprou a fumaça com vagar; sentia a velha depressão descer insidiosamente sobre ele, suave, triste, irremediável. Contemplou a mulher ao lado, nua, indefesa e assustada, cobrindo-se de Repelex — e sentiu uma vaga de afeto por aquele ser que se torturava, uma bela mulher cujo pânico parecia se dissolver suave no silêncio escuro. Agora ela passava uma escova nos cabelos, sem espelho, gestos mecânicos que se repetiam. Antônio apagou o cigarro no canto do rodapé — depois de procurar em vão por um cinzeiro — e acendeu outro em seguida.

— Não fume tanto.

— Hellen, eu acho que você está precisando urgentemente de um filho. É o único remédio.

Ela achou graça, pela primeira vez na noite.

— Que ideia ridiculamente machista, Tôni! A louca é sempre a mulher. — Parou um minuto, conferindo os fios de cabelo presos na escova. — Talvez você tenha cinquenta por cento de razão. *Nós* precisamos de um filho. Quem sabe? Às vezes quero, às vezes não quero. Acho que é muito cedo.

— Medo da responsabilidade de um filho?

Ela riu mais solto:

— Não. É medo mesmo das pelancas, do peito caído, da bunda crescendo. Não tenho vocação da vida natural de hippie velha. Acho que é cedo ainda para me entregar.

Ele provocava:

— Já pensou? Você lidando com merda de criança, fralda fedida, choro às três da manhã. Não seria uma maravilha?

— Com empregadas em volta, até que não se sofre tanto. Mas foi bom você lembrar, quase me esqueço da pílula!

Tirou a cartela de plástico da bolsa e engoliu o comprimido em seco. Depois, destampou a latinha de cosmético:

— Passo creme ou não passo creme? *To be or not to be.*

Talvez fizessem amor, e então passaria o creme depois. Talvez não, e então já ficaria pronta. Olhou para o marido, enterrado na fumaça, pensativo, e viveu um arrepio de entusiasmo — seria preciso que ambos descobrissem o romantismo secreto daquela cela escura e selvagem. Um modo de esquecer o local, o desconforto, os insetos, a estranheza, a escuridão e a insegurança de sempre. Quem sabe? Mas teria antes de conquistá-lo, desenterrá-lo da indiferença. *Vagarosamente ele está se afastando de mim*, pensou num relance. Enlaçou-o, num carinho ainda tenso:

— Meu anjo, confesse que você se arrependeu até a alma de ter vindo pra cá. Se você confessar eu durmo tranquila. — Beijou-o no rosto: — Melhor: eu faço o que você quiser. Hum? Que tal? Eu dou pra você agorinha mesmo. — A voz na orelha: — Eu faço uns carinhos em você de um jeito que essa ilha inteira vai ouvir a nossa felicidade. Eles vão ficar com inveja. Você quer? Tudo que você tem de fazer para me ganhar de presente é confessar que se arrependeu de ter vindo para essa... essa... — e ela não disse a palavra óbvia, e os dois riram.

— A questão, ou o diabo, é que eu *não* me arrependi. Você não entende isso, Hellen?

— Sinceramente, não.

Ele fez um carinho ligeiro:

— Mas toda a outra parte do negócio eu aceito, é claro.

Ela fechou o rosto, fingindo zanga, mas já contaminada por uma atmosfera de indiferença mútua. Passar ou não passar creme no rosto? Antônio desandou a falar, a alma longe dela:

— Pense só: as mil personagens da Paixão! Apenas um dia e já tenho material para escrever. Tipos exóticos, situações originais, muito mais do que eu imaginava. Essa estupidez sincera. A grossura natural das pessoas. Talvez renda uma novela curta. E você notou uma coisa, Hellen? As pessoas aqui parece que não têm passado. Isso é péssimo para a ficção, mas é ótimo para a vida. Parece que aqui alguma coisa faz as pessoas se soltarem. Elas se revelam inteiras em um minuto, desandam a falar barbaridades como matracas sem controle, você não percebeu?

Passar ou não passar o creme?

— Não. Não percebi nada. Tudo igual. Gente grossa, burra, ignorante. E um velho louco que ninguém vê. Acho que esse Isaías não existe. Daqui a pouco vai ter um ritual de suicídio coletivo. Isso aqui é sinistro, Antônio! Me dá medo! De dia ainda vai, mas de noite é um inferno!

— Ah, que exagero, Hellen...

— E gente perigosa, também. Você percebeu aquele tal de Rômulo, pitando tranquilo aquele charutaço de maconha? Na maior bandeira!

Ele riu.

— Por favor, Hellen. E nós? De vez em quando não puxamos um fuminho também? Lembra do Natal passado? De onde você tirou essa caretice?

— Espere aí! Você está misturando as coisas. Não tem nada a ver...

Ele se irritou com uma picada aguda e esmagou uma botuca no braço, a gosma nos dedos — e outro mosquito zunia em algum lugar em volta da cabeça.

— Cale a boca, Hellen! — Deu um tapa na orelha, mas o zumbido continuava. — Não seja idiota, preconceituosa, fresca, burra! Às vezes me pergunto o que eu tinha na cabeça quando casei com você!

— Eu sei, seu estúpido! Você tinha um... um pênis desse tamanho na cabeça. E também... não, nem vou dizer. Você quer me largar agora porque descobriu que não se escreve livro com o pênis. Pode ir. Foda-se.

O zunido desapareceu por alguns segundos; ele esfregava a mão no pescoço atrás de um mosquito imaginário esmagado.

— Desculpe, Hellen. Desculpe. Desculpe, por favor. Eu não quis dizer... E de onde você tirou que eu quero largar você? — Tentou fazer humor: — Eu nunca largaria uma mulher que diz *pênis*, e não *pau* ou *caralho. Pênis* é científico, limpo, digno.

— E você é grosso e vulgar.

Agora sim, encheu a cara de creme, furiosa. Mas a raiva não durou muito. Virou-se para ele, máscara branca no rosto ressaltando os olhos, brilhantes e movediços à luz do lampião.

— E burro, também. Buscando personagens numa ilha quando já me tem. Por que não escreve sobre mim? Não sou material de uma grande obra? — e ergueu os peitos, numa pose farsesca de desafio, graça e oferecimento.

Ele riu, uma careta distraída — o mosquito encontrou caminho entre os dedos vigilantes e picou o pescoço. Ele podia sentir a umidade do sangue nos dedos e girou atrás de algo para limpar as mãos até esfregá-las na calça.

— Não, Hellen. Você não seria uma boa personagem; é uma pessoa boa demais. Talvez uma figura esquemática de fundo, para ressaltar os vilões.

Hellen fingiu indiferença, pressionando o creme no rosto em movimentos circulares, a fúria se dissolvendo no lamento:

— É? É só isso que sou?

Havia algum traço distante, vago, raro, mas inapelavelmente comum na mulher, às vezes ostensivamente vulgar — era o que ele sentia sempre que alguma tensão surgisse entre eles, a guerra cada vez mais frequente. Só fazer sexo era suficiente para sustentar uma vida em comum?

— Melhor, meu anjo: você poderia ser uma dessas personagens dos livros de sacanagem, com trepadas múltiplas e orgasmos intermináveis.

Os dedos empastados, a ameaça:

— Eu te meto esse creme nos cornos, seu grosso!

Ele riu solto. Ela continuava tentando manter a difícil indiferença.

— Aliás, como você bem sabe, já fui convidada pra posar nua na *Playboy*. O que é bem diferente dessas putas que aparecem nos teus livros. Que, aliás, nunca conseguem gozar. Só não posei pra revista em consideração a você, que não me deixou. É a regra do jogo: eu tenho marido.

— *Eu?!* Eu que não deixei? A única coisa que eu disse foi que haveria milhares de brasileiros tocando punheta na tua fotografia. Só isso. A decisão era tua.

— Ui, que vulgaridade, Antônio. Não sei como você consegue.

— E daí você desistiu. Uma pena: você nua, eu venderia mais livros.

— Começo a achar que aquele poetinha de merda tem razão: você não passa de um comerciante. E boa noite.

Sensação de tudo estragado: as férias na ilha, o casamento, a vida. O choro próximo, ela resistiu mordendo o lábio. Guardou a lata de creme, vestiu uma camisola pela cabeça e se deitou próxima da parede. Cochichou uma pequena súplica:

— Por favor, Antônio. Não apague o lampião. Tenho medo desse escuro.

— Ótimo. Morreremos asfixiados.

Sentado no colchão, em dois minutos esqueceu da mulher — agora rememorava o dia. De fato, sofrera algumas humilhações desnecessárias. Pelo menos aqui, Hellen tinha razão: não precisava disso. Trinta e cinco anos, uma carreira fulgurante nos últimos quatro, elogios da crítica ao talento precoce, tiragens razoáveis, duas traduções prontas e uma terceira encaminhada: um homem respeitado, bonito, de sucesso, ao lado de uma bela mulher. E aqui estava ele, ouvindo desaforo de jovens estúpidos. Muito melhor as plateias acadêmicas, com a polidez das perguntas, a admiração sem ressentimento, os pedidos de autógrafos. Seus livros já eram objeto de quatro teses, três de mestrado e uma de doutorado, chatíssimas, mas importantes — e eis que o grande escritor

Antônio Donetti se via reduzido a um súbito anonimato, o Brasil real. Ou submetido ao paredão de acusações ofensivas de figuras insignificantes. *O escritor do sistema*. Ridículo.

Deixou-se tomar pela comoção, com a própria boa vontade, a paciência, o espírito superior, mas a corrosão da ironia não deixava nada ficar em pé. *Talvez eles tenham razão*. Se levasse a lucidez ao último andar, à vista panorâmica da própria vida, sentiria a vertigem da pequena altura, a angústia, afinal o vazio. Sim, é isso: escrevia para nada, era um escritorzinho da moda que levou sorte, alavancado por um lobby miúdo, fazia parte (destacada, isso é verdade) de um circo de ilusões culturais sustentadas pela mediania monótona e repetitiva dos cadernos de cultura. Um esteio contra a ditadura. A face confortável da resistência democrática. *Sim, e daí? Por acaso não sou parte integrante do processo civilizatório do país?* Acendeu outro cigarro e imobilizou-se, à escuta: outro mosquito. Mais dez anos (se não cultivasse com atenção beneditina o próprio nome) seria um verbete de cinco linhas, em letras miúdas, dos levantamentos literários da década. *Sua obra foi um contraponto sutil à violência do tempo*, talvez eles dissessem. *É assim que me vejo*. Soprou a fumaça em direção do zunido, que fez um rasante em algum lugar no escuro. É preciso, é absolutamente necessário não ter complacência: *Não escrevi nada de essencial. Faço livros como um marceneiro faz mesas; e é só. Um profissional metódico e enfadonho*. Estendeu o braço e acariciou os cabelos de Hellen, que se moveu.

— Você não vem dormir?

Já era quase uma súplica: *abrace-me, por favor. Amanhã nos matamos, mas não agora*, e ele relaxou imaginando a frase que não ouviu. No ambiente hostil da ilha, o melhor era que eles fizessem uma trégua e se unissem. Ele atendeu o chamado, já satisfeito com o seu auto de fé, uma sensação rarefeita de que alguma coisa mudaria o rumo de sua vida na próxima semana. Colou-se à mulher, que se aninhou nele, o afeto renascendo misterioso. Em silêncio, sentiram o desejo voltar e ficaram imóveis, escutando o próprio corpo. Ela cochichou:

— Meu amor. Não brigue mais comigo assim.

Alguém os ouviria atrás dessas paredes finas? A ideia parecia aumentar o desejo. Beijaram-se, demoradamente.

Ele concedeu:

— Não, meu anjo. Nunca. Jamais.

E súbito ela empurrou-o com violência, o dedo apontando:

— O que é aquilo no teto!? Meu Deus!

Assustado, ele viu o par de olhos miúdos, brilhantes e fixos refletindo a luz mortiça do lampião. Ela agarrou o marido:

— O que é?!

— Uma lagartixa branca, meu bem. Inofensiva.

Hellen se ergueu em pânico, sem tirar os olhos do teto:

— Esse bicho vai cair na gente!

— Calma, Hellen. Por favor, calma.

A lagartixa, miniatura antediluviana, eram dois olhos imóveis de vidro, sinistros, enquanto o corpo parecia se mover lentíssimo ao brilho incerto do lampião.

— Tire esse bicho daí, pelo amor de Deus!...

— Hellen, calma. É totalmente inofensiva, se alimenta de mosquitos e de aranhas. É até bom que...

— Tire esse bicho daí! Ele vai pular em cima da gente!

— Quer se acalmar? Ela não vai cair! A lagartixa tem ventosas na pele que grudam como cola e...

— Que horror! Tire daí, Antônio! Eu não vou conseguir dormir!

Ouviram uma porta se abrir em algum lugar, uma fala qualquer, outra porta aberta.

— Está bem, mas não grite. Você vai acordar a casa inteira.

Como tirar a lagartixa do forro? Estender o braço e... — não teria coragem. O bicho agora permanecia absolutamente imóvel, um fóssil vivo pregado no teto. Hellen agora chorava alto, enterrando o rosto nas mãos. Antônio sentiu uma pontada de aflição: e se realmente o maldito bicho pulasse nos lençóis? Bateu palmas para espantá-lo, recuando as mãos em seguida, com medo; os olhos de pedra não se moveram. Bateu palmas de novo, com mais força — mas a lagartixa prosseguia quieta, os olhos abertos, a indiferença mortal. Colada à cabeceira, Hellen se protegia enroscada em posição fetal, a cabeça sacudindo-se aos soluços. Antônio olhou em volta, atrás de um sapato, uma arma qualquer capaz de esmagar o monstro — mas já antevia a gosma daquela coisa inofensiva pingando do forro para a cama. Achou um pedaço de pau; em vez de acertar o bicho, resolveu bater no teto, assustá-lo — mas bateu devagar, prevendo a desgraça que seria a queda do bicho no colchão, desaparecendo sob os lençóis, para um terror completo. Com o barulho, o bicho correu cinco passos, rapidez de relâmpago — e parou de repente, olhos sempre acesos. Hellen chorava, sem erguer a cabeça — *ele já foi?* Antônio voltou a dar batidinhas no teto; o bicho corria e parava. Bateu de novo, outra e outra vez, numa perseguição por zonas, mas a lagartixa fazia curvas hábeis, ia e voltava, descobria buracos e reentrâncias, reaparecendo em súbitas paradas — e os olhos fixos. Furioso, suado, coração aos pedaços, Antônio bateu com força duas vezes e desfechou o pedaço de pau contra o bicho, que, escapando do golpe, enfim desapareceu no escuro. *Essa filha da puta ainda está em algum lugar*, mas ele não disse em voz alta.

— Ela já foi, querida.

Hellen chorava mansinho. Antônio deitou-se, barriga para cima, olhando o teto negro atrás de um sinal de vida. Ouviu o choro manso da mulher transformar-se pouco a pouco num ressonar tranquilo.

XII
Manhã na ilha

Ao voltar da Gruta, Aninha viu ao longe uma fileira de mulheres avançando pelo outro lado do morro e a notícia logo se espalhou, tirando todos da cama mais cedo, numa grande euforia. Cisco esmurrava a parede da cela com um furor feliz; Edgar, sonolento e ramelento, tocou uma valsa no velho piano antes mesmo de preparar café; Barros discursava ao espelho — *as mulheres são o alimento predileto do demônio*; Toco batia em portas e janelas conclamando a todos para o banho purificador na represa, a água mais transparente e mais gelada do mundo, enquanto o anjo se depenava para acompanhá-lo escada acima e escada abaixo; Pablo, de olhos fechados, filosofava, já com a certeza antecipada de que a Paixão não resolveria nenhum de seus problemas. *Talvez a Carmem nem venha esse ano; e, se vier, não vai me querer.*

Quanto a Enéas, amanheceu na grama, babado de vômito, uma dor de cabeça em pontadas regulares — e, o pior de tudo, o sentimento difícil de degradação e de vergonha. Ergueu-se do chão, garganta seca, ouviu os gritos de Toco vindos de algum lugar, alguma coisa sobre chegada de mulheres, e começou a se situar no tempo e no espaço. Entrou na casa, sorrateiro, temendo encontrar alguém. Achou um quartinho desocupado e apoderou-se dele. Jogou-se no colchão, mas em meio minuto percebeu que não conseguiria mais dormir. Levantou-se, descobriu um banheiro duas portas adiante, lavou a cara demoradamente, escovou os dentes, cuspiu dez vezes, mijou — mas a ânsia continuava. Subiu à cozinha, cumprimentou a Mãe e a Vó, engoliu três ou quatro pedaços de pão com manteiga seguidos de um café com leite reforçado. Toco apareceu:

— Como é? Vamos tomar banho na represa? A mulherada vem aí!

Não resistiu a criar caso:

— E o que tem a ver uma coisa com outra?

Toco deu uma risada:

— É que tem que ser macho pra entrar na represa. Quem não é, fica sendo!

Um começo de entusiasmo: quem sabe o banho gelado o acordasse de vez?

— Vamos nessa, Toco. Vou botar o calção.

Desceu atropelado as escadas — e acertou Cisco em cheio, que subia; com o tranco, os dois se apoiaram nas paredes para não cair. Cisco, sempre sorridente:

— Calma, cara! Tem mulher pra todo mundo! Parece que estão todos loucos!

— Menos o povo que não gosta de mulher! — lembrou Enéas, ainda com o azedo na alma.

Cisco não perdeu a piada, já da cozinha:

— Mas gosta de homem! Vai lá que você tem chance!

Embaixo, desgraçadamente, o encontro indigesto do poeta: afunilados no corredor, Antônio e Hellen, ele de câmera a tiracolo, ela de biquíni e mau humor. O escritor tentou desfazer a má impressão (*escolha bem seus inimigos*, lembrou do velho conselho), mão estendida:

— Tudo bem, Enéas? Já curou o porre?

— Claro... claro... é que eu estava em jejum.

Hellen passou por ele e subiu as escadas sem cumprimentá-lo. Enéas, desconcertado, pediu desculpas aos farrapos, no mesmo instante irritando-se com a própria covardia:

— Donetti, por favor, não leva muito em consideração o que eu falei ontem, eu...

Antônio se abriu num sorriso de compreensão e afeto:

— Que é isso, Enéas. Nada como uma catarse!

O poeta já ia longe, regurgitando ressaca e desculpas, quando ouviu:

— E precisamos conversar a sério!

— É claro!

Entrou no quarto, abriu a mochila, procurando o calção. *É claro uma merda. Conversar a sério com esse vendido! Vai é levar ferro. Aqui não são os salões culturais da burguesia.* Imaginou-se numa roda, antegozando a piada: *O Donetti? O Donetti não é um best-seller! O Donetti é um bost-seller!* Deu uma risada solitária e trocou a calça pelo calção, satisfeito com o próprio humor — melhorava a manhã.

Na sala do segundo andar, diante de janelão com vista para o oceano, Hellen começava a esquecer o horror da noite e a se contagiar pela alegria geral.

— Uma represa, é? Eu também quero ir!

A Mãe — eternamente ocupada em fazer alguma coisa, indo de um lado a outro — desencorajava, sem levantar a cabeça, quase um resmungo:

— Deixe pra outro dia. Eles tomam banho pelados.

Hellen deu um gritinho divertido de horror:

— Não me diga!?

Barros mexia com violência a colherzinha do café:

— Aliás, não aconselho aquela represa para ninguém. À parte o problema moral e higiênico (cá entre nós, tomar banho pelado é coisa de índio, de hippie desocupado, de naturista idiota, de palermas que não têm o que fazer), há também a questão da saúde.

Hellen bocejou: de onde desenterraram aquela múmia de terno? Inaguentável, pretensioso, metido, mal-educado. Antônio circulava pela sala, investigando biscuits, quadros, estatuetas, velhas fotografias, badulaques, penduricalhos.

— Mas que bela imagem!

A Vó largou xícaras, pães, pires e colherzinhas, e se interessou:

— O senhor gosta mesmo desta figura?

A Vó era uma senhora simpática, olhos enormes atrás dos óculos, quase um cartum. Antônio olhava de novo o quadro, refletindo.

— Sim. Gostei mesmo. Expressionismo de bom nível. Uma técnica primorosa. De quem é?

— Daquele menino, o Miro. Mas o senhor quer saber de uma coisa? Pra ser bem sincera, não gosto. Prefiro coisas mais coloridas. Flores, por exemplo. Por que não pintam mais flores?

Absolutamente alheio ao ostensivo desinteresse de Hellen, Barros prosseguia o discurso:

— E a questão da saúde é séria. Ora, todos sabemos que o povo brasileiro sofre de um arsenal de enfermidades, um leque que começa na esquistossomose, popularíssima no nordeste, até o câncer, verdadeira moda da elite urbana. Mas uma gripe é sempre uma gripe — e a última vez que cometi a imprudência de mergulhar na represa, o resultado foi uma gripe que me deixou imprestável por um par de semanas. Além disso, o nível social contraposto àqueles conceitos denota, inigualavelmente, o anteparo recomendável.

Barros levou a mão ao basto cabelo, disfarçadamente, procurando a ponta do chifre, o curto descontrole verbal — talvez uma pequena febre? E onde conseguir aspirina? Hellen, assustada com aquele desvario, afastou-se silenciosa em direção à janela: o mar era uma bela vista, e o sol da manhã tinha o condão de despertar nela uma sensibilidade misteriosa pelas coisas simples.

— É bonito aqui.

Barros deu afinal o primeiro gole de um café já frio — e pontificou, alto o suficiente para que ela ouvisse:

— A beleza tem seu preço.

Outro gole, amargo; esquecera do açúcar, mas já pensava em outra coisa. Uma tarefa ingrata, revelar a verdade a todo momento. *Alguém tem de fazer esse trabalho: um trabalho sujo, desagradável, antissocial e absolutamente necessário. Preparar o terreno.*

Antônio prosseguia uma conversa animada com a Vó:

— Então a senhora gosta de flores? Pois preciso tomar algumas lições com a senhora. Sempre sonhei em saber, por exemplo, aquilo que povoa as páginas dos romancistas ingleses: o que são rododendros? Que tamanho têm as buganvílias? Elas existem? É uma vergonha, mas não sei nada de flores.

A velha se espantava: como alguém pode não saber nada de flores?

— Ah, sim?

Hellen socorreu o marido:

— A senhora não repare. O Antônio é um escritor muito cerebral, intimista, de quatro paredes.

A Mãe entrou na conversa, de passagem para a cozinha, com um pacote na mão:

— Mas dá pra ter flores dentro de casa também. Vejam aqueles vasos ali: são beijinhos, de tudo quanto é cor.

Antônio se admirava, gentil:

— Beijinho? Que nome curioso.

Rômulo apareceu do nada, o rosto inchado:

— Me derrubaram da cama hoje. O que é que está havendo?

Ninguém prestou atenção. Barros monologava, como quem se aquece para o discurso maior, ininterrupto, fundamental, único, incontestável:

— As flores são a suprema ironia do universo.

Da janela, Antônio apontava uma árvore florida, de um amarelo agressivo, absoluto ao sol, um impacto brilhante no verde-escuro:

— E essa árvore?

A Vó explicava:

— Acácia-imperial. É linda, não?

— Muito bonita.

— Tire uma fotografia, Antônio.

Ele fez que não; ela insistiu. Meio envergonhado — *para que tirar uma fotografia agora?* —, Antônio ajeitou a máquina, conferiu luminosidade, distância, diafragma. A vidraça fazia reflexo. *Essa foto não vai prestar.* Quando Cisco entrou na sala, Rômulo segurou seu braço:

— O que está havendo?

— Nada que te interesse. As mulheres estão chegando.

— Ah.

Só então sorriu, percebendo o que seria uma piada. Aninha atravessou a sala, tímida, escondendo um pacote. Cisco fuzilou-a, quase aos gritos:

— Onde a senhorita pensa que vai?

Ela gaguejou, encolhida:

— Eu... desculpe... vou levar café pro Miro, e uma caixa de fósforos. Ele está pintando na Gruta.

Cisco se divertia com o pânico:

— Ah, então é isso! Te peguei, hein, com a boca na cumbuca! Metendo a mão no jarro da Paixão, pelo amor de Miro!

— Não... eu... a gente é só amigo.

Cisco enterrava a lâmina, divertindo-se:

— Ah, eu sei! Amigos! Dormindo juntos numa caverna do mar, que interessante! E eu precisando tanto de uma amiga! É assim que essa Paixão vai pro saco. Menos a paixão de vocês, claro...

Aninha enfim irritou-se, o rosto vermelho.

— Desculpe. Eu devolvo o pacote. Tá!

A Mãe, passando por uma porta, veio em socorro:

— Vai dar bola pra ele, Aninha? Te arranca daí, guria!

Aninha balbuciou novas desculpas e desceu. Hellen, que não tinha perdido uma palavra do diálogo — aquele escândalo histriônico por um pouco de café, como se o teatro já tivesse começado —, observou, divertida:

— Quer dizer que o machismo é a tônica aqui?

No exato momento em que Enéas surgia na sala, só de calção, gorduras suadas no corpo branquíssimo:

— Não só a tônica, como o guaraná, a Coca-Cola, a soda e a água mineral.

Hellen fez cara de nojo.

— Que trocadilho infame, de boteco.

— De boteco não, dona Hellen. Se fosse de boteco eu teria falado em vodca, cerveja, rum, cachaça.

Barros, café frio ainda à mão, respirou fundo e ergueu a mão peluda para falar:

— Somos obrigados a reconhecer que o Enéas se esforça para ser engraçado. Mas às vezes, lamentavelmente, o mimeógrafo falha. Ou, como diz o povo, com aquela capacidade de síntese que lhe é característica, em que pese a ignorância, às vezes dá chabu. E foi o que aconteceu agora. A piada deu chabu.

Hellen soltou uma gargalhada fora do esquadro. Antônio fingia não ouvir nada; para se isolar daquela conversa idiota, disparava fotografias a torto e a direito, sem ver coisa alguma, irritado por algum motivo que não conseguia localizar. Enéas, cortando o pão, aproveitou um lapso de silêncio e desfechou:

— Quer vender o terno, Barros? — Risadas. — Esse terno preto num brechó valia uma nota! Acompanha gravata, unha, barba e cabelo. Uniforme original do Zé do Caixão.

Novas risadas. Barros preparou-se para mais um gole de café amargo, mas interrompeu o gesto com a xícara a meio caminho:

— Não. Primeiro, porque não tem preço. Em segundo lugar, porque percebo a natureza da sua observação hilariada. A minha roupa é símbolo de algo maior, que você, mortal, e mísero, não alcança; e não vai alcançar nunca.

Interrompendo o vozeirão rouco de Barros, vagamente assustador, quase uma ameaça, apareceu um Pablo deprimido:

— Vocês vão para essa merda de represa ou não? Ficam aí falando besteira. O Toco já foi.

Barros depositou a xícara no pires e ergueu o dedo, enfático, a voz um pouco mais normal agora:

— Posso até acompanhá-los, mas participar daquele ritual primitivo, jamais.

A Mãe, saindo de outra porta:

— Já comeu alguma coisa, Pablo?

— A úlcera não deixa. A senhora me dava um copo de leite, por favor?

— Precisa pedir? Pega no balde, ali na cozinha.

Pablo encheu um copo — tomava o leite com ar estoico, gole a gole, espaçadamente. Remexia o leite na boca azeda, antes de engolir. Contemplava a sala cheia de gente desagradável, os intelectuais, os ricos, os inteligentes, os homens de fala fácil, distribuídos ao acaso como deuses de saco cheio — e a deslumbrante Hellen esparramada na poltrona, num largo bocejo:

— Bem que eu gostaria de ir à represa, mas como estou no meio de uma confraria horrenda de machistas...

Barros não perdeu a chance:

— O que é verdade, diga-se de passagem. Os direitos mínimos da mulher (mesmo considerando o fato de que quem fez a história até hoje foi o homem), sequer esses direitos mínimos, aquela eclosão súbita de um desejo subterrâneo que enfim se realizaria, paralelamente, digamos, à industrialização do país, se houvesse interesse em plantar tal futuro, aqueles direitos, quase nada, sequer eles chegaram à Paixão. E nem vão chegar, acrescente-se — e de novo a mão à cabeça, o breve descontrole sintático se repetindo. Bebeu o café, agora gelado, de um golpe.

— ... eu me conformo em tomar apenas um banho de sol — completou Hellen.

Enéas — *eles devem entender que meu pedido de desculpas não significou rendição incondicional* — voltou à carga, entre uma mordida e outra no sanduíche:

— Não há problema, dona Hellen; o Donetti é homem do tempo, não vai se incomodar por vê-la misturar-se aos bárbaros.

Usou os pronomes com um prazer deliciado. Imaginou que o escritor não seria adversário à altura, acovardara-se logo, encurralado num canto, onde, aparentando indiferença (*talvez seja o caso de eu dar uns três ou quatro murros no nariz desse imbecil do Enéas; isso vai resolver*), folheava os únicos livros da sala: uma Bíblia e meia dúzia de brochuras ensebadas, capas rasgadas, páginas comidas por traças, e alguma surpresa:

— Livros de aventuras e *Lord Jim*, do Conrad. Um belíssimo romance!

Enéas silenciou; não tinha lido Conrad, desgraçadamente, e não quis arriscar uma opinião contrária ao acaso. A luta contra o escritor do sistema teria de ser medida, controlada, diplomatizada; ele era um adversário perigoso, ainda que aparentemente dócil. Da janela, a Vó anunciou:

— Chegaram mais dois na praia. Parece gente nova, porque estão perdidos feito galinha tonta.

Cisco coçou a cabeça; não estava com vontade de recepcionar ninguém e saiu de mansinho, no mesmo momento em que entrava Edgar, braços erguidos, feliz da vida:

— Bons dias para todos! — A surpresa: — Enéas, nosso poeta! Como está? — Abraço apertado e demorado. — Você precisa me dar uma letra pra música que acabei de compor às mulheres da Paixão. — Mudava de assunto: — Vai na represa?

Todos iam à represa — e em meio a animadas conversas (exceto Pablo, que tomava compenetrado outro copo de leite, e Rômulo, ainda lutando contra um pedaço de pão, vivo sob a faca trêmula) foram saindo da sala. Hellen, vendo-se subitamente só, gritou com traços de angústia na voz:

— Tôni! Vou ficar ali na frente, tomando banho de sol!

O marido parece que não ouviu; conversava com Edgar (*bonita a sonata que você tocou ontem*), saindo por outra porta. Pablo, soturno, bochechas cheias de leite, vigiava as coxas de Hellen descerem a escada, enquanto Rômulo, agora mastigando, tentava se lembrar do que haveria mesmo de importante naquela manhã.

XIII

A represa

Protegida pela sombra de árvores altas, a represa era o refúgio de Toco. Lá ele costumava passar as horas mais soltas, na pedra maior do paredão frontal, vendo a água correr silenciosa sobre o limo e seguir sussurrante morro abaixo. Imóvel, no velho sonho impossível de ser parte integrada da natureza, Toco sentia a umidade e a tensão daquele verde-escuro povoado de pássaros, vozes e movimentos. Se olhasse para trás, é possível que visse a silhueta de Isaías recortada no alto, sob o sol, trabalhando numa ou noutra clareira do mato, ou simplesmente fumando cachimbo e olhando o vasto mundo. Nesses momentos, acenavam — duas ilhas próximas e distantes, dois silêncios irmãos.

Toco punha a mão no queixo e — também ele — contemplava o mundo, com o seu rosto anguloso e sereno de uma estátua da Ilha de Páscoa. O ato de pensar em pequenas coisas circunstanciais — a Paixão, as mulheres, os peixes, os poucos amigos — tornava-se uma densa solidão em que toda a sua vontade desejava se esvair até ser apenas *sentidos*: cores, sons, formas, um desejo que acabava se transformando numa melancolia suave, sem causa aparente. Depois, qualquer coisa súbita — um grito de pássaro — devolvia-o à terra; e, ao olhar para o lado, no acaso do gesto, via seu anjinho dois metros adiante, sentado exatamente como um pequeno Toco, também com a mão no queixo, muito sério, a paródia ingênua dele mesmo.

O que fazer com aquele maldito anjo? Disfarçando, recolhia do chão algumas pedras miúdas e súbito desfechava-as contra o alvo vivo, que dançava em pânico batendo asas até se esconder. Reapareceria em seguida, olhos arregalados, talvez pedindo desculpas por imitá-lo. Restava um único prazer a Toco: irritar o anjo. Desta vez, depois das pedradas, levantou-se, tirou o calção e — nu — mijou rio abaixo um mijo libertador.

— Chega aqui perto, meu anjo, que eu te mijo em cima!

O anjo, profundamente envergonhado, escondeu o rosto sob as asas e se afastou, muito triste — e a tristeza passava a Toco. Para esquecer, virou-se e mergulhou na represa, ficando muito tempo embaixo d'água, anestesiado e aliviado de frio, num exercício de resistência até os limites do pulmão, quando voltava à tona e respirava de novo. Ao descobrir o anjo aflito — Toco estava morto?! —, mergulhava outra vez só pelo prazer de imaginar o susto da figurinha branca, sobrevoando a represa em busca do seu protegido, que talvez se afogasse! E, mais assustado ainda, o anjo percebia o agitar de braços no fundo, as bolhas subindo, tudo conforme a previsão de Toco no requinte de sua vingança. Cada respirada de Toco era o seu alívio, graças a Deus! — e cada mergulho o seu desespero.

— Toco?!

Cabeça fora d'água, reconheceu a voz de Edgar. Atrás dele vinham Enéas, Antônio e Barros, este de má vontade, como quem apenas cumpre um dever desagradável. Acomodaram-se nas pedras em torno, imaginando a frieza da água: era preciso coragem para entrar nela. Edgar foi o primeiro — nu, balançava a barriga branca, erguendo os braços, anunciando ao mundo:

— E agora, o banho purificador da Paixão! Oh, Senhor, livrai-me dos pecados! E enchei esta ilha de belas mulheres!

O Adônis desmontou-se inteiro ao tocar, tímido, o pé na água:

— Mas está fria demais, Toco!

Toco, só a cabeça para fora, achava graça:

— Uma delícia, Edgar!

Antônio coçou a cabeça, sentindo um vago desejo de tirar uma foto da cena, mas desistiu, incomodado por qualquer coisa. Barros parecia farejar o desconforto, aproximando a cabeça a um palmo do rosto do escritor:

— Parece que você começou a perceber o vazio. Não falei em vão.

Antônio sentiu o hálito pesado (*de álcool? não, não exatamente*), e afastou-se com a discrição possível. Edgar tomava coragem, girando os braços como criança imitando avião:

— Esse banho é um perigo, encolhe o caralho. Mas vamos lá, vamos lá, coraAAGEEMMM AAAIII!...

Jogou-se gritando na água, um pacote trêmulo — e imediatamente voltou à tona, o rosto vermelhíssimo:

— Puta que pariu, ninguém aguenta!

Saiu em seguida, dentes batendo; na sombra, mais um fiapo de vento, sentia mais frio ainda; enxugava-se frenético com o próprio calção (*esqueci a porra da toalha!*), arrepiado, até que se refugiou numa faixa estreita do sol filtrado pela copa das árvores, encolhido feito rã. Mas não perdeu o entusiasmo:

— Cumpri meu batismo! Mas bah! Pelas mulheres da Paixão eu entrava cinquenta vezes nessa água!

Barros ajeitava-se numa pedra da parte alta da represa, um Júpiter suado de terno e gravata.

— Pois eu, nenhuma.

— É porque você é veado — esclareceu Enéas, tirando o calção. — Ninguém trouxe sabonete e xampu?

Antônio achou graça daquele cuidado:

— Então não abdicaram totalmente da civilização?

Enéas contra-atacou, equilibrado numa petulância de que até ele se admirou:

— Meu amigo, você só vai ser um grande escritor no dia que enfrentar essa água.

Como comprovação do que falava (ou temendo a resposta?), mergulhou em seguida. Reapareceu trêmulo, dentes batendo, mas simulando indiferença:

— É fácil, Donetti! Vem firme! Depois de um banho desses, a literatura ganha pulso!

Como alunos de um internato, pensou Donetti, irritado — mas aceitar os desafios daquele idiota seria demais. Sorriu, sem se mover. *Colocar esse imbecil no lugar dele; esperar o momento certo. Mas nem para inimigo ele serve.* Agora, apesar de tudo, tinha vontade de também entrar na água, mas a perspectiva de ficar nu — a regra dessa sauna ao avesso — pareceu-lhe tão ridícula que desistiu. Ao mesmo tempo, ficar sentado na pedra, apenas assistindo, começou a incomodar. Tentou se esconder na literatura, esboçando mentalmente uma cena com crianças à beira de um rio da infância, mas não podia se concentrar. Uma manhã esquisita.

Barros ergueu o braço, pontífice:

— Enéas, desgraçadamente para você, o Donetti pensa. E pensar exige domínio da palavra e da razão, tarefa conjunta que jamais será dos poetas. Ainda mais dos poetas metricamente eunucos, como você. Bem, tratá-lo pelo epíteto de poeta já é em si uma liberdade poética das mais temerárias.

Enéas sorriu: era tão fácil estraçalhar o palavrório de Barros e a sua figura grotesca que nem respondeu. Fechou os olhos, acostumando-se com o frio da água, que parecia curar a ressaca. Edgar, súbito, lembrou-se:

— Espere aí!? Donetti? É claro! — Abriu os braços: — Donetti! Você é o Donetti! — e bateu com força a mão na testa, como ele não tinha percebido antes? — Eu li um livro seu! Eu li!

O escritor não se entusiasmou muito com aquela efusão: viria alguma patada. Mas o afeto de Edgar parecia mesmo sincero:

— Eu juro que eu li!

Barros deu uma gargalhada:

— Isso no tempo em que você sabia ler, é claro. Pelo tempo de ilha, já deve estar analfabeto como nasceu.

— Eu li, sim! Uma história genial, depressiva, me marcou. Era um publicitário que envenenava a esposa com detergente, a mesma marca de detergente pra qual ele fazia textos de propaganda. Cara, que porrada é esse livro! Só não lembro do título...

— *A foto no espelho* — auxiliou Antônio, um tanto irritado pelo resumo de Edgar, que transformava seu romance num enredo de telenovela.

— Isso! Isso mesmo! *A foto no espelho...* — E outro espanto, olhando fixo para Donetti, como se não acreditasse: — Mas você é um grande escritor!

Barros advertia, incomodado pelo exagero da admiração:

— Não se entusiasme muito, Donetti. Ele não deve ter entendido coisa alguma.

O escritor começou a balbuciar um agradecimento tímido, quando Enéas meteu-se na conversa, assumindo uma seriedade ambígua, de quem concede sem concessões, e ao mesmo tempo demonstra sua verdadeira estatura crítica:

— Um bom livro, é verdade. Mas seria melhor se o Donetti não privilegiasse tanto o psicológico. Os personagens vivem numa redoma de vidro. De certo modo, não há corte ideológico nem perspectiva social.

— Um grande livro! — teimou Edgar. — Ajudou a mudar minha vida!

Enéas insistiu, quase num tom de quem levanta a bandeira branca:

— O que você acha, Donetti? Foi proposital essa redoma?

Eram como moscas zumbindo. Antônio afundou-se na depressão:

— Não encha o saco, Enéas.

Toco espichou a cabeça comprida para fora d'água:

— Você escreve livros de aventuras? Eu gosto muito de livros de aventuras.

No mesmo instante Pablo chegou, depositando toalha e sabonete numa pedra. Mau humor:

— Quem falar em livro agora leva porrada. — Tirava o calção. — O único objetivo dessas conversas de intelectual é me humilhar, já que nunca li nada na vida.

Donetti descarregou a tensão com uma risada solta. Barros esperou o silêncio voltar.

— Eis aí — e o braço negro apontava Pablo — um ignorante sincero, mas só na aparência. O que ele quis dizer, de fato, é que, sendo ignorante, é muito superior a qualquer um de nós. O que representa, convenhamos, uma demonstração sólida do poder da ignorância.

— Ignorante é a puta que te pariu. Como é que está a água, Toco?

— Muito boa.

Sob um silêncio desconfortável, Pablo entrou na represa, resistindo olimpicamente ao frio, e começou a se ensaboar, metódico. Lavando ostensivamente o saco, filosofou:

— Ainda bem que vão chegar as mulheres. Porque eu não aguento mais ver tanto macho cretino reunido de uma vez só.

Afinal mergulhou para as profundezas do gelo. Edgar voltou ao assunto:

— Donetti, hoje vou compor uma música especialmente para o teu livro. Uma música triste, melancólica, noturna...

Então ouviram um grito tarzânico, interminável, cortando a encosta. Cisco, depois de soquear furiosamente a parede de pedra e suar até a exaustão, e depois de fumar um cigarro até o filtro, e disparar correndo para a represa com um calção vermelho berrante (era o único que só tomava banho vestido: *É que eu tenho pau pequeno e sinto vergonha*, explicou mais tarde ao escritor), e chegar ofegante, desesperado e sem voz já antevendo o choque terrível com a água gelada, pulou três pedras maiores, pernas tortas, branquíssimas, desengonçadas, cabelão ao vento, e jogou-se para o alto, braços abertos, uma granada humana um segundo antes da explosão, e — urro de entranhas, doloroso — estatelou-se na água, punhal de frio e de alívio.

Antônio ergueu-se, assustado:

— Ele morreu?!

Barros, espichando a cabeça à frente:

— Não teríamos essa sorte.

Finalmente Cisco voltou à tona, a cara limpa e o sorriso:

— Que água! Que tesão de água!

XIV
Espiões

Olhos no periscópio, Lopes suspirava:

— Mais gente nesta maldita ilha.

No espaço estreito de uma mesa improvisada, Amintas tentava organizar os arquivos, papéis e mais papéis, fotografias, cadastros, fichas, currículos.

— Quem?

— Dois estudantes, parece. Universitários, quer apostar?

— Não. Até agora você não errou uma. Vou conferir. — Amintas ergueu o fone: — Aqui Sub 37. Chegou mais gente. Positivo. (...) Ahn, sei. Vai falando que eu anoto. Sei. Alugaram um barco a motor. (...) Hum. (...) Murilo, vinte anos, engenharia civil. Participação no D.C.E. (...) Tudo bem. Mais nada? (...) Hum. Augusto, curso de Direito na Federal. Ficha limpa? (...) Ótimo.

Ouvia e anotava nos papéis quadriculados com a letra pequena e redonda. Lopes, atento:

— Pergunte das drogas. Isso sempre rende alguma coisa.

— Maconha? LSD? Cocaína? (...) Hum. Nada mesmo? Teoricamente de férias. Porte de armas? — Anotou um X onde dizia "não". — Solteiros? (...) Sei. Assinaram algum manifesto? (...) Murilo, treze. Augusto, dois. Greves? (...) Ótimo. OK. (...) Positivo, tudo anotado. Desligando.

Lopes voltou ao periscópio. Novidades:

— Estão conversando com aquele pessoal do teatro.

— As bichas?

— É. Eles se conhecem?

Amintas pesquisou o arquivo.

— Nada consta. Acho que não.

— Ou disfarçam bem. Esse pessoal pensa que nos faz de trouxas. — Acionou botões e manivelas, regulou o foco, mudou a direção. — A tal de Hellen está tomando banho de sol em frente à casa. Gostosa pra caralho.

Amintas conferia no arquivo:

— Exato. Essa mulher tem o rabo cheio de dinheiro.

— Casou com um comunista. Não entendo.

— O tal Donetti? Não sei se é comunista, mas já assinou dois manifestos contra o governo.

— Dá no mesmo. Brasil, ame-o ou deixe-o. Me dá uma raiva desses filhos da puta de barriga cheia que nunca estão satisfeitos.

— Ela é importante, família rica. Não dá pra apertar sem mais nem menos. — Cansado, Amintas suspirou. — Você acha mesmo que esse troço vai dar em alguma coisa?

— O Moreira está louco pra descer e prender todo mundo.

— Isso eu já sei. Mas...

Lopes concentrava-se no periscópio, novos ajustes:

— Tem um sujeito pelado num muro de pedra, no alto, a leste da casa.

Amintas consultava o mapa:

— Deve ser a represa. Pelo mapa tem uma represa aqui — e o dedo espetava o papel.

— Está mijando para o vento agora. Filho da puta. É represa mesmo. Jogou-se para trás. Só tem louco nessa ilha.

— Pode ser que sim, pode ser que não. Louco é quem rasga dinheiro e come merda.

— Pois eu tenho a impressão de que esse povo rasga dinheiro e come merda. Vem vindo mais gente...

— Na ilha?

— Não, na represa. O tal Donetti, o Enéas...

— Esse também é fichado. Quem mais?

— Deixa eu ver... aquele esquisitão, de terno e gravata.

— É o Barros. Publicitário.

— ... o músico...

— Sei. Um tal de Edgar. Por que esse cara largou mulher, filho, emprego, pra vir morar nesse cu do mundo, não dá pra entender.

— A gente descobre — e Lopes ajustava o periscópio.

Amintas contemplava as fichas espalhadas na mesa — e suspirou.

— Afinal, o que a gente tem de concreto? No fim, é capaz de toda essa operação de guerra dar em porra nenhuma.

— Ah, não. Quanto a isso, pode ficar tranquilo. A operação vai ser um sucesso espetacular. O Moreira não é idiota. Ele está dando o grande lance da vida dele. Ele vai longe, pode escrever aí.

— Tomara, que daí nós vamos de carona. Pra falar a verdade eu estou de saco cheio desse submarino. Eu queria era voltar pra Vila Mariana.

Lopes largou o periscópio.

— Calma, rapaz. Quer saber o que já temos de concreto?

— Eu tenho tudo anotado aqui, mas é um quebra-cabeça.

— Então vá juntando os pedaços. Primeiro: o rapto dessa tal de Aninha. O pai é importante e está desesperado. Pra você ter uma ideia, o caso foi parar no Exército.

— Quantos anos ela tem?

— Uns vinte. Mas isso não quer dizer nada. Aliás, nem a queixa quer dizer nada. Com o Moreira, nada precisa dizer nada, ele só precisa de inspiração. Ou de um gancho. Segundo ponto: juntou-se com o pintor, que já tem ficha por uso de entorpecente.

— Isso eu sei. E a noite passada dormiram naquelas grutas. Não foi isso que você viu?

— Exatamente. Ela é uma piranhinha, cá entre nós, mas ele não é bobo. É marginal mesmo.

Amintas se irritava:

— Nós nos fodendo aqui debaixo d'água e esses filhos da puta numa boa nessa ilha, trepando, puxando fumo, farreando.

— Mas por pouco tempo. Terceiro: mais um marginal perigoso, esse tal de Rômulo.

— Isso eu também sei, está aqui — e mostrou a ficha. — Mexe com drogas.

— Tráfico de drogas. Já cumpriu pena em escola correcional. Esse é da pesada, intermediário importante, coisa grossa.

— E o que mais?

— O pessoal do teatro, as bichonas. Não precisa nem investigar: se sacudir aquelas mochilas vai voar maconha pra todo lado.

— E o que mais?

— Completando o quadro: quero ser um filho da puta se não tem pelo menos um alqueire de fumo plantado nessa ilha. E esse pessoal não está sozinho, é claro. Só isso já seria o suficiente.

Amintas balançava a cabeça, desanimado.

— Mas, Lopes, até aqui só droga! Porra, o Moreira fica mexendo na merda até esbarrar num general qualquer. Você sabe como funciona. E daí nós dois vamos dar serviço em Fernando de Noronha, pra não encher mais o saco.

— Estou dizendo que o Moreira não é tolo. Esse é só o ponto de partida. A ordem é: façam barulho. Só com o pouco que temos na mão, já dá pra fechar o serviço.

— Continuo achando muito pouco. Um delegado de polícia resolvia isso.

Lopes irritou-se:

— Você não tem que achar nada. Ninguém tem que achar porra nenhuma. O importante é o que vem depois: implicações políticas.

— O que é que tem?

— *O que é que tem?* Não seja burro, Amintas! O que você acha que está fazendo esse escritor aí? Desembarcou de um transatlântico pra passar *férias* nesse fim de mundo? Francamente, é muito esquisito.

— Que é, é.

— Além do mais, a mulher é rica. Está ligando uma coisa com outra?

Amintas se esforçava para entender:

— Não.

— Mas logo vai ligar. — Arrancou a caneta da mão de Amintas e passou a riscar setas confusas numa folha em branco, uma levando a outra:

— Veja, junte os pedaços. Tem o Enéas, ativista universitário e comunista declarado, filho de comunista, neto de comunista, primo de comunista, sobrinho de comunista. E escreve poesia.

— Isso eu sei. E daí?

— E tem mais: os mistérios de Edgar, o tal músico. Eu tenho uma intuição do caralho de que, se a gente abrir aquele piano, espirra metralhadora pra todo lado. Você não entendeu ainda?

Amintas pensava.

— Hum. Eu não tinha pensado nessa hipótese...

— O Barros também é outra incógnita. De onde ele veio? Há quanto tempo está na ilha? O que faz aquele cara ali?

— Infiltrado?

— Você começa a entender. Só não sei de que lado vem a infiltração. E agora chegaram mais universitários, também de ligações esquerdistas comprovadas.

— E daí? Isso é igual praga, dá em toda parte. Você não soube do congresso em São Paulo?

— Isso! Afinal você começou a juntar os pedaços. O fato é: o Moreira está na pista certa. Certíssima! — Amintas coçava a cabeça; Lopes, didático, avançava o raciocínio: — Agora esqueça tudo e pense em outro aspecto da questão: o velho Isaías.

— Mas esse é um louco, todo mundo já sabe. Era só o que faltava a gente fazer esse carnaval, mobilizando exército, marinha e aeronáutica, pra prender um velhinho maluco.

— Pois é. Um louco religioso que todo ano representa a vida de Cristo para ele mesmo ver.

— O que é que tem? Cada louco com a sua mania.

— Mas esse é um doido útil. Você já ouviu falar alguma vez de comunista representando a vida de Cristo? Você acha que na Rússia eles fazem a via-sacra na semana santa? Você acha que Havana é uma Jerusalém?

Amintas achou graça — em algum lugar de sua cabeça a articulação lógica de Lopes começava a surtir efeito:

— É claro que não.

Lopes ergueu-se, fechando o raciocínio com chave de ouro:

— Então o que é que esses comunistas vagabundos querem aqui? Se divertir? Converter-se ao cristianismo? Rezar o terço?

Amintas coçou a cabeça.

— Não sei. Isso eu não sei.

— Pois é isso que o Moreira vai descobrir. E há muitos outros indícios: o padre da Vila Garapa e os pastores que sempre vão lá jamais foram convidados para a Paixão. Tirando uma meia dúzia de turistas que aparecem no dia da representação, só tem ali gente de esquerda, da oposição, militantes mesmo contra o governo. O fichário não mente. Além disso, a promiscuidade é total. E mais a maconha, o tráfico... Está entendendo? De repente chega um escritor e uma mulher milionária, assim, sem mais nem menos. Está entendendo, Amintas? Isso é um prato cheio. Um prato cheio de merda, como o Moreira vai demonstrar. E vem muito mais gente ainda. Só espere. A coisa vai ferver, por bem ou por mal.

Amintas bocejou. Aquela espionagem era um tédio absoluto. E ele não conseguia vencer o enjoo do mar, o espaço apertado, o calor.

— Pois que ferva logo, Lopes, o que eu quero é respirar ar fresco...

— Vai ser em breve. O Moreira tem uma puta intuição. Vai acertar em cheio, de novo, como naquela célula em São Paulo. Lembra? Tirou as tripas do cara e em dez minutos desmontou um aparelho inteiro. Tem um grande congresso se armando aí nessa ilha, cara! Coisa grossa! Na pior das hipóteses, o Moreira destrói uma rede de traficantes com implicações políticas altamente favoráveis para nós. Já estou até vendo a manchete no *Jornal Nacional*! Na melhor, pega um balaio de comunistas em conspiração. Amintas, cá entre nós: essa ilha tá fedendo! Você não sente o cheiro?

Amintas olhou o relógio: quase na hora da folga. Alguma coisa ainda o incomodava naquele arrazoado todo:

— Mas, Lopes, e suponhamos (só suposição, é claro, que estamos todos no mesmo submarino), suponhamos assim que, só pra pensar, que, contrariando todas as expectativas, toda a lógica do mundo, não haja absolutamente nada aí, que seja realmente um grupo de estudantes em férias fazendo umas farrinhas inocentes com a Paixão do velho caduco e com dois ou três maconheiros trocando uns baseadinhos no meio?

Lopes enfureceu-se:

— Porra! Caralho! Você só vê o lado negativo das coisas! Só o lado pior! Vá ser pessimista assim no raio que o parta!

Incomodado com a reação violenta, Amintas voltou ao fichário. O fone tocou e Lopes antecipou-se num gesto brusco.

— Sub 36 falando. Não, é o tenente Lopes. (...) Ahn? Um bando de mulheres? Desceram em Garapa e estão chegando no lado oeste? E só agora que vocês avisam, porra?!

Lopes reajustou botões e manivelas, o entusiasmo renovado:

— Até que enfim! Não aguentava mais só ver macho nessa ilha!

XV
Chegam as mulheres

Murilo e Augusto, novatos da Paixão, subiam timidamente o caminho da praia à casa, pisando cuidadosos em terra estranha, cada um com sua mochila. Murilo era o mais assustado:

— Pô, cara. Não sei não como eles vão nos receber. A ideia de vir pra cá foi tua.

— Calma. Calma. A Carmem não ia sacanear a gente.

— Se ela ainda não chegou, quero só ver o que a gente vai dizer. Nunca fiz teatro na minha vida. Já estou gaguejando desde agora.

— Fica tranquilo. A gente diz que a Carmem nos convidou, que estamos a fim de participar da Paixão e que sabemos alguns rudimentos de teatro. O negócio é ter um pouco de cara de pau. A gente se oferece pra qualquer trabalho. E além disso somos universitários, cara, gente fina! Eles vão perceber.

Murilo suspirava.

— Tomara que dê certo, porque o visual daqui é incrível.

Finalmente os passos lentos de Rômulo o carregaram até a represa, violão debaixo do braço — e levou um susto com a correria e gritaria em sentido contrário, Edgar à frente:

— Saia do caminho! As mulheres estão chegando! Vamos recepcioná-las!

Cisco passou voando, um esbarrão que tirou o equilíbrio incerto de Rômulo até jogá-lo ao chão — iria colocar sua melhor roupa, esconder as pernas tortas e a pele branca, pentear os cabelos, escovar os dentes. Enéas, divertindo-se, poetava com grandes gestos:

— Ó mulheres, libertação dos homens, companheiras de luta, seios fartos de leite, ventre da primavera, fertilidade da terra! Eu vos saúdo, em nome da Paixão!

Pablo tinha fé:

— Agora a coisa melhora, Toco. Sem mulher é que não dá.

Toco tentou agarrar o anjo pela asa, um gesto absurdo em direção a coisa nenhuma. O anjo subiu mais alto, assustado, e Toco disfarçou, procurando um mosquito na mão:

— É isso aí, Pablo. Mulheres, precisamos de mulheres.

Enéas deu alguns passos ligeiros para alcançar o escritor, insistindo:

— Que tal? Você não acha saudável esse canto primitivo da natureza?

Donetti ignorou-o; o entusiasmo da garotada, faunos púberes seguindo alguma flauta de Pã, divertia-o, mas a chatice do poeta não dava trégua:

— Claro, sei que isso não significa nada para um escritor de quatro paredes.

Barros intercedeu, ajeitando a gravata:

— Isso não significa nada para ninguém. O teu poema só não é pior porque é curto. Você gosta demasiado de si mesmo (aliás, sem nenhuma razão objetiva) para compreender profundamente as mulheres.

— Gosto o suficiente de mim mesmo para não usar terno e gravata.

Barros agora segurava o braço de Donetti, cabeça muito próxima, quase íntima, exalando aquele hálito esquisito, alguma coisa entre o enxofre, o álcool, talvez o alho, a sola de sapato, um cochicho sem fim:

— Donetti, preciso de alguém como você que me ajude a denunciar a empulhação que é esta Paixão de Cristo. Você é o homem certo, apesar de seu comodismo. Ânimo, Donetti — e Barros esticou o braço numa saudação militar estranha —, ânimo! Nós ainda temos consciência, mas o pior são os bobos que chegam sem saber de nada, com ânsias grandiosas, o nó cego do desejo, para viver o teatro mais falso, artificial e vazio que já se produziu nesta nação inerme. — A voz ainda mais baixa, agora rouca, a mão apertando o braço, os dentes na orelha, Donetti não conseguia se livrar daquela proximidade viscosa: — Não há em toda esta ilha de matéria plástica qualquer projeto cultural, por mais primitivo ou idiota que seja. Não há rigorosamente nada! E alguém tem de esclarecer essa gente estúpida. Você, que é escritor... — Interrompeu para arrancar com a mão livre e peluda uma garrafinha do bolso de dentro do paletó: — Quer um gole? — As duas mãos agora se ocupavam da garrafinha, e Donetti não conseguia se afastar, estranhando aqueles olhos vermelhos, lacrimejantes, o topete negro do cabelo que parecia subir testa acima: — Como eu dizia, você tem condições, diretrizes, background e feedback... — Sim, parecia... a ponta de um chifre!? — de modo que, na confluência trigonométrica da especialização verbal das estruturas...

E as mulheres, finalmente, chegaram.

Depois de uma tumultuada, mas predominantemente feliz travessia da ilha, que se prolongou desde o amanhecer, cheia de queixas e encantamentos, lanches e fotografias, subidas e descidas, espinhos, pedras, galhos e escorregões, as mulheres atravessaram o último bosque que acompanhava o curso do riacho — o Córrego Garapa —, transpuseram a gritos, sustos e determinação as suas águas frias, e começaram a aparecer detrás das árvores, fadas, duendes, anjinhas, espalhadas e felizes como bandeiras coloridas brilhando ao sol, aproximando-se da casa numa pressa ansiosa de descanso, de água, de sombra e de homens. Invadiram os corredores sem cerimônia, tomaram a grande sala de baixo, que se transformou no quartel-general feminino, entraram em quartos e saletas atrás de espaços vagos, espalharam-se espavoridas e sorridentes, abraçaram e beijaram a Vó e a Mãe, fazendo fila, algumas presenteando-as com ramalhetes de flores colhidas no caminho, outras ofertando doces e chocolates, perguntavam pelo Isaías e se afastavam sem ouvir a resposta, atraídas por uma borboleta, um lampião quebrado, um traseiro de homem que passava, uma flor num vaso, abraçaram e beijaram Antônio Donetti (que cinco já conheciam de nome e duas de livros!), fizeram roda em volta de Enéas, que agarrava uma em cada braço e pesquisava as novatas, desesperando-se atrás de rimas de impacto para declamar, invadiram a cozinha, puseram água a ferver, perguntando qual era o lugar dos talheres enquanto abriam todas as gavetas e portas, espiavam — curiosíssimas algumas, indiferentes outras — aquela louríssima que tomava um banho de sol em frente à casa, esbarraram em dois estranhos perdidos na confusão à procura de alguém a quem pudessem se apresentar, ocuparam todos os banheiros simultaneamente, conversavam com Toco (olímpico e deprimido vendo seu anjo bater-se no meio de tantas pernas nuas, afogando-se sob saias, esmagando-se entre coxas), armaram algumas barracas próximas da casa, sempre sob a indiferença esparramada e silenciosa de Hellen, escondida atrás dos óculos escuros, acharam graça de Barros, que se recolheu num silêncio poltronal, papainoélico, tingido de preto, viram Pablo fumar um cigarro, encolhido no canto da sala, deram gritinhos à chegada de Cisco, que surgiu solene (e estranhamente tímido) vestido em roupas novas, com os cabelos compridos puxados para trás e amarrados na nuca, e, finalmente, bateram palmas felizes quando Edgar, de bermudas e barriga à mostra, circulou pela casa inteira, vermelho, feliz, braços erguidos, repetindo o anúncio triunfal:

— Estão todas convidadas! Convidadas todas! Para a grande festa no meu chalé! À sombra da figueira! Esta noite! Música e vinho! Estão todas convidadas! Para a grande festa!

XVI
Festa

Curvado sobre o piano, rosto a um palmo do teclado, Edgar bateu as duas últimas notas, espaçadas e melancólicas. Ergueu a cabeça:

— Então, Donetti? Gostou?

No meio das conversas, dos gritos e das risadas da festa, o escritor tinha perdido muito da música. Mesmo assim, reconheceu:

— Muito bom, Edgar. Muito bom mesmo! É a primeira vez que...

Edgar esvaziou o copo de vinho:

— Melhor ainda é o título: *A foto no espelho!* — O copo novamente cheio, subiu na cadeira, estendeu os braços e gritou: — Atenção! Atenção, pessoal! Um segundo de silêncio! Silêncio, por favor!

O volume da zoada baixou um pouco, mas prosseguia alto. Edgar ergueu a voz e os braços:

— Proponho um brinde ao nosso grande escritor Antônio Donetti e à sua novela *A foto no espelho*, obra-prima da literatura brasileira e universal! — Baixou a cabeça até Donetti, que ria: — Está bom assim?

Alguns pálidos vivas e obas pipocaram aqui e ali no espaço apertado, em meio a palmas avulsas, e em seguida as reclamações:

— Agora música, maestro!

— Música mais alegre!

— Põe um Santana aí!

— Não tem luz, idiota. É só ao vivo.

— Chega de velório!

Edgar voltou a sentar, suspirou, mão compreensiva no ombro do escritor:

— Não adianta, Donetti. Com esse povo ignorante e insensível, só pão e circo. Na condição de músico, já me conformei.

Rômulo se aproximou, copo vazio:

— Tem um vinhozinho aí?

O escritor, momentaneamente promovido a chefe de bar, destampou outro garrafão daquele vinho horroroso, mas o que fazer? Cisco, rodeado de mulheres, aproveitou a deixa:

— Afinal, o Rômulo contribuiu ou não para o FRAP, o Fundo de Reserva dos Alcoólatras da Paixão?

Rômulo deu um sorriso amarelo:

— Deixa do meu pé, Cisco. Pô, ando duro.

— É, mas nem pra ir até a vila buscar os garrafões de vinho você se oferece!...

A luz de um grande lampião de gás, o luxo que Edgar reservava aos momentos especiais, se espalhava da porta da frente do chalé até se fundir com a lua cheia, num espaço entrelaçado de sombras, vultos, risadas, braços, conversas. Muitos se amontoavam dentro do chalé, apinhados na cama de Edgar e em volta do piano; outros se esparramavam debaixo da figueira, no gramado abaixo ou sob as bananeiras adiante, em pequenos grupos. De tempos em tempos, alguém levantava para se abastecer de vinho ou para pedir fósforo emprestado. O passarinho se agitava na gaiola de Edgar, estranhando o movimento.

Lina, uma morena dentucinha e sorridente, circulava de grupo em grupo:

— Só tem mulher nessa droga! Quando é que vão chegar os homens?

Protestos e assobios. Enéas, que tentava tirar sons de uma flauta, veio em socorro:

— Minha Lina, pobrezinha! Vem, meu amor, que eu te salvo!

Os dois sentaram-se num degrau da escada; Enéas insistia no abraço, de que ela se livrou com delicadeza:

— Você ainda escreve poemas?

Ele baixou a voz, temendo ser ouvido por Donetti:

— Escrevo, sim. Não sobra nada nesta puta vida senão escrever.

— Então declama um pra mim.

Enéas acendeu um cigarro.

— Depois, quando eu estiver bem bêbado. — Encantou-se com os dentinhos saltados de Lina, bebeu mais um gole. — E você, o que tem feito?

— Nada. Levando a vida. Passei pro segundo ano de psicologia.

— E o curso, como é?

— Meio fraco. Mas é melhor que nada.

Enéas pensava longe.

— Bonita essa lua, não?

— Linda. Tudo é bonito na ilha. Minha mãe não queria deixar eu vir de novo. Diz que eu voltei muito assanhada, que aqui só dá marginal. Ela não vai muito nesse papo de Paixão de Cristo, não.

— E teu pai?

— Ah, meu pai nem se importa. Ele é legal.

Sob a figueira próxima, na penumbra, finalmente Raquel conseguiu ficar sozinha com Cisco. Ele já ia saindo, ela puxou-o:

— Vem cá, Cisco. Quero falar com você!

Cisco não achava Raquel suficientemente bonita: tinha o rosto um pouco achatado, e não era tão perfumadinha como as outras.

— Fala, meu anjo.

— Senta aqui do meu lado.

Agoniando-se, sentindo que perdia tempo, a noite voava, as mulheres também, Cisco obedeceu. Raquel segurou a mão dele, olhos nos olhos. Sussurrou:

— Converse comigo.

— O vinho acabou — e mostrou o copo vazio.

— Eu vou pegar mais pra você. Não fuja!

Ele achou graça. A mão dela era quentinha.

— Tá bem, Raquel. Eu espero. — Ela se afastava, ele gritou: — Mas deixe um cigarro comigo!

Raquel, feliz, abriu a bolsinha, tirou um cigarro, acendeu-o, passou a ele. Era uma ordem:

— Agora me espere!

Barros discursava nas bananeiras para uma roda de mulheres:

— Convenhamos: o que se vê aqui é uma alienação total!

Todas prestavam atenção. Uma delas:

— Como assim, Barros?

— O fato inegável é que ninguém está pensando nem em Paixão, nem em teatro, nem em coisa alguma. Está todo mundo enchendo a cara (não que eu seja contra a bebida, pelo contrário, não confundamos os pressupostos) e todo mundo pensando ou em conseguir um homem para usufruto, ou em arrumar uma mulher, para igualmente (não que eu seja contra a atividade sexual, que fique claro como a boa água, não misturemos os vasilhames), mas, afinal, isso é labuta cotidiana, para a qual não há necessidade deste disfarce de teatro.

Cleia protestou:

— Tudo bem, tudo bem! Mas eu acho que você está sendo muito radical. O pessoal chegou praticamente hoje, pô! É claro que logo todos vão se conscientizar do trabalho.

Barros — parecia haver alguma coisa misteriosamente atraente nele, o vulto escuro contra a lua, a voz que escorregava suave, ou, quem sabe... o que seria? — destampou sua garrafinha, deu um gole e o sorriso da vitória, o brilho dos dentes:

— Aí é que está, minha amiga! Eis o ponto axial da nossa conversa! A questão primórdia é que não há trabalho para consciência! Não há do *que* se conscientizar, uma vez que a Paixão é uma brincadeira sem projeto, sem ideia, sem finalidade.

Dilma, rosto cheio de sardas, engrossou o protesto:

— Eu não acho. Me desculpe, mas não acho. Se um ou dois não se interessam e estão aí só para se divertir, não é razão pra acabar com tudo. Tem muita gente interessada na Paixão e a fim de fazer um bom trabalho — e, herética, sacudia o dedo diante de Barros.

Barros explodiu uma gargalhada rouca e cheia de dentes, que fez Dilma recolher a mão.

— Essa é boa! Só me diga uma coisa, garotinha: para quê? Para que esse trabalho? Diga-me, qual o *significado* disso tudo?

Dilma levantou-se, irritada (o dedo que estendera parecia queimar agora):

— Se você não sabe, é porque é burro, não pode entender mesmo! Com licença!

Cleia tentou segurá-la:

— Calma, Dilma... Estamos só conversando.

Mas ela já se afastava, soprando o dedo queimado. Lúcia, novata, cochichou para Teca, veterana:

— Por que esse tal de Barros se veste assim? Ele é pastor?

— Não, é só louco mesmo.

Barros ouvia tudo:

— Claro. Nesta terra, quem pensa um pouco mais profundamente passa por doido.

— Desculpe. Falei brincando.

Dilma, a vinte passos de Barros, convocou Pablo em altos brados:

— Pablo, você, que se diz um macho de verdade, faça alguma coisa com o Barros! Não aguento mais aquele idiota! Solte o verbo!

Pablo ergueu a voz, descarregando em Barros outras fúrias (não conseguia ficar a sós com a Carmem mais do que dois minutos, sempre alguém atravessando o caminho):

— Aí, babaca! Você mesmo, bode de presépio! Sai daí dessa pose e vem aqui que eu te encho a cara de porrada! É isso mesmo, filho da puta!

Barros, indiferente à provocação, continuava a lecionar:

— Aliás, enquanto esses cães latem, não sei se vocês perceberam: onde está Isaías, o "profeta"? Alguém falou com ele?

— Eu não.

— Nem eu.

— Eu também não. Só vi de longe. Parece que era ele.

Outro gole de Barros:

— Exatamente! Esta é a sua técnica sofisticada para corrompê-las. Vive literalmente nas nuvens, cultiva a própria imagem, encanta a todos com a sua estátua de vento, e no fim, imperceptivelmente, transforma-nos a todos em marionetes de seu teatro ridículo, de sua presunção, de sua boçalidade. — Olhos injetados, a cor vermelha faiscava de raiva: — Isaías é uma estátua podre!

Cuspiu uma catarreira que atravessou a garganta com a violência de uma trovoada. As meninas se arrepiaram, assustadas, enquanto das sombras parecia que duas asas negras surgiam nas costas de Barros, cheias de pontas.

* * *

No chalé, Mírian encheu-se de coragem, puxou um caixote, sentou-se ao lado de Antônio e deu dois tapinhas cordiais na sua perna:

— Senhor escritor, vamos conversar um pouco?

Donetti começava a sentir os efeitos do vinho. O que em outra situação seria uma intimidade absurda, ali parecia fazer parte do projeto de comunhão universal de todas as utopias.

— Se eu conseguir...

— Consegue sim. Não seja modesto.

Edgar tocava piano, com alma e sentimento. Longe dali, em algum lugar no escuro, Hellen bebia solitária. Antônio olhou atentamente para Mírian, que a ele parecia sorrir como um convite — olhos vivos atrás dos óculos de aros redondos, blusinha amarela sobre a pele bem morena.

— Pode falar, moça bonita.

Ela fixou os olhos, séria, avaliando o que tinha ouvido.

— É exatamente sobre isso: e as mulheres, nos teus livros? Elas são todas objetos da visão masculina que desenha o mundo?

— Hum... então é um inquérito, uma cobrança? Você está com todo jeito de jornalista.

— Isso é um problema? Bem, eu estudo jornalismo, para falar a verdade. E já faço uns frilas de vez em quando. Como não é sempre que a gente vê um escritor famoso de perto, queria aproveitar o momento e entrevistar você. Tudo bem?

Ele se retraiu, momentaneamente desconfortável, pensando em Hellen, olhando em torno agora: onde ela está? *O que eu quero da vida?*

— Tudo bem. Mas nada por escrito. Concorda?

— OK. Nada escrito — e ela ergueu as duas mãos, um pedido de paz.

— E tudo que a gente conversar fica conosco, propriedade pessoal e intransferível. Que tal assim?

Mírian murchou o sorriso. Não haveria entrevista, mas haveria informação. No futuro, quem sabe, ela poderia usar alguma coisa. Resolveu provocá-lo:

— Por quê? Cuidando da própria imagem, mesmo bebum? Medo de dizer bobagem na calada da noite, perdido na ilha da Paixão?

Era uma brincadeira, ela sorriu, mas Antônio retraiu-se — impressionante a leveza com que as pessoas abriam a boca umas contra as outras naquela ilha, a agressão sorridente da sinceridade — mas relaxou a alma com uma risada:

— Tudo bem. Faça o que quiser com esta entrevista imaginária. Eu me entrego.

— Obrigada. Provavelmente será mesmo só para mim. Sendo sincera: apesar do olhar com que você descreve as mulheres no teu livro e...

— Jamais dê uma opinião sincera a um escritor! — ele cortou com uma risada, a mão conciliadora tocando em seguida o ombro de Mírian em seguida. — É a minha vez de brincar, Mírian.

— Eu só estava dizendo que, apesar de como você representa as mulheres (aliás, isso é geral, as próprias mulheres acabam se vendo pelo olhar dos homens), eu gosto do que você escreve. A intensidade estética. A estrutura. A forma. A forma pode ser revolucionária.

— Viva! Até que enfim alguém daqui gosta do que eu escrevo!

Edgar, que ouvia atento a conversa, cabeça inclinada, interrompeu a música:

— Eu! Eu também gosto, Donetti! Sou teu fã!

Num relance, Donetti reconheceu Hellen sentada na grama adiante, um contorno solitário na escuridão. Iria até ela? *O que eu quero da vida?*, perguntou-se novamente.

— Você não respondeu ainda. Não se distraia, senhor escritor!

— Ah, sobre as mulheres? O que exatamente você quer saber?

Não. Não iria. Ela que viesse até ele.

— Antes de tudo: como é que você faz para escrever do ponto de vista de uma mulher?

Ele coçou a cabeça, ocupada por Hellen. Por que estavam separados — ou, na verdade, se separando? Por causa de uma lagartixa?

— O ponto de vista de uma mulher? Sabe que eu não sei? Eu apenas imagino.

Enchendo, de passagem, um copo de vinho, Enéas se meteu na conversa:

— Como ele faz? Ora, vestindo saia, pondo batom, um sutiã cheinho e lá vai ele pra escrivaninha escrever!

Ninguém achou graça, exceto Lina, que deu uma gargalhada exagerada. Os dois, abraçadinhos, se afastaram. Donetti ainda buscava a resposta:

— Intuição, imaginação. É simples: você se imagina no lugar de uma mulher.

— E é possível?

— Claro! Nem precisa ser escritor para se imaginar no lugar dos outros. A gente faz isso o tempo todo. Ou os homens só escreveriam sobre homens.

Mírian pensou alguns segundos.

— Mas não é exatamente isso que acontece de fato?

— Como assim?

— Quero dizer: o fato de o homem *supor* ou *imaginar* que as mulheres agem e reagem assim ou assado não torna a literatura comprometida pela base com uma ideologia masculina, uma visão de mundo centrada no homem?

— Ah, descobri! Você é uma feminista de carteirinha! Uma Betty Friedan na Paixão!

— Não, não, não, por favor. Nada contra a Betty Friedan, que é ótima, gosto dela, uma ativista fantástica, mas Deus me livre dos rótulos. Por enquanto eu sou eu mesma e está bom assim. Só queria saber, o assunto me interessa.

É uma questão pessoal. Quase ela disse por que: *tentei escrever um conto do ponto de vista de um homem e tudo me soava falso. E no entanto eu gosto de mulheres de um jeito que não posso confessar.* O assunto começou a interessar Donetti também, mas ele precisava ser didático, adaptar-se à plateia. De algum modo, percebeu surpreendido, a presença do escritor Donetti era uma atração ali.

— Veja bem... Desculpe, eu não sei o teu nome ainda!

— Mírian.

— Mírian. A humanidade não está dividida em duas raças estanques, do tipo "homem é homem", "mulher é mulher". Hoje, qualquer psicologia de quintal sabe que todo homem é um pouco mulher, toda mulher um pouco homem, todos temos mil traços em comum.

Edgar interrompeu a conversa, sem interromper a música:

— Sabe que é verdade? Vejam meu cabelão!

E riu, sacudindo a cabeça, mas os dois não riram; Donetti se inquietou; súbito, a conversa lhe parecia irrelevante. Não viu mais Hellen no escuro adiante, *pra onde ela foi?* — e encheu outro copo de vinho. Devolveu a questão:

— E você, Mírian, o que você acha?

Para irritação dos dois, Enéas se aproximou de novo, Lina a tiracolo:

— Eu acho que a diferença substancial está nas relações econômicas, muito mais que nas biológicas.

Donetti arriscou uma piada, sentindo-se como alguém que se esforça pra fazer parte da turma:

— Ah, é? Tente ficar grávido!

Edgar suspendeu a música, instantâneo:

— Ele tem tentado! Tem tentado! Mas ainda não conseguiu!

Risadas prolongadas agora. Irritado, Enéas ergueu a voz:

— Porra, o que eu quero dizer é que, na questão homem-mulher, ignorar a categoria "trabalho" é escamotear o assunto!

Mírian empurrou delicadamente o casal intruso para fora do chalé:

— Lina, leve esse teu poeta pra longe daqui. Quando ele ficar famoso, eu faço uma entrevista com ele, mas hoje o entrevistado é o Donetti!

O escritor protestou sem muita ênfase:

— Sejamos democráticos, Mírian!

E Enéas saiu atirando:

— Eis aí a imprensa e a literatura dominantes de mãos dadas, no grande abraço do sistema contra as legítimas causas populares! Vamos, Lina! — agora era um discurso inflamado: — Dancemos abraçados e solitários pela vida, longe da corrupção capitalista! Salvemos o que nos resta, a nossa alma!

Ouviram-se duas ou três palmas avulsas — *É isso aí! Dá-lhe, poeta!* — e Enéas esqueceu a raiva; um tom geral de representação farsesca conciliava tudo, como se a Paixão já estivesse no primeiro ato. Mírian voltou à entrevista.

— Eu acho que entendi o que você quis dizer. Mas por que todas as personagens femininas dos teus livros são infelizes? Mais que os homens.

Ele olhou de novo para fora, para as sombras do gramado, procurando Hellen. Por onde andaria?

— Não tinha pensado nessa distinção. Todas as pessoas do mundo são infelizes. O fato é: nós morremos no fim. No nosso tempo, a literatura tem de dar conta desta realidade simples sem nenhum *deus ex machina*. Não existe mágica: quem escreve tem de saber disso.

Edgar interrompeu outra vez a música, para outro gole de vinho, ouvido sempre aceso na conversa:

— Não concordo com a Mírian. No romance *A foto no espelho*, os homens também só se fodem!

Mas não prestaram atenção nele. Mírian pensou no que ouviu, quase em choque:

— É muito pesado o que você disse. Eu acho que...

Mas foram interrompidos pela chegada dos profissionais de teatro, praticamente uma comissão: Júlio à frente, Bruno, Juca e Márcio atrás, todos mais ou menos uniformizados no andar, no jeito, na lentidão e nas roupas. Júlio, com a postura digna de um príncipe, parecia um chefe indígena em visita oficial a outra tribo, que, apesar de amiga, merecia alguma distância. Uma revoada de fãs correu para Júlio, soterrando-o com beijos e abraços:

— Júlio, que bom que você veio!

— Vi você na televisão!

— Meu Deus, é ele mesmo! Em carne e osso!

— Que papel você vai fazer?

— Senta aqui com a gente!

— Quer um cigarro?

— Ó, tem vinho!

— Bruno, Bruninho, meu amor! Trouxe o violão?

No gramado, fizeram uma roda em torno dos atores; Bruno afinava o violão, Márcio foi buscar um garrafão de vinho, Juca conversava com Teca:

— E aí, meu amor? Tudo bem?

Ela sorria, alisando carinhosa as mãos dele:

— Tudo joia. E você? Fala de você! Quanto tempo!

— Pois é, tamos aí, cheguei ontem...

— Que legal!...

Só Júlio, no centro da roda, parecia triste. As fãs reclamaram, ele bocejou:

— Não é nada, não. Só cansaço. Já começaram os ensaios?

— Nada. Eu nem vi o Isaías.

— E você, tá fazendo o quê?

— Terminei as gravações da novela das seis. Agora em maio vou participar de uma peça em São Paulo. Um texto do Arthur Miller, *As bruxas de Salém*. Uma coisa forte. Conhece?

— Não. É legal?

— Muito boa. O nosso medo é a censura. Os caras estão malucos. Me passa esse vinho horroroso aí.

Bruno tocava violão, Márcio e Juca cantavam, desafinados e simpáticos, "Sem lenço, sem documento". Barros, nas bananeiras próximas, viu-se de repente com apenas uma ouvinte: Norma, uma moça feinha de óculos garrafais, que ficava ao lado dele, talvez por simpatia, talvez por piedade, talvez por amor, talvez por solidão. Ele erguia a voz, espichando o olho vermelho para mais adiante, em busca de ouvintes potenciais:

— É isto, minha prezada Norma: os homossexuais invadiram o teatro com tal ímpeto, que não sobra espaço para o resto. Isto, naturalmente, pressupondo-se que a Paixão seja teatro, o que não creio. De qualquer modo, a continuar assim, em breve não teremos nenhuma referência de comportamento sexual. Por favor, nada contra; cada um faz o que quer, é claro, não estamos, ainda, em nenhuma nova Idade Média. Que fique claro: não se trata nem de moralismo, nem de conservadorismo reacionário, entenda-me bem; talvez seja apenas o caso de recuperar a biologia, depois de cinco milhões de anos de evolução. Em Galápagos, à guisa de exemplo, as aves poedeiras...

Norma focava os óculos na tribo dos profissionais alguns metros abaixo, boca entreaberta, espantada com o notável êxito dos quatro visitantes.

— Aquele moço ali — ela apontava Júlio — é o ator famoso? Parece o cara da novela, igualzinho.

— Hein? Aquilo? Famoso, quem sabe. Mas, no palco, ou na telinha que ocupa a vida de noventa milhões de retardados mentais todas as noites, não passa de um maneirista produzido em série. Aliás, Norma, se você prestar bastante atenção... — a voz se ergueu, estranhamente rouca, o volume descontrolando-se em altos e baixos súbitos — SE

PRESTAR BASTANTE ATENÇÃO — e ela piscava os olhinhos atrás das lentes, focalizando o rosto inchado de Barros —, você perceberá que o ator não passa de um PAPAGAIO treinado da inteligência ALHEIA. E, quanto mais técnico, mais SEGURO, MAIS vazio se torna, enlatado, numa ALQUIMIA ao contrário.

— Eu gosto de ouvir você falar. Você é inteligente, Barros.

— Sou, é verdade; mas exclusivamente por conta e MÉRITO próprios, o que é muito raro hoje em dia. Quer um GOLE?

— Não, obrigada. Eu queria guaraná, mas aqui não tem.

Barros colocou a mão na garganta: estava quente. Pigarreou:

— Outra falha deles: pensam que o mundo todo...

— Deles quem?

A irritação transbordava:

— Ah, deles, os outros, os organizadores dessa empulhação, os CORRUPTOS da ilha!

Perdido na festa, Murilo perambulava sem rumo. Não conhecia ninguém, não fora apresentado a ninguém — até para pedir vinho no chalé ficava sem graça. *O que eu vim fazer nesta bosta de ilha?* Sentia-se intruso, culpado, invasor — e escondia-se, covarde. *A qualquer momento alguém vai me mandar embora daqui; isso é um reduto de artistas, não de estudantes de engenharia.* Procurava pela única salvação: reencontrar Augusto, mas ele tinha sumido, feliz da vida, colado com uma tal de Bruna. *Tem uns caras com uma puta sorte.* Reapareceu de repente:

— E aí, Murilo?

— Tô igual bosta n'água.

— Pô, deixa de ser jacu! Tem mulher adoidado aqui! Eu tô transando legal com a Bruninha. Depois a gente fala.

De novo só. *É a última vez que me meto nessa ilha.* Sem direção, dando volta entre os grupos falantes e sorridentes, acabou aportando numa loira magnífica, relaxada e solitária nas sombras do gramado. À espera de alguém, talvez? Aguardou alguns minutos que alguém se aproximasse dela, mas não veio ninguém. Ela parecia triste. Quem sabe? Aventurou-se nervoso na tortura de um início de conversa:

— Tudo bem?

Ela fingiu surpresa, embora já percebesse há tempos a presença tímida do rapaz, vinho esquentando na mão, trocando perna de apoio. Seria mais um estúpido da ilha? Arriscou:

— Olá.

Ele tossiu falso. Nenhum assunto. Num ato de coragem, sentou-se desajeitado ao lado dela, sem pedir licença. Abriu a boca para dizer algo, e disfarçou numa espécie torta de bocejo: o que falasse soaria idiota. Súbito:

— Sozinha?

Ela também bocejou, enfadada:

— Descansando.

— Ah.

Era mulher demais para ficar sozinha. Com toda a certeza esperava alguém; ele tinha abordado a pessoa errada. Mas percebeu que, agora, sair dali seria tão difícil — ou agressivo — quanto fora chegar. Ouviam risadas, gritos, música, o teclado de Edgar se misturando ao longe com a Tropicália dos atores profissionais: enfim, o universo agradável e solto das pessoas felizes. Murilo respirou fundo e foi em frente:

— Cheguei hoje, com o Augusto. — E ela saberia quem é o Augusto? Acrescentou rápido: — Colega meu. Não conheço ninguém aqui, e... é um pouco chato, né? — Confessou à queima-roupa: — Nunca fiz teatro na vida.

— Nem eu.

Um começo razoável em comum, ele sonhou. Atreveu-se:

— Esse pessoal de teatro é diferente, você não acha? Parece gente de seita secreta. São... assim... meio frios, você não acha?

Gargalhadas altas, prolongadas e felizes destroçaram instantaneamente a pergunta de Murilo. Mas aquela mulher estaria ouvindo alguma coisa? No escuro, parecia de olhos fechados. Recomeçou, um retalho sem propósito:

— Faço civil. Quer dizer, engenharia civil. — Ela não pareceu minimamente impressionada. Ele insistia: — Interessante a construção dessa casa, você não acha?

— Não. — E agora, surpreendente, ela ergueu o tronco e se apoiou nos cotovelos, olhando não para ele, mas para todo o horizonte que se descortinava em frente, da ponta branca dos pés ao encontro do mar com o céu na escuridão distante. — Decididamente não. É a coisa mais mal projetada que eu já vi na vida. Isso é uma demonstração de como não se deve construir uma casa. Horrível. Horrível. Aliás, tudo nessa ilha é horrível.

Uma indireta para ele? Talvez, mas ele fingiu não entender; por pior que fosse aquilo, pelo menos estava conversando com alguém.

— Sim, é claro, é claro. Eu... bem, eu quis dizer é que a casa dá a impressão de construção sem projeto mesmo, na base do mestre de obras e do improviso. Quer um gole de vinho? Desculpe, eu nem ofereci antes.

— Esse vinho é intragável.

Ele riu amarelo. Não conseguia abrir uma brecha de amizade; sequer compreender o que se passava com aquela... com aquela vaca! *Uma mulher dessas só pode ficar sozinha* — apesar da beleza das coxas e da exatidão dos peitos, que ele frestava tímido, o que não passou despercebido. Hellen — *por que esse filho da puta do Antônio não está aqui comigo? Eu é que não vou passar vergonha mais uma vez, agora correndo atrás dele* — resolveu cortar pela raiz qualquer traço de intimidade, uma indiferença mortal. O olhar em volta, por cima dele:

— Não sei onde anda o Tôni.

Ouviu uma risada que parecia ser dele: estava no chalé, seduzindo mocinhas.

— Tôni?!

O grande trunfo agora, o golpe final do massacre:

— Antônio Donetti, meu marido. Ele é escritor. Não me diga que você não conhece? Já tem dois prêmios Jabuti na bagagem.

Murilo sentiu um frio desconfortável na alma, reduzido sem piedade à sua insignificância. Por que não mandava logo aquela mulher à merda?

Edgar afinal fechou o piano; agora as vozes de Bruno e Juca, altas, alegres e embaladas, sobrevoavam e dominavam a festa, irmanando a todos no mesmo ritmo; em toda parte um baseado passava de mão em mão e um suave aroma de maconha pairava no ar. Edgar, já levemente entontecido, segurou o braço de Maria, que vagava incerta.

— Maria, meu amor! Sempre charmosa! — Interrompeu a entrevista de Mírian com o escritor: — Donetti, quero te apresentar essa moça. Eu sei que ela não me ama, mas continua sendo minha paixão, meu amor, meu desespero!

Era impossível não achar graça da retórica de Edgar, que aninhava Maria em seus braços. Donetti riu alto — tudo é teatro e farsa, todos mentem e riem — e como que por acaso arriscou descansar a mão no joelho de Mírian, que num gesto discreto, mas firme, afastou-a, olhando para outro lado.

— Minha musa loira, fiz uma música para você.

Maria achou graça, mas não muito; já tinha vivido há dois anos uma semana de amor eterno com Edgar, encerrada abruptamente pelo músico, atraído então por uma índia fugaz que aportou na Paixão, para sempre e nunca mais. *Que lábios! Que lábios! Lábios de Iracema, de mel, e cabelos negros como as asas da graúna! Eu morri!* — dizia ele ao final da temporada, feliz, embriagado e sem ninguém. Agora, aceitando o carinho do velho amigo, Maria vigiava por uma fresta da janela uma discussão sem fim entre Pablo e Carmem — ele gesticulava muito. Um aperto na garganta, que se ela não segurasse se transformaria em choro:

— Uma música pra mim? Quero ouvir.

— Não agora, meu amor. Deixa todo esse povo cair de bêbado, e nós dois, só nós dois, sobreviventes da Grande Farra, sobre os corpos dos derrotados, conversaremos ao som do meu piano e da tua voz! — Bateu no ombro de Donetti, que parecia cochichar qualquer coisa sorridente para Mírian: — Que tal, não estou virando escritor? Ela merece! Maria merece tudo! Eu é que sou um canalha! Maria, se você dissesse pra mim — e ele representava, dramático, mãos trêmulas para o alto — sobe nesse penhasco e se joga de cabeça nas pedras, eu subia no penhasco e me jogava de cabeça nas pedras! — Estendeu o copo de vinho, e cantou, parodiando Nelson Gonçalves em voz tonitruante: — Bebe aí, Maria, fica ao meu lado esta noite! Vamos compor um bolero!

Ela aceitou o copo, sorrindo um sorriso tenso, que no segundo gole se transformou num soluço, depois num choro baixo, afinal sem controle — como defesa, abraçou Edgar com força, escondendo o rosto. Edgar beijou sua testa, e sussurrou:

— O que foi, meu amor?

— Nada... eu...

Entregou-se ao calor dele, uma vontade de silêncio que Edgar percebeu, simplesmente aninhando-a.

Lá fora, num espaço vazio entre o chalé e os músicos, Enéas segurava as mãos de Lina:

— O que eu não entendo, Lina, é que, enquanto esse país se afunda na ditadura, porra, estão matando gente por aí, enquanto o país se destrói, essas bichonas de merda deixam o cabelo crescer. Sem falar do resto, todos os que mamam nas tetas, como o nosso escritorzinho oficial aí.

Lina pensava.

— É. Acho que nesse aspecto você tem razão.

Dilma circulava impaciente de grupo em grupo:

— Vocês viram o Toco?

Ninguém tinha visto o Toco. Ou então:

— Ele estava por aí, parece que com a Lídia.

Dilma monologava furiosa em voz alta:

— Eu sei. Esse safado me escapou. Mas ele me paga. Ele pode esperar que ele me paga. Me passa esse copo aí, por favor. Só um golinho. — Cigarro na mão trêmula: — Tem fogo?

Um Pablo obstinado e absurdamente sincero abria a alma sangrando inteira para Carmem, tirando o coração do peito, vivo, e o estendendo imenso em direção a ela, na tarefa terrível de reconquistá-la para todo o sempre. Já se livrara dos poemas de Maria (*Tudo bem, Maria, eu também gosto de você, mas me deixe em paz essa noite que eu tenho de falar uma coisa para a Carmem, a minha vida depende disso*), da conversa imbecil dos universitários (*de bosta, universitários de bosta, filhinhos de papai de merda*), de todos aqueles que se penduravam em Carmem como se ela fosse a tábua de salvação dos mal-amados naquele mar de estranhos, de todos os chatos que se aproximavam deles pensando que aquela conversa de vida ou morte era coletiva, e já tinha até mesmo controlado com sucesso o desejo da própria Carmem de deixá-lo para trás e ir engrossar a roda musical dos veados do teatro, rebolando a bunda no embalo da música — tudo para expor e se expor de uma vez por todas:

— É isso aí, Carmem. Olhe para mim um pouco, por favor. Assim. Escute, agora: eu estou muito a fim de ficar na ilha para sempre, você está sabendo?

— Eu sei, Pablo. Você já me disse.

— Disse e repito. Preste atenção: eu estou te fazendo uma proposta clara. Quero que você fique comigo, morando aqui comigo.

Carmem arrancava talos de grama e os mastigava, chupando o sumo e pensando longe. Pablo insistia: era a vida ou era a morte, era a cura de sua úlcera, era a salvação eterna, o remédio final, a lógica, o certo, o que se devia fazer, o que estava na cara, o que saltava aos olhos como a única coisa decente e boa a se fazer nesta malfadada existência. Ela seria a responsável pela felicidade dele.

— Carmem, eu vou explicar de novo. Você não me entendeu.

— Entendi, Pablo.

— Não. Você não me entendeu. Passei esse ano inteiro pensando em você. Sonhei todas as noites com a curtição do ano passado, com o puta amor que a gente tinha, com nossas trepadas gostosas na praia, com nossos planos. Levei teu beijo na minha boca por esse Brasil afora. E decidi: este é o nosso lugar, Carmem. Sei que sou ignorante, que nunca li nada, que não tenho cultura, que sou grosso, mas sou capaz de te sustentar nessa ilha. Não tenho sossego em parte alguma do mundo, mas aqui, com você, vou ter sossego.

Ela sorria:

— Pablo, você é incrível... que pureza... mas a última coisa que quero na vida é que alguém me sustente.

— Não me venha com frescura, Carmem. Tô falando sério, abrindo o jogo. Eu podia continuar naquela lenga-lenga, mas não aguento mais. Quero você. Quero ficar com você. Eu sei que você gosta de mim. Tudo que a gente já curtiu, é impossível que eu não signifique nada pra você.

— Claro que você significa muito para mim, Pablo.

— Então prove.

Ela deu um beijo súbito e rápido nos lábios dele, e ele relaxou a tensão um segundo.

— Então você fica comigo? Nem voltamos mais. Largo pra trás aquela canoa que eu trouxe.

Ela evitava a resposta.

— Você parece que não ouve o que eu digo. Pior: não entende.

— Não entendo mesmo. Não dá pra entender você.

Afinal, tentou dizer com todas as palavras:

— É só isso: eu quero ficar livre e sozinha.

— Aqui na ilha você vai ficar livre e sozinha. Comigo.

— Entenda: você é possessivo demais para mim. O ano passado foi o ano passado. Foi lindo. Foi legal. Foi demais. Mas acabou. Agora estou noutra. Essa ilha é boa pra passar férias, e só. Tenho minha vida na cidade, adoro a cidade, e quero viver lá. Relaxe, Pablo.

— Eu não aguento cidade nenhuma. Todas são uma merda.

— Pois é. Eu aguento e gosto. Sou fissurada numa luz neon. Por que você não me aceita do meu jeito? Eu não quero ser uma propriedade tua, nem de ninguém. É só isso, Pablo. É simples.

Ele sentiu que o último fio de esperança era vidro e se quebrou. Alguma coisa se fechou na cabeça dele, alguma coisa ruim, azeda, agressiva, que ele não pôde controlar:

— Eu sei o que você quer, Carmem. Você quer é ficar dando pra todo mundo. Pra mim, praquele estudante, pro escritor, até pras bichas, pra quem aparecer. Não é isso?

Furiosa:

— É! É sim! E daí, seu palhaço?

— Mas — era como se a relação deles fosse estritamente uma questão argumentativa, sem nenhum peso emocional envolvido —, minha amada idiota, você não percebe que isso não é vida, não é nada, que você está se esvaziando? Não vê? Está na frente do teu nariz! Pense um pouco.

Ela se levantou.

— Chega, Pablo. Você é que é muito idiota. É inacreditável. Já aguentei demais. No dia do São Nunca a gente conversa. — Ele fez gesto de se levantar e ela subiu o tom de voz: — Não me toque! Basta.

Um segundo de paralisia para absorver o choque, e Pablo largou-se na grama, abandonando-se na escuridão. Uma pontada funda no estômago, enquanto via Carmem se juntar ao grupo maior, rindo alto e gingando no ritmo da música. Percebeu o vulto de Rômulo por perto.

— Ô traficante! Você mesmo! Me arruma um baseado!

Rômulo largou na grama o violão inútil e remexeu nos bolsos.

— Tudo bem, cara. Mas não precisa me entregar assim, isso aqui tá cheio de estranho.

Restava ainda a Paixão, sonhou Pablo: feito Cristo, despejar um furioso e incontrolado Sermão da Montanha, lado a lado com Isaías. Limpar a alma. Acendeu o baseado e deu uma tragada funda de maconha, a respiração presa até o limite. Espantou Rômulo com gestos de raiva. Ele recolheu lentamente o violão.

— Tudo bem, cara. Depois você me paga. A produção é minha, mas tem seu custo. Só não comente nada com o Cisco, que ele é careta, mas vai querer comissão.

Atrás da figueira, Raquel e Cisco se beijavam gostosamente, sombras na sombra.

— Gosto tanto de você, Cisco. De verdade. Se você soubesse quanto.

Cisco passava a mão no rosto de Raquel, enterrava os dedos nos seus cabelos lisos e grossos e começava a se encantar com a entrega.

— Eu também gosto de você.

Desta vez, falaria a verdade, só a verdade: ela merecia. Os dois imóveis se olhando no escuro, brilho nos olhos, ele se lembrou da voz de um ano atrás: *queria tanto ficar na ilha... você que é feliz...* Deu mais um gole de vinho, sentiu o desejo, mais desejo. Outro beijo demorado, línguas se tocando — devagar avançou os dedos nos seios dela, que protestou sem vontade e por fim largou a alma, erguendo a blusa e puxando a cabeça dele contra o peito, como faria a uma criança. Raquel fechou os olhos, feliz, enquanto Cisco mamava em paz. Depois, ele voltou a ouvir a festa, risos, gritos, música, e se agitou, na ansiedade de tornar aquela noite a mais longa de todas, uma noite eterna, de mulher em mulher, todas as mulheres do mundo, numa pesquisa apaixonada e minuciosa. Raquel sentiu na pele a súbita tensão:

— Que foi, Cisco?

— Nada, meu amor.

Mas havia alguma coisa. Ela fez um ar de professora zangada:

— Não adianta mentir pra mim...

Ele apenas sorriu. Outro beijo apaixonado, ela abraçou-o apertado, e mais se beijaram, tocaram, descobriram, perdendo felizes a noção dos limites. O corpo de Raquel era um calor macio que ele foi estendendo no gramado — mas a sombra da figueira, é claro, não seria um bom lugar para o amor. Murmurou, entre um beijinho e outro:

— Vamos sair daqui, Raquel... está muito agitado... muito barulho...

Os olhos dela brilhavam. Também um murmúrio, como se fugissem em segredo:

— Pra onde?

— Surpresa.

— Então pega mais vinho...

Cisco tateou a grama até achar o copo vazio. Antes que disparasse, ela puxou-o:

— Diga que me ama.

— Eu amo você.

Ela olhava ele, num encantamento compenetrado.

— Você tem olhos tão bonitos, menino.

Uma mulher suave, muito suave. Beijou-a nos olhos, no nariz, na boca, nos cabelos — e finalmente abraçou-a, inteiro sobre ela, um aperto gostoso, de arrepio.

— Você é uma ninfa, Raquel.

E disparou atrás do vinho, ouvindo a pergunta:

— O que é mesmo uma ninfa?

Na parte baixa da casa, sob a acácia-imperial banhada de lua, Toco e Lídia conversavam. Ele falava pouco; na escuridão tentava arrancar do peito as palavras que melhor desvendassem seu mundo, enquanto o vulto do anjo encolhido diante parecia aguardar angustiado. E ela tinha a leveza das pessoas inesperadamente felizes — mas sem rosto. Olhos fechados, Toco se espantou: não se lembrava naquele mesmo instante do rosto de Lídia, como se ela fosse apenas uma ideia que segurasse sua mão. Virou-se súbito para ela (e sentiu o anjo fazendo a volta, passinhos rápidos, para não perder a cena).

— Que foi, Toco?

— Nada. É que eu não me lembrava bem de você. Do teu rosto.

— Mesmo? Você é engraçado. Faz dois anos que a gente se conhece.

— A gente se conhece?

Ela riu gostosamente.

— Eu conheço você. Eu sinto você. Conheço cada fio dos teus cabelos. Conheço teus olhos. Essa tua carranca de homem mau. Você devia ser artista de cinema. O que você vai ser quando sair da ilha?

Toco sentiu um choque.

— Por que eu tenho de sair da ilha?

— Bem, não sei... Você não vai ficar aqui até o fim da vida, vai?

Ele não sabia.

— Você está triste.

Toco deu um gole de vinho, apontou o mato escuro:

— Está vendo aquela figurinha branca ali?

Era a primeira vez que repartia o seu segredo. Sentiu o coração disparar: ela iria entender? Lídia olhou com atenção.

— Onde?

— Ali.

— Não vejo nada.

— É o meu anjo. Anjo da guarda.

Ela deu uma risada.

— Que engraçado! E como é ele?

— É um anjo, branco e pequeno. Nunca me abandona.

Lídia se interessou, como quem entra num jogo:

— E ele fala com você?

— Nada. Só me olha. De noite, de dia, de madrugada. É um anjo chato.

— Ah, eu queria ter um anjo da guarda.

— Pois eu não queria.

Juntou uma pedra e arremessou-a com força — o anjo se escondeu numa touceira, num revoar assustado. Toco deu outro gole de vinho.

— Lídia, o que você faz o ano todo?

— Eu? Nada de especial. Estudo, vejo televisão, vou ao cinema, leio umas coisinhas, às vezes tomo pinga com limão num bar perto de casa com as minhas amigas, arrumo namorados que sempre duram pouco, essas coisas que todo mundo faz. E tenho saudades de você. Pra falar bem a verdade, sinto muitas saudades de você, cada vez mais.

Toco pensava.

— É engraçado. Eu não tenho muitas saudades de você. Só quando a Paixão vai chegando perto, ou quando estou sozinho demais, sentindo falta de mulher. Aí a saudade aperta. Mas só de vez em quando, em momentos, de repente, sabe como é?

Ela sorriu, passando a mão nos cabelos de Toco.

— Se não fosse você que me dissesse isso, eu ficaria furiosa. Nunca mais na vida falaria com você.

Ele se espanta:

— Por quê?!

— Que ideia, Toco! Ora, por quê!? Diga isso pra outra mulher e veja o que acontece! Mas eu te perdoo. Afinal, você tem um anjo particular, e isso não é pra qualquer um.

— Foi a primeira vez que pensei no assunto. Mas, se é assim, não vou dizer pra mais ninguém.

— Não vai dizer que não sente saudades de mim ou que tem um anjo que te persegue?

— As duas coisas.

Lídia olhava Toco com o mais profundo encantamento:

— Acho que você não tem um anjo. Você *é* um anjo.

— Mas não esse baixinho. Queria ser outro anjo, que pelo menos falasse comigo.

Ela riu:

— Não! Você mesmo! Aprendi a gostar de você assim. No começo eu tinha ansiedade, queria mudar você, deixar você do meu jeito. Depois li umas coisas desses sábios do Oriente, essas coisas de almanaque, meio simples, mas que explicam alguns grilos da cabeça, sabe? Aí eu percebi que você é o Toco, e só. Se bem que essa técnica só funciona com você. Tentei com outros e não deu certo.

— Você complica as coisas.

— Complicava. Agora não. Agora estou aqui com você, nessa ilha, nesse calor gostoso, conversando, amando. Olha meu braço, que arrepio!

Toco mais viveu que pensou: uma sensação simples e clara como a represa, como a espera do peixe, com as aventuras do capitão Krupp — aquele momento raro em que a memória se desencadeava inteira no momento presente, sem imagens, apenas sensações, real e súbita na sua clarividência. Era isso possível? Beijaram-se — os dois de olhos fechados — e beijando-se rolaram na grama, até as sombras mais escuras da noite.

Perto dali, outra sombra, Dilma escutava pedaços da conversa e vencia a ânsia de choro com um monólogo mental obstinado, furioso — um punhal rasgando o peito, a dor obcecada na própria dor, sem saída. Se olhasse para o alto, veria o anjo de Toco num galho de árvore, tapando com as mãos os olhos, depois os ouvidos, de novo os olhos, aflito, para não ver, para não ver nada, para não ouvir os gemidos daquele amor.

Donetti pressentiu que mais um gole daquele vinho quente o derrubaria, bêbado, ali mesmo, sobre o piano de Edgar — e a presença de Mírian, aquela simpatia limpa, e inteligência, a voz um tantinho rouca, a sua *literariedade*, o interesse tão próximo e sincero, tudo era forte demais para ele desistir da noite. Hellen agora — *mas onde andaria essa mulher?* — começava a se tornar apenas um relance incômodo, uma neurose avulsa a se livrar, uma sombra estranha.

— Vamos sair daqui. Acho que eu preciso andar um pouco.

Antes que Mírian respondesse, ele já a puxava pela mão.

— Onde?

— Qualquer lugar. Tomar ar fresco.

Saíram de mansinho, acharam uma escada de pedras e foram subindo, buscando, tateando caminho no escuro — as mãos dadas se protegiam — até que a festa se transformasse em sons distantes, pequenos pontos de luz como vaga-lumes. Mírian parou, olhou para trás — a lua se derramava nos telhados da casa embaixo.

— Parece que o mar começa logo ali.

— Que brisa gostosa. Vamos subir mais?

— Essa escada não tem fim. Estou um pouco cansada.

Parados, continuavam de mãos dadas. Mírian sabia exatamente o que pretendia o seu entrevistado — e, se a ideia a deixava um pouco tensa, também a atraía: o charme discreto do escritor, seus mistérios e entrelinhas, uma crise a ser desvendada e, o melhor de tudo, um fio de desejo. Ou talvez somente o peso da curiosidade. Mas sem pressa. Fez uma pergunta de artifício, provocativa:

— Nessa ilha você deve estar colhendo um material e tanto para o próximo livro, não?

— Para ser sincero, nem pensei nisso. Primeiro tenho que me resolver pra... pra pensar em próximo livro.

— Mas e os *Contos do avesso*, de que você falava?

— Só um esboço. A coisa não anda.

A língua deu uma breve enrolada, ele respirou fundo. Mírian foi adiante:

— O que você quis dizer com "me resolver"?

— Só falo se não for a jornalista que me ouvir.

Ela riu. Continuavam de mãos dadas.

— Tudo bem. Sou só a Mírian agora.

— Então a gente pode falar a fundo.

Sentaram-se no degrau de pedra. Ele acariciava a mão dela, mas absorto, como se pensasse em outra coisa; uma encomenda de livros que não chega, uma conta que deixou de pagar, a visita inesperada do sogro. Apalpou-se atrás de cigarro, desistiu: uma tragada e cairia de vez. O adolescente idiota a seduzir uma garota. Ou seria o contrário? Susto: ela teria mais de 18 anos? E a Hellen, onde estava? Afinal o que estava havendo, sem palavras, entre eles? O início de um rompimento? *Que diabo aconteceu? Apenas uma lâmina afiada de gelo entre nós. O tempo gela a teia que nos une* — de quem era essa frase? Resolveu ir ao osso em voz alta, mas a frase *meu casamento está no fim* entalou na sua garganta.

— Falar a fundo é o silêncio?

— Às vezes suponho que sim.

Mírian também pensava em Hellen, aquela mulher horrorosa, sozinha na festa como uma deusa transparente — quem se atreveria a tocá-la? Talvez já estivesse no quarto, dormindo. É assim — quase perguntou se seria isso mesmo —, eles têm um trato literário; sempre que uma personagem se aproxima, a mulher o libera para a coleta de dados. Sentiu nas mãos a carícia um pouco tensa, talvez medrosa, de Donetti. Quem sabe ela se transformasse na pedra de toque da crise, a desagregadora de um casal infeliz, prestes à separação? O fio de desejo aumentou. As mãos dele subiram para o seu rosto.

— Tua pele macia, sabe o que me lembra? Aquele papel sedoso, de primeira, com que escrevo meus livros de segunda.

— Papel? Você me compara com um papel?! Eu não mereço uma metáfora assim!

E ela riu alto, a seriedade desabando numa alegre diversão de adolescentes: melhor desse jeito, Mírian pensou — sem lágrimas, sem entrega, sem filosofia, sem profundidade, sem futuro. Mas divertido. Para ele também:

— Mas é verdade! Você não ficaria braba se soubesse o que uma folha daquelas em branco significa para mim todas as manhãs...

— Sou negra, não sou branca. Pronto, errou!

— Melhor, muito melhor! Mais brasileira, mais depurada, mais instintiva: todo esse imaginário da sociologia, eu o aceito, em louvor teu!

— Ora essa, senhor Antônio Donetti! Sou um papel pra você! Pior — e ela riu mais alto: — Um papel sociológico! Exatamente o que eu suspeitava.

— Mírian, lembre-se de que eu sou um escritor, e um escritor que curte adoidado a folha lisa, sem nada escrito... tudo a escrever...

— E agora ainda me chamou de ignorante.

— Não! Vou emendar o soneto: um papel onde escreverei meu melhor romance!

— Antônio Donetti: o senhor não se envergonha de dizer tanta bobagem?

— É que estou começando a ficar bêbado. Desculpe.

— Mas a bebida não inspira?

— Só aos poetas. Para os romancistas, é uma tragédia.

— E para o amor?

— Para o amor é ótimo.

— Não foi o porteiro de Macbeth que disse que a bebida incita à luxúria, mas impede de realizá-la? Não é assim?

— Nesse exato momento, rezo para que Shakespeare tenha se enganado.

Estavam a um palmo um do outro. O fio do desejo. Ela passou a mão no rosto dele.

— Você tem rugas charmosas na testa.

Beijá-la agora? Não ainda:

— É claro. Sou um intelectual. Você já viu um intelectual sem rugas na testa? Só se for um intelectual marca bunda.

Ela achou graça.

— É que você já tem coisa escrita no rosto. E eu não. Será isso?

Próximos demais para que houvesse volta, ela temeu. Agora ele passava o dedo suavemente na testa de Mírian, que começou a calcular os dias, num sopro de angústia: ficaria grávida? Por indicação médica, suspendera as pílulas.

— Eu prometo escrever bem de leve, escrita mágica, daquelas de infância, que só se revelam com truques.

— E depois de me escrever, você fecha o livro e...

Paz na alma, ele ia se descontrolando suavemente, besteiras sem freio:

— Não, meu anjo. Eu nunca vou conseguir escrever nada na tua pele, mas você vai escrever muito, muito, na minha...

Estavam quase se beijando. Sussurros:

— Você tem filhos?

— Não, Mírian.

Certeza absoluta: quatro dias apenas, nenhum perigo.

— Então é mais fácil. Sem filhos.

— Você me enfeitiçou. Se isto for só uma entrevista, ponho veneno na tua comida.

— Se isso for só um livro pra você, eu publico a entrevista.

— Eu te enforco com um fio de náilon e escondo as pistas.

— Deixarei uma carta no cofre. A Interpol te acha.

— Estarei em Katmandu, careca, no meio de duzentos monges iguais.

— Eu te acabo com três páginas e duas fotografias.

— Eu te prendo pra sempre numa gaiola de ouro.

— Eu te algemo no porão pra todo o sempre.

Beijaram-se, rolaram no mato.

Cisco acendeu o lampião e trancou a porta com corrente e cadeado. Raquel, surpresa:

— Quer dizer que não é bem uma visita, mas uma ordem de prisão?

— Segurança, Raquel. Segurança. Minhas convidadas devem estar seguras, com toda essa gente desconhecida.

— Ah, seu malandro! Então há *outras* convidadas?

— Claro que não! Modo de dizer, só.

— E essas luvas de boxe penduradas aqui? Você vai me bater?

— Só se você pedir. Mas você não quer, né?

— Claro que não!

E explodiu a paixão: um beijo, um abraço, passos trôpegos e queda na cama, emaranhados, ofegantes. Com desespero ele beijava os olhos, o nariz, o queixo, as orelhas, os cabelos, o pescoço de Raquel — e as mãos apalpavam seu corpo atrás de botões, arrepios e curvas. Ela sorria, espantada:

— Calma, Cisco. A gente tem a noite toda. Converse um pouco comigo.

Eu não tenho a noite toda.

— Desculpe.

Nariz tocava nariz, uma perna dentro da outra, vinte dedos amarrados com força. Ele dizia a verdade, só a verdade:

— É o dia mais feliz da minha vida.

Bem baixinho:

— O meu também.

Até um ano atrás, só duas mulheres na sua vida: uma prima de infância e uma prostituta paga adiantado, numa noite de terror. Depois, uma enxurrada curta e fulminante de mulheres, uma mais linda que a outra, uma mais boa que a outra, mais macia, mais gostosa, mais cheirosa, mais tesuda, numa escalada em direção ao Céu — com uma queda súbita nos últimos meses, a solidão ansiosa da ilha, resolvida às vezes em sessões culpadas de masturbação ou controlada a socos na parede de pedra. Agora recomeçava. Raquel era a melhor de todas, de todos os tempos — mas haveria mais pela frente, até a eternidade!

— Cisco, quanto você gosta de mim?

— Tudo, tudo, meu anjo, tudo!

— Assim de repente?

— Começou no ano passado.

— Mentiroso. No ano passado você nem me olhava.

A mão no peito, convicto:

— Tava aqui, no coração.

Mais um beijo demorado, ele foi tirando a roupa aos golpes e puxões, atrás de peitos, coxas, língua. Nua, Raquel sussurrou:

— E se eu ficar grávida?

Ele beijava, apertava, beijava:

— Que bonito, Raquel... traz a criança que eu cuido na ilha...

Ela se arrepiou, gemeu altíssimo — e se entregaram inteiros.

Pablo aproximou-se do vulto escondido na escuridão, cabeça enterrada nos joelhos. Era Hellen.

— Está a fim de um fuminho?

Ela ergueu o rosto. A voz débil, de um choro reprimido a custo:

— Legal.

Ele olhou em torno. Estavam ainda muito próximos do resto do mundo.

— Mas não aqui. Venha comigo.

Estendeu a mão e ajudou-a a levantar-se. Ela obedeceu sem pensar e acompanhou Pablo no escuro, com a apatia defensiva de quem vai súbito, ao acaso e sem escolha, atrás de uma sombra. Andando ao lado dele, sentiu que perdia a dignidade e a noção de sua importância — não era apenas o ritual inocente da maconha, ela sabia; era a atitude, ela própria se vendo assim, a atitude de quem se entrega. Pensou duramente no marido e encontrou um resto de prazer no gesto da entrega, o gosto azedo da vingança no contato escuso e perigoso com um sujeito sem nome.

— Por aqui. Cuidado, a pedra.

Ele avançava rápido sem olhar para trás ou estender a mão — ela saltitava aflita no caminho escuro, aqui e ali galhos lhe arranhando as pernas e o rosto, apressando-se para não perder o vulto dele de vista, aqueles passos firmes e irritados de um deus sombrio, indiferente e grosso. Uma nesga de orgulho surgiu nela — *Eu nem sei o que estou fazendo aqui!* — e desapareceu em seguida. Queria falar:

— Nem sei onde anda o Tôni.

Pablo não disse nada, um pensamento único: *esquecer Carmem, esquecer Carmem, esquecer Carmem, esquecer Carmem.* Na represa escura com um fiapo de lua, encontraram Rômulo sozinho, dedilhando o violão à beira d'água. Ela ia se aproximar, mas ele segurou-a:

— Fique aqui. Eu me livro dele.

Rômulo levou um susto, a voz autoritária surgindo da escuridão:

— O negócio é o seguinte: estou com uma menina aí e preciso falar em particular. Se manda.

Rômulo largou o violão, lento.

— Quer dizer que você e o Cisco se arvoraram em donos desta ilha? Não vou sair não. Numa boa.

Ia pegar o violão de novo. Pablo agarrou seu pulso e levantou-o à força, veias estufadas no pescoço. Mas a voz baixa:

— Se manda daqui ou eu te encho a cara de porrada.

Rômulo amaciou:

— Tudo bem, cara. Tudo bem... Pô, me larga.

Sem se mexer, Pablo esperou Rômulo recolher o violão. Um ouvia a respiração do outro. A dez passos, oculta na sombra, Hellen aguardou a luta, um sentimento ambíguo — vontade de ficar, vontade de fugir. Ficou, olhos no tronco nu de Pablo, reluzente, a pele tensa e viva refletindo lâminas da lua. O braço dele agora cortava o passo de Rômulo:

— Me vende outro pacau. O meu está no fim e essa noite vai ser comprida.

— A erva anda curta, cara.

— Amanhã te pago.

— Tudo bem.

Remexeu nos bolsos, entregou outro pacotinho e desapareceu no escuro. Hellen, um pouco mais tranquila, chegou à represa, sentou-se numa pedra, tirou a sandália, tocou o pé na água.

— Que fria! É aqui que os homens tomam banho nus?

Pablo sentou-se ao lado dela à maneira hindu, preparando o fumo. Hellen via os pedaços da lua na represa e ouvia o rumor discreto da água. O peito de Pablo e a água tinham a mesma cor e o mesmo brilho. A angústia crescente exigia o disfarce?

— Você é estourado. Coitado do rapaz. — Um suspiro. — Bem, o Antônio tem o mesmo temperamento, sabia? — Lembrar o marido agora era uma precaução ridícula.

— É?

O desejo de manter distância vinha e voltava em golfadas inseguras. Acabou confessando, a voz esganiçada e sem convicção:

— Eu odeio quando meu marido resolve fazer média com essas... essas...

— Essas putas.

Um segundo suspenso, e afinal riram, a graça pura do palavrão. Pablo passava a ponta da língua na borda do papel com a precisão de um relojoeiro.

— No fim, até me dá pena. Elas pensam que estão abafando, mas tudo o que ele quer mesmo é o tema de um livro.

Pablo conferiu as pontas: perfeito. Um belíssimo torpedo. O Rômulo podia ser um imbecil, mas a *cannabis* dele era verdadeiramente a melhor do mundo. Ouviu o risinho falso de Hellen:

— A gente se diverte, depois ele conta tudo. Mesmo assim, não é fácil ser amada por um escritor. É preciso nobreza, superioridade, paciência, muita paciência. Agora, por exemplo, a gente poderia estar assistindo a um show de tango em Buenos Aires, não nessa... nessa merda. Desculpe. Bem, a arte está acima de tudo.

— Sei.

Tirou a caixa de fósforo do bolso; além dos palitos, descobriu com alívio que não tinha perdido o grampo de cabelo para as últimas puxadas.

— O nosso casamento não tem preconceitos, felizmente. Pra falar a verdade, eu nem sei o que os dois estão fazendo. Nem me interessa mesmo.

Pablo sorriu.

— Bem, se o seu marido não é brocha, eu tenho certeza do que ele está fazendo. E aquela preta é muito gostosa.

O choque de Hellen escondeu-se numa gargalhada de artifício, o desprezo esganiçado na voz, tentando alçar voo:

— Você é engraçado... Aliás, é difícil mesmo compreender nosso comportamento, reconheço. Não se ofenda, mas é questão de nível, de cultura. Vocês são primitivos aqui, e a ignorância escraviza. Nós somos livres.

— Até o teu marido descobrir que o filho dele é do padeiro. Aí ele pega a cultura e limpa a bunda com ela.

— Que barulho é esse?!

— Nada.

Não era realmente nada. Os olhos opacos fitavam agora as mãos de Pablo acendendo o baseado. Ele deu uma tragada aos limites do pulmão e trancou a respiração — a lenta vertigem parecia estufar a cabeça de silêncio. Viu a represa se imobilizar, e depois de uma eternidade estendeu o cigarro a Hellen num gesto vagaroso e pesado. Ela simplesmente ficou segurando a maconha, na ponta dos dedos, quase um nojo. Congestionado, ainda sem respirar, ele fez gestos raivosos para que ela desse um tapa. Começou a sentir o zumbido na cabeça — e devagar foi soltando a fumaça, palavra a palavra:

— Puxe fundo... e segure... o ar... na barriga...

Por fim, soltou tudo. Agora jogava pedrinhas na água e era como se a água em gelo se partisse. Hellen queimou os lábios e largou o fumo no chão. Sustentou o ar como pôde, até romper numa tosse seca, de lanhar a garganta. Pablo deu-lhe um tapa forte nas costas, ela soluçou uma vez e parou de tossir, baba nos lábios.

— Tudo bem?

Hellen fez que sim — a expressão séria de Pablo provocou-lhe uma violenta vontade de rir, que ela transformou num sorriso amarrado e em caretas soluçantes. Pablo cuidadosamente juntou do chão a baga e deu outra tragada, passando mais uma vez o fumo a Hellen, que desta vez não tossiu. Repetiram o ritual várias vezes. Lábios secos, ele prendeu o finalzinho do cigarro com o grampo e puxou o resto numa aspirada sibilante, até que a última brasa caísse.

Oco na cabeça, o tempo desapareceu. Hellen largou-se para trás. O frio e a dureza da pedra entravam-lhe corpo adentro, em arrepios que eram feridas. Ainda lutou vagamente para recuperar algum fio da memória, as pontas da raiva, seu exato lugar no mundo e na vida — mas, de olhos fechados, o vazio assomava envolvente e soberano, apenas um murmúrio delicado de sombras e ruídos ao qual se entregou.

Os profissionais do teatro — ou simplesmente *os profissionais*, como Enéas frisava com ironia aos quatro ventos, cada vez mais bêbado, amparado por Lina — continuavam sustentando a música da festa noite adentro. Enéas, refugiado agora entre duas pedras maiores, *a leste das bananeiras! ou a leste do Éden, como queria Steinbeck!*, declamou um último poema condoreiro e esvaziou o último copo. Foi o gole de misericórdia: cabeça desabando à frente, deu um soluço limite e vomitou sobre as calças, para o desespero de Lina, que via o poeta morrer nas suas mãos sem que ela pudesse fazer nada. Esboçou um pedido de socorro com voz tão baixa quanto inútil — sob os protestos esganiçados de Enéas:

— Não chame ninguém... traga água... água...

Galinha tonta, ela saiu à procura de água, sem comover ninguém. *Deixe ele dormir!* ou *Fale com o Cisco!*, era o que diziam, e ela não achava nem Cisco nem água. Depois, com a ajuda solícita de Murilo — *Você estuda em São Paulo?* —, localizou uma torneira e uma caneca de alumínio. Largou Murilo para trás e socorreu Enéas, que bebeu em goladas agressivas, vomitando em seguida:

— Mais água... vinho filho da puta...

Ela foi e voltou com água mais três vezes, até que Enéas tirou nauseado as calças sujas de vômito e ficou de cueca, olhar parado e respiração ofegante. O momento do *mea culpa* — era preciso cultuar a desgraça para que a embriaguez fosse completa.

— Pode me deixar sozinho, Lina. Eu vou dormir aqui mesmo, no sereno e na pedra.

— Você vai é pegar uma gripe.

— Grande merda, uma gripe. Tanta gente morrendo de fome e eu aqui, gripado.

— Que bobagem, Enéas. Eu vou pegar uma roupa seca pra...

— Não perca tempo. A única coisa que me resta é beber, encher a cara, vomitar.

— Não, meu amor. Resta escrever poemas. Lembra? Você mesmo me disse. Enquanto houver um poema a ser escrito...

— Estou cagando pra poesia.

Sobreveio um soluço breve, que ele transformou num arroto dramático.

— Escrever poemas nesses tempos... só pra um idiota como eu.

Lina passava um lenço nos seus lábios, maternal:

— Não gosto de ver você assim, Enéas. Tão bonito o verso que você me disse. Até decorei: *Na primavera de setenta, salvaremos o mundo. Eu, você, a moça da esquina...*

— Tudo merda. Não salvaremos porra nenhuma. A vida está cagada de urubu.

— Que coisa feia de dizer, Enéas. Amanhã não vou deixar você beber...

Súbito, ele descobriu que gostava dela; esquecido do resto, puxou-a contra si, para beijá-la. Nauseada do cheiro, da baba nos lábios, ela refugava delicadamente o beijo, esquiva e suave:

— Levanta daí, Enéas. Eu te ajudo. Lava o rosto e dorme um pouco, vai fazer bem.

Ele se ergueu a custo, apoiando-se torto na pedra. Seu único problema agora era manter-se em pé. Com o auxílio dela, miúda a seu lado, ensaiou alguns passos laterais, bordejando ao acaso. Ela lembrou-se de recolher as calças do chão:

— Eu lavo pra você.

Contornaram a festa e entraram por um corredor, de acordo com a incerta orientação de Enéas — *É por aí...* Abriram algumas portas erradas, desceram escadas, até que Enéas, apalpando na escuridão, reconheceu sua mochila. Jogou-se no colchão. Uma claridade tênue entrava pela janela e lentamente foi riscando linhas no espaço negro. Muito ao longe ouviam risadas. Em poucos minutos o poeta roncava, Lina alisando-lhe os cabelos.

* * *

Toco deixou Lídia em sua barraca — beijos, beijos, beijos —, esperou ela dormir e subiu o resto de encosta em direção ao quarto, onde fecharia os olhos para pensar na vida: aquela vida que de repente se harmonizava inteira numa sensação só, inexplicável e mágica. O calor, a noite, a lua, o corpo e a voz de Lídia — até o anjo, que mais calmo o acompanhava de perto, vendo-o agora livre dos demônios da carne —, tudo era uma sensação de harmonia com a vida, tal qual um capitão Krupp velejando sob o vento exato. Nesses momentos, ressurgia nele a ânsia de aventuras, mas sem angústia; mais que ânsia, uma certeza. Poderia passar a noite com Lídia, mas a sensação boa era tão intensa que tinha medo de gastá-la ou de perdê-la — era preciso ficar só para senti-la em profundidade, para mergulhar na própria alma, nas descobertas sutis, refinadas, da memória de alguns momentos se somando ao passado e projetando um futuro sem pontas nem arestas. Ser parte integrante da passagem do tempo: eis o sonho. Lídia, Lídia, Lídia, Lídia. Mais que Lídia, mais que a entrega, mais que a paz dos sábios do Oriente no sorriso de Lídia, o estado emocional, represa e futuro, peixes e pedras, a vela no mar. Quando entrava em casa — o sono pesando, gratificante —, o vulto na porta:

— Eu vi!

Era Dilma, que, avançando, o empurrou de volta para o corredor:

— Eu vi tudo!

Ele não entendeu de imediato, e sentiu que não entenderia depois. Deixou-se atacar:

— O que foi, Dilma?

— O que foi?! Você se esfregando no mato com aquelazinha lá e eu te procurando feito idiota!

Toco passou a mão na cabeça. Era preciso explicar não sabia o quê:

— Bem, eu estava com a Lídia e... — quase disse: os nomes de vocês duas me confundem, mas desistiu.

— Eu vi, não precisa dizer. Trepando debaixo da acácia-imperial florida! Que lindo! Quase chorei! Muito comovente a tua história do anjinho!

Toco rachou em dois, envenenado. A mão esquerda fechada, trêmula; a direita alisava o cabelo num gesto mecânico: espiar os outros.

Isso é uma coisa errada, mas não disse, atento ao anjo que pulava aflito de um lado para outro, atrás dela, bracinhos pedindo calma.

— Eu... eu só estava com a Lídia.

— E o anjo, não é?

Respirou fundo. Era preciso viver a sinceridade absoluta:

— É. Mas depois eu não vi mais ele. Quer dizer, no momento em que a gente, ahn...

Calou-se. Talvez fosse melhor não dizer mais nada. Dilma era o amor ferido pela mais perfeita indiferença, uma indiferença absoluta, da alma, legítima indiferença — o mais raro e o mais cruel castigo da vida. Avançou com o dedo sacudindo à frente:

— Escute aqui, seu cachorro, pelo menos me respeite, seu cínico, vagabundo, cafajeste, patife, canalha, crápula, velhaco, seu indivíduo reles, vil, desprezível, seu... seu...

Toco foi recuando ao dedo, espantado com a lista interminável; pressentindo um horror maior, tentou ponderar:

— Calma, Lí... Dilma... O que houve pra toda essa raiva?

Agora ela chorava torrencialmente, largada no peito dele, e mais chorava, de vergonha, percebendo-se a chorar diante dele — nem mais um traço de dignidade restaria naquela fúria:

— E eu?... E eu?... E EU?!

Teriam um encontro, marcado para aquela mesma noite, era isso o que ela soluçava no peito grande do capitão Krupp. Ele pôs a mão na cabeça, alarmado, recordando vagamente uma promessa dúbia, confuso pela desproporção da raiva, por que o anjo não avisou a tempo?

— Dilma, eu esqueci... Só isso...

Ela desenterrou a cabeça, agora a mão era um punho no focinho dele:

— *Só isso? Só isso?* Seu desgraçado, cara de pau, sujeitinho falso, vagabundo...

De longe, o anjinho fechava os olhos com as asas, pressentindo a tragédia. Toco afinal ergueu a mão e agarrou o braço dela já sem tanta gentileza:

— O que você tem, Dilma? Pare com isso!

Sacudiu o braço dela com força. Dilma parou, a súbita luz de uma esperança nos olhos: quem sabe ele confessasse o arrependimento e o amor eterno? O capitão Krupp largou o braço dela, tentando chegar à raiz, ao fundo do problema:

— Você... — Mas o que poderia dizer? Olhou nos olhos dela e foi adiante: — Você... está cheia de raiva, e isso não é bom. — Ele recordou a conversa com Lídia, talvez aqui fosse útil: — Leia esses sábios do Oriente, que ensinam como a gente se comportar sem muita raiva da vida e aprender a se... — buscava a palavra certa para o sentimento certo, sem encontrá-la, já sabendo desde sempre que tudo isso, esse amontoado de palavras, não significava nada, e Dilma explodia a raiva inteira:

— Você vá dar conselhos imbecis pras tuas piranhas, não pra mim! Ouviu bem? Porque eu não...

Voltou a chorar, punho cerrado, sem controle. Ele tentou um último recurso, penalizado por aquele sofrimento de verdade:

— Dilma, puxa vida, que coisa! A gente tem amanhã, tem depois de amanhã, tem o mês inteiro pra se amar e...

O ódio transbordou: o anjo encolheu-se inteiro sob as asas vendo Dilma esmurrar o peito de Toco, antevendo a desgraça, suplicando em gestos aflitos que Toco não reagisse, não respondesse, não... — mas tarde demais! ao tapa de Dilma, a mão dele deu o troco imediato, espantando o próprio Toco. Seguiu-se uma briga feia de tapas, murros, pontapés descontrolados de Dilma, e gestos agora muito assustados, de defesa, de Toco, em meio a empurrões ao acaso, que arrancavam gritos, *por que essa mulher não se afasta?* Afinal esgotada, Dilma largou-se no chão. Chorava mansinho, prometendo em murmúrios cochichados vinganças terríveis contra um Toco que coçava a cabeça, saído de um inexplicável pesadelo. Estendeu o braço:

— Você se machucou?

Ela se afastava:

— Nunca mais na vida até o fim do mundo quero te ver!

Toco suspirou e, sem olhar para trás, foi para o quarto, a noite soterrada. Olhos fechados, tentava recompor o tempo; percebeu, mais uma vez, que não conseguia se lembrar do rosto de Lídia, agora com as sardas de Dilma, e as vozes se misturavam, até os nomes parecidos — e já antevendo a desgraça do momento em que chamaria uma pelo nome da outra; e pensando por que tudo era tão complicado e difícil e inexplicável, quando o mar era um só, e azul, e era sobre ele que queria estar; e, olhos abertos, desfechou uma chinelada violenta contra o anjo, quase o esmagando na parede, e se acalmou. Decidiu-se por uma pescaria urgente de manhã cedo.

Cisco abriu os olhos, vivendo o terror de que já fosse dia. Aliviado, percebeu a escuridão e ouviu risadas distantes: a festa continuava. Olhou para o lado, outro susto: Raquel não estava ali. O desejo de voltar a dormir lutou sem forças contra a ânsia de voltar à festa. E Raquel? O ideal era que ela estivesse dormindo — e ele fugiria sorrateiro. Levantou-se de repente, mas a tontura o devolveu à cama. Seguiu o ritual de sempre, apalpando atrás do cofrinho de madeira e acendendo um cigarro. Duas, três tragadas, náusea e entusiasmo: jogou o cigarro fora, juntou a roupa do chão — tomaria banho na represa, de manhã cedo — e vestiu-se com rapidez. Camisa do avesso, repetiu o trabalho de vesti-la, deixando-se tomar pela felicidade, pela limpeza de alma, pelo amor derramado. Murmurava:

— Raquel, Raquelita...

Melhor assim. Era bom que ela se fosse sem aviso — que o deixasse só com o melhor, sem a aporrinhação do dia seguinte. Depois, talvez, quem sabe: a vida é comprida. Procurando as sandálias, pensou carinhoso naquela morena índia, voltou a viver um curto relâmpago de paixão, admirou a ausência discreta, o silêncio, o amor na sua pureza de ilha; nesse exato momento, nenhum fiapo de remorso empanava a consciência de ser um pequeno e despretensioso deus, para quem a vida era um sol único.

— Raquel... Raquelzinha...

A dois passos da porta — o resto de noite pela frente, do vinho e das mulheres pela frente — e sentiu a intuição da desgraça, do ultraje e do refinamento da vingança de Raquel. Nem foi preciso esmurrar a porta para perceber que estava trancada — por fora. A raiva encolheu-se nele, como se preparando para a explosão que viria. Não era brincadeira: a corrente atravessada, o cadeado preso. Mãos na grade da janelinha, desta vez condenado mesmo à prisão, procurava no escuro o rosto de Raquel. Já antevendo a vergonha de pedir socorro, buscava saídas: nenhuma. A porta, intransponível; o forro do teto, cuidadosamente martelado por ele mesmo, e as paredes erguidas pedra a pedra, cimento, barro e areia, uma cela perfeita, seu refúgio e segurança. Fúria e impotência, num andar de lado a lado, fera na jaula, e chutes ao acaso foram cedendo lugar à ponderação. Dobrar Raquel. Talvez nem isso: seria apenas uma brincadeira bem-humorada (e a desconfiança de que ela não brincava). Chamou baixinho, mãos nas grades:

— Raquel...

A voz dela, o canto singelo:

— *O meu amor é de lua*
é bem desequilibrado...
gosta de me ver nua
depois me joga pro lado...

— Raquel! Onde você está! Apareça!

Raquel arrastou uma pedra, depois outra, para debaixo da janelinha. Ergueu-se na ponta dos pés. O rosto dela era uma sombra sorridente. Alisaram as mãos entre as grades.

— Gostou da música que eu fiz pra você? Bonitinha, não?

Ele sorriu nervoso.

— Muito legal. Você me dá cada susto! Abre a porta, meu anjo!

— Você acordou logo! Nem me deu tempo de eu acabar a música. Só fiz duas estrofes. Quer ouvir a outra?

— Claro, meu amor. Mas antes abra a porta.

Daria certo essa leveza e despreocupação, esse simulacro de indiferença?

— Você tá agoniado, Cisco. Nem parece que a gente se amou.

Sorriso furioso:

— Não... é... tudo bem. Abra logo, Raquel. Quero te ver inteira.

Ela cantava, prazer na voz:

— *... gosta de me ver nua... depois me joga pro lado...*

— Que é isso, Raquel. Eu estava cansado. Abre aí. — E, num golpe súbito, agarrou com força o pulso dela, um gesto inútil.

— Deixei a chave lá naquela árvore. Bem escondidinha.

Ele afrouxou a mão.

— Desculpe. Pega a chave e abre logo, Raquel.

Foi perdendo rapidamente a paciência, respiração disparada, claustrofobia e fúria:

— Abre, porra!

O palavrão saiu num misto de agonia e raiva, como quem ainda não abdicou por completo à possibilidade de diplomacia. Ela contemplava Cisco, um amor condenado desde o início — tristeza na voz:

— Peguei um pássaro na gaiola.

— Então me solta, amor.

— Não. Você já está com muita raiva.

Ele ia e voltava, tateando atrás da tática certa:

— Brincadeira, Raquel. Tudo bem.

— Ah! E as tuas luvas de boxe? Sou boba, então?

— Que ideia! Ora se eu vou bater em você, Raquel?! Está maluca?

Ela apalpava o pulso:

— Eu senti a tua raiva. Tá doendo meu braço.

— Desculpe. Foi sem querer. Que adiantava eu te prender na grade? Ficamos os dois pendurados e a porta fechada.

— Quando você percebeu, me soltou.

— Não sou tão burro, Raquel.

— Você é um amor. Te gosto tanto.

— Eu também gosto de você. Abre a porta.

— Não faça assim, Cisco. Não queira me comprar.

— Quem é que está querendo te comprar?

— Vai levar muito tempo pra você gostar de mim. Depois dessa noite, mais tempo ainda.

— Eu sempre gostei de você.

— Pare de dizer bobagem, seu mentiroso, falso, covarde! Eu gosto é da tua raiva. É autêntica. O resto é conversa de boi dormir.

Os dedos agora esmagavam as grades de ferro:

— Escuta aqui, sua porra, filha da puta de merda, abra essa bosta de porta que eu vou aí e...

Completou com um chute nas pedras que levantou meia unha. Urrando, dobrou-se na cama para soprar o dedão, a mais medonha das raivas de toda a vida que em dois minutos foi se esgotando num fatalismo agoniado. Nada mais havia a fazer. Deitar e dormir. Mas ainda sonhou com a esperança de que a dor comovesse Raquel. Ouviu a voz suave da janela:

— Machucou-se?

— Não.

Entregava-se à derrota, misteriosamente engrandecido pela tragédia. Ainda vivia lampejos furibundos de vingança que não chegavam a tomar corpo. A maldita esperança de sair dali — por nada que fosse, apenas sair dali — renasceu na voz comovida de Raquel:

— Desculpe, Cisco.

Controlou o desejo de pedir a chave. Para vencer a loucura, é preciso dar muitas voltas. Soprava o pé na escuridão e gemia alto, para que ela ouvisse.

— Não foi nada, Raquel. Não foi nada.

Ela falava com amor:

— Gosto da tua raiva. Mas gosto também do teu rosto, teu jeito carinhoso de tentar me dobrar, da ingenuidade e da pureza das tuas mentirinhas. Tudo em você — até a falsidade — é gostoso e verdadeiro. Você é puro, do teu jeito.

Quem sabe agora? Mancando com exagero, gemidos a cada passo, arrastou-se até a janela:

— Raquel, vamos conversar a sério.

— Sempre falei sério com você.

Outra derrota.

— Eu sei. Mas, paixão à parte, nervosismo, essas coisas, só me diga: por que você resolveu me trancar? Tratei mal você? Fui grosso, fiz maldade... O que aconteceu?

— Claro que não. Você é um amor. Um amor aflito.

— Tá. Então por que me trancar? E, principalmente, por que nós dois separados? Você aí, eu aqui, por quê? Por que não nós dois bem juntinhos, abraçadinhos ali, naquela cama, peladinhos como nascemos, hum? Que tal?

Ainda faltava sutileza; ela não cairia. Raquel achou graça:

— Bem que eu gostaria, Cisco.

O sussurro macio:

— Então, meu amor... Vem pra cá, comigo...

— Não, Cisco. Não adianta. Não me convence. Primeiro, porque não sou idiota de abrir a porta agora. Segundo, porque você está louquinho (sempre esteve, desde que eu entrei aí) pra voltar à festa, encher a cara e arrastar outras mulheres.

Ele ia contestar, mão erguida, mas desistiu.

— E todas essas moças que estão aí, rindo e bebendo, não gostam de você, Cisco, nem você gosta delas, nem coisa nenhuma. E eu não quero estragar minha felicidade sem mais nem menos. Pelo menos por esta noite você é meu. Inteirinho. Te amei e te prendi. No coração e no quarto.

Mas o que era aquilo?! Cisco gaguejou dez respostas, mas nenhuma se completava. A derradeira possibilidade — gritar por socorro —, além de inútil (quantas voltas o grito teria de dar até chegar ao ouvido de alguém?), envergonhava-o de modo insuportável. A festa avançava sem retorno — e o outro dia levaria mil anos. Restaram em silêncio algum tempo. Num limite de salvação, imaginou verdadeiramente a possibilidade de ficar com Raquel a noite inteira juntos, juntinhos; cumpriria a promessa! Ele ficaria só com ela! É verdade! Se fosse possível colocar na cabeça dela que ele... Imaginou no mesmo instante agarrar de um golpe o braço de Raquel e prendê-la entre as grades, machucá-la, amarrá-la ali: ficariam os dois pendurados e condenados. Não, não teria um ódio tão comprido a ponto de... e nem Raquel oferecia mais a mão como antes, mantendo uma distância segura.

— Você quer ouvir a segunda estrofe da música que fiz para você?

— Não.

— Quer que eu traga vinho pra você?

— Não.

Afastou-se da janela, pegou um cigarro, acendeu-o e sentou-se na cama. Pouco depois, a voz de Raquel, afinada, devassou sua solidão:

— Meu amor tem olhos pretos
feito raposa do mato
e eu vivo com amuletos
com o demônio fiz um trato.

* * *

Pablo entrou na represa arrastando uma Hellen morta, de boca aberta e olhos parados. Compenetrado, ele tentava fazê-la sentar-se na beirada, perturbado pelas coxas nuas sob o vestido curto, mas a cabeça de Hellen caía para trás e os braços se moviam numa apatia de coisa sem peso, costurados frouxamente ao corpo. Resolveu tirar sua blusa, o que exigiu paciência e método — e os seios como que saltaram, firmes. Tudo brilhava nela: olhos, dentes, pele. Beijou-a, e a sinistra indiferença estimulava-o mais, certo de que a profanação haveria de ressuscitá-la. Sugou demoradamente cada seio frio, sentindo o eriçar dos bicos na ponta da sua língua. Ela caía à frente agora, um corpo sem ossos, e a cabeça tombou para o lado, rasgada por um clarão de lua. Ele abraçou-a inteira, sobre a pedra, no esforço de aquecê-la, ouvindo um coração longínquo bater no próprio peito. Hellen correspondeu ao abraço com um mexer fraco de braços, e ressonava, um lento ressonar no pescoço de Pablo. Ele sentia o gelo da água pernas acima, os pés escorregando em limo e seixos, numa lenta armadilha. Agarrou-se em Hellen, prendendo as mãos na sua cintura. O desejo nascia incompleto, pedaços de vontade: beijo no umbigo, apalpo nos seios, mordida nos lábios frios. Depois, a mão subiu pelas coxas, fechadas num reflexo — e o empurrão leve de braço, o resmungo sonolento. O desejo de despertá-la, para que houvesse sintonia naquela entrega, foi ocupando todos os planos da noite, agora com um objetivo claro. Olhou, parvo, para ela — os peitos sobre si mesmos eram duas luas pontudas. Um batismo de águas frias: mãos em concha, espargiu água no rosto, nos seios, no ventre. Tirou dela o que lhe restava de roupa, sem resistência, e avançou afinal sobre o seu corpo; o gozo não demorou, e ele sentiu um nada de afeto num abraço que se desfez, um lento gemido, a breve morte. Largaram-se — e ele mergulhou enfim nas águas, deixando-se tomar pelo gelo.

O tempo recomeçou a correr com as risadas ao longe (ou apenas impressão?). Saiu da represa — corpo pesado, dor de cabeça, uma sensação ruim — e tirou a roupa encharcada. Batia os dentes. Nu, voltou a deitar-se sobre Hellen, uma simples busca de calor que tomava outro rumo à revelia, uma procura de paixão, como se a noite alucinada o arremessasse para um campo de trigo, luz e sol, sob a força de alguma gravidade. Sentiu fome. Beijou Hellen suavemente no rosto — ela estaria no mesmo astral dele?

— Muito frio.

— Já passa.

Mas despertar da viagem era uma passagem ao contrário, do sonho para o terror — ela fixou em Pablo os olhos de vidro:

— Saia daqui, Antônio.

— Eu não sou Antônio.

Todo o seu corpo tremia — e ela rompeu o choro:

— Você viu o que você fez? — Começou a soqueá-lo: — Quero ir embora daqui!

Ele segurou as mãos dela:

— Calma. Por favor, calma.

— Me larga, animal!

— Não grite.

Ele agarrou-a com força:

— Estou falando, porra! Quer me ouvir?

Ela calou-se, o choro travado na garganta, os mesmos olhos de vidro. Pablo tentava ser didático:

— Escute, moça: vamos deixar tudo bem claro. Você veio aqui porque quis, puxou fumo porque quis, tirou... — parou um segundo para pensar: um detalhe irrelevante, a essa altura — ... tirou a roupa porque quis, deu porque quis. Não tenho culpa se pintou sujeira. Está legal assim? Não tenho nada com os teus problemas. Os meus já chegam. Sossega.

Recolheu as roupas espalhadas.

— Você é um porco.

Ele parou, suspirou, olhou para ela, que se encolheu furiosa:

— Não me olhe!

— Você ficou maluca?!

Jogou as roupas para ela, que gritava:

— Vire pra lá! Não me olhe!

Vestiu-se, tremendo: mais choro, mais soluços. Tentando enfiar nas calças as pernas molhadas, Pablo queria esclarecer as coisas:

— Se você ficou preocupada porque acha que vou contar pra todo mundo que comi você, pode se tranquilizar, moça.

Ela gritou, na fronteira da histeria:

— Não houve nada entre nós dois! Saia daqui, por favor!

Pablo — uma perna dentro das calças, a outra fora — pensou um minuto.

— É. De fato. Você tem razão. Não houve nada entre nós dois.

Hellen chorava mais alto, um choro seco: onde ela buscasse uma nesga atenuante do pesadelo, já acontecido para todo o sempre, mais se afundava num fim de caminho — o limite da desonra, da degradação, da —

— Saia daqui!

Pablo — enfim as duas pernas metidas nas calças, grudentas — sentia a situação melhorar. A angústia agora era apenas a de sempre. Só seria preciso cuidar daquele ser esfarrapado. Baixou a voz e tocou o ombro dela com a mão suave, que ela evitou com um grito:

— Não me toque nunca mais!

Ele suspirou.

— Hellen, não quero me meter na tua vida, mas acho que a melhor coisa que você tem a fazer é ir pra cama dormir. Nossa transa não deu certo e...

— Cale a boca! Saia daqui! Me deixe sozinha!

— Tudo bem, tudo bem... Hellen, é simples: nossa amizade não colou, o fuminho caiu mal pra caralho. Mas eu não vou largar você assim. Eu te levo até a casa. Vá dormir. Tem muita noite pela frente.

— Eu não vou a lugar nenhum com você.

E se aquela filha da puta resolvesse se afogar na represa? Um peso a se livrar:

— E eu não vou largar você sozinha aqui, já disse. Você tem merda na cabeça.

— Saia da minha frente!

Ele perdeu a paciência e agarrou com força o braço dela:

— Levanta, porra!

Hellen obedeceu, criança assustada. E — quem entende? — jogou-se em Pablo, um pedido fundo de socorro:

— E o Antônio, meu Deus... e o Antônio... Eu nunca...

Pablo foi levando-a, um abraço de irmão:

— Calma, menina. Fique tranquila. O Antônio deve estar transando legal com essa Mírian pelo mato. Na verdade, nem sei se o interesse dela é mesmo homem. Nem se incomode. Ele só vai chegar de manhãzinha, bêbado e cheio de culpa.

Afinal, o alívio: a tragédia se abria em soluções rasteiras. Ele tinha razão, esse selvagem: bastava dormir, dormir, dormir.

Barros havia falado horas seguidas, percorrido todos os campos do conhecimento e da experiência humana; havia ponderado sobre suas qualidades e sua função naquele teatro, ou metateatro, porque era um teatro sobre o teatro, *você percebe?* — e havia, finalmente, reconhecido, senão a inteligência, *ainda em desenvolvimento*, pelo menos a atenção de Norma. Arrematava:

— Onde houver alguém disposto a me ouvir, uma pessoa só, que seja, como é o seu caso, estarei disposto a falar o que as pessoas não gostam de ouvir.

Norma arregalava os olhos atrás dos óculos, sem bocejar:

— Você tem o dom da palavra.

— Exatamente! — concordava ele, indócil ao perceber a garrafa e a carteira de cigarros vazias. — E a palavra, cara Norma, é o instrumento maior de modificação da conduta humana. Usemo-la, pois — ele se apalpava, quem sabe houvesse outra carteira oculta em algum bolso do terno negro? — como a lâmina do cirurgião, como as correias do dínamo, como...

— Como um canal de amor! — sorriu ela, feliz com o achado. Percebendo a careta de Barros, que coçava a testa, os olhos brilhantes, vermelhos, desfez o sorriso, insegura, já predispondo-se a alguma reprimenda: — Ou... me enganei?

Ele virou de costas para ela e abaixou a cabeça, como se fosse acender um cigarro imaginário:

— É... talvez... talvez... a palavra *amor* não tem correspondência concreta, não é um objeto palpável, de modo que aquilo que parece um teorema de Pitágoras, ou o princípio de semelhança dos triângulos de Tales, ou mesmo uma bela fatia de pão...

A voz muito rouca; ela tentou olhar nos olhos dele, mas ele se voltava, aos pulinhos, escondendo a face.

— Desculpe, Barros, eu... aconteceu alguma coisa? Eu disse algo que...

— Não, nada! Você não disse nada! Os tropeços, a essa altura da vida, são normais!...

Ela riu, nervosa:

— Que interessante, Barros: Norma, normais!

Ele afinal mostrou a cabeça, olhos vermelhos:

— Cuidado com os trocadilhos! Cuidado! O trocadilho revela insegurança, medo de chegar ao osso! É uma espécie de álibi da inteligência, um disfarce vistoso, porém sem fundo!

Norma, contrita:

— Tem razão.

Ele parece que começava a voltar ao normal: ajeitou a gravata, conferiu a carteira de identidade e o fundo da garrafa: nada. Olhou em volta:

— Vejo que o vazio se esvazia ainda mais. Observe: a reunião de homossexuais se diluiu a meia dúzia de aderentes; a música já cansa; e a tapera do Edgar também não conta mais com tantos adeptos, além de algumas mulheres inseguras e infelizes atrás de uma certidão de casamento. E chamam a esta reunião de evento teatral! É ridículo!

Norma seguiu atrás dele:

— Onde você vai?

— Vou dormir, que é o melhor a se fazer. Os dias aqui são longos, mas não Logos, logo, há muito trabalho a se fazer, ou, no meu caso específico, antitrabalho, desmontar o que foi mal montado.

— Espere! Eu te acompanho até o teu quarto!

Barros parou, tossiu em falso, de repente sem resposta? Recuperou-se prontamente, continuando a andar:

— Não há necessidade, Norma. Conheço bem os alçapões deste antro, cheguei aqui antes de todos para preparar o terreno. Boa noite, Dorma.

— Norma. Meu nome é Norma.

— Norma: um belo nome, se levado a sério. Adeus. — Olhou ainda para o céu: — Onde está a lua?

Ela mostrou, uma nesga de clarão entre nuvens, e ele espichou o pescoço e a boca aberta em direção à lua, com um som gutural de admiração. Ela segurou enfim o braço dele:

— Eu vou com você. A gente vai conversando.

— Não vejo nenhuma necessidade. Temos muitas horas de conversa amanhã. — Destampou mais uma vez a garrafa, cheirou o nada e arremessou-a com força contra uma pedra, espatifando-a. A voz baixa: — Não tem mais, acabou. Adeus.

— Mas a noite está bonita.

— Ah! O estranho raciocínio, a lógica incerta das mulheres! Veem beleza na escuridão, equiparam o belo com o irracional!

Acabou cedendo, que ela fosse com ele até sua porta; sujeitava-se àquela gentileza pegajosa. Avançou rapidamente por um corredor, desviando sinuoso de obstáculos invisíveis, como se enxergasse nas trevas — até Norma derrubar uma cadeira.

— Ai, me dê a mão, Barros! Está escuro!

— Eu não falei!? Não havia necessidade de você vir! Você vai tropeçar, cair nesses degraus, um perigo! Volte daqui enquanto é tempo!

Súplica:

— Eu quero ir com você!

A mão de Norma, que ele mal segurava, era um objeto estranho, elétrico, mil nervos miúdos nas pontas dos dedos, roçar de unhas e tensões, de repente a apertá-lo, um torniquete macio. Arrastava-a nos meandros do escuro com crescente violência, um horrendo fim de noite. Ela gemia, mas sem largá-lo:

— Me espere!

— Venha logo!

Desceram escadas. Num momento, Norma grudou-se nele, empurrando-o contra a parede:

— Estou com medo!

Barros fechou os olhos lacrimejantes, sentiu a pressão na cabeça e fez um esforço terrível para não matá-la ali mesmo com uma simples torção do pescoço — mas anteviu nítida a sucessão de incômodos que seria um cadáver a esconder. Lançou-se à frente e continuou descendo os degraus:

— Não falei que não devia ter vindo? Quem não conhece o caminho se perde na escuridão!

Irritado, deu de cara com uma porta, sentindo em seguida a mão desagradável invadindo seu rosto, dedos barba adentro:

— Você se machucou?

— É claro que não!

Pensou em correr, desorientá-la pelos corredores, subir e descer escadas, assustá-la com uma gargalhada satânica, queimá-la com o fogo dos infernos, mas ela não o perderia de vista, mãos em garra nas suas. Afinal, o terror extremo: chegou no quarto. A voz muito rouca:

— Boa noite, Norma. Se você for embora pela parte baixa da casa, fica mais fácil. Tem uma saída ali adiante.

Ela se encostou nele:

— Eu queria dizer pra você que... que eu gosto de você.

— Você continua se guiando pela aparência. Você não aprendeu nada!

— Você é inteligente...

— Pela consequência da minha preleção, essa energia dupla ativada ao quadrado, somando todos os ângulos, desconfio que sou um idiota.

A pequena cabeça de Norma enterrada no peito dele:

— Me abrace.

Ele largou os braços, que tremiam: erguê-la pelo pescoço e arremessá la escada acima?

— Essa agora! Você parece uma retardada! — Empurrou-a: — Chega! Vá embora de uma vez!

Antes que Norma se voltasse, ele já se trancava por dentro do quarto, duas voltas seguras na chave. Chutou furioso uma pilha de livros que atravancava o caminho até as garrafas cheias sob a cama. Abrindo sôfrego uma delas, ouviu a voz chorosa do corredor:

— Boa noite, Barros. Desculpe. — Ele não respondeu. Ela insistia: — Amanhã a gente conversa mais. Tudo bem?

Trancou a respiração. O peito começou a inchar. Com o rabo do olho, viu seu próprio rosto, medonho, com os chifres e os olhos injetados, vermelhos, brilhantes, sorrindo escarmento no espelho. Cochichou:

— Quando começa? Eu...

— Aguarde.

Sensação angustiada de alívio, percebeu que Norma se afastava.

Pablo entrou no quarto de Toco, acendeu o lampião. Sussurrou:

— Está dormindo?

Toco, de olhos fechados:

— Não ainda.

— Como é que foi a festa?

— Pra mim, complicada. E pra você?

— Uma merda.

Se Toco abrisse os olhos, veria o anjo acordado a seus pés. Pablo tirou a roupa molhada, enxugou-se, deitou no colchão. Toco:

— Vou pescar amanhã cedo. Quer ir junto?

— Não.

Silêncio. Pablo tentava resolver todos os problemas antes de dormir:

— Se eu não fizer o Cristo nesta Paixão, por Deus do céu, quero ser um filho da puta se eu venho outro ano pra essa ilha.

— Você vai fazer o Cristo.

— Toco, eu *sou* o Cristo. Pode crer.

Quando Pablo apagou o lampião, o anjo se bateu de um lado a outro, até se ajeitar numa prateleira, asas encolhidas.

De repente, Edgar percebeu que a festa acabara. Seu chalé era um abandono de copos, tocos de cigarro, caixotes, revistas, garrafões vazios, vinho derramado — e no gramado em frente sentia-se viva a ausência ainda respirante das arquibancadas vazias. Dos telhados da casa mais embaixo, o silêncio da madrugada subia com a escuridão. Não havia mais lua. O céu sem estrelas e o calor pesado anunciavam chuva — e relâmpagos revelavam o contorno sinistro de nuvens carregadas.

Passos lentos, Edgar diminuiu a chama do lampião de gás e começou uma breve arrumação do quarto, o suficiente que lhe permitisse chegar até a cama. Uma impressão desagradável de quem deixou passar qualquer coisa fundamental nesta noite, não sabia o quê; seria preciso recomeçá-la inteira para relembrar. Afastando uma almofada, deu súbito com um vulto de mulher ressonando num canto.

— Maria!?

Ela abriu e piscou os olhos, confusa.

— Você está bem, menina?

Maria ergueu-se, refazendo o tempo e o espaço em pequenas fatias de memória, que se resumiam afinal a um azedume solitário de fim de festa.

— Tudo bem, Edgar.

Ele abriu os braços, de novo animado:

— Ganhei uma fada! Ganhei uma fada! Que felicidade! — O sono desaparecia completamente. — Agora você não me escapa! Você está presa pelo Barba Azul, ahah!

Ela achou graça daquela alegria de criança:

— Barba Azul, não, Edgar; Barba Vermelha! Mas quem costuma escapar é você, não as suas vítimas!

Acendeu um cigarro, tentando se harmonizar com o fim de noite. Apesar de tudo, Edgar era sempre um bom astral. Vontade de ler os poemas em voz alta. Ele se defendia com humor:

— Que fazer, minha musa? Nosso destino é escapar eternamente!

Como brigar com uma criança?

— Toque a música que você me prometeu. Não esqueci. E me dê um copo de vinho. Acho que vou começar tudo de novo.

Entusiasmo:

— Isso mesmo! Vamos recomeçar! Para você, um vinho especial, francês legítimo! Não essa porcaria de garrafão, o pão e circo da plebe ignara!

Abriu o armário, desenterrou do fundo uma garrafa empoeirada e desesperou-se atrás do saca-rolhas até encontrá-lo sob a cama. Encheu os copos:

— Viva Maria!

— Viva Edgar!

Depois, ao piano, tocou a música de Maria, com sabor clássico. Ela entregou-se à sugestão melancólica da melodia, uma tristeza repassada de suavidade. Emocionou-se. Abraçou Edgar enquanto ele dedilhava as últimas notas.

— Linda, tua música...

— Minha não, Maria. Tua!

Beijaram-se. Era um encantamento sem antecedentes, dois mundos separados que de comum e silencioso acordo faziam trégua numa ilusão de paz.

Edgar rompeu o silêncio demorado.

— Vou te confessar uma coisa. Eu roubei uns trechos de Beethoven pra fazer tua música.

Ela riu.

— Não faz mal. Sou tua cúmplice no roubo.

Outro beijo, mais demorado. Finalmente ela se decidiu, olhando nos olhos dele:

— Escrevi um poema.

— Pra mim?! — Mas ergueu os braços no mesmo instante: — Não! Não responda! Vamos só festejar! Isso merece mais vinho!

Maria desdobrou as folhas suadas. Tremia.

— É a primeira vez que leio pra alguém.

Em silêncio, Edgar aguardava. Ela não sabia por qual trecho começar; arrependeu-se. Pablo ressurgiu a cada verso, uma imagem bruta, áspera, incompleta. Maria decidiu-se por versos isolados, a voz muito baixa, tremendo a cada palavra:

— *Quero falar com você na hora em que parar o vento*
um minuto antes do amanhecer.
Antes que comece a vida quero falar.

Parou, incapaz de prosseguir.

— Continue, Maria. Que coisa bonita que você escreveu.

— Eu não sei ler em voz alta.

O sentimentalismo idiota: isso doía no corpo inteiro. Revelar o próprio choro. Bebeu mais vinho.

— Continue.

— Então acompanhe no piano. Assim você me salva.

Ele obedeceu, e Maria desta vez começou do começo, revivendo as sensações primeiras daquela simplicidade — mais um tom de voz que uma poesia, era isso que importava: a voz, não a poesia. Ao final, Edgar não rompeu o astral com nenhum comentário. Despejou mais vinho nos copos e abraçou-a.

Ouviam os primeiros pingos pesados de chuva nas telhas, sentiam o ar renovado pelo vento frio. Trovoadas. Beijaram-se, como quem se protege, e depois se quedaram a contemplar a água cair na escuridão. Por fim, Edgar fechou portas e janelas, e amaram-se até o amanhecer.

XVII
O casal Fontes

Nos dias que se seguiram à festa, mais e mais gente desembarcava na ilha, novatos e veteranos, ocupando todos os quartos vagos da casa e colorindo o caminho da praia ao morro com barracas. Dos novos, quem mais chamou a atenção foi o casal Fontes e seu filho, um bebê de cinco meses que por um bom tempo se tornou o centro das atenções.

O senhor Fontes, de 26 anos de idade, era um cidadão afável, esportivamente bem-vestido, que se esforçava um tanto para parecer mais velho do que realmente era. As boas maneiras e a facilidade de fazer amigos ligeiro eram qualidades que disfarçavam uma certa frieza do olhar, vício, talvez, do comerciante bem-sucedido — trabalhava e prosperava no ramo dos imóveis. Mas parecia um corpo estranho na Paixão, um bom burguês sem neuroses, homem rico, sempre predisposto a toda espécie de ordem, desde a célula familiar até as estruturas mais largas da sociedade. Aquela bonomia satisfeita de quem passa férias numa ilha irritou Pablo logo na chegada:

— Toco, me explica só uma coisa: se esse cara não fuma maconha, não é artista, não tem úlcera, não dá o rabo, não mija fora do penico, afinal o que ele veio fazer aqui?

Mas Toco tinha outras dúvidas:

— Já sei: Dilma é a dos socos, e Lídia a que leu os sábios do Oriente. Assim não me atrapalho mais.

Se Toco não sabia a resposta, o próprio senhor Fontes — e como encaixava bem o epíteto "senhor" àquele jovem robusto, vendedor de terrenos e apartamentos! — já dera alguma pista:

— Esta ilha se tornou sagrada para mim. É como um paraíso, um encontro com Deus, esse Deus particular que cada um de nós tem no coração. Fizemos promessa, eu e Sueli: todo ano a gente vem aqui viver a vida de Cristo. — E arrematava, com a precisão do comerciante: — Um espetáculo desses vale bem por umas cem missas!

— Isso é verdade! — dizia alguém, para dizer alguma coisa.

Mas em outra roda, ao ar livre, Maurício Fontes já estava sendo fichado sem piedade, todos momentaneamente unidos contra o inimigo comum:

— Um idiota romântico! — sintetizava Barros.

— Um filho da puta, isso sim! — preferia Enéas, Lina a seu lado. — São esses carolas de fachada que enchem o rabo de dinheiro neste país. — Desprezo: — Corretor de imóveis! Era só o que faltava aqui!

— Precisamos dar um porre nele! Foder com aquela pose! — articulava Pablo.

Lina achou graça:

— Que exagero, gente! Talvez seja só um homem de fé.

Mírian sorriu:

— Ele deve estar interessado é no loteamento desta ilha, que é terra da Marinha, sem dono. O dinheiro move montanhas.

Hellen, emburrada ao lado de Antônio, discordou imediatamente:

— Por isso não. O dinheiro por si não quer dizer nada. O caráter, sim.

Donetti se encolheu, irritado com a mulher. Por que ela não se calava? Mírian ia responder alguma coisa, mas desistiu, mantendo o sorriso. Hellen acendeu um cigarro, tensa. O escritor cobriu o silêncio desagradável:

— Na melhor das hipóteses, o Fontes é um personagem.

— De um livro vagabundo — acrescentou Enéas deliciado, sentindo que pegava dois coelhos de um golpe só.

Lídia, separada de Toco pela presença de Dilma, veio em defesa da vítima:

— Vocês estão muito negativistas. É impossível que alguém seja tão ruim.

— O impossível é que alguém seja bom — filosofou Pablo.

— É um cretino! — gritou Dilma.

Norma, ao lado de Barros, ajeitou os óculos:

— Eu concordo com o Barros. O Maurício é um romântico.

Barros enfureceu-se:

— Eu não disse isso! Disse que ele é um *idiota* romântico, o que é muito diferente! Por favor, não invente coisas. Se não tem certeza, opte pelo silêncio, que no mínimo é uma saída honrosa.

Deu um gole raivoso da sua garrafa. No novo silêncio constrangido, Lina resolveu falar, a voz baixa:

— Eu não tenho nada contra ele, mas cá entre nós: batizar o filho de Jesus em homenagem à Paixão é o cúmulo da demagogia!

Lídia saiu mais uma vez em defesa do visitante:

— Pode até ser demagogia, mas que o menino é lindo, isso é!

Neste ponto, à exceção da careta de Barros — *Crianças não passam de pequenos adultos!* —, a unanimidade era completa. Jesus era um bebê que somava a beleza harmoniosa de cartão-postal com uma vivacidade cativante. Recostado numa cadeirinha sobre a mesa da sala, rodeado por uma legião sorridente de admiradoras, mexia bracinhos e perninhas e estalava a língua de satisfação, olhos para lá e para cá numa procura incessante, cachinhos louros cuidadosamente penteados, bochechinhas rosadas com covinhas a cada sorriso. Enquanto o menino Jesus triunfava na sala, dona Sueli Fontes transformava a cozinha no seu quartel-general, desembrulhando uma parafernália de chupetas, mamadeiras, bicos, funis, termômetro, filtros, fraldas, fervendo água, esterilizando, esfriando, enxugando, abrindo lata de leite, preparando suquinhos, todo um trabalho minucioso de artesã, uma coisa de cada vez, uma obsessão de ordem e limpeza que não admitia ajuda de ninguém, como se alguém ali, por descuido ou inveja, pudesse matar seu filho. Já determinara, com uma autoridade que não admitia contestação, qual seria seu quarto, expulsando de lá duas moçoilas gentis; e pusera Cisco a seu serviço no trabalho de colocar uma tela no quarto para impedir a entrada de piuns, muriçocas, pernilongos, butucas, mosquitos-pólvora, carapanãs, aranhas, besouros, cobras e lagartos; e já providenciara uma eficiente dedetização prévia do assoalho e paredes, de modo a evitar pulgas, baratas, joaninhas, moscas, piolhos, lagartixas, com a antecipação necessária a que o veneno não causasse dano a Jesus nos momentos em que ele se recolhesse, quando então, nem seria preciso dizer, o silêncio em volta deveria ser tumular.

Se o menino Jesus era o centro da sala, objeto de um coro incansável de elogios, *que doçura!*, estalinhos, *pic pic lic lic*, sorrisos, vozinhas, *uh uh!*, assobiozinhos e buzininhas, *bi bi bi!*, e Sueli reinava na cozinha, o senhor Fontes satisfazia-se com a nobreza orgulhosa de um segundo plano momentâneo, rodeando as mulheres da sala, mãos às costas, fingindo na lentidão do passo uma barriga que ele ainda não tinha e imaginando-se secretamente admirado por ser ele o autor daquela obra-prima loura e rechonchuda que fizera parar a ilha. A primeira que se desviou de Jesus para ele foi Lúcia:

— Parabéns! O seu filhinho é lindo!

O senhor Fontes assumiu uma pose coloquial e bonachona:

— Obrigado. Modéstia à parte, é uma beleza de garoto, não? Mas a beleza maior é aquela que a gente guarda no coração, a beleza espiritual de mais um ser que povoa a Terra. Que mais temos a fazer no mundo senão passar adiante nossos valores?

Lúcia titubeou:

— Você... o senhor é pastor?

Fontes deu uma risada e ergueu as mãos, defensivo:

— Não, não, que é isso!? — Brincava: — Nada de catálogo! Sou apenas um homem como qualquer outro, mas com força de vontade. O importante na vida é estabelecer um objetivo e conseguir esse objetivo, seja ele qual for e custe o que custar.

Lúcia não percebeu o que uma coisa tinha a ver com a outra, mas preferiu ficar quieta, prestando atenção. Ele se encarregava de preencher o tempo e o espaço com o charme de sua fala:

— Veja o meu caso, por exemplo. Graças a Deus sou um homem feliz. Por Jesus, por Sueli, e principalmente por mim mesmo, pela minha determinação na vida. Não tenho problemas econômicos, mas não herdei nada: eu conquistei o meu lugar na sociedade. Porque eu acho que o problema maior do país não é o feijão, a batatinha, o leite; é formação, dignidade, obstinação. Veja essa pobreza do litoral, esses pescadores sem dentes que os políticos de eleição viviam apregoando. Falam mal disso, daquilo, metem o pau no governo e depois reclamam quando os milicos baixam o sarrafo. Queriam o quê? É aquilo que eu falei: se o problema fosse econômico, não tinha tanto dinheiro no país. Veja o meu caso: só no ano passado vendi mais de duzentos apartamentos, quase todos de primeira linha, alguns com piscina. Agora, os idiotas querem que o governo distribua ar-condicionado para marginal de periferia. Não é engraçado? Ponha essa pobreza com água encanada e eles vendem as torneiras para comprar cachaça. Em suma: acho que quem está a fim, consegue. As oportunidades são para todos, ou, fazendo poesia, o sol nasce para todos. Veja só o meu caso: meu pai não sabia escrever, mas eu lutei muito, batalhei, estudei, e hoje, graças a Deus, vou até bater na madeira, toc toc toc, já tenho o que deixar para o meu filho.

— É...

Lúcia não prestava tanta atenção no que ele dizia; era com o modo de falar que a inocência de seus dezoito anos começava a se impressionar vagamente, aquela convicção madura, cansada de repetir a mesma coisa, de insistir num óbvio claríssimo, mais como quem cumpre um dever, paciente, do que como alguém realmente interessado naquilo, tecla mais do que batida. Lúcia também não conseguia relacionar a gratuidade da doutrina quando o assunto era Jesus, o menino — mas foi se deixando levar pelos olhos frios ocultos naquele rosto bonachão, simpático, jeitoso, e quando Maurício colocou paternal a mão no seu ombro convidando-a para uma caminhada ela obedeceu automática, com um quê respeitoso, quase um agradecimento pela atenção especial.

Ao passarem pela cozinha, explicou-se à esposa — *Vou dar uma voltinha!* —, e ela, ocupada em calibrar a temperatura da mamadeira em banho-maria, respondeu um mecânico "não demore".

— Sueli — dizia ele no pátio, respirando fundo prazerosamente — é uma verdadeira leoa. A mulher certa para o homem certo! Acho que a mulher faz a metade do homem, e no meu caso não deu outra coisa. A mulher tem que apostar no homem, sofrer por ele, acompanhá-lo! E, quando sinto o carinho com que ela cuida de mim e do filho, o amor pelos detalhes, o otimismo, percebo que ganhei a sorte grande, porque no fundo a mulher é um bilhete de loteria que você adquire. O fundamental é o respeito mútuo e a vontade de vencer. E isso nós temos.

— Puxa, que bom, não?

— Excelente! — Maurício abriu os braços, aspirando o ar da manhã. — Mas que sol gostoso, revigorante! Para mim, que vivo com a cabeça cheia de problemas no escritório, este passeio é um paraíso, um alívio, um renascimento! Vale por dez férias! — Segurou a mão delicada de Lúcia, como um pai seguraria a mão da filha: — Venha por aqui, vamos curtir essa natureza...

Ouviram vozes e risadas distantes, da parte baixa da casa. Lúcia sentiu ainda um resto de vontade de se livrar do senhor Fontes (mas alguma coisa nele continuava vagamente a atraí-la):

— Não quer se juntar ao pessoal?

Ele sorriu, continuando a subir:

— Mais tarde, talvez. Essa juventude está perdida, confusa, e às vezes eu não tenho muita paciência. Eles têm muitas ideias, algumas até boas, mas não têm objetivo. — Suspirou, como um velho senhor conformado com a inexorabilidade do tempo: — É... reconheço que ser jovem é assim, e que só o tempo acaba por injetar realidade na vida. Ideias não enchem barriga de ninguém, mas por incrível que pareça leva anos para descobrir esse dado elementar.

Lúcia se espantava:

— Mas você é tão novo...

O senhor Fontes sentiu um frêmito de satisfação.

— Fisicamente, talvez; me sinto um garoto. Mas bem vivido. Vida de fato: nota sobre nota.

Ela esboçou uma reação tímida:

— Você acha que o dinheiro é tudo na vida?

— Dinheiro?! Dinheiro não é nada, perde o valor a cada mês. Imóveis, sim: esses garantem a vida. O dinheiro é mero instrumento, é meio, não fim. Mas evidente que não esqueço o lado espiritual das coisas. Nunca fui mesquinho. — Como uma prova, tirou o cigarro do bolso: — Quer um?

— Não fumo.

— Faz bem. Fumar é uma das poucas coisas erradas que faço na vida, mas é um meio de diminuir a tensão do meu trabalho.

Acendeu o cigarro com um isqueiro de prata, deu uma baforada cheia de prazer.

— Ganhei este isqueiro de um cliente de São Paulo. Bonito, não?

— Ahãn.

Maurício abraçou Lúcia com carinho e girou com ela: abaixo, os telhados da casa, o mar azul ao longe.

— Mas vamos falar de amor... de natureza... de coisas bonitas...

Aninhou Lúcia no peito, paternal; passava a mão nos seus cabelos.

— Qual é mesmo o teu nome?

— Lúcia.

— Lúcia... Lúcia... um belo nome. — Os dedos no rosto dela, suaves: — Rima com pelúcia.

Deu uma risada do próprio achado, e Lúcia acompanhou o riso, abraçando-o na cintura, um pouquinho tonta. A poesia se derramava nos gestos do senhor Fontes:

— Que beleza de paisagem, Lúcia! Essas árvores, esse céu azul, essa ilha, esse mar, esse vento, esse Brasil afora! Não foi por acaso que ganhamos o tricampeonato!

Ela concordava em silêncio, criança aninhada. Maurício continuou a subir, passou ao largo do chalé de Edgar, encontrou a escadaria de pedra e seguiu por ela. De tempos em tempos, voltava-se em direção ao mar, abria os braços, aspirava o vento como um deus miúdo, derramado de paixão pela beleza natural:

— E ainda falam mal deste país, Lúcia! Têm coragem de falar mal de um país que conta com esta natureza! Um país novo, com tudo para se fazer! Que coisa mais linda!

— É bonito mesmo.

— Bonito? É espetacular! — Fez um silêncio, baixou a voz: — Essa beleza me comove, me faz superar tudo, esquecer tudo, renascer para a vida. — Cochicho: — Com você não acontece o mesmo?

Ela se arrepiava com a brisa:

— É... acho que sim...

Olharam-se nos olhos e, apesar daquele mal-estar, Lúcia não conseguia livrar-se do senhor Fontes, de sua soberana presença, que beirava o hipnótico. Carinhoso, gentil, envolvente e sábio, o senhor Fontes jamais seria repelido — e, quanto mais sussurrava no ouvido de Lúcia, mais ela se esquecia de suas prisões, medos e preconceitos estúpidos; a atmosfera inteira exalava pureza, altruísmo, superioridade e, principalmente, amor.

— Amor... amor... amor... é tudo, e só, o que a vida pede aos homens, Lúcia. Amor e força de vontade.

Beijou-a com castidade na testa, no rosto, na ponta do nariz, com um sorriso moleque de criança a que ela correspondia instantânea. Abraçaram-se ocultos na ramagem da encosta, sentindo a brisa...

— ... a brisa do amor — completava ele, mordiscando sua orelha, e a língua descia ao pescoço, as mãos afastando os cabelos claros e revelando um trecho da pele macia, a pele de dezoito anos de idade, tão suave; e os olhos de Lúcia se fecharam no encantamento daquele amor.

Primeiro uma mordidinha leve no pescoço, braços apertados no corpo esguio de Lúcia; depois, súbitos, mas sempre delicados, os caninos na carótida e o sangue sugado numa chupada contínua, suave entretanto — apenas um fio de sangue escapava dos lábios e descia ao seio de Lúcia, e ela amolecia num prazer desmaiado, na paz do abandono. Minutos depois, o senhor Fontes depositava Lúcia — bela, sonolenta, pálida — na relva do morro, e acariciava gentil os seus cabelos. Ela entreabriu os olhos, sussurrou:

— Que sensação gozada... estou tonta...

— Feche os olhos, descanse...

Com um lenço, enxugou cuidadoso o pescoço de Lúcia e o fio de sangue até o seio, fechando-lhe a blusa em seguida. Rápido, tirou do bolso um bandeide e cobriu os dois orifícios da veia. Ela sorriu — o sol fazia pequenas sombras no seu rosto. Ele apertou a mão dela, dando-lhe tapinhas carinhosos:

— Tudo bem com você?

— Tudo bem... acho... que desmaiei...

— Não foi nada... — Abriu os braços, de novo expansivo, renovado: — Que ventinho gostoso, Lúcia! Ficava aqui até o fim da vida!

— Eu... eu também...

Ela estendeu as mãos e ele puxou-a com gentileza, cavalheiro; e de repente, distante, numa intimidade apenas mecânica:

— Vamos descer, Lúcia? A Sueli deve estar preocupada.

— Claro...

Apoiou-se nele, de novo tonta; ele a protegeu, paternal. Preocupado:

— Tudo bem mesmo?

— Tudo bem.

E desceram o morro, ele à frente, animado, ela atrás, pálida e encantada.

XVIII
Moisés, o iluminado

É mistério como Moisés chegou à ilha — se de canoa, navio, andando sobre as águas ou descido dos céus. O fato é que apareceu de manhã, atravessando as dunas, figura de areia na areia fina, vestindo uma sunga à moda hindu, pacificado, lento, sorridente e feminino como um arcanjo, ossos e pele, pele branquíssima e que continuaria branca mesmo condenada ao sol eterno, olhos azul-aguados, cabeleira castanha ondulada até os ombros e braços magros sempre dispostos a gestos de boa vontade, de uma perturbadora lentidão.

O primeiro a vê-lo, muito ao longe — um fiapo ambulante nas dunas — foi Pablo.

— Não é o Moisés?

— Acho que é.

O dia desmoronava:

— Pronto! Com a chegada desse santinho do pau oco, eu perco meu papel de Cristo.

Toco assegurava:

— De jeito nenhum, Pablo. Ele já foi Cristo uma vez, e esse ano o papel é teu.

— Vamos sair daqui.

— Não adianta. Ele já deve ter visto a gente.

Conversavam na sombra de uma árvore que separava as dunas do mato rasteiro, um trecho de terra e pedras marcando o começo da enseada do trapiche. Dali viam o mar, as barracas na encosta e as dunas margeando o lado oeste da ilha. O assunto vagava entre as mulheres e o teatro.

— O Isaías devia começar logo os ensaios. Não aguento mais. Não para de chegar gente.

Toco era otimista:

— Mas esse ano a coisa está boa, Pablo.

Sentado diante deles, o anjinho abanava as asas, suor escorrendo no rosto branco.

— Boa merda. A Carmem se engatou com aquele imbecil do Augusto. A Hellen, depois da maconha e da transada na represa, faz que não me conhece. Esse povo rico é foda.

— E a Lúcia? Você não deu uma baixada nela?

— Dei, mas ela não deu. Vive chorando. Não suporto mulher que vive chorando.

— E a Bruninha?

— A Bruninha já comi. Legal, ela. Mas dois minutos depois estava dando pra outro.

— E a Cleia? A Cleia é simpática.

— Feia pra caralho.

— Mas Pablo, tem mulher aí que não acaba mais!

— Mas não tem uma só que queira viver comigo na ilha. Não adianta: sou azarado, pé-frio, sombra de urubu, tenho praga de madrinha. Pra completar, só falta eu não fazer o Cristo.

O anjinho de Toco olhou para trás, assustado: Moisés se aproximava, braços estendidos, sorriso, nenhuma palavra. Toco levantou-se e estendeu a mão, que Moisés recusou para abraçá-lo inteiro, rosto contra rosto, peito seco contra peito forte, braços esqueléticos — depois, mãos nos ombros de Toco, o reconhecimento em outra dimensão, olhos nos olhos, sorriso sem fim. Do chão, o anjo olhava, intrigado e enciumado. Toco, indócil, rompeu o magnetismo:

— Tudo bem, cara?

Moisés apertou-o mais uma vez, comovido — e então falou, voz de um grave profundíssimo, reverberante:

— Que bom te ver de novo, Toco — e sorria.

Não havia a mais remota possibilidade de que estivesse mentindo, apenas sendo agradável. Cada som vinha carregado de uma emoção verdadeira, puríssima, no limite do humano. Pablo, a contragosto, deixou-se envolver por aquele abraço gosmento (ainda que não houvesse uma gota de suor na pele de Moisés). O ritual prosseguiu sem pressa, rosto no rosto, peito no peito, olhos nos olhos, Pablo bufando chucro mas sem coragem de empurrá-lo de vez, como desejaria — e, ao fim, o sorriso de Moisés se desfez numa constatação grave:

— Você está tenso, Pablo.

Voltou a sorrir, abriu os braços em despedida. Iria até a casa no reencontro sagrado de todos os anos. Espantados, Toco e Pablo contemplavam o par de pernas brancas se afastando sem deixar marcas na areia nem quebrar as folhas secas do caminho. O desabafo de Pablo:

— Esse sujeitinho pensa que é santo!

Toco coçava a cabeça, vendo seu anjo limpar o suor do rosto com a bainha da túnica. Moisés intrigava-o: como alguém consegue andar naquela areia fina sem deixar pegadas?

— Eu tenho uma dúvida do diabo. Será que ele é santo mesmo?

— Santo sou eu, Toco.

Por onde passava, Moisés deixava seu abraço demorado e seu olhar de água parada, acompanhados de sorrisos limpos e monossílabos essenciais — e no caminho até a casa não dava cinco passos sem esbarrar em alguém. Encontrou casais se abraçando no mato, universitários jogando baralho em rodinhas, mocinhas fofocando; desviou sua rota para cumprimentar Júlio, Bruno, Márcio e Juca, que faziam música à beira do mar, e, na subida, entre árvores ia ouvindo pedaços de conversas, sussurros de amor ou discussões reprimidas.

— Ou você larga essa mulherzinha ou eu vou embora hoje mesmo!

— Hellen, fale baixo!

— Falo baixo coisa nenhuma. Eu estou no limite! Eu exijo uma explicação! Eu estou cansada de passar humilhação nessa ilha!

Donetti suspirava, máquina fotográfica à mão.

— Hellen, vamos até as ruínas tirar fotos. Não é muito longe.

— Já disse: quero uma resposta. Voltando a São Paulo você pode fazer o que você quiser. Eu já sei o que *eu* vou fazer. Mas aqui exijo respeito. Se eu te encontrar de novo com essa Mírian eu arrebento a cara dos dois!

— Você ficou maluca? Ela é uma jornalista que está me entrevistando, porra! Mas o que está acontecendo com você!?

— Ela que vá entrevistar a... o...

E a crise de choro explodiu: o pior de tudo era a memória de Pablo, o ódio que sentia daquela noite medonha e irrecuperável. Donetti alisava seus cabelos mecanicamente, sabendo que as coisas se encaminhavam inevitáveis para a separação, mas que tudo acontecesse depois, ou Hellen estragaria o que ainda restava daquelas férias. Por enquanto, era preciso contornar a crise: ele até se esforçava para redescobrir nela o velho e vago encantamento, mas nada mais era estimulante; restava apenas uma presença neurótica.

— Está bem, Hellen. Pare de chorar, pelo amor de Deus. Não crie mais problemas.

Ela imaginava vinganças que eram um revolver de ferida:

— Vou sair por aí e me esfregar no primeiro que aparecer!

Suspiro do escritor: desgraçadamente ela jamais faria isso sem ficar mais louca ainda — não tinha solução. Desejou que o teatro começasse logo, como uma terapia para a mulher e uma válvula de escape para ele — e mais a curiosidade de descobrir como aquele caos poderia se transformar em alguma coisa organizada. O susto da mulher, o dedo apontado:

— Que assombração é esta?

Do meio dos arbustos surgia Moisés, resplandecente, sorriso nos lábios. Reflexo condicionado, Donetti preparou a foto insólita, mas a figura desmontou-o, braços estendidos, mãos na cabeça dele e na de Hellen, como uma crisma. Em seguida, a observação severa:

— ... quanta carga negativa... relaxem...

O sorriso era o eficiente cartão de visita que cortava a possibilidade de resposta. Seguiu adiante, desaparecendo no mato, tão inexplicável quanto chegou. Hellen apontava o dedo trêmulo:

— Eu não disse que só tem louco nesta ilha?

***

Finalmente Miro saiu de sua caverna, com um quadro a tiracolo — *A noite dos demônios* — escolhido para venda. Sentia-se excepcionalmente bem consigo mesmo e com Aninha, agora sua mulher, depois de um ritual a dois e de uma noite prolongada de amor, em que não faltaram brigas, discussões, cartas na mesa, puxadas de maconha e uma aleluia que amanheceu o dia. Sem dormir, mas entusiasmado, buscava um comprador. Sabia que os ensaios ainda não haviam começado, de modo que poderia voltar logo ao seu abrigo sem a chateação do teatro, deixando Aninha como o ponto de ligação da caverna com a vida real, isto é, como a provedora de alimentos — vivia no Paraíso. Ao atravessar o riacho da represa, encontrou um grupo de moças tomando banho e que logo o rodearam, curiosas e excitadas pela novidade: um pintor! Ele transformou uma pedra maior em cavalete e ofereceu:

— Quem quer comprar? Aceito o maior lance.

As moças — burguesinhas saltitantes, provavelmente cheias de dinheiro, na avaliação de Miro — contemplaram os demônios e perderam o entusiasmo.

— Que horror!

— Muito escuro.

Outra metia o dedo no óleo ainda fresco:

— O que é essa coisa aqui?!

— Se eu apareço com um quadro assim lá em casa, a minha mãe corta a mesada. Até que ia combinar, a parede é branca.

Espantavam-se:

— Você mora na ilha?

Miro endureceu o rosto:

— Vivo numa caverna.

Risinhos. De onde teriam surgido essas imbecis? Miro ia pegando o quadro de volta, a manhã envenenada. A Paixão não era mais a mesma, uma chusma de idiotas confundia teatro com colônia de férias: reclamar ao Cisco, expulsar essa putada. Já estava se retirando quando uma delas perguntou:

— Você, que é daqui, quem é aquele cara de sunga branca que parece um santo?

Outra se aproximou:

— Ele *é* mesmo um santo! Eu tava com uma dor nas costas, ele fez uma massaginha e ó: não tô sentindo mais nada!

— Um sujeito esquisito!

— Ria o tempo todo!

— É um esqueleto de cabelo comprido.

O dia começava mesmo mal: com certeza falavam de Moisés, o insuportável. Resmungou:

— Fazendo milagre, é? Era só o que faltava àquela bosta. — Levantou a voz e o quadro, um ostensivo mau humor: — Ninguém vai comprar?

As moças calaram-se; duas delas explodiram risinhos incontroláveis. Emputecido, Miro se afastava, quando alguém tocou no seu braço:

— Você sabe quando começa o presépio?

— Que presépio?

— O teatro com a vida de Jesus.

— O quê?! — Aquilo era demais: ergueu o quadro acima da cabeça, um cajado vingador, disposto a furá-lo na cabeça delas, e explodiu: — Presépio é a puta que pariu vocês! Sumam da minha frente!

As meninas dispararam de volta ao riacho entre gritos — *Estúpido! Grosso!* — e ele retomou bufando o caminho da casa, em busca de explicações para essa invasão da ilha: em toda parte, barracas coloridas de turistas, com varandinhas, janelinhas coloniais, suportes de alumínio e outras frescuras; seria preciso fazer uma limpeza em regra para recuperar o melhor da Paixão, a sua pureza original. E ainda Moisés fazendo milagres! Era o cúmulo!

Em frente da casa, outro azedume: a presença posuda de Barros, o chato de gravata, conversando com outro sujeito com cara de rico. Aninha tinha falado de um escritor podre de rico, que chegou de transatlântico — seria este aí? Cisco consertava um trecho de cerca adiante, escoltado por Raquel. Conhecidos e desconhecidos apareciam e sumiam de toda parte, a casa a todo vapor. Miro resolveu eliminar cumprimentos e apertos de mãos e se aproximou como um mascate de feira apregoando sua obra, que apoiou numa cadeirinha de praia.

— Senhoras e senhores, vendo *A noite dos demônios* pelo melhor preço! Aproveitem a chance, é o único quadro!

Fontes se aproximou, contemplou a obra, franzindo a testa, acendeu um cigarro com o isqueiro de prata e balançou a cabeça:

— Se eu ponho esse negócio no meu escritório, espanto a freguesia. Não vendo nem lote no centro da cidade a preço de banana. — Ainda tentou ser gentil: — Mas você leva jeito. Não tem um outro quadro mais leve?

Expressão superior, Miro olhou em volta. Inútil argumentar. De sua cadeira desmontável, pernas cruzadas e copo na mão, Barros desferiu seu veredito:

— O misticismo é a praga da pintura. Mesmo que algum dia o Miro venha a pintar com alguma técnica, o que não acredito, sua pseudoarte já estará corrompida por esta visão religiosa da realidade. E mesmo sem os demônios e os anjos de Miro, a pintura em si já é uma arte menor, como a música. Arte sem palavra é um mamute paleolítico.

Fontes contestou em parte, muito sério:

— Quanto a isso não sei, mas de religião todo mundo precisa. Nesse ponto eu concordo com o Miro. É Miro o seu nome, não? — Estendeu sorridente a mão, que Miro apertou aparvalhado: — Muito prazer, Fontes. Maurício Fontes.

— Aliás — arrematava Barros, satisfeito com o próprio achado —, percebo agora que a própria noção de "arte" precisa de uma revisão severa. Falemos claro: arte para quê?

A fúria de Miro e a vontade de simular indiferença se chocaram numa voz rachada:

— Você é um monte de merda.

O sorrisinho da vitória, o ajeitar da gravata:

— Eis o único argumento da arte quando se defronta com a razão. Compreendo teu desespero.

Fontes se divertiu:

— Esse Barros é demais!... — A mão paternal no ombro de Miro: — É isso aí, mascate! O mar não está pra peixe! — Confidente, amigão, a voz mais baixa: — Também, você vai logo discutir com o Barros, um cara superpreparado!...

Miro coçava a cabeça, os nervos à flor da pele — teria sido melhor ele passar a manhã dormindo na caverna, descansar bastante antes de enfrentar os inimigos. O que estava acontecendo naquela maldita ilha? Onde estavam as pessoas interessantes, a marginália toda, os caras que sabiam das coisas, os Pablos e os Tocos? A Paixão se transformava em atração turística? Girou os olhos, perdido, até encontrar Edgar, de mãos dadas com Maria — a felicidade!

— Miro! Velhão! Que legal te encontrar! — Abraços comovidos, apertados, de reencontro. — Conhece minha noiva, ou minha renoiva? Duas vezes noiva! Da primeira vez não deu certo, agora estamos tentando de novo! — O orgulho bem-humorado: — Que bela loira, hein, Miro! Ela é minha musa inspiradora! — Percebeu o quadro: — Mas que coisa linda, cara! Olha aqui, Maria, no nosso chalé! Que tal?

Maria gostou muito do quadro, mergulhada nas sugestões daquelas figuras torturadas, e Miro estufou feliz o peito, satisfação legítima pelo reconhecimento do trabalho. Mas Barros não dava trégua:

— Os artistas e os falhados em geral se escoram uns nos outros. Duas ou três puxadas de saco, ou de maconha, e o senhor Miro vira gente de novo.

Ninguém deu atenção. Edgar continuava fascinado pela tela:

— Se eu tivesse dinheiro comprava essa pintura.

Feliz pelo elogio, Miro controlou o desejo de dar o quadro de presente a Edgar. Mas ele precisava mesmo de dinheiro, agora vivendo com a Aninha. Fontes, percebendo a atenção de Maria pelo quadro, decidiu rever sua opinião:

— Realmente, olhando com mais cuidado, a gente percebe melhor o valor da tela. Essas figuras parecem vivas, não?

Maria concordava, sem se voltar, enquanto Fontes punha os olhos num trecho do seu pescoço mal oculto pelos cabelos. De algum lugar surgiu Norma, ajeitando os óculos diante da obra.

— Acho que o Barros, mesmo com razão, exagera um pouco quando fala mal da pintura. Tem alguns quadros de que eu gosto. Mas desse aí eu não gostei muito.

Aquela sarna o perseguiria até o final dos tempos!? Pois que viesse logo o final dos tempos! Barros deu de dedo, furioso:

— E o que você entende de qualquer coisa para emitir opinião? Quem te chamou aqui? Quem te autorizou a falar em meu nome?

Tímida:

— Credo, Barros...

Ao se virar, Maria esbarrou no senhor Fontes, que sorriu:

— Ainda quero ouvir as músicas do Edgar. Gosto muito de música! — Baixou a voz, brincalhão: — Apesar de velho, preciso me entrosar com a juventude!

Edgar abriu os braços ao casal que surgia:

— Cisco! Raquel! Os pombinhos da Paixão!

Cumprimentos, abraços, risadas. Cisco olhou o quadro e gostou sem prestar atenção. As perguntas de sempre:

— E aí, Miro? Como vão as coisas?

— Legal, cara. Pois é, estou aí, curtindo e pintando.

Barros ergueu a voz:

— Haja saco para coçar!

Maria e Raquel batiam papo, animadas; e o senhor Fontes, deslocado, vacilava entre fitar o quadro, com as mãos às costas e ar inteligente, e ouvir a conversa alheia, tentar decifrar aquele código de velhos irmãos da ilha.

— E quem vai ser o João Batista?

— Eu sou Judas — arremetia Barros. — Sou e não nego! Vou trair esta empulhação do começo ao fim!

Incomodado pela indiferença dos outros à sua presença, Fontes girou o olhar atrás de pescoços de mulheres novas. Próximo dali, um grupo de moças dava gritinhos e risadas, mas, antes que ele decidisse se aproximar, a senhora Fontes surgiu na varanda acima:

— Maurícioo!... Vem me ajudar!

A ordem, na frente de todos, não admitia réplica. Disfarçou a irritação com a piada, tapinhas em Edgar:

— Viu? Pra vocês que são noivos, o casamento é assim! Viramos escravos!

Edgar ergueu o dedão positivo:

— É isso aí! Estamos com você! Precisamos subverter a ordem familiar! Como dizia o Marechal Rondon, noivar, talvez! Casar, jamais! — O beijo em Maria: — Não é, meu anjo? Nós já começamos a revolução!

O senhor Fontes riu amarelo, decididamente um peixe fora d'água. Aqueles malucos levavam tudo ao pé da letra. Mas ficou por ali numa deliberada desobediência à esposa — bater em retirada seria humilhante. Agora prestava atenção em Cisco, na sua gravidade repentina de chefe da Paixão:

— O Miro está certo, a ilha se encheu de babacas. Mas vamos com calma, pessoal, que a gente coloca esse povo alienado nos eixos. Todo ano é assim, pô! Brigas à parte, Paixão é Paixão. Quem já trabalhou antes sabe como é.

Mais gente se aproximava. Fontes meteu-se:

— Eu também acho. Religião é coisa séria.

Ninguém lhe deu atenção. Barros se afastou, uma indiferença ofensiva:

— Quanto a mim, pouco me importa!

Miro explicava-se:

— Tudo bem, Cisco. Deixa só eu acabar mais uns quadros e aí eu me ligo no teatro.

Maria queria saber mais:

— E as mulheres, Cisco? Que tal a cena da revolta que eu falei pra você? Você acha que fica boa?

— Tudo bem, acho que sim. Depois a gente fala com o velho. — Era uma preleção, a roda de ouvintes aumentando. Ergueu a voz: — É o seguinte, pessoal: ninguém proíbe ninguém de qualquer coisa aqui. Só que já sabem: nada de versinho decoreba. Com o Isaías tem que ser emocional. O que é verdadeiro é bom.

Raquel bateu palmas:

— Nossa cena vai ficar joia, Maria! Deixa comigo!

Fontes não entendia nada:

— Do que vocês estão falando?

— Do cu da perua, decerto! — irritou-se Cisco, percebendo a plateia aumentando em volta e sentindo-se o líder, um líder grosso e bem-humorado, a sua especialidade.

Mal acabaram as risadas — Fontes sorria, sem jeito —, a mulher gritou de novo, mais alto:

— Maurícióo!... Você vem ou não vem?

O senhor Fontes saiu da roda, finalmente. Os novatos bombardeavam Cisco de perguntas:

— E quem vai ser Jesus Cristo?

— Quem quiser.

Silêncio. Era uma frase de efeito, e ele sentiu o olhar admirado de Raquel, a mesma Raquel que, depois de trancá-lo na cela, estava nua na cama ao seu lado quando ele abriu os olhos no outro dia. Rômulo demorou para completar a frase:

— Eu vou ser o Cristo. Vou falar com o Isaías.

Um espanto geral:

— Você?!

Cisco abriu um sorriso de Pôncio Pilatos:

— Qualquer um pode ser. — Frisava bem: — *Até mesmo* esse cidadão aqui.

Homens do povo, todos riram, exceto o pretendente. Rômulo lutava contra a lentidão, a dificuldade de articular a fala:

— Você não manda aqui, Cisco.

Cisco dava-lhe tapinhas nas costas:

— É claro, meu amigo. Só que a questão não é *ser*, mas *convencer.* — Num gesto largo, indicou a plateia diante dele, erguendo dramático a voz: — Será que esse povo que se desespera atrás de um messias vai acreditar que você *é* Jesus Cristo?

A sutileza atrapalhou o raciocínio de Rômulo — e deixou todo mundo pensativo. Murilo, tímido, ergueu a mão e arriscou a pergunta:

— E tem problema se a gente só assistir à peça? Sem participar?

— Tem. Aliás, um aviso geral! — E ergueu os braços, pedindo e obtendo silêncio (exatamente o mesmo gesto de Isaías, ele percebeu intrigado). — Quem não participar da Paixão não tem absolutamente nada a fazer na ilha. *Todos, sem exceção, são atores!*

Resmungos e risinhos entre novatos e novatas:

— Ih...

— Sou ruim nesse troço de teatro.

— Quero só ver agora...

Antônio Donetti (Hellen subia logo atrás, de mau humor) postou-se diante do quadro de Miro, indiferente à discussão do grupo.

— Quem é o El Greco da ilha?

Miro furou a roda agoniado, empurrando dois ou três:

— Sou eu!

O escritor sorriu do entusiasmo dele. Apresentaram-se com um aperto de mão, e o pintor, aliviado, sentiu que finalmente estava diante de alguém à altura do seu trabalho. Angústia:

— Gostou do quadro?

— Muito bom, parabéns. O século vinte reencontrando a arte barroca. Uma beleza de tela.

Miro calou-se, uma vontade súbita de presentear o escritor com a pintura, já se sentindo pago pelo seu trabalho — mas a necessidade falou mais alto.

— Estou vendendo... Ahãn... É que eu ando meio sem material, sabe? Não é fácil, o preço da tinta...

Ficou vermelho, envergonhado da miséria, não de dinheiro, mas de moral — a mesquinharia da realidade corrompia os seus grandes voos. Respiração disparada: por que a ansiedade, a perda de sintonia verdadeira com os outros a qualquer momento? A pintura! A pintura é a única comunhão possível. Apalpou-se atrás de cigarro, até que Hellen lhe estendeu um 100 milímetros:

— Quer fumar?

Nem agradeceu; dava tragadas nervosas enquanto o escritor observava cuidadosamente sua obra (atrás de defeitos?). Desculpou-se, aflito:

— Eu nunca sei exatamente quando um quadro está pronto. Já me aconteceu querer melhorar uma tela e...

— Não se preocupe. O quadro está perfeito.

Alívio. Soprou a fumaça com lentidão, até que bateu o estalo da memória:

— Ah, então é o senhor que é o escritor?!

Donetti fez que sim, olhos no quadro.

— Muito bom mesmo. Pelo estilo, você deve ser o autor de alguns quadros que estão na sala?

Feliz — suprema glória de ser reconhecido pelo traço —, Miro começou a explicar a gênese, as qualidades e os defeitos de cada um, separando fases da vida e preponderância de certas cores, numa agitação crescente. Donetti interrompeu-o:

— Eu compro esse aqui.

E desfechou um preço, o dobro do que Miro imaginara cobrar. Aceitou no ato, já antevendo um cronograma de gastos e reformulando sua vida com o dinheiro súbito, do bolso de Donetti para seus dedos sujos de tinta. Hellen, rápida (*está dado, meu Deus!*), recolhia a tela com cuidado, a tinta ainda não completamente seca.

— Numa moldura de alumínio, vai ficar lindo! Vou pôr no escritório do Tôni e...

De repente, todos os problemas do mundo se resolviam com uma boa moldura de alumínio. Donetti apertou a mão de Miro:

— Isso merece um trago!

Edgar insinuou-se, voz baixa, temendo que a turba ouvisse:

— Tenho vinho no chalé! Vamos lá!

Afastaram-se, discretos. Ao redor de Cisco, a discussão continuava, até que Moisés surgiu, uma figura branca de braços erguidos, anunciando:

— Acabo de conversar com Isaías!

Cisco mordeu o lábio, reduzido a nada — com que autorização esse fantasma tomava as rédeas da ilha? —, e fez-se silêncio. Voz gravíssima:

— Amanhã será o primeiro ensaio da Paixão.

E o espírito do Velho Testamento, como uma trombeta antiga, desceu sobre eles.

XIX
O primeiro ensaio

Antes mesmo de o sol aparecer, Cisco já estava com os olhos abertos na cela escura. Começaria mais um grande momento de sua curta vida — coordenar a Paixão, tomar a peito a chefia que nunca lhe fora delegada, mas que ele foi assumindo por conta própria. Afinal, quem seria mais adequado para aquele posto? Ele era magnânimo, diplomata, exigente, manhoso e às vezes autoritário, quando preciso; conhecia todos os passos da Paixão e adivinhava os pensamentos de Isaías antes mesmo que ele abrisse a boca para suas duas ou três palavras de sempre — qualidades que enumerava em causa própria ao mesmo tempo que a sombra de algum remorso lhe azedava a manhã. Ao acender o primeiro cigarro, a voz de Raquel no escuro:

— Não fume agora, Cisco.

— Fique quieta.

Quatro dias dormindo juntos — e parecia que viviam na mesma cama há sete anos. Mas dali em diante a mulher não tinha mais importância, e que pelo amor de Deus Raquel não o incomodasse, sob pena de sofrer grossuras de um Cisco irreconhecível. *Eu sou irreconhecível.* Agora sentado na cama, perguntava-se: *O que é a Paixão?*

— Raquel, o que é a Paixão?

Sonolenta:

— E eu sei?

Ele sabia: a Paixão era o seu momento de grandeza. Na Paixão ele se transformava numa estátua viva, arrancava mistérios dele mesmo e dos outros. A Paixão dava dignidade e altura ao seu narcisismo: era isso. Vestiu as luvas de boxe e bombardeou a parede sob o lusco-fusco da manhã, bufando. Raquel virou-se para o outro lado e voltou a dormir. Tirando as luvas — a tontura de sempre —, acendeu outro cigarro e sonhou que era Raquel que o impedia de ser maior ainda do que ele era. Tudo que alguma mulher teria para lhe dar duraria no máximo uma semana. Mas se esqueceu dela assim que pegou no armário o pequeno sino de bronze, a verdadeira marca do início da Paixão, com que acordaria o mundo para o primeiro ensaio.

Abriu a porta, respirou fundo e disparou o sino.

As badaladas acordaram Edgar no chalé adiante, que sacudiu Maria:

— Tá na hora! Vai começar o ensaio, e eu nessa ressaca!

Maria virou-se para o outro lado da cama estreita. Edgar fazia planos:

— Vou ser músico esse ano. Levo minha flauta comigo e serei um músico do povo! E você, meu anjo?

— Ahn?

— O que você vai ser?

Ela o virou de costas à força:

— Não me olhe. Estou feia, borrada, ressaqueada e na fossa.

— Mas o que você vai ser na peça?

— Mulher da vida, das bem vagabundas.

Edgar, nu — um sátiro em terracota —, tirava sons medievais da flauta:

— Que tal? É o som mais antigo que conheço.

Com deliberado sadismo, Cisco descia os corredores dando pontapés nas portas e batendo o sino:

— Tá na hora! Chega de farra!

E ia ouvindo atrás de si um rosário de palavrões:

— Enfia esse badalo na bunda!

— Entra aqui de novo, filho da puta!

— Sai daí, porra!

No quarto de Toco — que de madrugada já estava pescando —, Cisco flagrou Pablo e Cleia abraçadinhos. Escancarou a janela, sob o rasgar medonho do sino:

— Acordem! Ah, Pablo e Cleia, vocês não dormem em serviço!

O pescoço de Pablo inchou-se de raiva, a voz cuspida:

— Fecha essa porra dessa janela!

Mas Cisco já ia corredor abaixo, sino batendo na porta de Barros:

— Acorda, babaca! Para de beber e faz alguma coisa que preste! Manda lavar o terno e vai logo pro ensaio trabalhar, ô vagabundo! Vê se paga o pão que come de graça!

No corredor, Norma surgiu de algum lugar:

— Estou pronta, Cisco. O Barros acordou?

Uma garrafa explodiu na porta travada — e a voz em seguida:

— Sai daí, capacho do Isaías! Réptil da Paixão! Puxa-saco asqueroso! Vagabundo de trinta caras! Parasita do dinheiro alheio!

A voz suave de Norma:

— É você, Barros?

E o urro gutural de volta:

— Vá dormir, putinha!

Cisco foi adiante, rindo e badalando o sino. Chegou enfim deliciado ao quarto maior das mulheres, um acampamento de perfumes, roupas penduradas, cobertores coloridos, cinzeiros, espelhos, pacotinhos de bolacha, rádios de pilha — e um calor respirante de peles macias como que se apalpava no ar. O prazer de Cisco era entrar nesse salão com ares de feitor bonachão, o sino em silêncio, a voz gentil:

— Bom dia, mulherada!

Ritualístico, beijava uma por uma no rosto, mão nos cabelos num gesto de afeto, curtindo cada acordar. Severo, porém compreensivo, dava o recado:

— Hoje começam os ensaios! Estão preparadas? Já pensaram no que vão fazer?

Que maravilha o amanhecer das mulheres! Aqui e ali uma atenção especial, uma troca de palavras. Com Mírian, repartiu um cigarro:

— Então, está gostando?

Ela fez que sim, e ele contemplou a nesga de coxa para fora do lençol, que ela cobriu em seguida.

— E também já sei mais ou menos o meu papel. Eu, Raquel e Maria vamos promover uma revolta das mulheres. Preparem-se!

A lembrança de Raquel incomodou-o ligeiramente, mas sustentou o sorriso:

— Ótimo, Mírian. É isso aí. Nenhum sossego ao machismo!

Gostava também de Carmem, sempre agradável, sempre simpática:

— Como vai, meu querido? Não te beijo na boca porque acordei agora. Você parece um sacristão com esse sino. Só falta a saia e o babadinho branco. Um amor!

A angústia de Dilma, apalpando um pequeno e inexplicável curativo no pescoço, o que foi isso?

— O Toco já levantou?

Do outro lado, a voz de Lídia:

— Já. Foi pescar de madrugada.

— Perguntei pro Cisco, não pra você.

Lídia se espantou com aquela fúria. A palidez de Lúcia, quieta sobre o travesseiro:

— E você, menina? Sempre triste?

— É nada não, Cisco.

Alguma paixão recolhida. Ao inclinar-se sobre a Bruninha, protegidos por uma parede de toalhas penduradas, foi puxado com força e beijado na boca. Ouviu o cochicho:

— Quando é que a gente se ama, Cisco?

Ele ficou vermelho, desconcertado, e ela sorriu:

— Você é um tímido. Quem diria.

Uma mulher desarmante. Ele se refez num cochicho:

— Esta noite.

Ela deu um selinho de confirmação, enquanto ele calculava como sumir de Raquel por uma hora. Bruninha descobriu o corpo, provocante:

— Vou ser Madalena.

Ele sorriu, ela completou:

— Mas não arrependida.

Riram. Cisco se afastou pensando naquela figura estranha de olhos aguados e que parecia viver à flor da pele, sob a compulsão da entrega, desvairada e ao acaso. Por que ela veio parar na ilha? Imaginou, sorrindo: para dormir com Moisés e deitar com ele, que vingança bíblica: o santo e a prostituta!

Aos ouvidos de Cisco, a mulherada agora, desperta de vez, parecia um corpo só com dez mil bocas, um polvo macio de vozes, peles, mãos, coxas, gritos:

— Homem não entra!

— Sai daí, Cisco! Não vê que vou me vestir!?

— Ai, perdi minha escova. Alguém viu?

— Tem gente no banheiro?

De novo no corredor, Cisco disparava o sino:

— Vamos acordar!

Esquecidos do mundo, Enéas acordou beijando Lina, a mão mais uma vez tentando avançar pelo seu corpo, que se retraía.

— Mas que diabo, meu anjo! Por quê? Só quero entender: por quê?

Ela se encolhia no lençol:

— Não estou preparada, Enéas. Puxa vida, eu expliquei pra você ontem. Acho que você podia me respeitar um pouco, ou pelo menos me entender.

— Ontem eu estava bêbado. Mas agora de manhã dá uma vontadinha legal de fazer amor. Você não quer?

— Não. — Próxima do choro: — Eu já expliquei. Não. Eu não estou preparada.

— Mas é brochante, porra. A gente já está tão ligado um no outro, quase uma semana juntos, dormindo juntos. Eu tenho te respeitado todo esse tempo. Mas eu vou ficar louco. Me dói tudo aqui. Esse negócio mal resolvido começa a subir pra cabeça. É verdade!

— Que exagero, Enéas. Por favor. A escolha precisa ser minha.

— É isso que você estuda no curso de psicologia? Eu não tenho escolha nenhuma? Que merda.

— Merda é você.

Empurrou-o para longe. Ele suspirou, e voltou a insistir:

— A revolução começa na cama, Lina. Sinceramente, assim não dá. Você nunca leu Reich no teu curso? O que é que ensinam lá? Ninguém pode pensar direito, viver numa boa, com o corpo acorrentado. A noite inteira, toda noite nesta luta contra a gente mesmo...

Mas ela estava definitivamente zangada. Ameaça de choro, queixo trêmulo. Enéas acendeu um cigarro. A barulheira infernal dos gritos e badaladas chegava mais perto, mas eles pareciam não ouvir:

— Lembra aquele poema? *Nossos corpos farão a revolução primeira. Tua boca é uma corrente partida, teus seios...*

A porta subitamente aberta, o rosto canalha e sorridente de Cisco e o maldito sino:

— Primeiro ensaio! Primeiro ensaio!

Lina escondeu o rosto e explodiu em choro. Cisco interrompeu as badaladas, sério:

— Tudo bem por aí?

Enéas irritava-se mais:

— Até você chegar. Agora não sei. Não sabe bater antes de entrar?

No quarto ao lado, Hellen abraçou-se ao escritor:

— Que pesadelo, Tôni! O mundo está acabando? Que gritaria é essa?

— Calma, Hellen!

— Mas o que está acontecendo? Esse sino!

— Não sei. A invasão dos hunos, qualquer coisa assim.

Desta vez sem abrir a porta — Cisco respeitava os visitantes ilustres —, a voz e o sino badalando:

— Primeiro ensaio, Donetti! Nas dunas, dentro de meia hora!

Ao voltar-se, quase esbarrou na fúria de Sueli fechando o corredor, mãos na cintura:

— O senhor quer parar com essa bagunça? Jesus não dormiu bem esta noite, e, se continuarem com esta baderna, palavrões e sapatadas por aqui, vou ter que tomar providências. Vou mandar o Maurício falar com a dona da casa.

A mão (falsa) na testa, consternado:

— Me desculpe... Nem pensei na criança...

— É bom pensar!

Arrependimento profundo, silêncio, passos rápidos:

— Desculpe, Sueli. É que, se não for desse jeito, o pessoal dorme até meio-dia.

No último quartinho, uma despensa adaptada, o pontapé no colchão de Rômulo:

— Chega de maconha, ô novo Cristo! Primeiro ensaio!

Rômulo se virou, resmungou, sem acordar. Ao ar livre, o sino voltou a badalar com força, agora descendo a encosta de barraca em barraca:

— Primeiro ensaio!

Por onde passava Cisco, ninguém mais dormia. Diante do espanto dos novatos, que neste ano apareceram em maior número, Cisco fazia da perspectiva do ensaio um verdadeiro inferno que só os mais fortes suportariam. Recolhendo um cigarro aqui, outro ali, ele pregava os valores da dedicação total ao teatro e a obediência cega às orientações de Isaías.

— E não esqueçam: o Isaías não admite plateia. Todo mundo trabalha!

Havia os recalcitrantes, cabeça ressaqueada para fora da barraca:

— Então isso aqui é uma penitenciária?

— E se quiserem. Se não estiverem a fim (tem um cigarro aí?), peguem a barraca, a mochila e a canoa de vocês e voltem pra casa.

— Tudo bem, cara. A gente está a fim de participar. Falei brincando.

Os reclamões eram minoria; a maior parte dos novatos parecia uma turma de alunos de colégio, querendo fazer tudo de acordo. E Cisco ia adiante, badalando o sino, o peito estufado, a voz firme, a felicidade:

— Tá na hora!

Uma morena alta, despenteada, saiu de uma barraca puxando o zíper da calça jeans, pés nus na grama úmida:

— Oi! Você que é o...

Ele parou diante daqueles olhos verdíssimos. Estendeu a mão:

— Cisco. Sou o Cisco. Tudo bem? Está quase na hora do ensaio.

— Já estou pronta.

— Legal.

E foi adiante, perturbado pela beleza daquele rosto. Ela foi atrás, passos inseguros:

— Espere, Cisco!

Ele se voltou. Era difícil olhar diretamente nos olhos dela. Que mulher bonita.

— Eu sou a Rosa, cheguei ontem com um pessoal. Já me falaram de você. Desculpe, a gente nem pediu licença pra acampar aqui. Mas queremos muito participar da Paixão e...

Ele desviou os olhos para o chão.

— Tudo bem. Só evitem deixar latinhas de guaraná no chão — e juntou o lixo para dar o exemplo, um mau negócio, porque agora não sabia o que fazer com a lata vazia.

Rosa sorriu sem jeito, pegou a latinha de volta, atrapalhada.

— Perdão. Ai, que vergonha!... Desculpe. Você — e ele teve de sustentar o olhar — é o chefe daqui, não? Tão novo!

— Depois do Isaías, sou eu. Eu só coordeno a Paixão.

— Mas me diga: esse Isaías existe mesmo? Ontem estavam falando que ele é uma lenda, que é um outro pessoal que toca a peça.

Cisco segurou a risada, fazendo uma cara feia: cada coisa que aparece!

— É claro que existe! E não é fácil de lidar.

Irritou-se com o próprio jeito — de onde tirava aquela pose ridícula de chefe? Tentou se afastar da hipnose daquele olhar, mas ela segurou seu ombro com os dedos longos.

— Espere, Cisco. Que curso você faz?

Curso? Em que mundo vive esse pessoal?

— Digo, que faculdade? Você estuda onde?

— Ah, entendi. — Decidiu impressioná-la; ergueu os braços, dramático, olhou para o céu e declamou:

— Faço o curso dos ventos, da terra e dos mares!

Virou-se e continuou andando, mas ela ia atrás, interessada.

— Você não estuda?!

— Não.

Espanto:

— Mas...

— Sou analfabeto por escolha. Prefiro desaprender.

Ela suplicou atenção:

— Espere! Eu... — de novo a mão no seu ombro.

— O que foi? — o olhar irresistível. Meu Deus.

— Eu faço Letras.

— Como assim? Letreiros?

— Não! *Curso* de Letras. Você... você não tem vontade de estudar?

Mas que conversa era aquela?

— Nenhuma.

Silêncio. Ela intrigada, ele simulando paciência:

— Rosinha, se eu contar pra você metade da minha vida, só a metade, você vai chorar no meu ombro.

— Então conte.

A compulsão irresistível de mentir:

— Quando eu tinha nove anos de idade, meu pai deu um tiro na própria cabeça, assim — imitou o gesto —, a dois metros de distância de onde eu estava. Um pedaço do cérebro dele colou na minha testa.

Ela arregalou os olhos verdes e abriu vagarosamente a boca, muda.

— Minha mãe há muitos anos está internada numa clínica de doentes mentais. Não me reconhece. Fui criado por um vizinho alcoólatra, com sete filhos, e que trocava de mulher quase todo mês. — A voz comovida, embargada: — E você quer que eu estude?

— Sim, eu... Não... eu... Desculpe. Não sei.

O efeito fulminante daquela invenção encheu Cisco de orgulho, e de soberba. Sustentou sem piscar a força desarmante daqueles olhos verdes, e atreveu-se a testar o próprio poder. Aproximou o rosto (ela era meio palmo mais alta do que ele) e baixou a voz:

— Rosa: você é a mulher mais bonita que eu já vi na vida.

Agarrou-a e desfechou um beijo rápido, um beijo na boca — e Rosa paralisou-se, sem fechar os olhos, até dar um passo atrás, sem entender o que seria aquilo. Um breve silêncio, e antes que ela dissesse uma palavra ele se virou e desceu rápido para a praia, a ruminar seus poderes. Justamente agora quando parecia tão fácil conquistar todas as mulheres, mesmo as impossíveis, como Rosa, aquela beleza altíssima — bastava enlouquecer um pouquinho e ir adiante, com a voz e o desejo —, via-se tomado por ansiedades inexplicadas: a sensação, que trouxera do continente para a ilha, como um peso a carregar, de que era preciso dar um sentido à vida, organizar a vida, delimitar-se na vida, e isso justo nos dias em que realizava mais plenamente seus sonhos de grandeza. Nos poucos metros que desceu até chegar aos profissionais de teatro — já acordados e fazendo café em volta de um fogo —, decidiu-se franciscano a se impor limites, a se debruçar exclusivamente na tarefa da Paixão e seus mistérios insondáveis, nessa esquisita missão de Isaías, como quem, insistindo no escuro, tivesse a certeza de descobrir a luz. Momentaneamente pacificado por este auto de fé (que um outro Cisco dentro dele já desconfiava passageiro), reuniu-se ao pessoal da praia. Respeitava a dignidade autossuficiente de Júlio, o único ator de verdade naquela ilha — os outros, os outros apenas viviam; Júlio representava, como um lorde, como um grego, como um cacique sioux. O abraço profissional escondia a simpatia verdadeira:

— E aí, Cisco, tudo em ordem para o ensaio?

— Tudo em ordem, por enquanto. Difícil mesmo é botar essa cambada de turistas nos eixos. — Aceitou o café de tropeiro na caneca de alumínio que Bruno lhe estendeu. Por que estavam sempre separados dos outros? Pela homossexualidade? Não faziam parte do mundo *real*? — Obrigado. Está ótimo.

Júlio sentou-se numa pedra, olhando o mar.

— Mas todo ano tem turista mesmo.

— Está ficando pior. — À queima-roupa, para pegá-lo desarmado: — Júlio, o que é a Paixão para você?

Silêncio, gole demorado de café — certamente Júlio preparava a resposta, contemplando o mar e as areias, vago Hamlet fazendo de cada segundo um momento-chave do texto maior, a vida inteira. Indócil, Cisco intrometia-se no monólogo em gestação:

— Afinal, você não precisa desse inferno, aguentar desaforo, maus-tratos, sol na cabeça, trabalho de graça, sem plateia nem tevê.

Júlio sorriu. Era como se o ensaio da Paixão começasse exatamente naquele instante:

— Essa ilha é o momento de reencontro comigo mesmo, com a minha arte. Aqui descubro minhas fraquezas, enfrento elas sem medo. Aqui não me preocupo com mais nada, a não ser com o próprio trabalho. É um laboratório. Nem crítica, nem plateia, nem a miséria da sobrevivência, nem imagem, nem texto ou objetivo. A livre representação. É uma transa até meio religiosa, sabe? O único momento da vida em que eu realmente me emociono com o trabalho de ator.

Para Cisco — quase intimidado por aquela sonoridade lenta e solene de alguém olhando o horizonte, e não o chão —, uma revelação singular:

— Então você não se emociona no teu trabalho de todo dia?

— Não. A não ser que a emoção faça parte da peça... mas é uma emoção *espelhada*, sabe como?

Cisco se espantou com a descoberta:

— Sim, eu sei... Eu sou assim!

— Você? Não, você põe tudo pra fora no mesmo instante!

— É. Mas não sinto nada. Ou sinto?

— Isso te desespera, te joga para o mundo. Comigo acontece o contrário: sou uma concha.

Márcio, Bruno e Juca se aproximaram:

— O ensaio começa já?

Cisco levantou-se: por que aqueles três não tinham a postura sóbria do Júlio? E por que me incomoda esse jeito afeminado deles?

— Nas dunas.

Reclamaram:

— Ai, que modorra!

— Nem sei que papel eu faço.

— Não sendo um papelão — brincou Juca, e os três caíram na risada.

Júlio levantou-se:

— Eu já sei: um sacerdote da velha estirpe. Vou liberar meu lado autoritário. Jesus, o milagreiro, vai se danar comigo.

Cisco esvaziou a caneca de café, mastigou dois biscoitos, fechou os olhos para se concentrar — é preciso respeitar as pessoas diferentes, disse-lhe Raquel, e ele repetia mentalmente, *é preciso respeitar a diferença, é preciso respeitar a diferença* —, levantou a cabeça e voltou a bater o sino, com força:

— Começa aqui o ensaio da Paixão!

E teve início a procissão, Cisco à frente, batendo o sino e conclamando o povo, Júlio em seguida, já assumindo uma pose sacerdotal debaixo de um manto negro, Bruno, Márcio e Juca atrás, ainda contando piadas — e a fila foi engrossando pelo caminho, esvaziando barracas, ganhando corpo, volume, cores e vozes, subindo cada vez mais lenta em direção à casa. Alguém começou a cantar — *olha lá vai passando a procissão, se arrastando que nem cobra pelo chão* —, e outros logo acompanharam. Aos novatos tímidos, que insistiam em apenas olhar, Cisco determinava:

— Vocês aí, bando de idiotas! Me acompanhem! Serão guardas da corte romana!

As risadas morriam a meio, Cisco não brincava, rosto fechado. Olhou para trás, feliz com o silêncio respeitoso, e percebeu Rosa quase ao seu lado, olhos fixos nele. Olhou-a, *como Nero olharia uma escrava*, imaginou dizer, *mas a Roma de vocês é um fotograma antigo de Hollywood*, como Barros acusou.

— Você sabe dançar?

— Dançar?!

— É.

— Acho que sei — e ela esboçou um sorriso. Que pergunta!

— Vai dançar no Palácio, pra mim.

Falava alto e sério, muito sério. Rosa ficou vermelha, riu e murchou o riso. Cisco virou-lhe as costas e seguiu adiante; ela foi atrás, obediente, e levou um susto ao perceber Júlio ao seu lado.

— Você não trabalha na televisão?!

Júlio voltou-lhe a carranca, já inteiramente tomado pelo papel:

— Sou sacerdote da Galileia.

— Ahn?

— Siga a procissão e não discuta. Vou fazer sacrifícios a Jeová. Já fez suas preces hoje?

Os turistas vacilavam, entre o riso e o medo, todos se sentindo no limiar do ridículo. O que tinha dado neste povo maluco? A batida do sino agora era lenta, compassada, serena. Em pouco tempo a procissão ganhou um silêncio religioso. Dando a volta na casa, já era uma pequena multidão espichada, um a um, agora tomada pelos veteranos, alguns assumindo integralmente o teatro, outros deixando claro que eram velhos atores, sabedores antigos do ritual e que podiam ostentar indiferença naquele início de ensaio. Pablo, como sempre, deixou-se tomar por inteiro — e, maltrapilho, cambaleava às voltas da fila, mão estendida, a miséria exigente:

— Uma esmola! Me dá uma esmola!

Murilo, meio riso na face:

— Pablo, quem é você?

— Sou Jesus.

Imediatamente fez-se um silêncio e abriu-se um clarão na fila. Murilo virou as costas, perturbado:

— Vocês estão é ficando loucos.

O grupo agora avançava em direção às dunas. Donetti, empolgando-se, fotografava — enquanto Hellen, de biquíni (quem sabe um banho de mar purificador?), tentava acompanhá-lo no entusiasmo. Edgar tocava flauta, saltimbanco do povo. E Mírian, de óculos, organizava uma comissão de mulheres:

— Vocês também não são exploradas? Que acompanhem a gente!

— Tem de jogar fora o sutiã?

— Se quiser, fazemos uma fogueira de sutiãs!

Outros reclamavam:

— A gente devia trazer água. Essa caminhada é um suadouro.

Toco ia cabisbaixo, com o anjo trepado às costas, sem decidir ainda que papel representar. Talvez um pescador, apóstolo de Cristo. Dilma segurava sua mão:

— Tudo bem com você? Parece triste...

— Não pesquei nada hoje.

— Eu quero ficar com você.

Toco lembrou-se da noite anterior, da conversa com Lídia: *Eu tenho ciúmes, Toco. Queria não ter, mas não posso. Eu não sou uma pessoa superior, capaz da indiferença.* Só uma solução: livrar-se das duas e descobrir uma terceira que não criasse mais angústia ainda. Pablo estendia a mão:

— Uma esmola.

Toco meteu a mão no bolso e tirou um resto de pão, isca de peixe. Pablo olhava nos olhos de Toco, de Dilma, de cada um da procissão:

— Meu nome é Jesus.

O verdadeiro Jesus — o bebê do casal Fontes — vinha atrás, no colo da mãe, protegidos ambos por uma sombrinha e por Maurício, que de tempos em tempos fazia o sinal da cruz, compenetrado, até esbarrar em Carmem:

— Um barato, essa procissão.

Maurício Fontes aproveitou a súbita intimidade do teatro, suspirou e abraçou-a comovido, enquanto esposa e filho iam adiante.

— Estou arrepiado. Nunca mais quero perder essa Paixão — a mão macia no ombro de Carmem, que correspondeu ao abraço. — Ano que vem estou aqui de novo.

— Legal, Maurício.

Ele namorava o pescoço de Carmem, mal aparecendo atrás dos cabelos longos. Ela punha a mão no seu bolso:

— Me arruma um cigarro.

O isqueiro de prata acendeu em seguida — duas, três vezes, contra o vento — até que, mãos em concha próximas do pescoço (e do perfume) de Carmem, ela pôde fumar. Maurício puxou-a para fora da procissão:

— Vamos beber água...

— ... no pote?

Riram. Intrigada, ela queria descobrir até onde iria aquele discurso:

— O azul desta ilha é a paisagem mais linda do Brasil. Mas você é como outro sol na manhã.

Súbito, o braço de Pablo estendido entre eles:

— Uma esmola!

Olhos em Carmem, que tossiu desconcertada. Maurício tirou um maço de dinheiro do bolso, rico, displicente, bem-humorado:

— Vamos ajudar esse mendigo. Tome!

A nota brilhava, estalando. Pablo recolheu-a sem ver, olhos em Carmem, e um soluço de través na garganta. Voltou as costas e se afastou. Carmem entristeceu.

— Que foi, Carmenzinha? Comovida com o leproso? O papel dele é de leproso, não? Bom ator, esse rapaz.

— Não sei.

Puxou-a dali.

— Esqueça a esmola. Ele se aproveitando da peça pra juntar um dinheirinho, esses artistas são assim. Agora está satisfeito da vida. Viu a nota que eu dei a ele?

Ela sentiu uma leve tontura, e se apoiou no senhor Fontes. Excitado com o pescoço quase aos dentes, ele sussurrou:

— Aqui não, meu amor. Aqui não.

E Carmem se deixou levar mato adentro.

Enéas avançava e recuava na procissão, atrás de algum conhecido que não representasse — mas o clima da Paixão já estava alto, só ele sóbrio:

— Lina, sem cachaça não dá. Todo ano é a mesma coisa. Esse povo parece que vai enlouquecendo.

De mão em mão, surgiu um barrilzinho de madeira. Enéas bebeu cinco goles seguidos, de arder a garganta — e passou o barril adiante. Enchendo-se de coragem, escolheu um grupo assustado de novatos para a sua estreia. Ergueu os braços:

— Sou um poeta do povo! Minha voz é a voz dos explorados!

Ouvindo risadas, avançou na romaria, encarnando o papel:

— Minha única arma é a palavra! Cuidai-vos, poderosos da Galileia! Não tanto pelos profetas do fanatismo, que estes estão em toda parte, mas pela voz dos poetas do povo, os cantadores do mercado. Cuidai-vos! Meu verso é uma espada viva! — Cochichou à Lina: — Me arruma mais cachaça. Senão não deslancho...

À entrada das dunas — Júlio sempre à frente, velho sacerdote, Cisco logo atrás com a bailadeira Rosa —, a romaria encontrou Barros, sentado numa cadeira desmontável no alto de um cômoro, garrafa à mão e risadas de escárnio:

— Que bonitinha a brincadeira deles! Que interessante! Brincando de Jesus Cristo! Ah ah ah ah! — Cuspiu para o lado: — É ridículo!

Alguns novatos apontaram:

— Ele que é o diretor da peça?

— Está rindo do quê?

— Que papel ele faz?

— Naquele tempo se usava terno e gravata?

A senhora Fontes, perdendo-se na confusão — a romaria se desmanchava em grupos maiores —, protegia o filho Jesus no colo, sombrinha armada:

— Onde está o Maurício? Mauríciôo!...

Mírian, Raquel e Maria rodearam Sueli:

— A senhora também é explorada pelo seu marido?

— Ahn?

Raquel:

— Só explorada? Enganada! Sei bem onde o seu Maurício está...

— O quê?!

Maria, sorrindo:

— É inútil protestar sozinha, Sueli. Todos os homens estarão contra você. Junte-se a nós.

— Do que vocês estão falando? Onde está o Maurício?

Mírian consolava:

— E o pior, Sueli, é que a lei está ao lado dele. Ou nos organizamos, ou será sempre assim. Temos que lutar!

Sueli fechou a cara:

— Olha aqui, eu não quero saber de teatro. Vão representar noutra freguesia. Tenho de cuidar do meu filho e não estou para conversa fiada.

MARIA — Claro! E seu marido...

MÍRIAN — Seu marido *está* para conversa fiada...

RAQUEL — E outras coisas... e outras coisas...

SUELI (*confusa, assustada*) — Querem me explicar o que é isso?

MÍRIAN (*avançando com a procissão*) — A hora da verdade, Sueli! O teu marido não te respeita!

RAQUEL — Te trai!

MARIA — Te engana!

MÍRIAN — Te compra!

RAQUEL — Te usa!

SUELI (*furiosa*) — Não se atrevam, suas sirigaitazinhas, a...

RAQUEL (*com uma gargalhada*) — Viram? Ela não quer ver, se faz de cega, a coitadinha...

MARIA — E ele no mato...

MÍRIAN (*sussurro cruel*) — ... com outra!

NORMA (*metendo-se na conversa*) — Vocês têm certeza mesmo?

MARIA (*erguendo os cabelos de Norma*) — O que foi isso no seu pescoço, Norminha?

NORMA (*tocando um curativo com os dedos*) — Isso o quê?!

SUELI (*acuada, aperta o filho no colo, que começa a chorar; a sombrinha cai*) — Escutem aqui, mocinhas, eu só vim passear, não vou trabalhar na peça, já disse que não quero fazer teatro!

MÍRIAN — Então enfrente a verdade! Pare de fingir!

MARIA — Chega de faz de conta!

RAQUEL — Ele não presta!

LÚCIA (*aproxima-se em pânico, irrompe num choro histérico, quer falar, mas não consegue*).

CLEIA — Eu vi! Eu vi ele com a Carmem!

RAQUEL — Abraçadinhos, é claro!

TODAS (*exceto Sueli e Norma*) — Ah ah ah ah ah!

JESUS (*continua a chorar*)

SUELI — Tirem essas malucas daqui! Mauríii... ciôoo!...

CISCO (*avançando para o grupo*) — Guardas! Protejam aquela mulher com a criança!

GUARDAS (*sob as ordens de Cisco, vão afastando o grupo de mulheres do povo*)

ENÉAS (*protegendo as mulheres*) — Estou convosco, trabalhadoras do povo! Há que se denunciar todas as opressões! Vós sois as esmagadas da terra!

MÍRIAN — Os poetas só falam, mas nada fazem!

RAQUEL — Lina, venha com a gente!

LINA (*indecisa entre Enéas e as mulheres, acaba se decidindo por elas*)

ENÉAS — Miseráveis! Vós me deixastes sozinho, e eu sou um explorado como vós todas sois!

Rosa, que presenciava com espanto aquela cena, se aproxima de Cisco:

— Por que esse rapaz só fala na segunda pessoa do plural?

— Segunda o quê?

— Assim, vós sois, vós isto, vós aquilo...

— Porque ele pensa que representar é fazer pose.

Rosa se admirava:

— Ele não errou a concordância nenhuma vez.

— Grandes merdas. — Bateu palmas, a procissão se desorganizava, cenas isoladas mudavam o rumo da fila: — Vamos lá, um pouco mais de ordem senão a gente perde o controle! — Gritou para Júlio: — Sacerdote! Segura esse povo!

Júlio ergueu os braços com tamanha solenidade que todos pararam em volta:

— Hoje é dia de fazer sacrifícios a Jeová, conforme os rituais dos livros sagrados! Que todos se arrependam de suas culpas!

Bem atrás, Toco fechou os olhos, sacudiu a cabeça:

— Eu estou cheio de culpas. Eu tenho certeza de que estou cheio de culpas.

Dilma abraçou-o:

— Você não tem culpa de nada, Toco. Eu é que sou muito esquisita.

A cavalo na cabeça de Toco, o anjo via Lídia se aproximar — e tapou o rostinho com as mãos, prevendo brigas. O anjo era pesado na cabeça de Toco, mas agora ele não tentava agarrá-lo, numa trégua, para se concentrar apenas no ensaio.

Enquanto metade da romaria já avançava pelas areias das dunas e a outra metade ainda varava o caminho do mato, Barros continuava bebendo no grande cômoro, espectador privilegiado das cenas — e cada vez mais raivoso:

— Corja de paspalhos! Fico aqui, sentinela de Pompeia, denunciando esta empulhação!

Mãos em concha na boca, para melhor ser ouvido, gritava com a sua voz rouca e poderosa para Júlio, lá na ponta da procissão:

— Sacerdote homossexual! Corrupto de profissão, ator vazio da grande máquina! — Em seguida, para o miolo da fila: — Mulheres burras, desocupadas, imbecis, palermas, alienadas! — E para os últimos: — Voltem enquanto é tempo, turistas idiotas! Não sejam iludidos mais uma vez! Esta Paixão está podre!

Percebendo Cisco a se agitar de um lado para outro, desfechou o seu petardo favorito:

— Capacho de Isaías! — Risada de escárnio: — Como rasteja, essa lesma!

Rosa perseguia Cisco, roendo as unhas:

— Quem é ele? Por que ele ofende tanto?

Cisco não se importava, dirigindo a procissão:

— Vocês aí! Chega de bebida!

Rosa insistia:

— Que papel ele faz?

— Papel?! — o estalo e a vingança: — É claro! Barros é Judas! Quem mais poderia ser?

— Que Judas estranho!

Era questão de empolgar o povo — coisa fácil. Cisco apontou Barros e gritou:

— É Judas, o traidor! Judas!

Um bando de gente parou entre Cisco e Barros, não entendendo se era aviso do diretor ou cena representada:

— Judas?!

Cisco atiçava:

— É! O traidor de todos! O traidor de tudo e de todos!

Decidiram que se representava. Imediatamente um coro de vozes, gestos e punhos sacudidos silenciava Barros:

— Traidor!

— Judas traidor!

— Traidor, traidor!

Não saíam disso — olhavam para Cisco, à espera de outra frase para repetirem, feito papagaios. Rosa roía as unhas, com medo de entrar em cena. Cisco olhava em volta, atrás de veteranos que destroçassem Judas, mas só havia novatos por perto. No silêncio que se fez, Barros deu uma gargalhada que culminou numa tosse convulsa de satisfação:

— Que grandes atores! Ah ah ah! Parece ensaio de ginasianos! Que piada!

Cisco suspendeu a raiva ao perceber Pablo, que subia o cômoro na direção de Barros, mão estendida, fome e dor no rosto:

— Uma esmola.

Barros deu um gole longo, estalou a língua e meteu de volta a rolha na garrafa.

— Quem é você, ô mendigo?!

Era o próprio:

— Sou Jesus.

Em silêncio, o povo se aproximava dos dois. Nuvens cobriram o sol e um facho de sombra parecia envolvê-los. Barros — olhos injetados, a voz mais rouca, estendeu a garrafa:

— Beba uma cachaça, Pablo, e deixe de fazer papel de palhaço para esses idiotas.

Pablo insistiu:

— Sou Jesus. Quero uma esmola.

A voz agora parecia sair do próprio estômago de Barros, e alguns juram ter visto o brilho de duas pontas de chifres nascendo no alto da testa entre os cabelos espessos:

— Não me encha o saco, caralho! Volta para lá, para a fila dos burros! Vá pedir esmola para o cretino do Isaías!

O braço estendido de Jesus. Silêncio. Súbito, o dia misteriosamente escuro. Rosa agarrou o braço de Cisco e encostou-se nele, arrepiada. O peito de Barros parecia inchar, toda a sua face congestionada. — Rouquíssimo, soturno, um hálito de fogo, em um gesto empurrou Pablo, que como uma pena voou dois metros para trás, estatelando-se na areia.

— E nunca mais aproxime essa mão imunda de mim!

Cisco intuiu o momento-chave para inflamar a turba; apontou Barros, a voz tonitruante:

— Ele bateu em Cristo! Ele bateu em Deus!

No mesmo instante a procissão avançou furiosa e cercou Judas aos gritos:

— Traidor!

— Judas!

— Peguem ele!

— Agarra o bêbado!

Barros ergueu os braços, imenso, ameaçador, exalando uma fumaça fétida em torno de si, mas foi empurrado, tropeçou e caiu. Seguiu-se um massacre: jogaram longe a bebida, destroçaram a cadeira desmontável, arrancaram-lhe a gravata, puxaram seu paletó, jogaram areia na barba, tiraram-lhe os sapatos, arremessando um para cada lado, deram-lhe socos e safanões entre palavrões pesados. Norma correu para defendê-lo, mas acabou caindo sobre ele, que a empurrava para longe de si: *Ninguém te chamou aqui! Não preciso de ajuda!* Enfim, largaram-no no meio da areia, como um búfalo ferido, uma massa negra de pelos e panos movendo-se lenta ao impulso da respiração.

Cisco, feliz e poderoso, ignorando o horror de Rosa — Vocês *mataram* ele? — voltou a organizar a procissão:

— Muito bem, pessoal! Seguindo em frente! Isaías já deve estar nos esperando!

Augusto e Murilo davam risadas:

— Porra, até que é um legal trabalhar em teatro!

— Você viu a pernada que dei nele?

— Nunca fui mesmo com os cornos desse cara.

— Afinal, qual é o papel da gente?

— Não sei. Acho que somos gente do povo.

— Eu quero ser guarda. Vou pedir pro Cisco pra ser guarda. Gostei da coisa.

— Eu nunca vi Judas de gravata.

— Parece que saía fogo da boca dele! Como é que ele consegue fazer aquela voz de caverna?

— É só ensaio.

— O ensaio nem começou ainda.

— Um barato! Mas esse Judas, pra mim, não tava ensaiando não.

À sombra de uma touceira, ajoelhado, Donetti trocava o filme da máquina — em pouco tempo de caminhada já tinha batido mais de trinta fotos.

— Olha aí, o escritor virou fotógrafo!

Era Mírian.

— É o meu lado turístico. Nunca tirei uma foto que prestasse, mas continuo tentando.

Adiante, a caminhada prosseguia. Mírian sentou-se ao lado dele:

— Sabe, esse teatro me deixa excitada.

Donetti achou graça:

— Como assim?!

Ela riu:

— Não é o que você está pensando! Eu disse à maneira inglesa, *excited*! Me deixa feliz, só isso, com toda a inocência.

— Ato falho.

— Está bem, senhor intelectual. Vou no osso então. Posso ser vulgar?

— Você pode tudo. — Filme colocado, fechou a máquina, cuidadoso.

— Me dá tesão. Satisfeito agora?

O bronze das coxas na areia branca, ele armou a máquina:

— Uma foto!

— Quer largar essa droga e conversar comigo?

Tirou duas, três, quatro fotos seguidas — ela fazendo caretas.

— Não é vaidosa.

— Claro que sou, mas noutro plano. — A pergunta escapou: — Onde está a... a sua esposa?

Donetti contemplou a procissão se espichando na brancura das dunas.

— Em algum lugar do passado... se conheço a Hellen, ela está tomando banho de sol na sombra, com a cara cheia de cremes, puta da vida.

— Mau sinal. Nós, mulheres, nunca devemos ser previsíveis.

— Em que fotonovela você leu isso?

— Hum... que agressivo...

Ele riu, desconcertado.

— Desculpe. Vocês mulheres são uns bichos muito esquisitos...

— Em que Schopenhauer você leu isso?

Riram os dois.

— Eu vi e fotografei a crueldade que vocês, mulheres, fizeram com a pobre da Sueli.

— Ah, aquela é uma idiota. Tem que se danar mesmo. Nasceu escrava, vai morrer escrava.

Donetti fingia espanto:

— Que desunião de classe!

— Ora, mulher não é "classe". Começo a entender isso.

— Ah.

Mírian percebeu a distância crescendo entre eles à luz do sol; queria recuperar a intimidade breve e intensa daquela noite, mesmo sabendo não haver futuro nenhum entre eles. Quem sabe? Se pelo menos reconquistasse o estado emocional, fruto do vinho — mas a manhã parece que desencantava o mundo. Tentava se convencer, sem dor: *acabou. E eu não sei o que eu quero.* Enveredou por uma conversa neutra:

— Falando sério: o que você está achando disso tudo?

— Realmente incrível. Em cinco minutos já estava todo mundo se ligando nesta romaria, num acaso total. É o caos se organizando por conta própria. Estou curioso para ver como será a peça completa, se é que isso se completa. E o Isaías, que não aparece? Não consigo falar com o velho! Começo a achar que ele não existe mesmo.

O entusiasmo juvenil dele por algo que não era ela soava quase como uma traição.

— Ele deve estar no fim das dunas, esperando a procissão.

— Você já pensou no dia da Paixão, todo mundo vestido de acordo, mantos coloridos nesta areia branca, grandes cenas improvisadas a todo instante? Não é uma bela ideia?

— É. Deve ser legal. — Sentiu a depressão repentina descendo, um manto sutil na alma. — E como o escritor Antônio Donetti se vê no meio deste bando de selvagens ignorantes que nem sabem quem ele é?

Ele achou graça.

— Muito bem. Essa horda de ignorantes é o meu público... ou seria, se lessem. Escrevo para os jovens. Até os trinta anos, a literatura faz sentido; depois, é rotina, nada mais de substancial pode acontecer, as pessoas já estão prontas.

Mírian não ouviu; pensava longe. De repente, voz baixa:

— Você conversou com a Hellen?

Ele esfriou: *o que a Mírian está imaginando? Eu prometi alguma coisa?* Sentimento de perder a liberdade antes mesmo de obtê-la.

— Não. — Quase ríspido: — Por quê?

— Por nada.

Desejo de agarrá-lo e beijá-lo, como um teste. *Eu estou apaixonada?* Sair dali:

— Vamos voltar à procissão?

Ele bateu uma foto súbita, talvez compensação à frieza — e ela reclamou:

— Ah, pare com isso.

— O que houve?

Mírian não o deixou se aproximar, uma pequena vingança; em passos rápidos, voltou ao teatro, dois morros de areia adiante.

A procissão chegava no centro das dunas, avançando entre cômoros suaves e debaixo de um céu cada vez mais carregado de nuvens. Um vento começou a soprar, trazendo uma chuva finíssima de areia, que traiçoeira invadia os olhos, entranhava-se nos cabelos, metia-se entre a roupa e a pele, no vão dos dedos, nos ouvidos, vagarosa e persistente. Ao fim da caminhada — bem mais silenciosa agora — o que prometia ser uma brincadeira divertida de teatro começava a se transformar num pequeno inferno de areia, irritação, cansaço, mau humor, falta de objetivo, sede, fome, sono, dores nas pernas, enquanto, parados como ovelhas, aguardavam alguma decisão de alguém, uma espera absurda. Os que vieram com excesso de roupa começaram a tirá-la, mil coceiras no corpo; sandálias se perdiam para sempre, e sem deixar saudade, nas extensões brancas; sapatos e meias, objetos pré-históricos, eram levados na mão dos respectivos proprietários com o prazer de quem carrega pedras, até que fossem arremessados longe, de raiva, cheios de areia; barras de calças eram erguidas até os joelhos, com alívio; pulseiras de relógios carcomiam a pele do pulso, brincos viravam instrumentos de tortura; cabelos engrossavam, davam nós; não havia cadeiras, e sentar-se no chão era lambuzar-se para sempre de areia; havia uma falta generalizada de bolsos, e os poucos utilizados eram neuroticamente vítimas do medo de se perder alguma coisa; finalmente, fumavam-se cigarros com areia, engrossava-se a língua, trincavam-se os dentes.

E o vento aumentava, assobios levíssimos acompanhados da flauta quase entupida de Edgar, o único feliz com a parceria natural. O espanto dos novatos foi dando lugar a um burburinho de queixas, que mais crescia quanto maior era a indiferença, a concentração e o silêncio da maioria dos veteranos.

— Mas que diabo viemos fazer nesse Saara?

— Este troço não começa?

Vez em quando, o sino batia, solene.

— O tal velho louco não aparece?

— Cadê Jesus?

Havia dois: o menino era protegido do vento pela sombrinha e por uma barreira humana, aconchegado no colo de Sueli, que reclamava:

— Só fico aqui porque fiz promessa.

O outro, Pablo, mais miserável ainda, maltrapilho, trêmulo, suado e sujo, continuava estendendo o braço a um povo irritadiço:

— Já cansou, cara.

— Chega de palhaçada. Cadê o teatro?

— Vá dormir!

Uma e outra voz se compadeciam:

— Calma, pessoal. Ele é Jesus.

Havia um terceiro, este pretendente a Cristo: Rômulo. Sem o violão, reivindicava para si o papel principal, com a mesma voz arrastada de sempre:

— *Eu* vou fazer o papel de Jesus Cristo. Cheguei antes na ilha. Não adianta querer atravessar na minha frente que o ensaio nem começou ainda.

A obstinação inútil dele acabou arrancando algumas risadas. Não havia nada mais miúdo e menos teatral que o pedido de Rômulo, andando para lá e para cá, devagar, insistente:

— O Cisco não manda nada. *Eu* sou Jesus.

Uma voz do povo se levantou:

— Tá bem. Você é Jesus e eu sou Ben-Hur!

Risadas. A piada detonou outras — descarregavam a tensão em cima de Rômulo:

— Faz um milagrinho aí!

— A multiplicação dos baseados!

Mais risadas, Rômulo vermelhíssimo:

— Pô, vocês são uns babacas, não sabem o que é teatro.

Augusto se revelava um bem-humorado líder popular, braços erguidos, ironia:

— Muito bem! Este cidadão se diz Jesus. E o sermão? Jesus sem o sermão do Monte das Oliveiras não é Jesus!

Rômulo parou, pensou, respondeu:

— Olha, cara, pra você saber até já decorei o Sermão da Montanha.

Entusiasmo do povo:

— Isso!

— Boa!

— Diz aí pra gente!

Rodeavam Rômulo, preparando a gargalhada — suspense. Ele olhou em torno, boca meio aberta, lento. Quase começou, mas um jeito de riso que desconfiou no rosto de alguém cortou o entusiasmo:

— Não vou dizer sermão nenhum. Vocês que esperem a hora.

Consternação geral e risadas. O único solidário foi Bruno, que abraçou Rômulo:

— Fica na tua. Os caras estão te fazendo de bobo.

— Não ligo. Jesus também foi ridicularizado. Isso faz parte da peça.

Entretanto, os bolsões de humor duravam pouco: ninguém conseguia esquecer por muito tempo o vento de areia fina, e, enquanto Júlio entoava preces que ninguém entendia (*É hebraico?*, Rosa perguntou ao Cisco), as reclamações voltavam a crescer:

— Essa espera está enchendo o saco.

— Nunca pensei que fosse assim.

— Pensava que o ensaio fosse na praia, perto da casa, não nesse fim de mundo.

Raquel tentava acalmar as mulheres:

— Calma, pessoal! Só falta o Isaías!

— Eu vou é voltar pra minha barraca!

Em momentos, a flauta de Edgar e o vento eram os únicos sons das dunas — e o mal-estar crescia. Nervoso, Donetti constatava os prováveis estragos que a areia estaria fazendo na lente de sua máquina, no ajuste do foco. Procurava Hellen, atrás de uma bolsa segura para proteger a objetiva, mas não a encontrava em lugar nenhum — e não se dispunha a confiar sua reflex automática à proteção de mais ninguém. Em pouco tempo, a máquina era um peso, uma carga inútil na vida, um preço a proteger pendurado no pescoço, a correia carcomendo a pele de areia — e justo então Mírian reaproximou-se:

— Tudo bem com você?

— Não sei o que você entende por "tudo bem". Essa merda dessa...

A grossura calou Mírian, encravou-se de mau jeito na garganta. Retirou-se sem responder. Ele olhava fixo a máquina, centro do mundo, cheia de inexoráveis pontinhos brancos de areia a roer a lente, grudentos. Por que trouxe aquilo?!

Cisco se mantinha afastado do grupo, contornando o alto dos cômoros à procura de Isaías. Seria bom se o velho chegasse logo. Atrás dele, a presença incômoda de Rosa, exasperantemente mais alta que ele:

— Me explique: como é que vai ser o ensaio?

Ele caminhava absorto, sem responder. Ela ia atrás:

— Eu nunca fiz teatro.

Ele olhava o horizonte.

— Vai demorar muito? Essa areia... olhe... estou toda suja!

Cisco voltava a andar.

— Por que vocês fazem aqui nas dunas? É tão... eu estou nervosa.

Ele perdeu a paciência:

— Escute aqui, mocinha letrada: você é incapaz de sossegar o rabo? De se concentrar? De pensar um pouco? De olhar para dentro?

— Eu... como assim?

Nervoso com a demora de Isaías, sentindo o peso daquela gente irritada e já antevendo a perspectiva de começar ele mesmo o ensaio, chefe supremo do Palácio e diretor da Paixão (um desejo misturado com sentimento de culpa), resolveu descarregar na moça:

— Rosa, o que você vai ser na peça?

— Bailadeira, não é?

— E o que faz uma bailadeira?

— Bem... dança, né?

— Então vamos ensaiar agora, só nós dois.

— Mas... assim? Sem música? Sem... plateia?

— Isso é teatro. Te-a-tro! Entendeu?

Ela fez que sim, assustada.

— Então dance. Veja bem: eu sou, digamos, Pôncio Pilatos. Estou de porre no Palácio, rodeado de mulheres. — Era um bom começo, aliviava a tensão. Fez pose de governante bêbado, bateu palmas pedindo silêncio a convidados imaginários de uma grande festa, ergueu o braço e engrossou a voz: — E agora, eu, representante de César na Galileia, Pôncio Pilatos, quero que dancem para mim!

Imóvel, rosto transformado em um tomate, Rosa cochichou:

— Cisco... estão olhando para nós...

Pilatos sorriu e inclinou-se ao sabor do vinho imaginário.

— Que todos olhem e aplaudam as bailadeiras de Pôncio Pilatos, ou terão seus olhos arrancados!

Na parte baixa das dunas, o povo foi se aglomerando para ver o que estava acontecendo. Rosa encolheu-se, um fio de voz:

— Pare com isso, Cisco.

Ele desmanchou a pose de César e representou a explosão irritada do diretor de cena, virando as costas:

— Porra, assim não dá!

Ela foi atrás, desculpando-se:

— Desculpe, mas não há clima, Cisco, para...

— O clima está dentro de você, em nenhum outro lugar! — Severo, fingia uma procura ao longe, pensando no efeito da cena: — Cadê o Isaías? Mais um pouco de demora e não me responsabilizo por essa corja.

No outro lado do cômoro, Pablo agora mantinha-se imóvel, contemplativo, sentado à maneira iogue, rosto e cabelos esbranquiçados de areia, como uma estátua gasta no vento. Músculos tensos, um sofrimento que de tão profundo já se abraçava com a paz, viu Carmem ajoelhar-se diante dele. (Longe, Maurício misturava-se com o povo, perguntando pelo filho.) Carmem não olhava Pablo nos olhos. Ficaram algum tempo frente a frente, ela muito pálida, um pequeno curativo no pescoço, ele uma presença poderosa, silenciosa, invadido mais uma vez pela sensação de Cristo, de resistência humana, a luta torturada para vencer a si próprio, para tornar-se Deus — e, ao mesmo tempo, o desejo tânico de se destroçar por inteiro. O equilíbrio entre as duas forças era o seu momento mais alto — um fio delicado prestes a se romper. Manteve-se em silêncio, olhos abertos, numa dolorosa altura humana. Carmem ergueu-se, sempre sem fitá-lo, e se afastou. Algumas pessoas, intrigadas, começavam a rodear Pablo a pequena distância, e em silêncio. Num momento, Toco avançou até ele, e sussurrou:

— Eu te acompanho.

O anjo olhava Pablo muito espantado, piscava os olhinhos vermelhos de areia, abria a boca sem dizer nada. Ao lado de Toco, Lídia ajoelhou-se:

— Eu também vou com você.

Dilma, do outro lado, ficou quieta, e em pé. Da pequena assistência, alguém deu três passos tímidos:

— Eu vou com você!

E outro:

— Eu também. Quero ser teu apóstolo!

O silêncio em volta começava a pesar, solene. Rômulo resmungava:

— Ele que não pense que é Jesus, que eu já...

Mas o povo não gostou:

— Fique quieto, cara.

O estado contemplativo de Pablo e da pequena assistência próxima a ele, sob um vento cada vez mais forte, nuvens carregadas, parecia durar a vida inteira. Mas de repente um trovão medonho caiu nas dunas — e só depois do susto ouviu-se a voz de Moisés, do alto de um cômoro:

— Isaías! Isaías vem vindo!

E seu braço de ossos e pele apontava a direção oposta à que Cisco vigiava. Cisco engoliu a raiva, mordendo a língua — era a segunda vez que aquele fantasma atravessava o seu caminho.

* * *

Poucos minutos antes, Isaías ajoelhava-se num pequeno lago — na verdade um resto de chuva que resistia ao sugar da areia e fazia brotar um capim ralo e espichado. Vestindo uma túnica branca, com remendos grosseiros e manchas amareladas, estava pronto para mais uma Paixão. Sabia que o esperavam — e demorava-se no ritual prévio de lavar o rosto naquela água de areia. Era preciso sentir um máximo de tensão e irritar seus atores na agonia da espera, sob aquele vento inclemente, para que a Criação acontecesse. Para revelar o cerne das árvores, era preciso arrancar a casca grossa das miudezas, mesquinharias e risos fáceis de modo a descobrir nos outros, e nele mesmo, o que restaria de humanidade. Fazer de cada homem um pequeno deus — eis a obra que ele se propunha no ritual enigmático de todo ano. E fazer dele próprio uma sombra maior ainda, projetada na ilha. À imagem e semelhança.

Era um batismo: enterrava a cabeça na água, esfregava o rosto, joelhos afundando na areia lodosa da beira do lago. Numa última tentativa de sair daquela solidão eterna, ergueu o rosto para o alto:

— Então? Não vai mesmo me ajudar?

Única resposta, uma trovoada súbita rasgou os céus, desceu à terra e tremeu a ilha. Isaías não reclamou dessa vez. Levantou-se, água escorrendo do rosto, da barba, e pôs-se a subir a breve encosta das dunas para finalmente iniciar os trabalhos. Viu Moisés surgindo do outro lado, como que do vento, a anunciá-lo ao mundo:

— Isaías! Isaías vem vindo!

Não gostava de Moisés: parecia haver algum artifício naquela figura branca demasiado coerente consigo mesma para tocá-lo no coração. Preferia os destroçados mais limpos, os desesperados à primeira vista. Afastava qualquer julgamento, entretanto: o ensaio impunha-se, e, naquele instante mágico de aglutinar o impossível no ritual, de juntar cacos tão diferentes e harmonizá-los no mesmo painel criativo, era preciso entregar-se generosamente ao máximo, todas as cordas retesadas em cada gesto no carisma do seu teatro.

Silêncio.

Todos viram o velho aparecer no alto do cômoro, feito um profeta desenterrado. Acompanharam o gesto lento de braço, um cajado em que os dedos eram raízes. Pararam o olhar na sua mão parada — o velho era uma silhueta, meio corpo rachado por uma fresta de sol. E, respirações suspensas, finalmente ouviram sua voz:

— Estamos dois mil anos atrás. — Pausa. Silêncio. Mais alto: — Somos um povo miserável de lavradores! Nossos filhos morrem de fome e a miséria está em toda parte!

Abaixou o braço e desceu as dunas em direção ao grupo.

Perto dali — única plateia —, um pescador com a mulher, quatro filhos em volta, assistia respeitosamente à cena.

Começava o primeiro ensaio.

XX
À noite

— O que acho — dizia Enéas — é que nós estamos fugindo da realidade.

— Como assim?

Enéas deu um gole de vinho.

— Em todos os níveis. O Brasil nesta bosta, e nós representando a vida de Cristo. Há um teatro mais urgente a se fazer. Não aqui, no paraíso, mas lá, na boca do forno.

Silêncio. Tinha falado apenas pelo desejo de questionar a euforia alheia — mas por alguns instantes parecia ter revelado uma verdade tão cristalina, que não haveria resposta além do mal-estar de quem é agarrado em flagrante num crime óbvio. O sucesso inesperado quase o levou a prosseguir argumentando, o que destroçaria o efeito. Calou-se. De repente, o senhor Fontes e Maria começaram a falar ao mesmo tempo, provocando risos. Ele se desculpou:

— Pode falar, por favor.

— Bem, o que eu queria dizer é que *esta* vida de Cristo não é bem aquela que se esperaria de um bando de alienados. Na verdade, Cristo, aqui, é apenas um pano de fundo.

Mírian apoiou:

— Isso! Nós estamos *usando* Cristo para revelações mais profundas a nível social, político, cultural.

Cisco tentou fazer humor, para desviar a conversa daquele jargão de especialistas, em que ele não tinha lugar:

— Já avisaram o Isaías?

Ela cortou em cima:

— Mas o segredo dele é a nossa liberdade. Isaías é uma espécie esquisita de um... fanático liberal, qualquer coisa assim.

Enéas deu uma risada:

— Já sei: um Médici de barbas...

Pablo resmungou:

— Não estou entendendo nada. — Ao Toco: — Do que eles estão falando?

Hellen compôs um sorriso inseguro de desprezo; a presença de Pablo era sempre uma tortura, um remoer da memória. O senhor Fontes pediu a palavra:

— Deixem eu dar o meu palpite. — Levantou-se da cadeira, solene. — Não sei por que esse radicalismo de vocês. Em primeiro lugar, Jesus Cristo é eterno, é o símbolo do amor.

Enéas abanou a cabeça:

— Que ranço.

— Posso falar, com licença? E, em segundo lugar, não vejo no Brasil essa... essa "bosta" que o Enéas vê. Cá entre nós, vamos dizer a verdade de uma vez: à parte alguns problemas, que, claro, não existe lugar perfeito, o fato é que o Brasil é um paisão, em franco desenvolvimento. Somos a décima economia do mundo. E acabou aquela baderna de politicagem, agora a coisa funciona.

Silêncio pesado. Cruzaram-se alguns olhares cúmplices na roda, comunhão secreta de iniciados, uma suspeita instantânea: quem sabe o senhor Fontes fosse alguma outra coisa, além de idiota? Ele acabou se intimidando com o silêncio, voltando a sentar:

— Bem, é a minha modesta opinião.

— Bem modesta, aliás — ironizou Maria, provocando um rastilho sorridente de boca em boca, até o cochicho de Raquel:

— Ele é agente do DOPS?

À falta de outras respostas, Enéas resolveu estourar:

— Ótimo país, seu Fontes. E os mortos, os torturados, os banidos, a violência, a corrupção, as multinacionais, a miséria, o massacre cultural, os jornais sem liberdade, a milicada?

O bombardeio abriu a boca de Fontes, num pasmo:

— Que... que mortos?

— Só eu sei de três desaparecidos. Um deles perdeu todos os dentes, arrancados a alicate. Depois mataram, afogado num barril de merda.

Donetti confirmava:

— Isso que a gente fica sabendo, Maurício. Fora o resto. Você precisa conhecer melhor o país.

Raquel encolhia-se:

— Vamos mudar de assunto? Minha irmã levou choque elétrico na vagina. Estava grávida de seis meses.

No silêncio brutal, Hellen ergueu-se:

— Que horror!

Todos olharam para o senhor Fontes, que ergueu as mãos, em defesa. Pálido:

— Bem... é... eu admito que haja excessos, de parte a parte. Mas vocês estão levando a discussão para o lado emocional. Eu nunca soube de nada disso, mas, vocês sabem: guerra é guerra. Quem sai na chuva tem que se molhar.

Enéas explodiu de novo, avançando para ele:

— É que nem todos são calhordas como você, e nem todos têm o rabo cheio de dinheiro para achar o país uma maravilha!

Prestes a esmurrá-lo, foi segurado por Toco:

— Calma, poeta!

— Esse sujeitinho é um filho da puta!

E continuava em pé, sacudindo o punho. Lina e Dilma fizeram-no sentar:

— Chega, Enéas. Vamos manter o nível, pô...

Pablo resmungava:

— Se for pra bater no Fontes, eu ajudo.

— A violência nunca resolveu nada — ponderou Lídia, cristã.

Maurício tremia, tentando fingir indiferença. Deu um gole de vinho, cruzou e descruzou as pernas, a raiva subindo, a vontade de reagir e ao mesmo tempo de não se envolver com aquela pobretada ressentida. Conformou-se com muxoxos de ironia, que marcassem sua grandeza íntima:

— A juventude já começa derrotada. É uma pena. Não tenho nada a dizer.

— Nunca teve.

— Chega, Enéas! — e Lina beijou-o, protetora.

Edgar tentou quebrar o mal-estar:

— Cadê o Barros? Discussão é com ele!

Cisco se deliciava:

— Deve estar costurando o terno e fazendo os curativos, depois do pau que levou. A malhação do Judas começou cedo.

Rômulo entrou na conversa, ao acaso — apenas uma constatação neutra, mero lampejo da memória:

— Eu já fui pendurado num pau de arara. É foda. E o bagulho nem era meu.

Ninguém ouviu. Donetti tentava recolocar a discussão no rumo do início:

— Voltando ao teatro, Enéas. Eu entendo a tua colocação a respeito da Paixão, mas que proposta você faria? Para mim, teatro é texto escrito. Eu me satisfaço plenamente lendo as obras de Shakespeare, Ibsen, Tchekov. Parece que aqui se faz uma outra coisa, criada com alguns elementos do teatro, mas não há nenhum foco centralizador. Pelo que vi no ensaio de hoje, nós faremos da Paixão o que bem entendermos. Não é assim, Cisco?

— É claro! — disparou Cisco sem pensar, indócil com a aproximação de Bruninha, olhos fixos nele.

Já irritado com o senhor Fontes, Enéas sentiu na atenção de Donetti uma indulgência humilhante. Condescendeu em responder, escolhendo as palavras:

— Bem, eu reconheço um grande valor no teatro da ilha, enquanto escola dramática, uma espécie de laboratório do palco, e é justamente nesse sentido que eu me interesso por ele. No sentido de formação e descondicionamento do ator, no exercício livre de suas técnicas, no domínio da arte cênica, desde, é claro, que esteja a serviço da consciência social. Consciência social: é exatamente neste ponto que ele falha.

Pablo se irritou com o que lhe parecia um palavrório arrogante:

— Mas você é um ator de bosta!

Risadas. Pablo ganhava mais um inimigo. Enéas fez que não ouviu:

— E mais: o que adianta propor alguma coisa num teatro sem plateia?

— O público somos nós mesmos — disse Edgar. — E não é pouca gente. E gente da mais alta qualidade, como nós aqui! Ah ah ah!

Enéas voltava à carga, a ansiedade agressiva:

— Isso é masturbação de elite! O teatro, como o futebol, deve ser um espetáculo de massas.

— Espere aí! — meteu-se Pablo. — No dia da representação sempre aparece um monte de pescadores, o povo lá de Garapa, com família e tudo, pra assistir à peça.

— Não significa nada, porra! Eles vêm aqui rezar, nem sabem o que é teatro! — Finalmente, o miolo, a chave de Enéas: — O que o povo precisa é ser conscientizado, precisa de um teatro objetivo, didático, claro, que separe as águas e revele o conflito básico da luta de classes! É isso!

Como resposta, a pergunta do escritor:

— E quem é a consciência do povo? — Ia dizer *você?*, mas substituiu, delicado: — Somos nós?

O senhor Fontes estufou o peito, definitivo:

— O povo é ignorante, quer pão e circo.

Todo mundo começou a falar ao mesmo tempo. Hellen cutucava Donetti (*Vamos dormir, Tôni!*), Bruninha cochichava ao Cisco (*Lembra a promessa?*), Raquel, Maria e Edgar tentavam chegar a um acordo do que seria "povo", Enéas voltava a bombardear Maurício, Dilma discutia aos gritos com Lídia um detalhe qualquer, sob a mediação assustada de Toco e do anjo, Pablo resmungava (*O que esse merda desse poeta bem tratado sabe de povo?*), mais gente se aproximava, discutiam-se cenas da Paixão, a qualidade do vinho, a possibilidade de chuva — até que a voz e o corpo de Enéas se ergueram, a exigir atenção:

— Questão de ordem! Vamos debater uma coisa só, porra! Ou o teatro, ou a realidade nacional, ou o diabo, mas com um mínimo de ordem!

Bruninha bocejava:

— Ih, mas que saco! Chega de ordem unida! Quem quiser que fale o que quiser, ora bolas!

Já havia uma boa quantidade de curiosos em volta, atraídos pelo vozerio no pátio em frente da casa. Os garrafões de vinho, importados de Garapa — oferta do escritor —, esvaziavam-se com rapidez, tocos de cigarro se acumulavam no chão, de vez em quando um aroma de maconha pairava no ar. Aproveitando uma brecha de silêncio, Donetti ainda tentou voltar à questão que começava a interessá-lo, agora movido mais pelo vinho e já sentindo a impossibilidade de qualquer conversa séria naquela agitação:

— Enéas, seguindo teu conselho, vamos ficar então num ponto só, deixando por ora a luta de classes de lado.

— Impossível, Donetti! Absolutamente impossível deixar a luta de...

— Deixa eu falar, pô! Que poeta autoritário! — Buscou reforço na roda, adolescente em busca de apoio da turma: — É sempre assim? Só ele que fala?

O sussurro nervoso de Hellen:

— Você está bêbado, Tôni.

Enéas ergueu os braços, entregando-se:

— Tudo bem, Donetti. Faz teu comício sozinho.

— Afinal, pelo que entendi, você propõe... — por que prosseguia naquela discussão idiota? — ... você propõe a arte diretamente vinculada a um objetivo imediato. Arte política, de partido...

Enéas interrompeu aos gritos:

— Com partido ou sem partido, que seja comprometida com a realidade nacional! Todo artista que não toma posição nesse momento histórico é um covarde! Quer dizer, não tomar posição já indica por si só de que lado se está. Isso é elementar, porra!

O dedo de Enéas sacudia-se gigantesco à sombra do lampião. Donetti, impaciente, relevou a acusação implícita com um sorriso, mas definitivamente desistiu de falar, vendo à sua frente não mais um personagem, mas uma caricatura de folhetim. Edgar deu uma risada:

— O que o Enéas diz me lembra o tempo de seminário: ou eu estou com Deus ou com o demônio. Chega uma hora que essa merda enche o saco.

Enéas imperava, bêbado próximo da queda:

— E é isso mesmo! Ou acendemos uma vela para um, ou para outro! Os caras estão com o porrete na mão! E a opção é o porrete!

— Então você propõe a luta armada? — perguntou Maria, provocando um susto geral e a resposta indignada do senhor Fontes, o exato pretexto para se retirar dali:

— Me desculpe, mas isso é comunismo! Eu vou é dormir!

De novo todo mundo falava ao mesmo tempo, como se o poeta tivesse aberto a válvula do pânico — o que lhe valeu um discreto apertar de mãos de Lina, um aviso carinhoso e apreensivo:

— Devagar com o papo, Enéas. Vai com calma. Nunca se sabe quem está nos ouvindo.

— Já discuti isso na Faculdade — interveio Augusto, provocando um silêncio imediato, todas as atenções voltadas para ele.

— Sim, e daí?

— O diretório acadêmico foi contra.

Arrependeu-se de falar no mesmo instante. Enéas sorriu:

— O partidão é uma merda.

Augusto foi adiante, todo mundo à espera.

— É que... não há condições para a luta armada. As guerrilhas estão por aí, eu sei, eu acho... acho que... — Não se sentia à vontade, mais vítima do desejo de se enturmar do que de argumentar, quando o silêncio era ouro. — Eu acho que a luta deve se concentrar a nível constitucional.

Pálido, aguardou o massacre de Enéas:

— Ridículo! Constituição no Brasil é o AI-5. Muda de célula, cara! Não leu a carta do Marighella?

Augusto recuou — essa discussão estava indo longe demais.

— Pra falar a verdade, estou meio por fora da política, nem tenho tempo de aparecer no diretório da faculdade, é uma prova atrás da outra...

Desprezo:

— Política de diretório acadêmico! Um grande negócio para o governo! Nós estamos na década de 70, cara! A história mudou de rumo!

Raquel tinha uma certeza:

— Eu morro de medo de ser presa. Acho que me mato antes que me levem.

— Com medo não se faz nada! — e Enéas silenciou, tentando distinguir na bebedeira a extensão do que havia falado: um frio no estômago.

Pablo decidiu falar:

— Eu sou ignorante, não entendo a metade do que você diz, esses troços da política. O que eu quero é salvar minha cabeça. Já é muito. Agora, eu sou um cara que já me fodi na vida, já levei tiro, já briguei de faca. Você sabe o que é isso?

A contragosto, Enéas voltava a pensar, má vontade de levar em conta a burrice alheia, que misturava valentia pessoal com consciência da revolução. Pequenos-burgueses, pequenos-burgueses de merda, imbecis, ingênuos, safados, corruptos — nunca teve tão clara a visão de sua superioridade ética e intelectual, mas desta vez evitou o sorriso irônico; a voz lhe saía com um tom de professor complacente:

— Pablo, eu entendo o que você quer dizer, mas a questão não se coloca assim.

A convicção explosiva de Maria defendendo Pablo provocou espanto:

— Acho que se coloca assim, sim senhor! Ficar arrotando esse blá--blá-blá livresco é muito fácil! Por que você não vai lutar, então, como tantos que estão se fodendo aí pelo Brasil?

Gritos, aplausos, assobios — a tensão se descarregava sobre Enéas, até que Mírian impôs silêncio, aos berros:

— Esperem aí, pô! Vamos ouvir a opinião do Donetti, que pelo menos é escritor!

Uma voz anônima:

— Grande merda!

— Concordo! — riu Donetti, tentando se adaptar ao clima daquele recreio de adolescentes.

Edgar não se conformava:

— Mais respeito com o homem, seus cabeças de bagre, bando de burros!

Risadas, exceto de Hellen (que fuzilava Mírian) e de Enéas, irritado com o argumento da autoridade, não mais que o culto do medalhão. Donetti ergueu a mão, decidindo-se a falar.

— Eu acho... — silêncio respeitoso, chato, interrompido apenas por uma cuspida catarrenta e displicente de Enéas, que cochichou em seguida qualquer coisa à Lina, sorriso nos lábios — ... eu acho que luta armada a essa altura dos fatos é uma brincadeira trágica.

Hellen concordava, um sacudir severo de cabeça. Enéas:

— Falou a voz do sistema. A burguesada toda bate palma e o povo toma no rabo. É sempre assim.

Barros surgiu sinistro das sombras da casa, tonitruante e escuro, garrafa à mão:

— Então o nosso poeta do estêncil resolveu brincar de Che Guevara? Idealistas cretinos, profetas do vento! Essa ilha é um delírio de estupidez, uma autêntica escolinha de excepcionais!

— Chegou o palhaço, de roupa nova!

De repente, o sobressalto de Raquel:

— Cadê o Cisco?!

Devagar a roda se desfazia em grupos menores que desapareciam nas sombras. Donetti restava ao centro, ainda repensando vagamente o primeiro ensaio, um azedume na alma pelo vazio da conversa, pela presença irritada de Hellen, pela angústia renitente, pela falta de opção, pela eterna desordem de ser brasileiro. Imaginou-se namorando Mírian debaixo das bananeiras, Macunaíma letrado e sem caráter, o sátiro de meio expediente. Viu Enéas, depois de mais duas ou três intervenções incendiárias e cretinas, deslizar com Lina pela grama em direção ao escuro, cochichos de amor — *como quem atira granadas e depois corre atrás de borboletas, lírico e estúpido...*

— Lírico e estúpido... — repetiu Donetti em voz alta, uma estranha sensação de velhice entranhada na alma. — Onde que eu li isso?

— O que foi, meu amor?

— Nada, Hellen.

Mírian permanecia próxima, ao alcance dos olhos, das mãos e do desejo do meu marido, imaginava Hellen, sentindo o ódio se aninhar no peito. *Por que ela não sai do meu horizonte, se a noite não tem mais remendo? Mas está apaixonada ou solitária o suficiente para ficar por perto e puxar assunto, a idiota.* A jornalista dirigiu-se a Hellen como quem estende uma bandeira branca:

— Puxa vida, esse Enéas estraga tudo com aquele papo de estudante inflamado. Coisa mais chata. E eu queria tanto conversar sobre o ensaio de hoje, mas parece que deu um baixo-astral. A reunião acabou.

Hellen concordou sem olhar para ela, segurando a mão do marido:

— Vamos, Antônio? Acho que a conversa morreu.

A resposta automática:

— Vou ficar mais um pouco.

Então ela também ficaria mais um pouco, a mágoa estrangulando — e Mírian acabou por se afastar. Quando Donetti enchia o último copo, decidido a completar a bebedeira, a figura de Toco apareceu do nada:

— Ó, pessoal, é melhor não beber muito que amanhã tem outro ensaio. Acho que a gente tem de dormir cedo.

Sem esperar resposta, foi adiante, transmitindo o recado, seguido pelo anjo e por uma Dilma obstinada. Hellen enfurecia-se:

— Mas que atrevimento! Não foi você que pagou esse vinho?

Donetti esticava-se na espreguiçadeira, olhos fechados, súplica:

— Fique quieta, Hellen. Fique quieta.

— Aqui! Aqui está bom!

— Tem gente por perto.

— Tem nada. Ai que tesãozinho assustado!

E puxou o zíper de Cisco, beijou-lhe a boca, derrubou-o na grama e rolou com ele. Beijava, beijava, beijava:

— Te roubei pra mim, gostoso!

— Você ficou louca!? A Raquel viu, e ela vem atrás.

— Vem nada. Me dá a mão. Assim...

Fechava os olhos, mordia os lábios, tremia.

— Toda hora passa gente por aqui, Bruninha. É o caminho das barracas.

Ela arrancava a roupa dele, olhos enormes, voz na garganta:

— Você prometeu! — A voz doce: — Me coma.

Tirou a blusa de um golpe e os seios, bonitos, se ofereceram; mas ele estava invencivelmente tenso — de algum lugar vinha aquela ânsia de organizar a vida, colocar as coisas em ordem, resolver-se — e, pior de tudo, a sensação amarga de traição, ostensiva, sem recato, sem disfarce, sem prévio romance? Ela finge zanga, dentinhos na orelha dele:

— Que foi agora, Cisco? Você quer me matar de vontade?

— Nada. É só uma coceira na perna, a grama está molhada.

Ela dava dentadinhas no pescoço dele (Ai!...), esmagava-o, o corpo quente sobre o corpo frio — e Cisco pensando em Rosa, a letrada altíssima, pensando no ensaio, pensando em fumar, em dar um gole de vinho, pensando em Raquel e seu abraço aconchegante.

— Me dê um beijinho na orelha, Cisco, hum... coisa mais boa. Ai!

— Você viu que cara maluco?

Balde de água fria:

— Ahn?

— O Enéas. Essa história de luta armada.

Tentou se erguer, a calça abaixada enroscou-se e ele caiu sentado. Ela riu, avançando em seguida:

— Não me fuja agora, safadinho.

Inteira nua, colou-se nele, prendendo-lhe os braços. De novo na grama, Cisco pensou em Napoleão:

— Jamais vou ser um conquistador.

Tinha a técnica, mas o remorso o destroçava. Preferiria Rosa, a bela, uma trepada artística e passageira como o mergulho da gaivota, uma vez só para nunca mais, de volta ao ninho de Raquel, maldita Raquel baixinha de cabelos pretos. Choque: choques na vagina e luta armada, assalto a bancos, focos de guerrilha contra milhões de soldados. *A única saída, Cisco.* Enéas era um bosta, nunca deu um peido na vida. Não, jamais voltaria ao inferno da cidade — a ilha e a Paixão eram o seu destino, faltava apenas a mulher. Bruninha intrigava-se:

— Que há com você, meu anjo?

— Eu...

Lembrou-se do cigarro provavelmente esmagado no bolso da calça. Vontade de ficar quieto, fumar e fechar os olhos.

— A Raquel deve estar me procurando.

— Não vai te achar, meu Cisco no olho, ai que vontade.

Ouviram passos no mato:

— Pss...

Ela o sufocou com um beijo — e ficaram imóveis, um coração ouvindo o outro. Os passos se foram. Ele agora pensava em como explicaria à Raquel aquele cheiro de mulher no pescoço, na barriga, aquele chupão descendo a virilha, ai!, a umidade na pele, aquelas unhas na bunda, a língua na orelha — até que Bruninha se ergueu, sentada sobre ele, e decretou a humilhação final:

— Cisco!? Você brochou?!

Nunca seria um conquistador.

— Vamos dar um tempo.

Ela suspirou:

— Tudo bem.

Vestiu a calcinha e a blusa e sentou-se ao seu lado. Acendeu dois cigarros, mãos trêmulas, e passou um a ele, que permaneceu nu e deitado, contando estrelas no céu escuro. Ela compreendia:

— Não se deprima, meu amor. Acontece.

O fracasso — um demônio quente, cheio de sarnas — desceu no corpo de Cisco, e o universo inteiro se reduziu à impotência. No mesmo instante, sem explicação, Bruninha desabou no seu ombro e desandou a chorar.

— Escrevi um poema, Edgar.

Ele dedilhava o piano.

— Manda lá, Maria.

Só os dois no chalé aberto, a noite quente, de repente ouviam risadinhas no mato, um correr entre folhas — e de novo o silêncio. Um tenso paraíso: tinham medo de perder o encanto, como da última vez. Maria pensava em Pablo, e beijava Edgar, o seu mundo da lua; Edgar beijava Maria e não pensava em nada, uma arte difícil. Ela sonhava: ficar aqui, para sempre. Transformar-se devagar até um estado permanente de representação, teatro e vida simultâneos, como quer Isaías. Imaginar-se sem emprego nem família, nem cartão de crédito, nem contas de luz, nem aniversários para esquecer, um a um, ano a ano, incapaz de enfrentar aquele duro envelhecimento precoce na solidão, madura aos 24, passada aos 25, velha aos 26. Edgar esperava o poema, ela remexia os papéis, sem coragem de ler.

— Não ficou bom.

— Tudo que você faz é bonito.

Ela sentia um hiato em Edgar — como se ele só brincasse, no conforto cômodo da própria liberdade, o prazer do vinho, da música, o prazer de estar disponível, o prazer de não pensar em nada.

— Vou ler.

— Eu acompanho.

Uma lenta melodia.

— *A lua é uma velha senhora*

uma vontade na escuridão...

Ela parou. Ele prosseguiu ao piano, aguardando o resto — e Maria dobrou o papel.

— Não sei mais escrever. Na verdade, eu não quero mais escrever.

Edgar tirou ainda meia dúzia de notas, fechou o piano e acendeu um cigarro. *É totalmente impossível duas pessoas se conhecerem.* Uma cortina de vidro parecia descer sobre eles, de lugar nenhum. Que Maria fosse como a música: sem dor. Mas as pequenas ansiedades estrangulavam, exigiam definições precisas, demarcações, limites — tudo o que inferniza.

— O que você tem, Maria?

Ela estranhou aquele Edgar sem riso, assomando atrás da barba ruiva.

— Nada. — E em seguida: — Você não me quer. — Imediatamente arrependida: — Desculpe, eu...

Segurou com força o choro na garganta — *de onde vem essa minha estupidez?* — e esboçou um sorriso trêmulo e envergonhado. Edgar sentou-se ao lado dela.

— Eu gosto de você. Gosto dos teus poemas. Do teu jeito, da tua voz. Mas pelo amor de Deus não me olhe com esse ar de noiva eterna! Você está fazendo da vida um... um escritório de contabilidade!

Afinal ela riu, submetendo-se à preleção.

— Você está certo.

— Eu vou tentar explicar como eu vejo as coisas, Maria. Já tive dois grandes rompimentos na vida. O primeiro foi o seminário. Tirei um peso das costas, me livrei de Deus e do Diabo, acertei as contas. O segundo foi a família, a que eu mesmo constituí, um rompimento bem mais dolorido. Agora não tenho nada. Tenho um resto de dinheiro, um piano, uma horta, um canário, umas garrafas de vinho. E algum medo, que eu tento controlar com rédea curta. E quero continuar assim, sem nada, para não precisar romper com nada.

De repente, a visão da própria vida era um poço estranho, uma outra coisa, fora dele. Pior, talvez: a vida era falsa. Súbito, confessou:

— Eu poderia ser um grande músico, Maria. — Ansiedade: — Você acredita?

— Acredito, Edgar. Você *é* um grande músico.

— Não! Não sou. Sou um monstro, Maria. — Agitado: — Uma vez eu disse ao Cisco: se ele soubesse o que se passa aqui, na minha cabeça...

Ela sorriu.

— Gostaria de ser como você, Edgar.

— Mesmo? Bem, você pode praticar, Maria! Começamos assim: você fica comigo o tempo que quiser e quando você quiser e se quiser, Maria. O acaso! É isso: o acaso! Eu acredito no acaso, nas coisas rodando sem parar no mundo inteiro, o acaso é o meu Deus! Deixe tudo nas mãos do acaso, Maria! Não force as coisas. Ele resolve.

Ela relaxou um pouco, enquanto ele reinventava o mundo:

— O acaso, Maria, é isso! — Braços abertos, sonhava: — Trinta anos de acaso, para se criar, rolar e viver e encontrar e romper: não tenho feito outra coisa. E basta uma pedra cair na cabeça, e pronto: acabou-se. — Uma pausa retórica, e voltou a gesticular, convincente: — Não é uma coisa espantosa que a gente tenha passado todos esses anos sem jamais ter se tocado, conhecido, falado? E de repente, como... sei lá, passando por todos os lugares-comuns, lances de dados, um rio que sobe e outro que desce, duas luas perdidas...

Ela ria solto, Edgar discursava:

— ... e de repente nós aqui, nessa ilha! Duas vezes seguidas, a fada voltou! É porque é mesmo para ser! — Suspendeu a respiração, silêncio total. E prosseguiu: — Nessa cama nos amando que nem dois desesperados. E você e eu querendo botar lógica no mundo?! Mas é incrível! Somos dois malucos!

Desandaram a rir.

— Representando a vida de Cristo nas dunas, dando beijos na boca, falando mal da vida alheia, tocando flauta, discutindo a luta armada, pondo ordem na vida, ahah! Principalmente pondo ordem na vida, é ridículo!

Maria continuava rindo, enquanto Edgar devassava, finalmente, a chave dos segredos:

— Nós podemos fazer tudo; só o que não podemos, Maria, é sair da rota do acaso! Portanto, nada de planos! Projetos, previsões, provisões, profilaxias, pró-isso, pró-aquilo, futuro, passado, tudo à merda! — Ponto máximo de agitação, a salvação: — Vamos comemorar, Maria, comemorar! Viva Maria!

Arrancou uma garrafa de vinho do armário, derrubou cadeiras, encheu um copo, depois outro, derramou bebida na roupa, no chão, nas pernas de Maria — e brindaram, ao acaso.

Mírian perambulou em volta da casa, sentindo a noite se esvaziar. Donetti mais uma vez acovardou-se à esposa — e Mírian percebeu o óbvio: sou apenas um caso meteórico, um acidente alcoólico na vida do escritor. E isso me incomoda? Para dizer a verdade — ela se imaginava escrevendo — não muito. A criação da fantasia: procuro nas frestas da memória breves olhares, apertos de mão milimetricamente mais demorados, simpatias veladas como provas de amor. É claro, como num filme, será um amor sufocado pelas conveniências, mas afinal amor, para se revelar inteiro (o divórcio dele, nós fazendo planos) quando a gente voltar à vida real da cidade. Essa angústia. Amor amor amor, que merda é o amor? Procuro não o marido, essa figura obsoleta, mas o companheiro ou a companheira, do beijo, da palavra — até de um filho, quem sabe? Eu gosto do escritor Antônio Donetti, do charme quarentão, do escritor, ou do homem mesmo, a sombra do sexo, ou, pior, eu gosto simplesmente do fato de ser a terceira ponta de um triângulo, a gostosa que desfaz um casamento? Poderia ter um caso com a linda Hellen, a loira e a morena, um belo casal, e Mírian sorriu imaginando o escândalo, capa da *Fatos & Fotos*, se ela não fosse tão — e, como uma demonstração, ali estão eles, no escuro, e eu vejo, masoquista: só o casal em frente à casa. Levantam-se agora, ele tonto de bebida e ela irritada, ela está sempre irritada; recolheu a bolsa cheia de cigarros e cremes e vão para o quarto. Evidente que Donetti não suporta Hellen. Ela finge indiferença, disfarça apressando o passo atrás dele. Imagino Donetti no dia a dia com Hellen, elaborando histórias de gênio, mergulhando fundo nas sutilezas da condição humana, e imagino Hellen reclamando do sapato apertado, da cinza no chão, do filme *hor-rí-vel* do Bergman, que não sei o quê o Antônio vê naquela chatura, que saco! *Eu* posso entendê-lo e sou capaz de admirá-lo. Ah, Mírian jornalista, o deslumbramento da primeira reportagem, que afinal modificou sua vida. Modificou? Uma transa no morro à noite e o sol na cara no dia seguinte. Foca do *Estado*, lá estou eu com mil assuntos para laudas e laudas. Jornalismo verdade: tudo sobre Antônio Donetti! Teatro de loucos na Ilha da Paixão. Donetti (incógnito) desquita-se da esposa: *Minha mulher é uma Zelda!* E mais: poeta propõe luta armada como saída do impasse existencial da pequena burguesia sequiosa de libertar o proletariado. Donetti: voto contra, é claro, um bastião cultural da esquerda bem-comportada, a oposição consentida. Me deu vontade agora de realmente ser jornalista, de poder ser jornalista, de poder escrever. Mas sou uma foca: o governador senhor Filho da Puta da Silva, acompanhado do secretário de Obras Públicas, o deputado Calhorda da Silva, inaugurou a Casa do Caralho, com a presença da fina flor da sociedade local. Quanto grilo, meu Deus. E mais assunto: Júlio, ator da Rede Nacional de Televisão, vive um sacerdote hebreu nas dunas da Paixão. Mas não sei escrever, sei redatilografar *releases*. Queria ser o Donetti. O que parece o sopro do amor é só a sombra da inveja. Gosto de uma personagem dele, Claudinha, acho parecida comigo, até na ambiguidade dos afetos, a misteriosa atração pela vizinha. Enéas: Ah, o Donetti é do tempo em que escritor tinha personagem, detalhes psicológicos, preponderância do individual sobre o social. Texto linear, estilo 1800, começo, meio, fim. O Enéas é um idiota. Mais furos para a estudante de jornalismo: entrevista exclusiva com Isaías, o louco da ilha. Quem é Isaías, afinal? Um novo líder religioso? Tentei me aproximar dele no ensaio. Seu Isaías, gostaria de conversar um pou... e ele de braço erguido, túnica suja, cabelos ao vento, cheios de areia: Maldita miséria desta terra! Ó homens do povo, eu vi! Eu vi nas estrelas o sinal do Messias! Pronto, e lá vão todos atrás, na hipnose do abominável homem das barbas. Queria também conhecer teatro, ter lido mais teatro, saber se realmente isso é teatro. Donetti (sempre o Donetti) jura que sim, isso aqui é o miolo do teatro, tem paralelo com as festas carnavalescas medievais, com a Grécia pré-Ésquilo e o escambau. Um teatro em que qualquer idiota vira ator. Nada de palco, nada de poltronas de veludo, nenhum texto escrito, nada de racionalismos: vivência pura, emoção visceral, inconsciente coletivo, arquétipos, coisa fina. Ai, ai, suspiro. Tudo isso pra relatar no jornal do senhor Maués, o capacho simpático, todo-poderoso chefe de redação. Eis um bom modo de enfrentar a angústia. Sentar sozinha nessa grama, fumar um baseadinho do Rômulo (onde ele arruma tanta maconha?) e pensar pensar pensar, que noite incrível, vendo essa casa incrível e convivendo com esse povo inacreditável, dá de tudo aqui. Mais notícias: pintor abandona vernissages e se refugia numa caverna paleolítica com adolescente que fugiu de casa. Não, o Miro ainda não é notícia. Lamento muito, dona Mírian, mas essas matérias não servem, jornal não vive de poesia. Já cobriu a festa do Country? Mandei fotógrafo. Sou mulata, seu Maués, eles não deixam entrar preto, os filhos da puta. Que mania de perseguição, dona Mírian, o Brasil é uma democracia miscigenada, que coisa. Pra página policial: Maconha corre solta na Ilha da Paixão! Solta, não: meia dúzia de maus elementos, liderados por Rômulo de Tal (foto), dependente e traficante. Esse baseadinho vai bem agora, puxadinha lenta, cara pra lua, o corpo gostosamente aconchegado na grama. Consegui esquecer o meu escritor por alguns minutos. Que maravilha, viajar de transatlântico, frequentar Paris, bater papo com Cortázar. Neste exato momento, dona Hellen tira a calcinha, pentelhos penteados. Vai uma trepada, amor? Não, querida, estou exausto, o ensaio foi uma loucura. E a garota jornalista, como vai, meu bem? Mais ou menos, *darling*, talvez dê um bom conto. Se for verdade, mato esse filho da puta. Ele tem mãos bem tratadas, de escritor, lisinhas na minha pele, a barba por fazer espetando a barriga, ai! Homem é isso — espeta. Aliás, ou sou muito difícil ou não sou sexy. Até agora, cantada mesmo só do Donetti. A Bruninha me disse algo que não entendi direito, a mão no meu braço. Mas aquele cérebro de ervilha é brochante. Está sobrando mulher nesta ilha. Bem, se fosse para eu escolher outro homem, morria sozinha. O Edgar é barrigudo, detesto homem barrigudo. Ingênuo demais para o meu gosto, mas simpático, agradável, bom músico. Tem mistério, largou família pra vir pra cá. O refúgio do artista incompreendido. Muito guri novo: Cisco, Toco, Murilo, Miro, Enéas, et cetera, et cetera. Todo mundo trocando as fraldas, não sabem nada de nada, perdidos num mundo vago.

Tem quem goste. Até brigam por eles, as idiotas. Não vou com os cornos do Cisco, fila muito cigarro, meio vaselina, emproado humilde, perna torta, mandãozinho, ferino, recalcado, dizem que comedor, o que não acredito. Raquel gamou, come um monte de merda por ele, é do gosto. Gurizada feliz, os nativos. Toco é muito alto, dou no umbigo dele. Me parece triste, formal, simpático, muito sério, perdido. Vou comprar uma caixa de etiquetas, sair por aí etiquetando o mundo. Por que Donetti de repente ficou caseiro? No começo, cagou e andou pra esposa, largou no mundo, não estava nem aí. Agora são unha e carne, está certo que de mau humor, mas estão lá, dormindo juntos, e eu aqui, sozinha como a lua. Amor versus conveniência, a velha luta, batalha diária. Mírian língua de trapo, já me disseram. A noite cada vez mais escura, a lua vai-não-vai, brilha e some, o mundo gira no céu, estou tontinha tontinha. Eu sou é uma tontinha. Ah, uma boa manchete: o senhor Fontes paga promessa. O conhecido empresário do ramo imobiliário Maurício Fontes, burro, babaca e rico, acompanhado da esposa, QI 3, dona Sueli, e do filho cartão-postal, de nome Jesus, em homenagem ao próprio... Tão bonitinho, o garoto! O senhor Maurício é chegado numa galanteza quando a digníssima está longe. Andou transando mulher, mijando fora do penico, me disseram; é de se conferir. Um sapo posudo, tive de dar um chega-pra-lá, de repente íntimo, mãos nos cabelos, fala macia despejando besteira, dedinhos gordos no pescoço da gente, que filho da puta. Quase que eu caía, numa crise de pressão baixa. O patriota paga promessa representando a Paixão. Pê-pê-pê-pê-pê. Já estou pensando em voz alta. Edgar toca piano na calada da noite, dá pra ouvir um fiapo de música descendo o morro. Vou lá. Não vou. Vou não vou. Ele e Maria se amando, que sorte a dela, já pegou o triângulo desfeito. Tá bom aqui, só no escuro, agora fumando um cigarrinho normal. O Donetti bem que podia vir tomar um ar aqui fora. Não tenho sono e amanhã tem ensaio, o Cisco com aquele sino enchendo o saco às seis da manhã. E o Barros, o que é aquilo, meu Deus? A encarnação do demônio. Ele sofre de incontinência sintática, o Judas lobisomem. A coisa mais esdrúxula e ridícula que já vi na minha vida. Não é gente — é um fígado estragado, o par ideal de Norma, a míope. Viverá de que, o figurinha? Me disseram que é publicitário, seis meses promovendo eletrodomésticos e seis meses destilando rancor na ilha. É bem capaz, mas não confessa, escondido atrás do terno, da gravata e da garrafa de pinga. Drummond: o homem atrás do bigode... Coitada da Norma, tão burrinha! A safra de mulheres anda pobre na ilha. Quem vem lá? Uma assombração? Um lampião? Um vaga-lume? Um palito de fósforo aceso? Não! É Moisés, o santo. Sempre de sunga hindu, a pele branca resplandece na noite. São ossos e uma cabeleira. Sujeitinho estranho. A solidão é estranha, de repente me vejo aleijando o mundo, descobrindo inimigos, concebendo perseguições, fabricando escárnio. Para isto esta Paixão: pôr pra fora todas as misérias, limpar-se por dentro, purgar. Ele não me vê, a cinco passos. Ergue as mãos, em volteios afrescalhados, as costelas estalam, rasgam a pele, só falta esguichar sangue, provavelmente branco. Ele não me vê ou faz que não me vê? Que ritual esquisito! Torce o corpo para trás, os braços se quebram, balançam feito salame magro. Vai se abaixando, que incrível! É um arco agora, toca o chão, desce de joelhos, faz um nó, ergue os braços, dobra as pernas à moda oriental e entrega a face aos céus. Dizem que dorme assim, todas as noites. Correu a notícia de que hoje a Bruninha vai violentá-lo. Ideia do Cisco, parece, uma crueldade. Moisés é um indivíduo realmente superior, capaz da solidão. A máxima liberdade possível seria isso: capacidade de solidão. Não resisto, coceira na língua:

— Desculpe, Moisés, mas o que você está fazendo?

Ele não ouve. Absolutamente imóvel. Ouve, sim; agora a resposta, sem se voltar:

— E é necessário que eu faça alguma coisa?

Não, não é preciso que você faça nada, mas fazer coisas é próprio da vida. (Ou será dos doentes?) Esse sujeito é deformado, voz cavernosa. Começo a achar interessante a ideia maldosa de Cisco: submeter Moisés à vulgaridade da tentação sexual. Vulgaridade, mesquinharia, pequenez, riso fácil, choro fácil, angústia, raiva, desespero, eis os ingredientes da vida nossa de cada dia, afinal vivemos de alfinetadas. Se ainda fossem facadas, espadadas, pontapezadas — mas não; alfinetadas. Com pudor e delicadeza. Merda, lá vem a fossa me levando devagarinho, tão bom devanear sem raiva, apenas sonhar coisas boas, pra mim, pros outros, fazer da melancolia uma coisa gostosa, lenta, uma sensação de... de... comunhão? Harmonia? Mírian, você pensa como um homem, uma vez me disseram.

Homens e mulheres pensam diferente? Eis uma pergunta masculina, me responderam. Ridículo. Tenho certeza de que essa assombração iogue em transe deve estar lendo meus pensamentos com mais nitidez do que eu própria. Para isso que ele veio aqui perto, os santos também bisbilhotam, ao modo deles, raios ultrassônicos, quinta dimensão, eletricidade mental, tuiimm...! — e pronto, estamos nas garras fantasmagóricas... porra, chega. Agora ele move quase imperceptivelmente a cabeça. Minha carga negativa perturba-o. De repente a noite se estraga, e eu sem sono. Mais um cigarro normal. Começam a aparecer mosquitos, por certo obra de Moisés, que não toma banho. A pureza da alma deve ser autolimpante. Já sei, desço até a praia, talvez encontre os profissionais, como diz o Enéas.

Não me despeço do hindu; não faço falta mesmo ao seu alimento espiritual. Para os seres superiores, ninguém existe. Vou achar o caminho no escuro? A lua faz charme, negaceia, ilumina e apaga, sete véus de nuvens. Medo de aranhas, cobras e lagartos. Todas as barracas em silêncio. Dois vultos adiante: Toco e Dilma. Abraçados, param, se beijam, voltam a subir o morro. Ontem se soqueavam, hoje se amam, amanhã se soquearão e assim a vida vai se fazendo. Sujeito fechado, esse Toco. Ainda não me viram.

— Dilma! Toco!

— Ai, que susto! O que você está fazendo aí, sozinha?

O "sozinha" é alarmante.

— Nada. Estou de guardiã da ilha, curtindo a noite. Vou até a praia. Tudo bem com vocês?

Toco franze as sobrancelhas, preocupa-se:

— Cuidado pra não tropeçar no caminho. Está escuro.

— Tudo bem, vou devagar.

Dois passos adiante, ele se lembra da advertência:

— Mírian, vê se descansa um pouco. Amanhã tem ensaio logo cedo.

Um chato esse Toco, obcecado pela ordem do ensaio, massacrado pelas mulheres. Insônia. Insônia é doença de intelectual, o Donetti deve ter insônias terríveis. Mais uma vez Donetti, a espiral da fuga volta ao princípio. Ou ao príncipe. Quando me conheceu, Donetti foi complacente, pensava que eu era burra. Devagarinho fui entrando na cabeça dele. O Donetti precisa é de uma mulher como eu, não de uma paspalha como a Hellen. Ela não gosta de mim. Talvez saiba tudo, a decantada intuição feminina, que só funciona contra nós mesmas. E eu quis ser educada hoje (educada não; falsa) e tomei no rabo — virou-me a cara. O palavrão solta a cabeça da gente. Que força, que sonoridade: puta, caralho, boceta. O palavrão é um soco. Senhor Maués, tenho uma dúvida atroz. Fala, minha filha. Escreve-se "a *bu*ceta da primeira-dama" ou "a *bo*ceta da primeira-dama"? Ou primeira-dama não tem bu(bo) ceta? Imagino Hellen deixando escapar o racismo: essa mulatinha é uma moleque de rua, credo! Bando de babacas, como as mocinhas das barracas. Não estão entendendo nada, vivendo nada, sentindo nada. Como diz o Miro, corja de turistas idiotas. A Rosa, estudante de letras, uma galinha-morta. Bonita, é verdade. Vai ser modelo na vida. Já leu o Donetti, Rosa? Não, estou no romantismo indigenista ainda. No último semestre, li *Iracema*, do José de Alencar. Bem faz o Júlio, que não se mistura. Ai, ai, de onde vem esse meu azedume ressentido? Que bobagem, Mírian. Relaxe. Respire fundo. Lembre-se dos sábios do Oriente. Escuridão medonha, avanço pé ante pé, ruídos estranhos, sopros, folhas, sombras sobre sombras, tem uma curva aqui. Numa dessas me agarram — era o que faltava, o tarado da Paixão, lobisomem da ilha. E vem súbito o clarão do mar, a areia branca feito cinza, um alívio pra cabeça, acho que estou com febre. Posso ouvir agora: três silhuetas cantam baixinho, dedilhando o violão. Perto da água, concentrado, o sacerdote hebreu. Não me viram ainda, sou um prolongamento da noite, parda e sinuosa. O manto de Júlio transforma-o numa minúscula pirâmide à beira-mar. Reluto em interromper sua contemplação, maldade rasgar assim a solidão dos outros.

— Que bom te encontrar acordado.

Um sobressalto — e um sorriso. Sento ao lado dele.

— Mírian, que surpresa.

— Tô te incomodando?...

— Claro que não. Quer um gole?

Felizmente a contemplação de Júlio não tem o radicalismo oriental. Vodca pura, da vagabunda, queima a garganta. Não acho nada para dizer, sinto que nosso astral é diferente, os círculos mentais se esbarram, nós dois respiramos mais fundo, os dois corações se aceleram — e o duplo silêncio é duplamente angustiante, agora sim, a noite me afoga. Ator experiente, ele me puxa delicadamente para fora do buraco:

— O que você faz, perdida aqui?

— Estou falando sozinha há duas horas, atrás de companhia. De repente falta assunto. E você?

Ele ri.

— Eu também.

Dou outro gole de vodca. Sinto uma súbita confiança em Júlio e me solto:

— Estou apaixonada.

— Mesmo?

— Mesmo. Profundamente. Desgraçadamente. Rasgadamente.

As risadas de Bruno, Márcio e Juca chegam até nós. Júlio olha o mar.

— Eu também.

É difícil imaginá-lo apaixonado — um homem frio, distante, sóbrio, quase arrogante. Sou indiscreta:

— Por quem, pode-se saber?

— Pablo.

Solidarizo-me com a paixão que não pode dizer o nome, mas escondo como posso meu desconforto: Pablo?! Logo ele? Não respondo nada, olhos na água. As ondas suaves morrendo adiante fazem um sussurro discreto.

— Você não acha ele bonito?

Tento me desligar do resto e me concentrar em Pablo, localizá-lo no espaço — para mim, uma figura insignificante. Ele me ajuda:

— É o que faz o papel de Cristo.

— Sei, sei, conheço ele. Estava pensando.

Passou o ensaio inteiro em transe místico, disfarçadamente agressivo, pedindo esmolas. O pivô do massacre de Judas. Uma legião de adeptos, apóstolos e desocupados arrastava-se atrás dele. Júlio repetiu a pergunta:

— Você não acha?

Não, não acho Pablo bonito. O mau humor é feio, desagregador, contaminante, e Pablo é definitivamente um baixo-astral. Espanta-me a serenidade de Júlio, a confissão à queima-roupa. Em tudo o oposto de

Pablo. Talvez só se sinta à vontade com estranhos, como eu. Ele aguarda minha resposta.

— Acho sim. Pablo é bonito.

O tom de voz me traiu. Procuro compreender esse mundo longínquo, que afinal me atrai, a imantação física entre pessoas opostas — a tentação da ironia escorrega, vai e volta, acaba se refugiando num canto escuro. Uma vontade de esmiuçar este secreto amor de homens. Será doloroso? Sinto que vivo no fio dessa mesma navalha: a total autonomia do sentimento. Isso é possível? Despregá-lo do corpo? Júlio dá mais um gole de vodca e não olha para mim. Sinto que se arrependeu de falar, talvez a ferida aberta com uma mulher estranha. Logo com Pablo. Ah, então com outro seria lícito, dona Mírian? Que tremenda careta a senhora me saiu. O que essa resistência está indicando? E tire do rosto essa cara de freira horrorizada. A vida está só começando e você ainda não viu nada. Deveria falar com urgência, entrar no mundo dele, romper minhas amarras, mas me sinto cada vez mais seca.

Ríspido:

— Você não tem nada com isso, Mírian, é claro. Desculpe. — Ele mesmo desfaz o clima subitamente carregado com um sorriso: — A não ser que você também esteja apaixonada por ele, nós dois amando o mesmo homem!

Enfim dou uma risada:

— Não, não, esse perigo não há.

Ele sorri.

— Então há outro?

— Outro o quê?

— Perigo.

Linguagem traiçoeira. Contorno mais uma vez, quero mudar de assunto, uma simulação de timidez — e me escapa a frase idiota:

— Amar é sempre perigoso.

De repente eu vejo ele sinistro, um caco de vidro nos olhos que me fitam, a provocação lenta, a exigência ofensiva de definições mais claras:

— Principalmente no meu caso, não é? O que você acha?

Não acho nada, porra. A cabeça dele se aproxima mais, talvez o inclinar involuntário do bêbado, quem sabe um pedido de socorro — então me abandono, deixo de resistir, vou de cara:

— É, deve ser difícil. A coisa em si — um homem amar um homem, uma mulher amar uma mulher, e todas as combinações mútuas possíveis — talvez seja absurdamente simples, mas a gente tem de viver no meio dos outros, e aí é foda. Eu sei disso. Você sabe disso, mais que todos. A imagem pública. Júlio, por favor: cada um na sua. Pior se você não estivesse apaixonado por ninguém.

Nada brilhante, reconheço. O meu medo é que ele avance por uma discussão de princípios, disto ou daquilo, e daí vai me faltar paciência. Virei confessionário; o tiro saiu pela culatra. Eu é que preciso me confessar. Tanta coisa pra chorar. Mas Júlio se cala; apenas balança a cabeça, severo, como quem considera profundamente minhas palavras. Mas não — pensava nele mesmo:

— O Pablo não sabe. E eu tenho tanto medo de falar que nem me aproximo muito dele. Vejo ele de longe, me afasto. — Volta-se para mim, os olhos agora pedindo desculpas: — Não sei por que fiz de você meu saco de pancadas.

Novo silêncio, ele fita o mar. Qualquer coisa que eu diga será besteira. Uma vontade de indagar, chegar às raízes, descobrir não qual é o *mal* — já que tento desesperadamente aceitar que não se trata de um *mal*, e me refiro a mim mesma —, mas simplesmente qual é o fato da atração sentimental, como funciona, como nasce, como se desenvolve e como se resolve a cada dia. Mas não sei sequer qual o *meu* fato, o que eu quero dos meus afetos, e pretendo entender a chave de Júlio — o grande ator. Portas trancadas, nós dois, sobrou o mar para curtir. E a garrafa vazia de Júlio:

— Vou mandar uma mensagem. Tem lápis e papel?

Abro minha bolsinha. Ele escreve com carinho uma garranchada ilegível, eu endosso embaixo. Já estou incapaz de brincar, ele também, vamos adiante por obrigação, papel lá dentro, rosca bem apertada, ele se levanta, cambaleia, joga no mar. Plaft! — sumiu nas sombras a mensagem. Nosso único ponto de contato é um vidro boiando na escuridão.

— Não vai chegar a lugar nenhum.

Voz muito baixa, ele concorda:

— Eu sei. E daí?

Que tristeza magnífica noite adentro. Agora sim, a comunhão universal.

XXI
A invasão

Miro enterrou a cabeça na água da fonte duas, três vezes — o gelo da água e o sol da manhã eram o seu batismo de todo dia, ao sair da caverna. Esfregando o rosto, ouviu os passos, a voz, as risadas:

— Bebendo uma aguinha?

Ele sorriu ao visitante verde, de sapatões lustrosos, uma pequena metralhadora pendurada no ombro. Havia outros, sorridentes. Não entendeu nada:

— É... eu...

— Você que é o famoso homem da caverna?

Rindo, chegaram mais perto. Miro começou a se assustar, não relacionando uma coisa com outra, soldados com Paixão, mas pressentindo tragédia. Deu apenas um passo para trás — e a mão do homem prendeu-o firme:

— A gente estava procurando você.

Outro soldado:

— Não é o pintor?

Um terceiro apontava as calças sujas de tinta:

— É esse mesmo.

O que parecia ser o chefe não parava de sorrir:

— Rapaz, achamos a mina de ouro... — A mão esmagando o braço seco de Miro: — Que tal a gente dar um pulo nessa caverna?

— Tudo bem... só que...

O braço mais apertado ainda, dedos chegando ao osso:

— Só que o quê?

— É... ai!

Cochicho na orelha, num crescendo de raiva:

— Só que você tem dois quilos de maconha lá dentro, não é? E tem também uma menina, que você raptou e trouxe para cá, não? Tirou da família pra vir comer ela aqui, não é, seu cheirador de cola, boleteiro, seu maconheiro sujo filho duma puta.

A dor no braço, cutucões de metralhadora na barriga — Miro prendia a respiração, olhos se enchendo d'água, entregue ao pesadelo. O brutamontes verde insistia, visivelmente controlando a ânsia do murro que poderia jogá-lo no mar dali mesmo:

— Só que o que, hein?

Braço solto, Miro apalpava-se, para acalmar a dor — todas elas — e tentava desfazer o que desde já sabia irremediável:

— Vocês se enganaram... eu...

— Vai andando na frente, até a caverna.

— O caminho escorrega, é só o que queria dizer.

— Não me diga! — O pontapé: — Vamos logo, porra!

Avançando no piso estreito entre o vazio e a rocha, mar estourando abaixo, os soldados atrás, Miro tentava se lembrar do que eles haviam dito — maconha, Aninha, qualquer coisa assim, enquanto a mão lhe esmagava o braço — e não conseguiria nunca entender, sufocado pela urgência daqueles inexplicáveis minutos que mudavam o mundo. Decidiu se entregar — e havia outra decisão possível? —, sabendo-se sem defesa, de qualquer espécie, nem agora, nem depois, nem nunca mais. Qualquer vantagem (não ficar muito tempo preso, não apanhar demais, não morrer) seria uma espécie de vitória. Premido pelo absurdo, sequer pensou em Aninha até o momento de vê-la acordando na caverna, de repente diante de outro problema — era preciso salvá-la, e a vida súbito esmagada.

— Miro, você... O que foi?!

Dois, três, quatro sombras armadas apareceram em seguida. O chefe parecia muito feliz:

— Então é aqui que vocês...

Aninha olhava Miro, procurando entender.

— Você é a tal de Ana?

Ela não respondeu. O homem sorria:

— Fique tranquila. Seu pai andava preocupado, sabia?

— Que história é essa?

Miro se desesperava — que Aninha se acalmasse antes que eles perdessem a paciência.

— Nós vamos levar você em segurança de volta pro seu pai. E esse vagabundo vai se explicar com a gente.

Ela começou a tremer:

— Eu não vou a lugar nenhum... eu...

O cochicho de Miro:

— Calma, Aninha. Obedeça.

Um choro inútil irrompeu descontrolado:

— Sou... maior de idade e...

Indiferente, o chefe ordenava:

— Revistem a caverna.

Na minúscula trégua — Aninha soluçando, os homens ocupados —, Miro tentava organizar a cabeça. A questão era Aninha, o pai de Aninha, aquela mula quadrada, o general, mas era absurdo o aparato de intimidação. Talvez — febril, via abrir-se a porta do paraíso bem no meio do inferno —, talvez quisessem obrigá-lo a casar-se, o que, no fim das contas, concessão feita, não seria tanta tragédia: voltariam em seguida para a ilha. Chegou mesmo a sorrir; a grossura dos soldados fazia parte da peça. Abraçou e beijou Aninha, cochichando:

— Guenta firme, menina. Não vai acontecer nada...

— Larga ela, ô vagabundo!

O puxão violento e o murro no queixo jogaram-no contra as pedras da caverna. Ao levantar-se — gritos de Aninha —, o pontapé nas costelas, outro, mais outro, e percebeu os quadros no chão, a tinta fresca na terra, pisões de coturno.

— Meus quadros!...

— Que quadros, filho da puta, que quadros — repetia o meganha, sapatão rasgando os demônios espalhados de Miro. — É disso que você está falando? Dessas merdas? — E erguia os restos das telas do chão — Dessas merdas aqui?

Vazio, dor, impotência — e os gritos de Aninha.

— Por quê...

Agora chutavam os quadros para fora, para as profundezas do mar — o que melhorava o humor do chefe:

— Os quadrinhos te incomodam? Não se preocupe, você vai pintar adoidado com a gente, ah ah ah! — Voltava a preocupar-se, exigia dos outros, esses recos molengões. — Como é, caralho, não acharam nada?

— Ainda não.

Irritava-se:

— Era só o que faltava, a gente chegar de mão abanando pro Moreira.

— Já pegamos os dois, porra.

— Quero dar o cu se não tem nada nessa merda. Procurem.

Metiam a mão nos buracos da caverna, rasgavam bainhas de roupa a dentadas, cheiravam latas, num frenesi metódico. Aninha, choro desesperado fazendo eco, afundava o rosto entre as pernas. Miro deixou-se ficar recostado nas pedras, a dor dos pontapés atravessando a alma, tremores no corpo inteiro. Chorava agora sem soluços, invadido pela tragédia; nenhum ânimo para tentar modificar o que lhe parecia destino inevitável, não mais do acidente, mas da própria vida. Única defesa, a morna sensação de que, de um modo ou outro, aquilo teria um fim — mas a lembrança dos quadros destroçados (da vida destroçada) era um pesadelo mais forte — maior a dor, maior a solidão.

Um soldado parou para pensar em voz alta:

— Mas por que não trouxemos logo um pacote de droga para plantar aqui duma vez? Não é isso que o capitão Moreira quer?

— Cale a boca, cretino. Siga o regulamento.

Afinal, alguém anunciou:

— Maconha!

— Tem certeza? Traz aqui na claridade, deixa eu ver.

O chefe conferiu à luz do sol, apalpou, cheirou, confirmou.

— É maconha, da boa. E isso é só o começo. Vambora, o Moreira vai gostar. — Organizava a retirada: — O maconheiro vai na frente. Meteu-se a besta, leva bala. Pra nós é bom, menos trabalho. A moça aí, se levante. Vamos logo com isso, porra! Quero chegar cedo na base, já estou de saco cheio de andar.

Ao sair da caverna, por último, chutou ao mar o que ainda havia no chão — tubos de tinta, roupas, latas de comida, e uma pequena tela de figuras azuis que havia escapado do massacre.

Por natural precaução, o cabo Souza cercou a casa antes de entrar. Os soldados se espalharam em volta, cuidadosos — e o silêncio daquela construção esquisita tinha um toque assustador na manhã. A verdade é que eles estavam com medo, e o cabo Souza não se decidia. Entrar ao acaso seria correr o risco de emboscadas, ideais naquele subir e descer de escadas, dobrar de portas, avançar de corredores, que eles adivinhavam pelas frestas. Limitavam-se a olhar de fora, pelas janelas da casa, aliás inteira vazada, revelando todos os ângulos de intimidades diferentes, pedras, colchões, revistinhas no chão, flores, tambores, quadros, camisetas, espelhos, mochilas, garrafas, pares de meia, cigarros e cinzeiros, calcinhas, martelo — e ninguém. Havia a varanda de cima, o segundo andar, de onde o cabo Souza teria ouvido passos. O cochicho, o suor:

— Como se chega lá em cima sem entrar na casa?

— Por ali, Souza. Tem um pátio adiante, dando a volta.

— Vá lá dar uma olhada. Quem você achar, traz pra baixo.

O soldado não se moveu nem respondeu. Souza ergueu a voz:

— Vai lá! Tá com medo?

Quem tinha medo era ele. Não teria graça nenhuma levar um tiro no peito, assim de manhã, numa casa vazia. *A qualquer momento vai correr sangue, eles não estão brincando, não são idiotas. Idiotas somos nós aqui.*

— Não, Souza. Não tenho medo.

E foi. O cabo percebeu algum desprezo no tom de voz — e decidiu que teria de ser mais duro para manter ainda um fio de respeito. A mão suava no fuzil. Tudo que a sua primeira missão militar importante como chefe lhe dava era um bloco de medo. O medo entra no pescoço, dobra e quebra a espinha, entope a garganta. Num lapso de alucinação, viu Moreira histérico no megafone, no acampamento da praia do trapiche, a ordenar que tirasse a roupa e se pendurasse numa árvore, de cabeça para baixo. *Apontar!* Passou a mão na testa, que parecia quente: seria febre?

— Souza, acho que não tem ninguém aí.

— Quer morrer, filho da puta! Se abaixe!

Tamanha a convicção que o soldado se jogou no chão, como nos treinamentos de caça aos comunistas na Serra do Mar, quinze dias perdidos no mato, matando galinha na unha. O soldado ergue a cabeça, devagar:

— Que é que houve?

— Pss...

Queria pensar: havia algo de extraordinariamente importante que ele estava a um segundo de perceber, não com relação à corja de comunistas que por absoluto acaso ele agora tinha de prender, mas com respeito a ele mesmo. Qualquer coisa relacionada ao fato de que ele preferia obedecer a mandar, e com uma vaga ligação com sua namorada Silene, de quem recordava agora o sorriso tímido, os olhos baixos e as mãos se tocando, suadas. Mas isso também se perdeu na memória, essa sensação de descoberta iminente, para renascer o medo, não só da bala perdida, mas (principalmente) da voz do capitão Moreira. Se alguém da casa passasse em frente daquela janela estreita, mesmo assobiando, como quem vai ao banheiro, com toda a certeza levaria uma bala no peito. Quer dizer: se não parasse imediatamente à sua voz, que parecia se esconder cada vez mais no fundo da garganta. O dedo sondava o gatilho, ameaçava, escorregava no suor.

O outro soldado chegou de volta da missão. Andar negligente, o filho da puta, como quem está na praia:

— Ô Souza, tem alguma coisa errada aqui!

— É claro que tem. Por isso que a gente desembarcou nessa ilha.

— Mas eu acho que o erro é nosso.

— Fale mais baixo, idiota. Quer levar um tiro?

O soldado erguia mais a voz, apontava o segundo andar:

— Tem uma velha lá.

— Mais ninguém?

— E uma outra mulher, que só ouvi a voz.

— Não entrou? Não fez revista? Que bosta é essa?

O soldado coçou a cabeça. Sentia a enrascada:

— Entrar eu entrei. Mas fiquei meio sem graça, porra. A velha me serviu um café, perguntou se o ensaio já tinha começado.

— Que ensaio?!

— E eu sei? E ainda levei bronca, ela disse que o café é só até as oito, senão ela não consegue sair da cozinha. Uma velha engraçada, meio caduca. Fala com sotaque estrangeiro.

O cabo Souza franziu a testa, como quem pensa. Estrangeira? Isso... porra, por que o Moreira não determinou que ele ficasse na praia armando barraca? Incapacidade total de tomar uma decisão. A pergunta imbecil escapou sem querer:

— Você não prendeu a velha?

— Porra, Souza. Vá você prender. A velha parece minha vó.

— Ela não estranhou a tua roupa? Não viu teu fuzil apontado?

— Não... É, eu também achei engraçado. Bem, eu nem apontei fuzil, lá vou eu ameaçar uma velhinha caduca?!

Outro soldado se meteu na conversa, definitivo:

— Nós tamos é fodidos. *Eles* já estão sabendo e fugiram.

Cabo Souza se desesperava:

— Quietos, porra! Você não perguntou onde estão *eles*?

— Perguntei cadê o pessoal, assim, como quem não quer nada.

— E ela?

— Me deu outra bronca. "Nas dunas, ora bolas! Onde é que você está com a cabeça?"

— Então o negócio é nas dunas...

Uma enxurrada de palpites:

— Onde é as dunas?

— Vai ver é o tal do teatro. O Moreira não falou em teatro?

— Teatro o caralho. Ele falou "teatro de guerra". Os caras estão preparados.

— Quietos! Porra, vou dar parte de cada um de vocês se continuarem falando que nem gralhas. Entrego pro Moreira.

— O que é que a gente vai fazer?

— Quem decide aqui sou eu!

— Eu é que não ia prender a velha...

— E revistar a casa? A gente não tinha de...

— O Moreira não falou nada disso, me lembro bem.

— Acho melhor prender os caras logo, levar lá pra baixo e pronto.

— Vocês não têm de achar merda nenhuma. Vamos pras dunas.

Era uma forma de adiar a velha estrangeira para um pouco mais tarde. Enquanto isso, pensaria. Pensava e suava, o cabo Souza. A operação secreta, a semana de treinamento, o excitante desembarcar da manhã, a revista divertida das barracas, todas vazias, tudo começava a se transformar agora num bicho de sete cabeças, de repente sinistro. Pelo número de barracas, haveria milhares deles, entrincheirados morro acima. Deram apenas dez passos ao acaso, baratas tontas.

— E onde fica essa merda de dunas?

— Faz duas horas que estou perguntando, porra.

Uma risada:

— Vamos chamar a velha pra batedora, ahah!

— Quietos. Vem alguém ali.

Vinte e cinco corações dispararam. Detrás de uns arbustos, apareceu um vulto de barbas negras, terno e gravata — e viam-no justo no momento em que secava uma garrafa no gargalo e jogava o casco para trás, que explodiu nas pedras.

— O que eu quero, minha cara — dizia ele a uma mulher miúda, de óculos, que o seguia —, é que você me dê o privilégio da solidão. Só há uma razão para eu estar nessa ilha: é que, apesar de tudo, mesmo com esta súcia de palermas e deste teatro imbecil, mesmo com Isaías, Ciscos, Tocos, Pablos e vagabundos em geral, ainda há a possibilidade da solidão, ainda posso exercitar a força da minha personalidade, sozinho, comigo mesmo, no ângulo agudo do espelho, do aço frio que reproduz minha alma tal como ela é, o teorema existencial que represento aqui. Em outras palavras: a minha missão sou eu mesmo! E *só* eu mesmo! Você pode compreender isso? Sinceramente, Norma, não estou disposto a repartir (quer tirar a mão do meu braço? Eu não gosto nem de levar nem de ser levado), a repartir o que considero...

Calou-se — tão espantado quanto o pelotão de soldados em volta deles. Mas sorriu, intuindo na soldadesca uma fonte de júbilo:

— Bom dia! — E ergueu os braços, amigável, enquanto o pé tentava discretamente empurrar Norma, grudada nele, para longe.

— Não se mexa! — ordenou o cabo Souza, fuzil apontado.

Norma deu um grito, tão estrangulado que não saiu da garganta, abraçada fortemente em Barros, que concluiu: não se trata de atores, mas de soldados reais! A descoberta o encheu de euforia, disparando a loquacidade de sempre:

— Mas é claro! Vocês chegaram! É exatamente o que esta ilha está... está precisando! Soldados! Soldados verdadeiros, não aqueles palhaços de Pôncio Pilatos! Como não se pensou nisso antes e... — mordeu de repente a língua, sentindo, mais que a dor, o gosto adocicado do próprio sangue — ... e com certeza vieram... com certeza vieram para... meu nome é Barros! — desfechou, gemendo em seguida a dor de outra dentada na língua, documento de identidade estendida, girando para a direita, para a esquerda, para que todos vissem e conferissem o mágico cartão verde — o que efetivamente aconteceu, na falta de outra coisa a se fazer em meio ao pasmo. Por fim, o cabo Souza confiscou o documento, fuzil agora abaixado, e prosseguiu tateante a investigação, jogando verde:

— Você... é do *grupo*?

Acompanhou a pergunta com um riso ambíguo, quebrando o gelo e deixando no ar as mil direções possíveis da palavra *grupo*. Barros mordeu-se mais uma vez, com um gemido esquisito, enquanto arremessava Norma a espantosos três metros dele com um simples gesto de braço.

— Digamos que eu estou em todos os grupos, cabo Souza! Ah ah ah! — e seguiu-se uma espécie de gargalhada louca e rouca.

Adiante, três soldados assustados levantavam Norma do chão, enquanto o cabo Souza suava — *como ele sabe meu nome?* Barros ergueu o dedo e a voz:

— Venham comigo, rapazes! Vamos nos divertir agora! — Era um mágico de circo anunciando um espetáculo maravilhoso: — Venham comigo apreciar aquele ensaio de fundo de quintal! Vocês não vão se arrepender! — A voz mais baixa, estendeu a mão para o ombro de Souza: — Dê o comando, chefe, e sigam-me!

Cabo Souza sentiu o calorão descendo do ombro para o corpo todo. Ele não gostou daquela displicência folgada, mas não havia tempo para se preocupar com ninharias: aquele homem mandava, *era dos nossos*. E que força medonha!

— Pelotão... em ordem! Fila por dois! Vamos rápido com isso! SEEEN... TIDO!

Todos obedeceram com uma rapidez inédita. A mão peluda do barbudo de novo no seu ombro parecia injetar autoridade na voz, o calor na alma, a força da vontade:

— Você aí, panaca! Imbecil, você mesmo! Leve essa moça e entregue ao Moreira. Imediatamente. Diga que ela deve ter muito a falar. E que a operação está sendo coroada de êxito.

O soldado, a contragosto — faziam-no perder o melhor da festa —, colocou-se ao lado de Norma, que se ergueu confusa do chão. Ouviu risinhos — *vai comer agora ou vai embrulhar?* —, que fingiu não ouvir. Norma ensaiou um protesto:

— Barros! Estão me levando!...

Ela nem ouviu o cochicho dele — *já vai tarde!* — enquanto um reco espinhento e irritado a puxava em direção às barracas. Os soldados estranharam o súbito poder da voz do cabo Souza, braço estendido à sombra de Barros:

— Pelotãããooo...! AVANÇAR!

— Sargento Clóvis se apresentando, Operação Garapa!

Do meio dos soldados, avançou Miro, sangue na boca, passos trôpegos:

— Eu... eu não sei de nada.

Aninha retomou o choro, um choro de fim de mundo. O capitão Moreira, sentado à mesa de comando armada numa grande tenda ao ar livre no meio da praia do trapiche, levantou-se: a operação começava a render frutos.

— Muito bem, pessoal. Um bom serviço. O problema da filha do general já está resolvido. Acharam mais alguma coisa?

— Mais nada, capitão. Vasculhamos tudo, da Vila Garapa até aqui. Veio o pintor e a moça. E maconha, capitão.

Estendeu o pacotinho da erva. O capitão achou graça:

— É como tirar doce da mão de criança. Entrega pro Amintas e faça o relatório. — Gritou para o homem do rádio, instalado numa barraca próxima: — Peçanha, avise imediatamente o general! Você sabe quem é. E vocês levem a menina para o navio, deem um calmante, que eu não aguento essa gritaria. Tirem um depoimento dela, mas sem bater, caralho. Uma coisa simples, só as datas, os horários, os amigos, esses detalhes.

Suspirou, satisfeito: *vão gostar da minha rapidez e eficiência*. A melhor parte começaria agora. Antes de sentar-se de novo, coordenou a colocação de um biombo atrás da mesa, com os mapas da operação, as ordens do dia e, no centro, o quadro com a fotografia do general Emilio Garrastazu Médici, em preto e branco, o peito atravessado pela faixa presidencial:

— Um pouquinho mais para trás. Isso! E mais um pouco à direita. Está bom. Dispensados.

Contemplou o biombo alguns segundos e afinal se acomodou à mesa, satisfeito. Remexeu papéis, acendeu um cigarro:

— Tragam o vagabundo.

Já no barco, Aninha esperneava, gritava, chorava, mordia. Um tapa no rosto, o cochicho:

— Cale a boca, cadelinha!

O outro sussurrava:

— Vai com calma, porra. Essa aí não.

O barulho do motor silenciou os gritos — e o barco cortou as águas em direção ao cruzador ancorado adiante. Miro vivia agora a agonia maior do pesadelo, a separação — estava só. Encostou-se na mesa, sentindo tontura. Se pudesse falar:

— Capitão, eu...

— Tire a mão daí.

Tentava ficar em pé, a dor no corpo inteiro, o choque na cabeça.

— Waldomiro Solano da Silva Torres?

— Sou eu... e...

— Pintor?

— É... eu...

— Veio de Porto Alegre?

— Sim, mas...

— Meu amigo, se você explicar tudo direitinho não vai acontecer nada. Esta é só uma operação de rotina.

Miro começou a ver demônios, ouvia gargalhadas, a realidade do inferno: aquilo, ele olhava em volta, era um campo de concentração, nem a mais remota possibilidade de fugir. E voltava-lhe a imagem dos quadros estraçalhados a pontapés, o prazer da destruição. Se o tempo passasse rápido: a morte de uma vez. Tão despreparado para qualquer coisa que não fosse o *seu* mundo... a *sua* criação... quem eram essas pessoas?

— A verdade, Waldomiro, ou Miro, como te chamam, certo?, é que você está com a vida um pouco enrolada.

— Eu...

O capitão levantou-se, um sorriso absurdo:

— Tudo bem, então? Seja sincero, conte tudo de uma vez e essa confusão acaba. O Lopes vai conversar com você. E o doutor Pilha vai dar uma olhada nesse esqueleto, hein, magrão? Estou torcendo por você, Miro. Abra a alma que tudo vai dar certo.

Súbito numa barraca escura, viu um homem organizando fichas num canto, burocraticamente tranquilo, toco de cigarro no canto da boca. A cena de um filme de terror e era como se ele já tivesse vivido aquilo. Alguém de avental branco com um estetoscópio pendurado no pescoço folheava uma revista em pé. O tal Lopes entrou em seguida. O calor sob a lona cobria Miro de suor; ele sentia o sal nos lábios feridos e ouvia um zumbido na cabeça. A voz neutra:

— Tire a camisa, Miro. Não sei como você aguenta esse calor.

Um exame médico? Chegou a sorrir, rodeado de sombras, os olhos vagos. A voz, de quem era?

— Agora conte pra gente o que está acontecendo na ilha. Quando você chegou?

Entendeu, afinal: um interrogatório. Respondeu por instinto:

— Não sei de nada.

O murro no estômago dobrou-o em dois, o ar faltando na boca aberta; desabou de cara no chão de areia. Em seguida, o pontapé no rosto sacudiu-o numa contorção de bicho, baba e sangue. Tentava respirar, um vácuo no peito que não saía — e um balde de água fria na cabeça. Alguns segundos de olhos fechados e sentiu um gelo cortando a pele: o vulto de avental branco, agachado, percorria sua alma com o estetoscópio, atento. Fez um sinal que sim e se afastou. Lopes deu um suspiro cansado. Mas era paciente:

— Vamos começar, então. Primeiro a maconha, depois os comunistas. Ouvi falar também que vocês têm armas estocadas. Tudo bem? — Outro suspiro: — E pare de chorar, porra!

Pouco depois, um soldado trazia Norma diante do capitão Moreira, com o recado do cabo Souza.

Exaustos de enterrar os coturnos naquela areia fina e traiçoeira, finalmente os soldados chegaram ao topo do último cômoro, conduzidos por um Barros loquaz e agitado. No auge do triunfo:

— Eis aí o caldeirão dos idealistas! Brincam de teatro, os imbecis!

Era mais gente do que Souza esperava. Fez um sinal para que todos se escondessem na linha do morro, de modo que ele pudesse estudar com calma a operação. Se fugissem agora, não haveria jeito de prendê-los — no máximo matariam uma meia dúzia. Talvez cercar o palco de areia — aquele buraco extenso onde eles se moviam aos gritos —, mas não tinha homens suficientes para isso. Pensou em pedir reforço; porém, a visão de Moreira furioso com a sua incompetência era demais. Perderia o posto. Coçava a cabeça já cheia de areia debaixo do capacete. Num segundo absurdo de nitidez, desconfiou de que talvez estivesse diante de um grupo inofensivo de adolescentes brincando em férias. E qual seria — pensou, arrepiando-se de terror — a função deste barbudo ridículo com bafo de cachaça que o convencera tão facilmente a vir para cá, nesta... nesta armadilha?! Onde estava ele agora? Enquanto isso, a maldita areia branca entrava pela roupa, grudava-se no pescoço, na língua, nos olhos já injetados. Uma armadilha perfeita — e o cabo Souza suava. Olhou desarmado para o próprio fuzil, provavelmente já emperrado pela areia. Um soldado arrastou-se até Souza, com um sorriso:

— Souza, tem uma mulherada boa aí, que...

— Vá para trás, idiota!

Súbito, o soldado desapareceu: era Barros, deitado ao seu lado, a mão no ombro aquecendo-lhe misteriosamente o corpo inteiro, um calor tranquilo.

— Então, cabo Souza? Eles são todos seus. O capitão Moreira vai ficar feliz. Hum? Posso dar o nome e a função de cada um deles. É esse o meu trabalho. Nunca um Judas foi tão autêntico! É disso que eles gostam: autenticidade, o tal teatro verdade.

Souza mantinha uma desconfiança prudente:

— Eles estão armados?

Uma gargalhada desagradável.

— Armados? A única arma deles é a burrice! E também algum tipo atravessado de sonho, daqueles que ocupam lugar no espaço: é preciso varrê-los, abrir caminho. Você compreende.

Souza continuava sentindo estranheza: ninguém havia feito referência a um louco infiltrado. Se alguma coisa desse errado, a culpa seria dele, Souza — pendurado de cabeça para baixo, e a ordem: *Atirar!* A mão tranquilizadora nas suas costas, o calor suave:

— É só descer até ali, cabo Souza. Em toda a longa extensão da sua vida, nenhuma tarefa será mais fácil do que esta, e mais gloriosa: uma centena de seres perigosos presos de uma vez só, a uma só ordem, como num lance de rede. Que tal? Já estou vendo a condecoração pendurada no seu peito.

O cheiro: não era exatamente cachaça. Os olhos dele vermelhos, impregnados de areia fina. Era pegar ou largar as informações de Barros; traidor ou cúmplice. Em última instância, poderia prendê-lo também. Sondar mais um pouco:

— Quem é o chefe do grupo?

Barros, mordendo a língua, apontou o dedo peludo:

— Está vendo aquele velho de barba, que parece um varal de roupa suja? *Aquilo* é o chefe. Parece inofensivo. Deixe-o à solta por mais um ano e aguarde o resultado. E outros, muitos outros, na verdade todos! — O dedo apontava: — Aquele ali é o Cisco, abraçado a uma imbecil, fazendo comício; ele pretende satirizar o poder. Veja: não é ridículo? Mostre para ele o que é o poder. Ele não sabe. Ele acha que poder é o direito de sacudir um sino de bronze todas as manhãs. Observe atentamente aquela figura muito alta. Está vendo? O nome dele é Toco. Ele está pronto para nós: é burro o suficiente para desprezar a proteção do inominável, aquele anjinho veado rodando em volta. Arranque a cabeça de Toco; o anjo desaparecerá. Há um outro, de nome Pablo, que... que... — mas Barros mordeu a língua, sem continuar a frase, e respirou fundo. — Enfim: basta matá-lo. E as mulheres, é claro, há as mulheres. — Seguiu-se outra gargalhada, e aquele hálito diferente. Súbita, a voz se adoçava, insinuante no ouvido de Souza: — Mas sabe o que é o melhor de tudo, amigo Souza? O melhor de tudo é que eles se acham maus; eles pensam que são pessoas defeituosas; eles têm um sentimento de culpa absolutamente encantador; eles sentem dúvidas atrozes sobre os valores da existência, e não estão seguros de que tenham realmente alguma qualidade. Eles se imaginam pequenos. Pois bem, é só fazê-los pequenos; é preciso dar razão a eles, dar um sentido para aquela culpa. Eles acham, no fundo, que o poder é alguma coisa intrinsecamente má. Pois faça isso, cabo Souza: demonstre, cabalmente, que eles todos estão absolutamente certos sobre tudo. O poder é mau, está em toda parte, e se eles sentem culpa é porque de fato são culpados, porque a máquina do universo é implacável no seu mecanismo de causa e efeito. Enfim, você tem a força da vida e da morte neste reles fuzil do século passado que carrega nas mãos. Exerça-a, simplesmente. Cumpra com simplicidade e determinação a lei da gravidade dos corpos naturais. Bata neles, com violência, e sem remorso: eles só vão acordar daqui a cinquenta anos, e daí não serão mais nada. Não é o Estado que tem a força, cabo Souza, muito cá entre nós, nem o bom capitão Moreira, e muito menos, que o Demônio nos perdoe, muito menos a simpatia discreta e eficiente do grande general que nos comanda. Eles terão, no máximo, o poder. Mas o poder é só uma aura, e uma aura muito frágil. Quem tem a força é você. Você não acredita? Imagino o beijo delicioso que a Silene dará na tua boca quando você estiver de novo em casa, missão cumprida, ao som das trombetas militares e dos hinos celestes. O poder está mais em você do que em qualquer outro lugar, embora não apareça. O ideal, esta aura da força se esparramando em toda parte, é a falta dos limites, a completa, libertária, falta dos limites, cabo Souza: esta semente que se multiplica e nos dá o poder da vida e da morte sobre as outras pessoas. O que nos impede? Nada. Simplesmente nada. Os generais morrem, mas o exemplo frutifica e nos ultrapassa. Contamine-se do poder e da força. Nós não somos nada, e é por isso que podemos ser tudo. Não tenha medo: faça a sua parte e pense na sua amada Silene.

Cabo Souza suava, ouvindo sem entender aquele vozerio insinuante que Barros cochichava em sua orelha cheia de areia. Como ele sabe da Silene?! Imaginou-se beijando Silene na boca, em frente de casa, à noite, na periferia de Curitiba, e aquilo parecia um sonho possível: a realização do desejo. Não era muito. Decidiu-se:

— Vamos descer!

— Assim que se fala!

Fez sinal aos soldados, que se aproximaram rastejantes.

— Atenção, pelotão! Vou dar ordem de prisão ao grupo. Quero todos espalhados aqui por trás, contornando o morro. Quando eu mandar, apareçam no alto, fuzis engatilhados. Pelo amor de Deus, não atirem sem ordem! O Moreira quer todo mundo vivo.

Barros esfregava as mãos:

— Vamos lá, vamos lá!

Os dois desciam o morro de areia, Barros à frente, cabo Souza atrás, acometido agora de um violento acesso de medo. Quanto mais perto chegava do grupo, mais desconfiava de que havia algum mal-entendido fundamental em tudo aquilo. Em vez de perigosos marginais, encontrava o que parecia um grupo saudável de pessoas bem alimentadas, sorridentes, mulheres de classe, gente de posses, festejando férias. O cabo Souza sempre soube o seu lugar nos espaços do mundo. A carranca do capitão Moreira na memória, atravessada pelo olhar vermelho de Barros, entretanto (e mais, não sabia por que, a imagem de Silene), interrompeu o devaneio. As mãos suadas tremiam sustentando o fuzil. Estranhamente, ninguém tomou conhecimento dele, figura anônima perdida no grupo de atores. Numa pequena elevação de areia, Cisco discursava:

PILATOS — Que todos se acalmem, homens do povo! Tenho percebido focos de rebelião nesta terra, e a ingratidão do povo é a dor maior do homem público. Os deuses são testemunhas do bem que César tem feito aqui. Não foram poucas as obras erguidas com o ouro de Roma! Pontes e aquedutos, frutos da melhor engenharia romana, se somaram com os braços valorosos dos hebreus, para a glória de César e o bem-estar de todos!

HOMEM DO POVO 1 — Pilatos tem razão! Temos vinho à farta, e há trabalho para todos!

HOMEM DO POVO 2 — Meus filhos morrem de fome! Toda a nossa pouca riqueza desaparece a olhos vistos!

HOMEM DO POVO 3 — E o que o grande Pilatos diz dos impostos? Matam-nos de fome!

HOMEM DO POVO 4 — E César por acaso curará os leprosos?

PROFETA (*braços aos céus, aproxima-se do grupo maior, uma voz grave que impõe respeito e silencia a todos*) — Malditos romanos que corrompem e apodrecem a terra dos homens! Mas eu vi! Eu vi a estrela do Messias com sua cauda de fogo, purificando a vida!

A gargalhada de Barros tomou conta da cena, e em pouco tempo ele se transformou no foco das atenções. Do meio do povo, crescia um burburinho agitado, afinal silenciado pelo gesto e pelas palavras de Pilatos:

PILATOS — Acalmem-se todos! Eis que temos entre nós dois estrangeiros! O de barba é Judas Iscariotes, valoroso amigo da corte. Muitos serviços ele nos tem prestado! E o outro é uma bizarra figura verde. Que se apresente a Pôncio Pilatos!

Júlio cochichou a Cisco:

— Não estou gostando dessa história... Quem é esse cara?

Toco se aproximou:

— Eu vi uns soldados por aí, atrás do morro.

Cisco não desfez o gesto grandiloquente:

— Deixem comigo.

PILATOS — Que se apresente ou será preso pela guarda romana!

Barros ainda ria:

— Chegou a hora da verdade, palhaços de circo! Acabou a festa!

Cabo Souza, repentinamente transformado em ator principal do espetáculo, sentiu o vermelhão subir à face. Vergonha. Não conseguia falar nada, o suor fazendo a arma escorregar das mãos. Percebeu-se cercado por aquelas figuras pouco amistosas. Pavor: seria uma cilada?

Toco tirou Pablo do meio do povo, discreto:

— Vá até o Isaías e fique junto dele.

— Tudo bem. Não estou entendendo nada.

— Nem eu. Mas eu sinto que é coisa ruim — completou, observando o desespero do anjo voando em torno dele querendo avisar alguma coisa que não saía da garganta, asas batendo.

A figura branquíssima e esquelética de Moisés destacou-se ao longe, passos lentos em direção do estrangeiro:

— Seja bem-vindo, forasteiro!

Cuidado com ele! — o cabo Souza pensou ter ouvido —, mas onde estava aquele homem? Em pânico ao perceber que a figura continuava avançando, sorridente, de braços estendidos, apontou a arma engatilhada:

— Pare! Não dê mais nem um passo! Não se aproxime de mim! Eu atiro!

Imperturbável, Moisés continuou avançando com o mesmo sorriso no rosto, peito nu diante da arma cada vez mais próxima — e, no silêncio vazio que se fez, ninguém respirava —, podia-se ver o dedo do soldado coçando o gatilho, enquanto ele inteiro recuava trêmulo, olhos enormes no fantasma:

— Pare!

Cisco empalideceu:

— Estão loucos?!

Ao redor de Toco, o anjinho voava frenético de um lado a outro, batia asa, abria e fechava a boca, como para avisar de um perigo terrível, iminente, um perigo monstruoso — puxava a camisa de Toco, apontava em outro sentido, e em outro, e em outro, asas batendo, perigo iminente! Toco afastou-o com um gesto irritado — e gritou no limite do pulmão:

— NÃO ATIRE, ANIMAL!

Cabo Souza olhou para o lado, perplexo — e Moisés finalmente abraçou-o com um carinho legítimo, como quem salva um afogado no último segundo:

— Seja bem-vindo!

Refazendo-se do susto, o soldado enrijeceu-se, vendo no abraço absurdo a senha de traições maiores — *onde está aquele sujeito?* —, assaltado de novo pela sensação de armadilha. Empurrou Moisés com violência, e girando a arma abriu um clarão em torno de si:

— Ninguém se aproxime!

Donetti alarmou-se com a cena:

— Que história é essa? Você está louco? Esse fuzil é de verdade!

Hellen puxava-o:

— Não se meta, Tôni, não se meta! Fique aqui!

O medo começava a tomar conta do grupo, e com ele uma indignação confusa:

— Quem é esse cara?

— O que é que você está querendo aqui?

— Baixa essa porra dessa arma! Tem mulher e criança aqui!

— Isso é trote do Barros! Vingou-se da surra que levou.

— Cadê esse filho da puta?

A raiva pegava fogo, reação em cadeia — e o cabo Souza sentiu o crescimento ameaçador da massa próxima:

— Parem que eu atiro!

Cisco sentiu o perigo, a proximidade de uma tragédia. Estufou os pulmões, agora verdadeiro Pilatos, trêmulo:

— Calma, pessoal! Parem todos onde estão! Fiquem tranquilos!

Uma mulher desandou a chorar no silêncio que se fez. Souza aproveitou o momento para assumir definitivamente o comando da situação:

— Vocês estão todos presos, por ordem do capitão Moreira.

Perplexidade:

— Como?!

— O que é isso?!

Mas sentiram que o soldado não brincava. Ele prosseguiu:

— Devem todos se apresentar imediatamente na praia do trapiche, escoltados pelo pelotão. Todos, sem exceção. Não tentem fugir.

Espanto crescente:

— Mas o que fizemos?

Maurício Fontes aproximou-se rapidamente do cabo Souza com a mulher e o filho, mão estendida:

— Meu amigo, quero declarar que não tenho absolutamente nada a ver com o grupo. Estou aqui a passeio, vim pagar promessa, e... — tirou do bolso um cartão — ... meu nome é Maurício Fontes, sou da capital, trabalho com imóveis e...

O cabo ignorou o cartão e a mão estendida.

— Explique-se com o capitão Moreira.

— Claro! Claro! Onde ele está mesmo? Vou imediatamente! Obrigado!

Donetti se aproximou, tentando manter a voz tranquila:

— Por favor: o senhor tem alguma ordem judicial?

Souza finalmente começou a sentir a solidez de sua posição, a liderança respeitada.

— O capitão vai lhe informar. — Lembrou-se da ordem recebida: — O senhor faça o favor de me passar essa máquina fotográfica.

Donetti indignou-se:

— Mas isso é um absurdo!

Hellen — *Me dá isso aqui, Tôni!* — arrancou a máquina do ombro dele e estendeu-a imediatamente ao cabo. As pessoas já estavam muito próximas dele, como se crescesse um sentimento de desafio àquele pequeno poder. Procurando em vão onde estaria o misterioso homem de terno, o cabo resolveu dar a ordem:

— PELOTÃO! AVANÇAR!

A visão dos soldados surgindo no alto das dunas acabou de vez com as dúvidas: aquilo era grave. Pânico, medo, paralisia, cochichos. Lembravam-se de Isaías, como de uma tábua de salvação — mas ele desaparecera, enquanto corria a notícia:

— O velho vai resistir!

— A ordem é não se entregar!

— Fugir para o mato!

Enéas andava de um lado para outro:

— Ficaram doidos? Estão loucos? Nem sabemos que diabo é isso! Resistir a que, com o quê?

Pablo, agora apenas um mendigo, circulava pelo grupo sussurrando a resistência: ele, Isaías, Toco e Cisco já haviam decidido. Era preciso respeitar a essência da Paixão: integrar os invasores à vivência da peça, resistindo a eles. Mas todos estavam assustados demais para aceitar o prolongamento do teatro, vendo aquele cordão de soldados se fechar em torno deles. Mírian tentava racionalizar as coisas:

— O teatro acabou, pessoal. Mas talvez não seja nenhuma tragédia: vamos lá ver o que eles querem e desmascarar essa palhaçada.

E começava a diáspora:

— Eu não tenho nada com isso.

— Isso é coisa da turma da maconha. Os caras estão caçando traficantes.

— Porra, eu vim aqui passear. Não devo nada.

Júlio era mais realista:

— Acho melhor calar a boca. A coisa fedeu.

Finalmente seguro na liderança, sentindo o poder nas mãos e a absurda fragilidade do inimigo, cabo Souza controlava-se para não rir sozinho: tão fácil a operação! *Eu não disse?* — perguntava a voz inconfundível, como um eco na cabeça; e de novo ele se via beijando Silene na boca assim que voltasse para casa. Não perdeu tempo: depois de aglomerar a massa de atores num cercado sob controle, de onde vinham gritos de mulheres, falas indignadas, pedidos tímidos de explicação e confissões de inocência, ordenou a retirada.

— Fila por dois aqui! Já sabem: quem tentar fugir leva bala!

Sob a aura do poder, cabo Souza via-se transformado num outro homem. Começou a andar de um lado para outro, com um entusiasmo febril, até que Edgar, começando a achar tudo aquilo muito divertido, ergueu o braço:

— Comandante!

Cabo Souza coçou o gatilho: aquele filho da puta estava querendo fazer graça. Olhou para ele, em silêncio. Edgar mostrava a flauta:

— Posso tocar?

Um tiro na testa desse vagabundo seria um bom exemplo — *isso, assuma o poder e você será um homem livre* —, mas antes que erguesse o fuzil um dos soldados gritou:

— Estão fugindo, cabo Souza!

Era como se acordasse: os atores se agitaram — naquele breve curral movediço na areia, sentia-se uma satisfação secreta pela dissidência. E súbita a voz de Isaías ribombou no espaço, ameaçadora, terrível, sob a sombra de nuvens que pareciam acompanhá-lo:

— Avise seu chefe, soldadinho! Só sairemos daqui mortos! — O braço era uma foice no ar, e parecia cortar tanto o céu quanto o inferno: — Não há mais nenhuma esperança sobre a face da Terra!

A aparição de Isaías, recortada contra um inacreditável céu de nuvens negras, arrepiou o grupo numa emoção coletiva; e correu entre eles uma irresistível sensação de apocalipse — viam-se atores de uma tragédia real. Um soldado ergueu o fuzil:

— Atiro nele, Souza?

Por que não? O mal pela raiz! Infernizado pelo sentimento de dúvida, o cabo tremeu: era medo. A pose autoritária de um minuto antes parecia se dissolver: continuava ouvindo a voz daquele maldito barbudo, cochichando de algum lugar: *Dê a ordem, cabo Souza!* Ele ergueu o braço para ordenar o tiro, mas era tarde: Isaías desaparecera. Com um alívio estranho, manteve o braço no alto e ergueu a voz, que, trêmula, rachou-se esganiçada, deflagrando risos discretos:

— RETIRAR!...

XXII
A retirada

Passado o susto inicial, os atores da Paixão resignaram-se a obedecer à ordem e seguir numa frouxa fila por dois, sob as vistas dos recrutas, já não tão assustadores quanto pareciam no início. Um deles, na retaguarda, chegou até mesmo a pedir um cigarro a Bruninha, protegido pela distância do olhar do chefe. Tocaram-se as mãos para proteger o fogo do isqueiro, mas Bruninha parecia tão escancaradamente simpática que assustou o soldado. A intimidade parou aí — qualquer pergunta dos atores ficava sem resposta. Em cochichos, as especulações corriam soltas.

Edgar, cada vez mais impregnado do que ele chamava de "Culto ao Acaso, a única religião honesta!", em poucos passos já tirava da sua flauta, numa paródia heroica, os sons da Marselhesa, em agudos estridentes, sob as palmas de uns, o mau humor de outros e a indiferença mais ou menos fingida dos soldados. Dois deles chegaram a sussurrar que talvez estivessem prendendo os criminosos errados, para desgraça da tropa.

Enéas conspirava:

— Para com essa música, cara! Vamos pensar em alguma coisa séria, pôr um plano na cabeça!

— Poeta, recuso-me a fazer planos!

E voltava ao ritmo da Marselhesa. Entre os turistas, o lamento era geral:

— Pô, em que merda vim me meter.

— Ideia da Carmem. "Uma curtição, um barato, transa legal, vai lá, cara!" E deu nisso.

— Esse troço está mais feio do que a gente pensa.

— Aquele Isaías ficou é maluco. Bem que me avisaram.

— E o pior é que botou todo mundo na jogada.

— E nós nem sabendo.

— Esse negócio foi planejado, está na cara.

Soturno sob a manta, Júlio cochichava aos vizinhos de barraca:

— Vocês deixaram o bagulho lá?

— Porra, na melhor. Quem podia adivinhar?

— Os milicos estão na praia do trapiche. Você ouviu?

— Faz de conta que o pacau não é nosso.

— Boca fechada, então.

Rômulo monologava, passo lento no fim da fila, tentando organizar a cabeça e se livrar de um embrulho. E se largasse a droga na areia? Poderia voltar depois. A mão suada no bolso, apalpando a mercadoria. Vale uma nota isso aqui. Impossível se decidir, os soldados de olho neles.

Mulher e filho ao lado, Maurício Fontes ia adiante de todos, fazendo questão de manter distância do grupo, aquele bando irresponsável de vagabundos. Ora só se tinha cabimento ele se misturar com aquilo! Sueli insistia, filho no colo:

— Fale pra ele, Maurício, que a gente não tem nada com isso. Que vergonha! É até capaz da gente sair na televisão, pro país inteiro!

Indignado, Maurício sacudia a cabeça:

— E que adianta falar para esses recos? Vou, isso sim, ah vou! vou falar direto com o capitão, colocar os pingos nos is! E esse povinho que meteu a gente nessa enrascada vai ouvir umas boas!

— Maldita hora que a gente veio pra essa ilha.

— Deixa comigo, Sueli. Vou resolver.

Jesus começou a chorar, sofrendo com os solavancos da caminhada e o sol, cada vez mais impiedoso. Sueli cobria a cabeça do menino:

— Essa agora! Mande o soldado parar, Maurício!

— Daqui a pouco a gente chega, Sueli. Esse cabo é outro animal. Depois converso com o capitão. — Não se conformava: — Aquele velho barbudo louco... Você ouviu o que ele disse? Decretou uma guerra! Cambada de irresponsáveis!

Mais atrás, a voz de Hellen:

— Eu não falei, Antônio? A gente podia estar na Argentina agora.

Ele calado. Os soldados mais próximos não tiravam os olhos da mulher, coxas bronzeadas e reluzentes, seios quase de fora — e ela se apoiava em Donetti, vontade de chorar, de morrer, de sumir:

— A próxima vez que você vier com essas ideias malucas de...

Ele estourou:

— Porra! Pare de me azucrinar! Chegando em casa você pega outro navio e vai para onde bem entender! Puta que pariu!

Arrependeu-se imediatamente da explosão — mais do que nunca era preciso manter a frieza. A cabeça confusa, um sentimento azedo de covardia e impotência diante de meia dúzia de recrutas ridículos, a dignidade ferida — e ele pressentia a gravidade da prisão naquele fim de mundo, sem nenhum amparo exceto o próprio nome, que afinal era nada. Hellen começou a chorar, e Donetti baixou a voz, tenso:

— Hellen, controle-se! Já temos...

— Controle-se? É só o que você sabe dizer?

E abraçaram-se, num impulso em busca de apoio mútuo. Dez metros atrás, Mírian cochichava a Maria:

— Você vai ver só a reportagem que vou escrever. Aguarde.

— E publicar onde? No Diário Oficial?

O frio na espinha, com o simples senso de realidade:

— É... estou sonhando. E acho que vou perder meu emprego, quando voltar.

— E é bom nem contar que é jornalista. Bico calado.

— E aqueles doidos disseram o quê? Que vão "resistir"? Esse pessoal tem o que na cabeça?

Uma Raquel pálida de susto se aproximou delas:

— Eu não vou me entregar. Eu estou pressentindo o que vai acontecer. Se eles me pegam agora, nunca mais. Como minha irmã. Eles imaginam que eu sei demais.

Maria e Mírian abraçaram-na:

— Calma, menina. Calma.

Mais alguns passos em silêncio e Raquel sussurrou:

— No fim das dunas vamos passar pela casa. Naquele trecho com mato eu me arranco.

— Para onde, sua doida?

— Encontro o Cisco, o pessoal que fugiu. Faço qualquer coisa.

— Se eles te pegam, vão te matar.

— É a minha última chance. Do encontro com o capitão a gente não volta. Eu, pelo menos.

Mírian começava a achar a coisa verossímil, ainda resistindo:

— Não é exagero, Raquel?

Ela cochichava o plano:

— Quando acabar o caminho das dunas, distraiam os meganhas deste lado. Façam uma gritaria lá na frente, inventem qualquer coisa pra chamar a atenção. Eu escapo para o mato.

Maria, tremendo:

— Eles vão atrás de você!

— Ninguém vai me achar mais. Quando eles pensarem no que fazer, eu já estou longe.

Mírian agarrou seu braço:

— Eu não vou deixar, Raquel.

Ela se enfureceu:

— Me largue, porra! Se querem me ajudar, tudo bem. Se não querem, vou assim mesmo!

Mírian e Maria calaram-se. O silêncio mortal parecia a senha de que elas aceitavam ajudá-la. Raquel baixou ainda mais a voz:

— Obrigada. E não falem para absolutamente ninguém. Isso aqui está cheio de dedo-duro.

Em outro ponto da fila, Lídia perguntava-se:

— Por onde andará o Toco? Se ele estivesse aqui, podia dar uma força pra gente, ele mora na ilha. Eu digo: explicar melhor aos soldados o que é a Paixão. Para os caras entenderem que é só teatro.

Dilma irritou-se:

— Consulte agora os teus sábios do Oriente. Quem sabe sirvam de alguma coisa. Faça jejum. Os milicos vão ficar comovidos.

Lídia mantinha a calma, singela:

— Pois sabe que a sabedoria oriental resolve, Dilma? Eu, por exemplo, estou tranquila. Só um pouco chateada. Estragaram a Paixão da gente.

— A minha já está estragada faz muito tempo.

Carmem pedia cigarros, nervosa:

— Que baixo-astral! Quero só ver onde vai acabar tudo isso!

Bruninha, sorrindo:

— Se fosse na cama até que eu me dava por satisfeita. Com um soldado bem forte, bonito, machão. — Despachada, gritava para o chefe adiante: — Como é, cabo Souza, dá um descanso pro povo aqui! Não aguento mais caminhar nessa areia!

Cochichos assustados:

— Cale a boca, guria!

— Esses caras são grossos!

— Quer levar um tiro?

Mas Bruninha subia a voz:

— Pode atirar, se for homem! Hei, você aí, cabo! Aqui ó! No meio dos peitos da Bruninha, dispara o fuzil, gostosão!

Cabo Souza, de novo inseguro — *Onde foi parar aquele homem de preto?* —, avançava sem olhar para trás, apressando o passo da retirada. Voltava a pensar em Silene, o beijo no escuro da noite. Bruninha dava risadas escandalosas:

— Aí, soldado brocha! Cabo mole!

Risadas mal disfarçadas entre os soldados próximos:

— Cara, que piranhada!...

— Se o capitão liberar...

— Quieto aí, o Souza tá puto.

Entre os novatos da Paixão, prosseguia o interminável bate-boca:

— Em que buraco a gente veio se meter!

— E essa menina provocando o guarda? Ficou louca?

— Isso vai dar no jornal?

— Estou com medo. Deixei minha carteira na barraca. Com todo o meu dinheiro.

— Até explicar que focinho de porco não é tomada.

— Eu até estou tranquila. Estamos com o escritor, é um cara importante.

— É só coisa de droga. Tem traficante no grupo.

— Pra mim é política. Você ouviu a conversa deles ontem à noite? Falaram até em luta armada. Eu ouvi.

— Só sei que não tenho nada a ver.

Rosa mordia as unhas:

— O Cisco desapareceu. Estou tão nervosa!

— Ele fugiu.

— Estou dizendo, eles têm culpa no cartório.

— Eu só quero que me liberem logo pra nunca mais voltar aqui.

Augusto se aproximou, sussurrando:

— Devagar com o susto, meninas. — Como quem tira uma carta da manga: — Falei com o Murilo. Nós vamos dar um papo legal com o capitão e resolver. Na calma. Fiquem tranquilas. Somos todos gente fina.

Mas elas não se convenciam:

— Onde tem fumaça tem fogo.

Augusto achou engraçado:

— Não somos de palha. Calma, que tudo se ajeita.

Esperançosas, penduravam-se nele:

— Você acha mesmo? — Começo de alívio: — Pensando bem, até que está sendo engraçado. Uma experiência inesquecível!

Risos nervosos:

— Chegando lá, temos de desmontar as barracas, antes que roubem.

Da desgraça passavam à euforia, borboletas confusas. Augusto pacificava:

— Antes de tudo, o papo com o capitão. Fica entre nós.

Murilo resmungava, sozinho:

— Nós estamos é fodidos. Isso é sonho.

Enéas fumava sem parar — querendo traçar algum plano com alguém, encontrava só desespero, medo, risada ou simples burrice; em qualquer caso, alienação total. E a flauta irritante do Edgar, agora tocando o Hino Nacional, como se tudo aquilo não passasse de uma farra. E os idiotas rindo em torno! Vão rir muito depois: a invasão do exército, ele concluía, era a parte menor de um plano articulado no país inteiro, certamente com consequências terríveis. Estavam isolados de tudo ali. Nenhuma informação. E ele não sabendo de nada, preso na ratoeira como um idiota. Tentava achar a ponta do novelo: fez algumas perguntas cuidadosas aos recos, mas ninguém falava nada. E a estúpida "resistência" de Cisco, Toco, Pablo, os menos politizados de todos, contra um batalhão? Que sentido fazia? Isaías ainda fazia algum sentido, um velho fanático, mas... aplicação da teoria dos focos guerrilheiros numa ilha deserta? Naquele fim de mundo? Contra quem? Guerrilha urbana, sim, nos grandes centros, essa a tese acertada; mas aqui era um absurdo. E outra certeza, que começava a sufocá-lo: a sua ficha, os seus antecedentes, a política estudantil, informações que muito seguramente estariam nas mãos dos gorilas — e viveu um misto de euforia e horror (por sorte ainda não era membro ativo do aparelho). A perspectiva da prisão: sim, saberiam já dele, deceparia o mal pela raiz. O frio, aquele vácuo de terror no estômago: estar ali rodeado de soldados, suportando uma caminhada feito judeu na Alemanha de Hitler, em direção ao forno, sob o Hino Nacional da flauta de Edgar, a paródia de Wagner. Como eles podiam se divertir com aquilo? São todos imbecis? E a sensação difícil da covardia na alma, a incapacidade de agir, a ânsia de algum gesto heroico logo destroçada (pelo medo?) pela razão pura e simples de que não havia outra coisa sensata a fazer senão continuar caminhando, sob pena de levar um tiro na nuca (imaginava o projétil no cérebro, uma pancada única, branca, vazia, para sempre). Sim: a razão está aqui, na obediência tática. Ficar vivo, a obrigação de todo revolucionário. A ideia de que seria mais decente estar com Isaías, condenado à morte no meio do mato e da vida, era inaceitável, ilógica, absurda, incongruente — e no entanto a ideia voltava, um pequeno e irritante sonho de grandeza, e mais irritante porque impossível. A ideia voltava, voltava sempre — *fuja, corra, saia desse matadouro* — voltava a sombra da grandeza de alguma resistência, por mais estúpida que fosse, pequeno-burguesa, romântica, infantojuvenil, suicida, mas resistência de qualquer modo, o desejo de deixar a sua marca, a sua afirmação, o seu limite, o transbordamento da alma, a vontade, ó América estraçalhada... E rememorou cacos de sua poesia (*de bar, essa merda inútil da poesia de bar!...*), sentindo-a pela primeira vez, assim concreta no desejo, e quis lutar também contra esse sentimentalismo imbecil que foi subindo à garganta e transbordava nos olhos — só então um breve instante de paz, a cabeça finalmente vazia, o caminhar monótono na areia branca.

Lina abraçou-o:

— O que você tem, meu amor?

— Nada. Nada.

Ela entendia:

— Por que você não fala com o Donetti? Vocês podem...

Irritação:

— O Donetti é um bosta! Todos são uns bostas de merda!

Chegavam ao fim das dunas. Ao longe já apareciam os telhados da casa, o verde do gramado e das árvores que desciam à praia. E, à esquerda, a proteção do mato ainda ralo que se condensava morro acima. Raquel, decidida, calculava o momento certo de disparar por ali. Mírian colocou-se junto ao guarda mais à frente, enquanto Maria se aproximou do soldado logo atrás, fazendo-o parar: pedia fogo para o cigarro que tremia na sua mão. Ele abriu um sorriso:

— Eu não fumo.

Cabeça oca pelo imprevisto, Maria estendeu a carteira amarrotada, cheia de areia:

— Não quer experimentar? Pegue um!

— Obrigado, moça, mas...

E alguém percebeu o vulto entrando no mato:

— Estão fugindo!

O soldado se virou, brusco, arma apontando o mato num reflexo, e seu braço foi empurrado para cima por Maria — o tiro no ar e o pânico. Instantaneamente, Maria começou a gritar histérica, seguida por Mírian, numa sinfonia de estridência insuportável que desencadeou um falatório de gralhas assustadas de ponta a ponta no grupo até o urro de Souza — e outro tiro para o alto:

— PAREM!

O silêncio de um segundo foi se dissolvendo num rumorejar de cochichos atordoados: mataram alguém? Novo grito, novo silêncio:

— Parem todos!

Os prisioneiros viam agora uma fileira de armas apontadas em volta, quase todas tão trêmulas quanto eles próprios. Cabo Souza se encharcava de suor e de medo — *Onde se meteu aquele barbudo filho da puta de terno preto?* —, sem saber nem o que fazer, nem o que tinha acontecido. Um soldado balbuciou no silêncio; criança vítima de travessura, apontava Maria:

— Cabo Souza, ela me empurrou!

Edgar explodiu uma inacreditável gargalhada no meio do pânico:

— Maria! Como é que você faz uma coisa dessas?! Empurrar o moço, que vergonha, Maria!

A gargalhada solitária interrompeu-se engasgada pelo fuzil de Souza espetando o seu pescoço:

— Se você não calar a boca eu descarrego isso aqui na tua cabeça.

Finalmente sentiu o abraço reconfortante, e aquele aroma inesquecível no ar: *A aura do poder, cabo Souza: você entendeu. Ele está fazendo você de palhaço com essa flauta. Estão todos esperando o tiro. Não se comova: faça o que deve ser feito. Lembre-se da bela Silene: ela aguarda você.* O cabo Souza sorriu, sem tremer, enquanto Edgar, queixo erguido pela ponta da arma, levantava a flauta com a lentidão de uma bandeira branca, voz engasgada:

— Tudo bem, comandante. O músico pede desculpas.

O dedo no gatilho, e cabo Souza olhou para os lados: onde ele está? O soldado voltou a distraí-lo:

— Uma moça fugiu, cabo Souza!

— Quem fugiu? — e o cabo recolheu a arma, sentindo um frio absurdo no rosto. Capitão Moreira iria pendurá-lo no trapiche de cabeça para baixo. Adeus, Silene. Pálido, Edgar recuou dois passos lentos. Um silêncio perigoso no ar. Cabo Souza gritou, aquilo era uma ordem: — Quem fugiu? Quero o nome!

Como se fizesse alguma diferença; mas, pelo menos, calculava ele, suando, ganha-se tempo. Um rastilho de murmúrios desencontrados, todos com a máxima boa vontade:

— Não vi ninguém fugir.

— Uma morena. Por ali.

— Não, era um cara loiro. Eu vi.

— Não foi a Lídia?

— Hei, eu estou aqui!

Maurício Fontes ergueu os braços e a voz:

— Olha aqui, pessoal! Atenção! É melhor dizer logo quem foi porque eu não estou a fim de virar saco de pancada pelo erro dos outros. Tenho mulher e filho aqui comigo. Vão desembuchando logo! — Justificava-se ao cabo Souza: — Realmente, comandante, eu não vi nada, eu estava lá na frente, logo atrás do senhor, e não tive nada nadinha a ver com isso!

Sueli gritava:

— Não se meta, Maurício! Volte aqui!

O soldado empurrado se apresentou:

— Cabo Souza, o erro foi meu. Vou atrás da moça?

— Não, idiota. A essa altura ela deve estar a um quilômetro daqui. — *Com uma granada na mão*, ele ouviu, e um frio desceu pela sua alma. O que fazer? *O capitão Moreira está esperando. Ele vai ficar feliz com essa manada de vagabundos. Beije a boca de Silene quando voltar.* — Onde está esse sujeito? — e olhou para trás.

— Quem, cabo Souza?

— Ninguém! — Subiu numa elevação de areia e determinou aos gritos: — O próximo ou a próxima que tentar fugir será morto imediatamente com um tiro nas costas! Pelotão! Quero todas as armas engatilhadas e apontadas! O menor movimento suspeito... — e Souza cresceu com a voz e a dureza da ordem — ... ATIRAR!

Silêncio absoluto. Cabo Souza brandiu a arma como a uma espada:

— AVANÇAR!

Enéas sentiu o último desejo de fugir, mas agora não tinha mais nenhuma chance. Talvez fosse melhor assim. Da janela do segundo andar da casa, a Vó e a Mãe olharam espantadas para aquela procissão de atores e soldados que irrompia das dunas, passava ao largo das barracas e embrenhava-se nas árvores da encosta em direção à praia.

Ninguém perguntou por Barros durante a retirada — talvez por imaginá-lo a tomar café com o capitão Moreira, entre boas gargalhadas. Mas não:

Barros ficara momentaneamente para trás, sentado na areia das dunas, encolhido, cabeça enterrada nos braços, vendo e ouvindo tudo, como um ator se concentrando antes de começar a peça. Uma pequena figura negra na areia branca. Quando ouviu os tiros — primeiro um, depois outro —, ergueu a cabeça cabeluda, vagaroso, e olhou para o céu. Sentia-se purificado. Lembrou-se da voz do espelho: *Apenas fale. A palavra sempre sabe o caminho.* Levantou-se, mais uma vez apalpando-se atrás da bebida, até encontrar a carteira de identidade, que observou atento aos detalhes: era mesmo ele, mas sem barba, um rosto juvenil bem-humorado, mil anos mais jovem. E observou-se agora: cheio de areia, o terno imundo e amarrotado, a gravata rota para fora do colarinho, o bolso rasgado; e sentia o inchaço da língua tantas vezes mastigada. O desejo de ouvir a própria voz, que saía rouca:

— Imbecis. Súcia de idiotas.

Sorriu: não sofria mais o limite do ódio, e apalpando a testa descobriu a ponta dos pequenos chifres. Pôs-se a andar, surpreendentemente leve: em poucos passos estava inteiro recomposto, o terno negro impecável, a gravata no lugar, o bolso refeito. Deu um salto e subiu sete metros, pousando lento na areia, braços abertos, como um pássaro. De novo andando, chegou até a casa. Diante de seu quarto, viveu um pânico absurdo: tinha perdido a chave? Ergueu o pé para derrubar a porta, a voz da Mãe veio do alto da escada:

— Quem está aí?

— Barros! Quem poderia ser? O diabo?

Voltou a apalpar-se atrás de uma chave inexistente: todos os bolsos furados, ele descobria, irritando-se.

— Onde está o resto do pessoal?

Agora ergueu o pé e respirou fundo:

— Estão como deveriam estar desde o começo. Presos!

E o pontapé derrubou a porta — que caiu inexplicavelmente em silêncio.

— Todos foram presos!?

— Infelizmente não. Os cabeças fugiram.

— Quem?

Ele sacudiu os punhos peludos para o alto escuro da escada:

— Os vagabundos da ilha! Isaías, Cisco, Toco, Pablo, os de sempre! Eu avisei! Desde o primeiro dia eu avisei!

Entrou no quarto, ergueu a porta do chão e encostou-a no vão com delicadeza. Sentia agora o conforto do próprio espaço, recendendo ao seu hálito reconfortante, a intimidade das garrafas vazias e dos livros abertos e pisados no chão. Começou a tirar a roupa, arremessando paletó, gravata e camisa num canto. Com as calças na mão, tirou a carteira de identidade, os cartões de crédito, o dinheiro, as moedas, as fichas de telefone, o cortador de unhas e o talão de cheques, separando os objetos em ordem sobre a mesinha de cabeceira, numa conferência detalhada. Nu, pegou uma toalha úmida e esfregou-se meticuloso nos pelos do tronco, dos braços, sovaco, barriga, no vão das coxas, no saco, nas pernas, nos dedos, sentindo o roçar finíssimo da areia. Depois, meteu um pente grosso, de dentes quebrados, na cabeleira e na barba, em puxões violentos e eficazes, cabeça inclinada à frente de modo que a areia não caísse na barriga, que parecia inchar — e cada batida do pente nos chifres, puxando pelos emaranhados, era uma dor fina que atravessava a cabeça, do couro à nuca. Em seguida, enxaguou o sovaco com jatos de um *spray* perfumado, que agitava antes de usar. Sentado na cama, procurou por uma garrafa cheia no meio das vazias. O primeiro gole — uma sede de deserto, de quarenta graus — desceu como labareda esôfago abaixo. Sentiu um alívio trêmulo. Com uma toalha menor, enxugava agora o suor que começava a correr da cabeça aos pés. Outro gole fulgurante, de gargalo, e decidiu agir. Separou novas roupas — azul-escuro tendendo inapelavelmente ao negro —, vestiu-as, ajeitou a gravata e afinal sorriu ao pequeno espelho:

— E então? Você precisava ver os cães fugindo como galinhas na areia! Que grandes homens! E a fila interminável de escravos!

— Parabéns.

— Eu conquistei a alma de um soldado! Subi sete metros na areia! Sou um homem livre!

O entusiasmo levou-o a morder-se, e a dor ameaçava ultrapassar o limite do suportável. Lembrou-se de Miro, oculto na caverna. Saberiam dele? Levantou-se: era preciso que soubessem! Todos deviam defrontar os fatos, sem exceção: os fatos, a realidade, a exata dimensão da vida.

Nenhum fingimento, nenhum teatro, nenhum sonho, nenhuma utopia, nenhum disfarce: FIM. Sem a sombra deformada do desejo. Sentiu uma urgência absurda, inadiável, compulsiva de encontrar o capitão Moreira. Com rapidez crescente fez as malas, no início dobrando os ternos, depois amontoando-os de qualquer modo, enfiando camisas, cuecas, casacos, garrafas, livros, um volume de roupas que inchava. As duas malas custaram a fechar — e pesavam, mas Barros se sentia incrivelmente forte. No vazio e no silêncio do quarto, imobilizou-se: parecia estar ouvindo ratos. Lembrou-se do espelho, e sentiu um frio agressivo no estômago pelo quase esquecimento. Olhou-se: estava nublado.

— E agora?

Nenhuma imagem, só a voz:

— Agora é com você.

Antes de sair, quebrou o espelho, como quem se livra de uma prova.

XXIII
Devassa da Paixão

O medo — e o seu silêncio — foram se alastrando entre os prisioneiros à medida que percebiam, passo a passo, a extensão daquele novo teatro, completamente sem humor. Quando começaram a divisar através das últimas árvores os sinais de um acampamento militar instalado à beira da praia, e mais um inacreditável navio de guerra ancorado ao largo da ilha, os atores da Paixão foram se amontoando na insegurança de quem não quer ir adiante, a temerosa confusão de carneiros próximos do abate.

Os soldados, fortalecidos pela proximidade do comando maior logo adiante, erguiam a voz pela primeira vez, empurrando-os vez ou outra com o cabo do fuzil:

— Vamos logo com isso!

— Andando! Andando!

Única voz no meio do espanto, Bruninha tentou arrancar uma última graça:

— Mas que recepção! Cadê a banda?

Edgar largou a flauta:

— Acabou.

Cem metros adiante, o cabo Souza apresentava-se diante da mesa de comando do capitão Moreira, na tenda ao ar livre.

— Cabo Souza se apresentando, capitão Moreira! Trouxe os prisioneiros. Estavam escondidos nas dunas, mas não ofereceram resistência. E confisquei essa máquina fotográfica.

Olhou para os lados: quem sabe seu amigo aparecesse por ali? Falaria dele ao capitão Moreira? O capitão continuava rabiscando alguma coisa na papelada em frente. Melhor não dizer nada. No mesmo instante, sentiu medo, a sensação de que não havia feito as coisas exatamente como deveriam ter sido feitas. Era preciso se preparar para o implacável interrogatório. *Sim, observe o capitão Moreira: ele tem a aura do poder, o próprio poder, e a força, tudo ao mesmo tempo. Observe e aprenda.* Olhou discretamente para os lados: ninguém. O capitão nem levantou os olhos do papel:

— Vieram todos?

— Sim, capitão. — Sentiu o suor escorrendo. Pigarreou. — Quase todos.

O capitão afinal se levantou e deu alguns passos em direção ao rebanho cercado de soldados, que por sua vez se aproximava dele, até imobilizar-se numa linha próxima. Contou mentalmente — umas setenta, noventa pessoas? — e observou como todos olhavam para ele. Uma súplica aqui, um terror ali, um desafio adiante, um simples medo ao lado, uma angústia lá atrás, tudo criança assustada.

— Quase todos? Quantos ficaram?

— Uns quatro ou cinco. — Silêncio. Adiantou-se às perguntas: — Estavam longe do grupo. Eu não podia dispersar a tropa. Achei que...

— Fez bem.

O bom humor do capitão animou cabo Souza — a ponto de confessar o resto, livrando-se da tarefa mais difícil:

— Uma moça fugiu durante a retirada.

— Aquela de óculos que o soldado trouxe?

— É... não. Não senhor. Aquela foi capturada. Uma outra.

— Então está morta? Ouvi dois tiros.

— Exato, capitão! — Suor. — Isto é, os tiros. Mas infelizmente ela conseguiu escapar.

— Sei. A incompetência de sempre.

Do cabo ou da tropa? Souza arriscou, obediente:

— Exato, capitão.

— E o velho? O tal de Isaías? — Ergueu-se na ponta das botas, para enxergar melhor aquele volume de gentes.

— Ele... ele foi um dos que escaparam, capitão.

O capitão Moreira suspirou. Estaria satisfeito? Parece que sim:

— Depois caçamos os fugitivos, um a um. Vai ser fácil. Mais alguma coisa?

Cabo Souza sentia o suor escorrendo no pescoço. Falaria do tal Barros? Resolveu ganhar tempo:

— Tem duas velhas na casa.

Diria que eram estrangeiras? Melhor não. O capitão espichou a cabeça:

— Não estou vendo elas aqui.

— Perfeito, capitão.

— Duas velhas? Então fugiram arrastando as muletas?

Talvez a intenção fosse apenas a de fazer graça; difícil dizer.

— Não... exatamente. Nós deixamos as velhas na casa. Eu achei que...

Mas Moreira pensava longe. Cortou a conversa:

— Ótimo. Já temos com que começar. O pelotão norte-sul vai completar o serviço. Já estão no meio da ilha.

Mal o capitão deu alguns passos em direção à mesa, uma figura em pânico rompeu a apatia do rebanho e cruzou pelos soldados, braço erguido, gritando:

— Capitão! Meu nome é Maurício Fo...

Uma coronhada de fuzil jogou-o para trás: sangue espirrando do nariz, Maurício caiu sentado. O soldado justificava-se:

— Ele avançou sem ordem, capitão. Ia lhe atacar pelas costas...

— Levantem esse idiota.

Uma mulher começou a gritar, ao mesmo tempo que um bebê disparava a chorar esganiçado no seu colo.

— Maurício, venha pra cá! Eu disse pra você ficar quieto! O que fizeram com você, meu Deus!?

O capitão, irritado, ergueu a voz:

— Cale a boca!

No silêncio — o choro do menino Jesus abafado pelo carinho da mãe —, Maurício limpava o sangue com o lenço, disparando explicações:

— O senhor me desculpe, capitão. Eu não tive intenção de... Meu nome é Maurício Fontes — estendeu a mão suja de sangue, que o capitão recusou — e trabalho com imóveis na capital. Essa... aquela é minha esposa Sueli, e meu filho Jesus. — O silêncio (interessado?) de Moreira era um estímulo a que ele fosse adiante: — O que eu quero dizer ao senhor é que não temos absolutamente nada a ver com isso aqui, seja qual for a acusação. Tudo não passou de um mal-entendido de minha parte. Ingenuidade minha. Pura ingenuidade, capitão! Ninguém está livre de errar! Estou pronto a prestar quaisquer informações necessárias ao bom andamento do seu serviço... e meu filho está com um pouco de fome e... — meteu o lenço no rosto, o sangue continuava escorrendo — e tenho certeza de que o senhor verá que não temos nada com isso e...

Desatou a chorar — e a mulher no mesmo instante voltou a gritar histérica, segurada por dois soldados, prontos a lhe desfechar um murro corretivo assim que viesse a ordem, que afinal não veio:

— Tragam a mulher com a criança e levem esses três para uma barraca. Vejam o que o bebê precisa.

Um homem magnânimo! Mas, no mesmo instante em que Maurício balbuciava agradecimentos, alguém começou a gritar, mãos em concha na boca para ampliar a voz:

— Filho da puta! Dedo-duro! Cagão! Calhorda! Vagabundo! Covarde!

Era Enéas, absolutamente fora de si, dando pontapés nos amigos que tentavam calá-lo — *Fique quieto, imbecil!* Mas ele prosseguia:

— FILHO DA PUTA!

Maurício juntou os cacos de sua dignidade, dedo apontado:

— Filho da puta é você, seu comunista vagabundo!

A um gesto do capitão — *Mas só tem histérico aqui?* —, seguiu-se a ação rápida dos soldados, que arrastaram Enéas a bordoadas. Cresceu um coro indignado de protestos, enquanto Enéas tentava avançar não contra o capitão, mas contra Maurício. Foi contido pelos soldados a murros. Sueli, filho chorando no colo, puxava o marido para trás, que obedecia relutante — era hora de dar uma lição naquele petulantezinho. O cordão de guardas fechou mais o cerco, fuzis ameaçantes, numa tentativa de silenciar os gritos dos prisioneiros. Enéas, esperneando, foi arrastado até a barraca de Lopes. O homem do estetoscópio entrou em seguida. O capitão sentiu que afinal as coisas se normalizavam, de novo sob seu estrito controle. Quando tentou de novo chegar a sua mesa, ouviu uma voz mais tranquila que se ergueu da massa de prisioneiros:

— Capitão Moreira!

Curioso, Moreira voltou a se aproximar do grupo, procurando o homem que levantava o braço, talvez o mais velho daquele grupo:

— Qual é o problema agora?

Donetti, braços semierguidos como quem pede paz, avançou até o capitão, que avaliava a tensão indignada do homem e o seu cuidado com as palavras:

— Eu sou escritor. Meu nome é Antônio Donetti.

O capitão sorriu, satisfeito.

— Ah, o escritor. Já estou sabendo, seu Donetti. Logo a gente vai conversar.

Donetti ergueu a voz, sentindo-se um pouco mais seguro:

— Antes de mais nada eu gostaria que o senhor apresentasse uma ordem de prisão ou qualquer documento legal que justificasse essa violência contra um grupo de atores representando a vida de Cristo. Eu sou testemunha. Posso lhe assegurar que não tenho conhecimento de absolutamente nada, por parte de quem quer que seja, que constitua infração da lei.

Um murmúrio de aprovação correu no grupo, e ensaiaram-se algumas palmas felizes e alguns *É isso aí!* animados. O capitão não gostou do que ouviu.

— O senhor sabe muito pouco, seu Donetti.

— Então eu gostaria que o senhor nos explicasse. É o mínimo que...

— Eu não devo explicações a ninguém. Eu estou dizendo que o senhor sabe pouco.

Uma confrontação aberta. Donetti foi adiante, uma pálida esperança de que algum fiapo civilizado de temor entrasse naquele ser:

— Capitão, sou um homem muito conhecido no país. Eu disponho de meios para denunciar ao mundo o que está acontecendo aqui. — O capitão manteve um olhar frio, que resvalava para uma discreta ironia; parecia esperar, até mesmo estimular que ele falasse mais. Donetti começou a tremer, pressentindo a inutilidade de avançar contra uma rocha. — E a mínima violência cometida contra meus amigos terá seu preço. Eu acho que o senhor entendeu o que eu quero dizer.

Moreira distraiu-se subitamente com uma figura de barba espessa e terno escuro que parecia andar à solta entre as árvores e o acampamento, atrás da linha dos soldados. Apontou o dedo:

— Quem é aquele homem?

Os soldados olhavam para lá, atentos.

— Quem, capitão?

Mas não havia mais ninguém. Voltou a contemplar Donetti, como quem tenta se lembrar de alguma coisa:

— Pois não?

Trêmulo, Donetti foi adiante, ainda com uma remota esperança de tocar o coração daquele imperador miúdo:

— Eu gostaria de declarar que esta prisão em massa é total e absolutamente arbitrária, e nós todos vamos lutar por nossos direitos até o fim.

— Sei.

Coçou a cabeça: ele tinha certeza de ter visto um homem de preto andando por ali. Donetti interpretou a expressão evasiva do militar como consequência de suas palavras. Endureceu:

— Estou esperando explicações, capitão. Ou uma ordem legal de prisão. Eu não gostaria de ver a sua carreira manchada por um ato equivocado que pode ter consequências graves!

O capitão apontou o mato a dois soldados:

— Façam uma busca naquelas árvores ali adiante. Eu vi alguém. Tragam o sujeito aqui.

E voltou-se em direção à sua mesa, aparentemente esquecido de Donetti, que ficou só, trêmulo, à frente do grupo, afinal se convencendo: aquele homem era um louco. No mesmo instante ouviu-se um urro estrangulado — de Enéas, seguramente — vindo da barraca maior. Um frio de pavor correu entre os prisioneiros. Donetti gritou, punho erguido:

— Isso é tortura, capitão! Isso é prática de tortura! — A ameaça inútil: — Isso não vai ficar assim! O senhor é o único responsável!

Foi imediatamente arrastado por três soldados para dentro da linha do rebanho. Absorto, o capitão voltou à mesa. Mais ordens:

— É preciso remover esse povo para longe. Façam um cordão uns 300 metros morro acima. O Lopes não se controla. Ah, e depois isolem aquele escritorzinho do resto do pessoal. Ele vai sentir na bunda os direitos do homem.

A remoção do grupo para longe dali ocorreu sem dificuldade. A massa dócil de atores recuava lenta, ainda custando a acreditar no que estava de fato acontecendo, um murmúrio de lamentações:

— Nós nunca mais vamos sair da cadeia...

— No que é que eu fui me meter?!

— Esses caras são malucos.

— Eu tenho um tio que é coronel. Se tivesse um telefone aqui...

— Agora não adianta chorar.

— E estão baixando o cacete!

— O que é que a gente vai ter de confessar? Eu confesso!

— O pior é que não sei de coisa alguma!

Edgar avançava abraçado com Maria. Ainda uma nesga de humor:

— Será que tem piano na cadeia, Maria?

Mas ela pensava em Raquel — e voltou a chorar.

— Que é isso, menina... é só um susto. No fim, a gente volta pra cá, arrumamos o chalé, vivemos felizes para sempre! — Ele parou, a grande revelação: — Maria, eu sou até capaz de casar com você! Que tal?

O riso misturado ao choro:

— E os que ficaram, o Pablo, Cisco... eles vão morrer.

— Que nada. Eles é que vão salvar a gente.

Numa imagem que sabia absurda, Edgar via o grupo de Isaías, vingador, descendo a montanha, matando soldados, fazendo justiça, salvando a humanidade. Ouviram ainda outro urro de Enéas, este cortado ao meio — e um silêncio sinistro. De repente, abriu-se um clarão no grupo de prisioneiros e apareceu Moisés, como vindo dos céus, a sunga branca e o corpo nu, seco, rosto pálido e longos cabelos — a mesma figura impressionante de sempre, placidez e passos leves.

Atravessou a linha de soldados e continuou descendo em direção ao acampamento, sem que ninguém erguesse a mão contra ele, tomados de espanto por aqueles olhos frios e ao mesmo tempo tranquilos, que pareciam atravessar tudo o que viam, tocando a alma — tamanha a paz que os passos não deixavam marcas. Os soldados entreolharam-se: o que fazer? Matá-lo? Seguiram-no à pequena distância, fuzis apontados, mas lembravam mais um séquito de discípulos que de carrascos, sob um silêncio ressabiado.

Como um digno emissário, Moisés avançou direto até a mesa do capitão Moreira e postou-se firme diante dela. O capitão organizava a papelada para o início dos interrogatórios, distraído — *eu tenho certeza absoluta de que eu vi um homem de terno escuro andando no meio do mato* — até que percebeu aquele par de pernas brancas e secas, imóveis, diante dele. Ergueu os olhos, intrigado, e encontrou o rosto impassível do santo, braços magríssimos tranquilamente soltos ao longo do corpo. Olhos nos olhos durante alguns segundos, paz metafísica de um lado, tensão inquisidora de outro, o capitão se ergueu devagar, buscando apoio em volta, o braço apontado e a pergunta espantada:

— O que é *isso*?!

Ninguém respondia nem se aproximava. Cada vez mais espantado, o capitão viu Moisés lentamente sentar-se no chão diante dele, dobrando as pernas ao modo hindu, cabeça baixa, mãos delicadamente pousadas sobre os joelhos ossudos. Em seguida — o capitão esticava a cabeça à frente, para acreditar melhor no que estava vendo —, o peito da figura branca começou a inchar e esvaziar-se no ritmo vagaroso de uma respiração profunda que transformava aquela carcaça num fole; eram quantidades cada vez maiores de ar, inspirado pelo nariz numa puxada prolongada e expirado pela boca ao limite dos ossos, quase um estrangulamento — e de novo o inspirar, e o expirar, num crescendo que se transformava no centro energético do acampamento, da ilha, do universo, todos os olhos hipnotizados naquele estranho ser, principalmente os do capitão: Moreira inclinou-se mais sobre a mesa, boquiaberto pelo que via, e no momento limite, quando todo o ar do mundo parecia se concentrar no seu inchado peito branco, o corpo frágil de Moisés alçou-se do chão, uma pluma sobre o nada — Moisés flutuava. Dez, vinte, trinta, quarenta centímetros do chão, Moisés era agora um pássaro imóvel no espaço — e só então abriu os braços e os olhos, numa súplica de paz.

Os olhos transtornados do capitão giraram em volta, como a buscar ajuda — pensou ver de novo o homem de preto em algum lugar entre as árvores. Enfurecido, o capitão avaliou o silêncio boquiaberto dos soldados e esticou o dedo trêmulo em direção à figura branca:

— O filho da puta está levitando!?

Entendendo que se tratava de uma ordem implícita, dois meganhas se aproximaram correndo de armas em punho — e pararam a alguns passos de Moisés, que voltou a subir, agora a meio metro do solo. O que fazer? Aguardavam tensos a ordem do capitão, que afinal veio esganiçada:

— Ponham esse vagabundo no chão!

O cabo de um fuzil desceu num golpe violento, de machado, na cabeça de Moisés; ele apenas fechou os olhos, ainda firme no espaço. O segundo golpe, de redobrada força, abriu um talho na testa que começou a banhar o seu corpo de sangue. No terceiro, finalmente, o iogue inclinou a cabeça para o lado, soltou o ar dos pulmões e veio abaixo como um pássaro morto. Seguiram-se três segundos de horror e de alívio. O rosto encharcado de suor, o capitão Moreira sentiu que recuperava o poder, aos gritos:

— Tirem essa coisa daqui e levem para o navio! E limpem o sangue da areia!

Dar ordens era uma boa solução: prosseguiu gritando, uma forma útil de preencher um vazio esquisito que sentia no estômago, a memória renitentemente distraída pela presença de um homem de terno negro. Onde está ele? Os soldados, ainda sob o impacto do santo abatido, giravam tontos em torno do capitão.

— Souza! Atirar para matar em quem fugir. Vocês aí! Vão até a casa e tragam aquelas velhas de arrasto. Revistem e revirem tudo! Atenção pessoal do rádio! Façam contato com o pelotão norte-sul. Quero saber de tudo que está acontecendo! Ordem de varrer a ilha! Eles não sabem com quem estão brincando!

Cada grito era um gesto brusco de braço, para um lado, para outro, como um maestro — e finalmente acalmou-se, voltando à mesa e aos papéis, enquanto o acampamento se transformava num formigueiro agitado. A voz medrosa diante dele:

— Capitão, desculpe... a senhora com a criança, ela precisa de leite e...

— E ela acha que o Estado é uma vaca?

O soldado deveria sorrir? Inseguro, manteve-se sério, a voz tensa:

— O senhor disse que era para cuidar do bebê e...

O capitão voltava a se irritar, revendo mil vezes o fantasma levitando, os olhos azuis aguados fixos nos olhos dele, a queda em sangue. Onde estava aquele maldito homem de preto?

— Porra, vá se foder! Cuide da vaca, não me encha o saco! Amintas! Cadê o Amintas? Chame o Amintas! Vamos começar a interrogar esse bando! Um por um! Lopes! Cadê o Lopes!? — Levantou-se, girou pelo acampamento, até a barraca do Lopes. O homem do estetoscópio lia uma revista. Amintas escrevia. Lopes lavava o rosto numa pia de campanha. — Tudo bem com aquele garoto histérico?

— Já enviamos para o navio, junto com a Norma.

— Conseguiram alguma coisa?

— Muita coisa. O Amintas anotou. Pode mandar mais um.

Amintas sugeria:

— Começamos com o Donetti? Ele teve de ser amarrado. Eu acho que...

— Deixa esse pro fim. Eu queria era o cabeça dessa merda. O tal do Isaías.

— O cabo Souza disse que o velho fugiu nas dunas.

— Amintas, pega o fichário e venha comigo. Vamos fazer uma triagem. O que é que você está achando?

Amintas enxugava o suor do rosto com um lenço encharcado. A barraca dos interrogatórios era uma sauna. Sentiu alívio ao se acomodar na mesa ao ar livre, ao lado do chefe.

— Estou achando que tem muita gente que não sabe nada, capitão.

O capitão não ouvia:

— Não tem uma jornalista aí? Vamos começar por ela.

— Ah, sim. O nome dela é Mírian. Vou mandar chamar.

— Ótimo.

Mas o esqueleto continuava levitando nos olhos do capitão Moreira. Sentiu uma vontade súbita de beber, de queimar a goela — e ao levantar a cabeça dos papéis percebeu, agora nítido e concreto, o vulto de terno e gravata, barba e cabelos negros, carregando duas malas e vindo sorridente em direção a ele, com a alegria tranquila de quem chega de uma viagem e encontra um velho amigo: e era como se todos o conhecessem, nenhum soldado se incomodou com aquele estranho no acampamento. A dois metros do capitão, largou a bagagem, ergueu os braços e, voz sonora, saudou:

— Estarei diante do grande capitão Moreira? Enfim, alguém capaz de revelar a verdadeira face desta ilha! Um homem positivo, que sabe o que quer e o que faz, no momento certo! Esse encontro merece comemoração! — Abriu uma das malas, tirou uma garrafa, destampou-a com os dentes fortes e estendeu-a para ele: — Parabéns, capitão!

O capitão arrancou a garrafa das mãos de Barros e deu três goles seguidos que o aliviaram. Voltou a olhar para o visitante, um meio sorriso, como quem aguarda uma apresentação amigável.

— Meu nome é Barros, capitão. Eu ajudei discretamente o seu bom subordinado a recolher os empulhadores desta ilha. Apesar de alguns covardes que fugiram (por pouco tempo, esperamos), vejo que o senhor pegou quase todos os coelhos e as raposas de uma cajadada só, um só golpe, um belo lance de rede! Causa espanto como um evento tão imbecil como este possa aglutinar tal número de adeptos, uns poucos apenas ingênuos, outros só ignorantes, e uma boa maioria de safados. E o senhor, é claro, com a clarividência objetiva da ordem, a limpidez da lógica e a inquebrantável determinação da alma, saberá separar nitidamente o joio do trigo. Quem diria, capitão, que Judas fosse o único sensato nesta louca Paixão! Antes tarde do que nunca! Por esta, por certo, por tudo, eles não esperavam. Mas, vejam só, quem vem lá, trazida pelo amigo Amintas, como treme o tenente Amintas! É o excesso de trabalho! A jornalista Mírian! — Baixou a voz, sussurrante: — Observe, capitão, o seu ar de mártir... Não é comovente?

Moreira observou o ar de mártir da jornalista Mírian e sorriu. Sentiu no ombro a mão peluda de Barros e uma inefável tranquilidade parecia invadir sua alma.

— Você participou do... teatro?

— Do... *teatro*?! — E ambos riram alto, mais e mais, até se esgotarem as gargalhadas, naquele abraço de amigos velhíssimos que se encontram. — Sim, capitão, participei desde o início... E tem mais: ofereço-me como seu prisioneiro! — Abriu os braços, mãos espalmadas, cabeça santificada docemente inclinando-se para o lado, a voz em falsete: — Ofereço-me em sacrifício!

Novas gargalhadas, com tapinhas nas costas. Barros sentiu um leve descontrole dos dentes mordendo a língua e deu um gole fundo de bebida, que mais uma vez queimou a sua boca inchada. O capitão Moreira sentiu uma sombra de ansiedade:

— Amintas, traz outra cadeira. O amigo Barros vai acompanhar nosso trabalho.

— Não lhe pediria outra coisa, capitão! Sem falsa modéstia, eu lhe afirmo que sou o homem certo no lugar certo!

O capitão sentiu uma leve tontura. Sentou-se à mesa e fixou os olhos na figura imóvel que o soldado segurava diante deles.

— Quem é ela?

— Mírian, capitão. O nome dela é Mírian — sussurrou Barros, ajeitando-se na cadeira que Amintas lhe estendeu.

Começava a devassa da Paixão.

XXIV
Ataque e contra-ataque

Os quatro soldados designados para executar a prisão da Mãe e da Vó contornaram a casa, dois de cada lado, sem nenhuma precaução especial: impossível que ainda restasse alguém perigoso ali, depois dos 63 prisioneiros catalogados na primeira leva. Mesmo assim — determinação do cabo Souza — estavam bem armados. O mais difícil mesmo, pensava o 13, seria a prisão das velhas propriamente ditas. Imaginava o que dizer: "A senhora faça o favor de nos acompanhar" — e a metralhadora que trazia pendurada no ombro, mais os carregadores extras, parecia um exagero. E por que as granadas? Atrás dele vinha o 14, um rapaz ansioso para voltar para casa — o rosto picado de mosquitos, e ele era alérgico. Olhavam através das janelas, supondo que do outro lado o 15 e o 16 faziam a mesma coisa. Deveriam se encontrar na porta da cozinha, que dava a um esquisito pátio central, conforme instruções do Souza e o mapa rascunhado pelo 11, que havia falado pessoalmente com uma das velhas; da outra, parece, só ouviu a voz.

O 13 parou diante de uma porta lateral e abriu-a, por desencargo de consciência. Um vulto enorme surgiu no ar e desfechou-lhe um pontapé no estômago. Súbito estava com a cara enterrada no chão, sem a metralhadora, e com um pé esmagando-lhe o seu pescoço. O outro — 14 — largou imediatamente o fuzil e ergueu as mãos para dois jovens desarmados. Pablo encarregou-se de torcer seu braço nas costas e colocá-lo de joelhos, enquanto Cisco recolhia feliz as armas — uma metralhadora M1, quatro carregadores, duas granadas, um fuzil automático leve de baioneta calada, também com carregadores extras, dispostos em penca nos cinturões que ele ergueu como troféus de guerra:

— Olha só o que conseguimos!

Toco não tirava o pé do pescoço do 13, que gemia, língua para fora, sufocado:

— Não me mate! Mês que vem vou dar baixa!

O anjo batia as asas em volta, em pânico, no desespero de avisar: aquilo iria se transformar numa tragédia, a violência é uma represa que se abre! Cisco interrogava:

— Subiu mais gente com vocês?

— Tem... ai!

— Quantos?

Toco apertava mais, apesar das súplicas do anjo.

— Ai... me solta!

— Quantos, filho da puta?

— Mais dois... do outro lado da casa.

— E lá embaixo?

— Um batalhão inteiro, porra! Ai!

Cisco começou a entrar em pânico:

— Eu acho que estamos fodidos.

Mas Pablo se entusiasmou:

— Fodido, fodido e meio. Era bem disso que eu estava precisando agora, de verdade.

O 14 suplicava:

— Não matem a gente! Não temos nada com isso. Quem está descendo o porrete é o capitão Moreira. Soldado não manda nada.

— Descendo o porrete?! — e Cisco sentiu um vazio no estômago.

Pablo animava:

— Vamos lá, pessoal! Olho por olho. Eu e o Toco pegamos os outros dois. O Cisco cuida desses.

— Não é melhor amarrar?

— Não complica, Cisco. Fique com a metralhadora. — Único reservista da Paixão, sopesava a arma, feliz, explicando: — Olha só que belezinha essa M1. Segure assim, dedo no gatilho. Está destravada e pronta pra matar. Qualquer coisa, dispara. Entendeu?

Cisco sentiu o peso nas mãos — e uma pontada dolorosa de medo.

— Tudo bem. Podem ir

Os dois recrutas ficaram sentadinhos contra a parede da casa, mãos atrás da cabeça, sem tirar os olhos da metralhadora que tremia nas mãos de Cisco, três metros à frente. Suavam. Na solidão tensa da espera, Cisco começava a acordar daquela sequência delirante de fatos que nesse momento colocava uma metralhadora na sua mão contra dois recrutas. Era preciso reorganizar, mais uma vez, os pedaços da vida agora definitivamente destroçada: a primeira certeza. Essa certeza talvez lhe desse alguma paz — ele sonhava —, uma paz isenta de dúvidas, o destino se decidindo por conta própria, um ser que avança sem a necessidade sufocante da escolha. A vida se transformava, finalmente, num ensaio autêntico da Paixão. Outra certeza, a de que seria incapaz de apertar aquele gatilho contra os dois apavorados recrutas se eles resolvessem simplesmente sair de onde estavam — mas simulava tamanha frieza na face que os dois não se atreveriam a testá-lo, a desafiar sua representação. Um bom ator: isso ele era, um bom ator na vida e ruim no palco, e sorriu, imaginando que Isaías gostaria de vê-lo assim, integralmente tomado por um papel. A ponto de disfarçar com perfeição o tremor dos braços e o terror da alma. Dois problemas resolvidos, passava ao terceiro: Raquel, que estupidamente resolveu fugir para ajudar na resistência, surda ao argumento óbvio de que aquela seria uma guerra perdida. E assim ele chegava ao quarto problema, que era uma certeza: a derrota, apesar dos delírios de Pablo — *Nós acabamos com eles!* — e de acordo com a indiferença de Toco, para quem o desfecho não tinha qualquer importância, desde que eles fizessem o que devia ser feito, como um tal de capitão Krupp atrás de alguma inexistente baleia-branca. Raquel insistiu em ficar com eles, com a mesma teimosia muar com que o havia trancado na cela na noite da grande festa. Mas justo por ela não ter qualquer dúvida, filosofava Cisco, fatalista, deixava de ser um problema. O outro nó — o quinto? Ele conferia nos dedos da mão esquerda, enquanto a direita sustentava a metralhadora e os recrutas espichavam o pescoço e abriam a boca para o cano incerto da arma — embaralhava sua cabeça: Isaías. Pensar nele o azedou: uma presença absurda a quem teria de ser leal até o fim da vida, por mais desvairada que fosse a lealdade, por mais idiota que fosse a resistência. Ele teria de prosseguir ali, não porque o velho pedisse (aliás, ele era soberanamente indiferente a qualquer apoio), nem mesmo porque aquilo fosse consequência racional de algum projeto, mas porque era insuportável a ideia de estar no outro lado da vida e do mundo. Uma solidariedade instintiva feita de uma vida inteira, ainda que muito curta — qualquer coisa seria melhor do que se ver preso como boi em curral à espera das decisões de um capitão. Esta momentânea, mas poderosa, certeza — *estou fazendo o melhor que posso; estou fazendo a única coisa que posso fazer* — não o tranquilizou, imediatamente afogada pelo remorso de simplesmente levantar a questão, de duvidar, de pesar atitudes humanas com a régua da mesquinharia, das miudezas, dos trocos errados, do cigarro escondido, dos pequenos furtos, da inveja atrás da porta, do cálculo pequeno.

— Não atire... por favor...

Percebeu que tremia demais, assustando os recrutas — e começou a se preocupar com os outros dois. E se Pablo e Toco morressem? A perspectiva da morte, pela primeira vez concreta no horizonte próximo, envolveu-o num terror gelado. Era preciso que ficassem juntos, até o fim — um fim cada vez mais urgente, concluía com pavor (e, lá no fundo, um breve alívio). De repente — quase aperta o gatilho — levou um susto ao ver o que parecia um outro pelotão: Toco e Pablo de capacete e uniforme militar, muito grande em Pablo e espremido em Toco, ambos de pés no chão. Pânico:

— Vocês mataram os soldados?

Pablo ria, apontando:

— Veja!

Cisco olhou para a encosta e viu dois recrutas descendo o morro de cuecas brancas e coturnos pretos.

— Isso foi um erro... eles vão...

Pablo não perdia tempo:

— Você queria que a gente matasse eles? Depressa, vocês dois aí, tirem o uniforme. Rápido, Cisco, vista rápido essa roupa verde, que é boa camuflagem! Com ela ninguém vê a gente no mato. Daqui a pouco vem um CBTP com uma metralhadora de pente 50 subindo o morro!

— O que é isso?

— Um carro blindado com uma matadeira em cima. Está até me dando saudade do 20 BIB, meu glorioso batalhão de infantaria blindada! De alguma coisa aquilo serviu. Achei meu destino! — e Pablo ria.

Cisco vestiu um uniforme verde. Toco fazia o levantamento:

— Duas metralhadoras, dois fuzis, munição pra caralho e cinco granadas. — O riso nervoso: — Porra, vamos fazer uma festa!

— E a Mãe e a Vó?

— Falei com elas. Vão se entregar. Não tem jeito.

De cuecas e coturno, os dois recrutas imploravam:

— Podemos ir?

— Vão, putada!

O recado de Pablo:

— E avisem o capitão Moreira que os próximos vão levar chumbo!

Cisco, suando frio, podia ouvir os dentes do destino triturando o futuro:

— E o Isaías?

Toco coçava a cabeça:

— Velho teimoso. Pegou uma espingarda enferrujada, meia dúzia de cartuchos e se meteu no mato, morro acima. Como sempre, quer ficar sozinho.

— Nós cobrimos ele — garantia Pablo.

— Vamos de uma vez, antes que chegue o exército — apressou Toco, percebendo o frenesi do anjo, apontando a direção da represa, onde Raquel os aguardava.

Em pouco tempo de interrogatório, prisioneiros comparecendo dóceis, um a um, diante dele, o capitão Moreira, que ditava seu relato à Remington do tenente Amintas, não tinha mais nenhuma dúvida de que:

a) estava enfrentando uma quadrilha altamente organizada de tráfico de droga, em grande parte produzida na própria ilha, na sua encosta norte (fig. 1 do mapa número 3), de acordo com as informações detalhadas enviadas pelo último rádio do pelotão de reconhecimento norte-sul que se aproximava da base;

b) o referido Pelotão havia encontrado vários hectares de plantação de *cannabis sativa*, habilmente disfarçada em meio ao mato e cultivada com visível caráter profissional.

BARROS — Ah ah ah! Mas tudo faz sentido, capitão! É a medida exata da personalidade destes trastes descompensados! Incapazes da afirmação positiva da individualidade por meios intrínsecos, impossibilitados, pela natureza mesma dos arquétipos, a compreender os ângulos epicenos da realidade prática, e engolfados, verdadeiramente afogados, eu diria, no limite, esmagados na fraqueza mística de um teatro irracional, ou imbecil, conforme a porta que sobre ele se abra — mas perigoso, conforme o senhor confirma e eu já dizia o tempo todo, na minha inútil, porém útil, pregação —, eles encontraram na droga, na fumaça desagregadora da maconha, a última e desvairada tentativa de se reconhecerem, no espelho antropométrico dos desejos, o único que se lhes dá, como, digamos, seres humanos dotados de algum arbítrio. Sem o conseguirem. É claro, muito claro. Mas que grande levantamento o senhor está fazendo, capitão! Uma obra de engenharia mental e psicológica do mais alto padrão de acabamento! A confissão de Rômulo surpreendeu até a mim, que circulo em todas as regiões da alma com facilidade razoável. O senhor derrotou minha perspicácia, capitão! Os projetos consolidados de produção ulterior de pasta de cocaína, mais a elaboração sinistra de pastilhas lisérgicas que prometem as asas de Deus para quem voa, tudo isso merece um gole de congraçamento! (*A mão peluda de Barros estende ao capitão a garrafa que, agora, não mais se esvazia. O capitão dá três goles e estala a língua. O tenente Amintas, dedos no teclado, aguarda.*)

c) prosseguindo: do mesmo modo, o comando do Batalhão defrontou-se com provas sólidas de que o comunismo, com comprovadas ramificações internacionais, encontra-se infiltrado na Ilha da Paixão, através de disfarçadíssimos agentes, verdadeiros lobos em peles de cordeiro, com a tríplice aliança, digo, tríplice intenção de:

§ 1º — aliciar adeptos entre jovens inseguros, ou simplesmente vagabundos, desses que não estudam, não querem trabalhar nem vão à missa, usando a isca insidiosa do teatro (com a conivência total do fanático Isaías);

§ 2º — estabelecer as bases de um refúgio utilíssimo para homiziar foragidos perigosos, homicidas ideológicos, assaltantes de bancos e participantes de guerrilha rural etc;

§ 3º — finalmente, instalar, num futuro não muito longínquo, um foco extremamente bem organizado de resistência armada, inspirado no modelo cubano, sob a égide (Não, escreva aí: sob a efígie) de Che Guevara, de modo a angariar simpatias na população mal-informada, pelo seu caráter falsamente romântico, através de recursos levantados pelo tráfico de drogas, seguindo o modelo peruano e colombiano, altamente rentável. Me dá um gole.

BARROS (*Estendendo a garrafa sempre cheia*) — Brilhante, capitão! Brilhante! A lâmina da lógica com fio de diamante! Realmente, juntando-se os pedaços, a conclusão é cristalina! Não eram poucas, eu próprio ouvi com minhas orelhas imensas, argutas e pontudas, não eram poucas as insinuações radicais, a ânsia destrutiva dos que nunca conseguiram construir nada, o irracionalismo da violência verbal sem objetivo claramente definido no mapa do futuro, de que eu próprio, eu mesmo, eu em-mim fingia ser vítima para melhor entender os mecanismos enferrujados daqueles seres pré-pensantes. E a soma dos detalhes levantados pelo inquérito de sua excelência, o capitão Moreira, forma um painel irretocável, muito além do que eu mesmo, em minha eternidade aquecida, seria capaz de imaginar. O Inominável tem razão: o livre-arbítrio é uma bela conquista quando a nosso serviço! Outro gole, capitão! O senhor merece outro gole!

d) escreva aí: outra certeza subterrânea, com todos os pequenos e venenosos suportes que estabelecem suas conexões mais profundas com o resto do mundo, diz respeito à intenção deliberada de corromper a moral e os bons costumes através da degeneração sexual de moças mal saídas da adolescência, quando não adolescentes puríssimas, cujos contornos físicos, dos seios brotando delicados sob as blusas leves e às vezes translúcidas até a firmeza pós-infantil dos traseiros empinados, muitas com as vozes roucas e precocemente sensuais em que se entreviam pescoços de porcelana cobertos de penugem luminosa à luz do sol, revelavam, em cada detalhe, a inocência à beira do abismo, quando não já a vertigem da queda sem retorno;

BARROS (*Batendo palmas entusiásticas*) — Magnífico, capitão!

e) continuando: a citada degeneração sexual se produzia por meio do exotismo do teatro, pelo enfraquecimento moral resultante do uso de drogas e pelo estímulo à vagabundagem presente em todas as situações do grupo;

f) traída pelos ensaios, fisicamente enfraquecida pelo clima de orgia, embalada pela confusão mental própria da idade, disposta a entregar a inocência das férias à desagregação da família, à destruição da personalidade, à... à...

BARROS (*Cochichando*) — Obliteração.

... obliteração de todos os sentimentos de pudor e de dignidade, sem o menor modelo moral que pudesse frear o descontrole dos instintos, a juventude feminina caía na escuridão da ilha, exatamente de acordo com os sórdidos propósitos da conspiração;

g) onde eu estava?

BARROS — Na Paixão do outro.

Ah, sim. Continue, Amintas. O mais assustador é o uso da Paixão de Cristo, que de Cristo não tem nada, conforme confluência de praticamente todos os depoimentos, e o uso dos valores religiosos da Semana Santa como pavios detonadores de múltiplas deformações sexuais, a que aludimos no item anterior, incluindo orgias noturnas, sexo coletivo, sodomia, gomorrismo, homossexualismo implícito e explícito, enfim, todas as manifestações anormais típicas da promiscuidade moral, pois dormiam juntos em barracas estreitas, às vezes duas ou três jovens meninas nuas ou seminuas, quando não acompanhadas de um elemento de sexo oposto, ou amontoadas em quartos, no próprio mato, debaixo das bananeiras, com as partes pudendas e potentes se tocando sem vergonha — taras essas canalizadas objetivamente por um grupo de cabeças que conta em suas fileiras com uma prostituta de nome Bruna de Tal, e de um pintor traficante de drogas, este responsável pelo sequestro e aliciamento de uma menina — não, ponha aí: de uma moça — conforme queixa do próprio pai, o general... —

AMINTAS (*Olhar inquisitivo em direção ao capitão Moreira, dedos suspensos sobre o teclado*)

... conforme queixa dos próprios pais, gente reconhecidamente de bons antecedentes, portadores de atestado de vida ínclita. A vítima foi encontrada em deploráveis condições físicas e morais numa caverna paleolítica a leste da ilha e trazida à luz da civilização pelo bravo pelotão 42.

BARROS — E digo mais, capitão, e digo mais, já que o senhor muito apropriadamente está tocando num ponto que também me toca muito, o sentimento da dignidade física, e digo mais: compraziam-se em tomar banho numa represa, esta aqui, ó, no mapa, completamente nus, em nome de um naturalismo primitivo, num cerimonial sem cerimônia que não escondia as suas verdadeiras intenções desagregadoras. Só precisamos agora dos cabeças. Excelente, capitão! O senhor fechou o círculo! Ou o circo! Ah ah ah! Mais um gole, capitão?

O capitão deu mais um gole daquela garrafa interminável — e arrotou um arroto alto, grave e prolongado, que pareceu aliviar suas tensões. Agora, de posse de todas as certezas exaustivamente levantadas, catalogadas e descritas, voltou aos papéis e às fichas que tomavam sua mesa, separando as folhas com critérios específicos, submetendo as pilhas — *a, b, c, d* e *e* — a um emaranhado de relações, colunas e setas interligadas num diagrama confuso, porém claro para o capitão. Súbito, o tenente Amintas sentiu um fedor de esgoto, uma forte onda contaminante que o obrigou a prender a respiração, vômito na garganta; com o canto dos olhos, observou Barros erguendo-se ligeiramente da cadeira e reajeitando nela o seu traseiro grande, de onde saía — o tenente Amintas piscava os olhos, descrendo — uma pequena cauda de ponta bifurcada, logo coberta pelo paletó negro.

O capitão Moreira suspirava, aliviado, e parecia tão feliz com os trabalhos que o que normalmente seria o estopim de uma indignação furiosa — ver quatro soldados seus ridiculamente de cuecas e coturnos diante dele, as mãos abanando e as bocas gaguejando — se transformou não apenas em uma cena hilariante, realmente divertida, como também, é claro!, no argumento formidável que detonaria, finalmente, a operação de guerra, guerra de extermínio, agora declarada com todas as letras. Ouvia o relatório sorrindo:

— ... eram bem uns vinte ou trinta, capitão, todos com uniforme militar — dizia o 13, em pânico — e armados até os dentes...

— ... com metralhadoras, fuzis, granadas... — acrescentava o 14, conforme prolongado ensaio prévio, antes de se apresentarem ao comando naquele estado.

— ... e deixaram... deixaram bem claro, capitão... — gaguejava o 16 — que os próximos vão levar chumbo...

O capitão ergueu-se, tomado de uma determinação alegre, mas feroz: o que tinha em mãos era muito mais do que poderia esperar na mais otimista das projeções. Era exatamente o que precisava. Remexeu nos papéis, olhou em volta, sentou-se, levantou-se, até disparar a voz em rajadas:

— Amintas, peça reforço ao navio e entre em contato com a força aérea! Tenente Melo! Todo mundo de prontidão! Faça um cordão de isolamento e reforce a segurança da casa de armas! Ordem para atirar no que se mover no meio do mato! Isolem os prisioneiros completamente na beira do mar! Façam contato urgente com o pelotão norte-sul: avisem que a qualquer momento eles vão encontrar guerrilha! Cabo Souza! Reúna o pelotão e vá imediatamente para Garapa: isole a vila. Não entra nem sai ninguém sem ordem minha. Abasteça-se com o oficial de dia!

Uma sirene começou a tocar no acampamento, seguida de uma gritaria de ordens e de um ainda controlado pânico, como no primeiro segundo após um terremoto. Agitado, andando aos gritos no centro do acampamento, o capitão Moreira, agora o maestro da guerra, parou de repente e viveu uma intuição poderosíssima, como quem escapa por pouco de um perigo eterno; sentiu uma violenta, súbita, incontrolável, invencível desconfiança de Barros, e uma necessidade premente de mantê-lo sob controle total: ele sabe demais. Sem vacilar:

— Soldados! Vocês aí! Prendam e amarrem aquele sujeito de preto!

— Quem, capitão?!

O capitão voltou para a mesa, intrigado: Amintas datilografava o relatório. A outra cadeira estava vazia. *As malas? Onde estão as duas malas?* Os soldados aguardavam novas ordens. O capitão olhou em torno, suspirou, vivendo um surto de esquecimento e de tontura; sentou-se à mesa e voltou ao mapa, o olhar atento de quem decifra um tesouro. Fez um gesto irritadiço de mão:

— Podem ir. Dispensados.

Com uma pequena régua, riscou uma linha reta sobre o mapa da ilha. Cabeça baixa, circulou disfarçadamente os olhos: onde está ele? Perguntaria ao Amintas? Voltou às linhas do mapa: melhor esquecer. Em voz alta:

— Eles vão ver agora o que é brincar de guerra!

XXV
Resistência

— Aqui nós estamos sem proteção — ponderava Cisco, tentando pensar em termos estritamente militares, mas toda a sua experiência no ramo eram meia dúzia de filmes.

— Sem proteção estamos em qualquer lugar — dizia Toco, o anjo aflito à cabeça. Para Toco, a derrota já passava a ser simplesmente uma questão de tempo. Adiá-la ao máximo, eis o que teriam a fazer — e proteger o velho Isaías, que desaparecera sem rastro, com seu cachimbo, sua túnica em remendos e sua espingarda imprestável.

— Aliás, faz parte da minha natureza estar sem proteção — filosofou Pablo, sentindo a paz do abismo. Depois de um curto entusiasmo, via-se agora na antessala do inferno, já morto, faltando apenas os últimos trâmites burocráticos, a aprovação final do Demônio e de seu séquito de monstros, que reviam sua papelada sem pressa, como se também eles não tivessem muita vontade de recebê-lo no Grande Forno — até o inferno criaria problemas para ele. Já decididamente sem a mais remota possibilidade de futuro, sequer a saudade de Carmem — onde andaria ela agora? Se tivesse a sorte de Cisco, com a sua Raquel justo no fim da vida... —, enfim Pablo imaginava se pacificar. Pelo menos tentava rever a própria vida, assistir com estoicismo a seu passado, pronto e acabado. Incompleto, é verdade — mas acabado, e sem retoques. Quase chegou a sentir um momento de grandeza legítima, oculto naquele mato, numa fortaleza miúda de pedras, próximo ao riacho que murmurava encosta abaixo, metralhadora à mão, rodeado de malucos, mas esse sentimento épico da resistência — até o último homem! — foi sendo devorado por lembranças mais próximas, pela coleção de fracassos, pelo amontoar de frustrações, culpas, o difícil sentimento do erro, de ser ele próprio um erro ambulante, um indivíduo mal-acabado a quem não fora dado o mínimo instrumental da sobrevivência. Tão próximo pensou estar do Paraíso, tantas vezes! E, sempre, alguma coisa o arremessava com força de volta à terra.

— Eu não precisava estar aqui.

— Que foi, Pablo?

— Nada. Daqui... — conferiu o espaço, olhos molhados — ... daqui a gente pode recuar em caso de necessidade.

O ânimo de Cisco subia e descia, em extremos absolutos, Raquel ao seu lado, em silêncio. De repente o entusiasmo, no mesmo instante se transformando em salvação final:

— Vocês acham que eles vão perder tempo pra procurar a gente? Não são loucos! A essa hora já nos esqueceram, já devem estar embarcando o povo no navio e indo embora. E, depois, nunca que eles nos achariam nesse mato!

— Vão achar, sim — conformava-se Toco. — A questão é: quando?

— Pelo amor de Deus, comam alguma coisa! — insistia Raquel, mais uma vez. — É quase noite, vocês vão morrer de fome!

— Morrer nós vamos de qualquer jeito. Se o problema fosse só a fome a gente durava bem umas duas semanas — contabilizava Pablo.

Cisco apegava-se à sombra de uma salvação:

— Quem sabe os caras esqueceram mesmo da gente? A gente podia...

Mas fazer planos e projeções angustiava mais, e Cisco afundou-se repentino em outra depressão, antevendo a noite pavorosa, rodeados de inimigos.

Pablo suspirou, decidido:

— Não importa. Aconteça o que acontecer, desta vez eu quero ir até o fim. — Era um auto de fé: — O filho da puta do soldado que parar na minha frente vai ter o crânio moído à bala.

Matar um homem: eis o ato limite que Cisco tentava enfrentar — e não conseguia. Fuzil à mão — cujo manuseio Pablo explicara a todos, numa rápida aula —, imaginava-se fazendo pontaria em alguém, para matar, e nem em sua imaginação conseguia apertar o gatilho. Nesses momentos de suor e tremor, se refugiava num ódio desajeitado contra as circunstâncias, a claríssima noção de que estava emparedado pela vida. E, da depressão, num passe de mágica voava aos píncaros do milagre:

— Eles não vão pegar a gente! Mas nós temos que sair daqui, subir o morro, desaparecer no mato!

— E o porra do Isaías? Deixamos para trás? Ele está por perto — lembrava Pablo.

Silêncio. Mas Cisco não pensava em Isaías: *o meu único problema, agora, sou eu mesmo*. Sentindo um azedume crescente e a sutil tortura do remorso, percebeu que pouco a pouco a ânsia de se salvar ia devorando o resto, numa covardia que se alastrava, apesar do seu esforço em cortá-la pela raiz, de ser fiel a si mesmo — ou ser fiel àquele vulto que ele imaginava ser ele mesmo. De novo na escuridão depressiva, decidiu que precisava morrer o quanto antes para que se salvasse. *Nunca serei um conquistador*. Gesto automático, apalpou-se atrás do cigarro, encontrando um último exemplar no bolso da camisa, presente de Edgar — *Pega aí, Cisco, fuma esse!* —, e tentou cortar o choro que subiu, muralha desabada, ele que jamais conseguiria sequer fingir o choro em cena nas Paixões. Raquel abraçou-o, suave, e beijou-o:

— O que foi, meu menino?

Aninhando-se em Raquel, deixou que o alívio do choro se esgotasse.

Seguiu-se um silêncio. Toco obstinava-se, firme como o capitão Krupp, a vigiar a represa, esperando o inimigo. Disfarçava a emoção, para sempre suspensa na garganta, enquanto o anjo batia asas aflito em torno dele, também incapaz de falar. Pablo passou a mão desajeitada na cabeça de Cisco:

— Que é isso, cara. Nós vamos matar todos eles.

Ao amanhecer do outro dia, foram acordados — e salvos — pelo grito de pavor de um recruta no muro da represa, alguns metros abaixo:

— Eles estão ali!

No mesmo instante Pablo se ergueu e disparou uma saraivada de tiros ao acaso — e o soldado desabou na água, ensanguentando a represa. Seguiu-se uma fuzilaria ensurdecedora, de baixo para cima, enquanto os quatro se entreolhavam em pânico, protegidos nas pedras. Apesar do revezamento estabelecido para a vigia, acabaram todos derrotados pelo sono — e agora eram acordados em pleno pesadelo, a simples e brutal realidade da guerra que esperavam, o destino fechando impaciente as últimas portas.

Fez-se uma breve trégua. Pablo assumia o comando:

— Calma. Mantenham a calma. Calma.

Nova fuzilaria. Cisco pensou: *E se a gente se entregasse?* Sem falar, afundou-se entre duas rochas, fuzil apontado. Raquel protegia o saco de comida, como a um bebê. Toco procurava cuidadoso uma fresta entre as pedras. Súbito, viu Barros pendurado num galho de árvore, todo de preto, acenando sorridente uma despedida. O anjo, agitado, fechava os olhos de Toco, que sacudiu a cabeça. Agora não via mais nada. Não podiam pensar em coisa alguma que não fosse o instante presente. Outra trégua. Para se distrair, Toco fazia cálculos:

— Eles estão nos cercando de baixo para cima. Vem tiro de tudo quanto é lado. Tem uns cinquenta soldados aí.

— Talvez não, metralhadora engana. — Pablo tentava articular algum plano: — Cisco, fique de olho à esquerda. Se eles chegarem por ali, estamos fodidos.

Raquel cochichava, mais para ela mesma:

— E por que a gente não recua? Podemos subir...

Toco olhava para o outro lado:

— Agora não dá. Se subimos, perdemos a proteção das pedras. É sair daqui e morrer.

Cisco, fatalista:

— Mais hora, menos hora...

E percebeu um vulto esgueirando-se entre as pedras diante dele. Não foi tão difícil: cotovelos apoiados no chão, sentiu o prazer da morte, um brevíssimo instante, criação às avessas — disparou. O soldado rolou encosta abaixo, e nova fuzilaria ensurdeceu o grupo. Quando os tiros se acalmaram, Pablo sorriu:

— Eles estão amontoados atrás da represa. Me dá uma granada.

À explosão medonha, tão próxima, seguiu-se um silêncio — seria isso a prova do pânico do inimigo? Toco viu um soldado em fuga, ao longe, e, contrariando os sinais desesperados do anjo, não vacilou:

— É o momento de subir! Vamos!

Vinte metros acima, uma rajada de metralhadora atingiu Raquel, que rolou sem palavras para longe deles. Ao vê-la cair, Cisco parou numa imobilidade vazia, como quem acorda em branco — e, alvo imóvel, recebeu outra rajada e rodopiou lento para a terra, como quem não sente, enquanto Toco e Pablo se entrincheiravam adiante.

— Foi precipitação! Foi precipitação... Eu...

— Calma, Toco! Era a única chance de sair daquele buraco, porra, calma!

— Eu não posso pensar que...

Pablo recarregava a metralhadora:

— Nós somos uns guerreiros de merda.

E os dois começaram a rir um riso desesperado, de lágrimas. Depois, sentiram um vazio no corpo. Pablo apertou a mão de Toco:

— Se o Cisco estivesse aqui iria rir também.

A fuzilaria recomeçava, seriam milhares de soldados em volta — e os dois não podiam ver quase nada, em meio ao amontoado de árvores tortas que mal se equilibravam na encosta de terra e pedras, fechando o céu com o verde pesado das copas.

— Estamos cercados, Pablo.

— Eu sei. Mas essas pedras ajudam a gente.

— Fizemos tudo errado.

— A gente fez o que podia fazer.

— Eles mataram o Cisco e a Raquel.

— Mas nós matamos uma porrada deles.

— O velho... ficou sozinho.

— O velho sempre quis ficar sozinho. O velho eles não pegam.

— É. Acho que não.

Uma pequena trégua. Estavam no meio de um quadrado tosco de pedra e dali não poderiam mais sair. Percebiam soldados descendo o morro, fechando o círculo. Para onde olhassem havia vultos, figuras verdes, pernas e cabeças no mato. De repente uma granada estourou próxima; jogaram-se no chão, protegendo a cabeça. Em seguida, reorganizaram-se em silêncio, um para cada lado, no vão das pedras. O motor de um helicóptero invisível sobrevoava ensurdecedor a encosta, aproximava-se, afastava-se, voltava a se aproximar, provocando um sacudir nos galhos das árvores mais altas, como se a qualquer momento fosse se enterrar no verde — e por fim desapareceu, recomeçando então uma fuzilaria impiedosa. Pablo, com a dignidade simples do dever cumprido:

— Matei mais um, Toco.

— E eu, outro.

— Devagar a gente... — mas Pablo não concluiu, tomado pela sensação vaga de que mais nada poderia atormentá-lo na vida, nem mesmo cinco milhões de soldados.

O anjo de Toco acompanhava a batalha ao seu lado, espiando pelo mesmo vão da pedra, uma aflição desesperançada. Num momento de distração, quando esticou demais a cabeça branca, uma bala atravessou-lhe o rosto — e ele tombou em silêncio. Toco estendeu a mão para pegá-lo, chegando a sentir pela primeira vez o calor do pequeno corpo, que desapareceu na sua mão: apenas uma mancha de sangue entre os dedos de Toco. Era um vazio estranho:

— Mataram meu anjo.

Pablo não ouviu: mais e mais soldados se aproximavam. Ele suspirou.

— Não tenho nenhuma esperança, Toco.

E recomeçaram.

Isaías passou o dia da invasão revendo sua montanha, aquele ventre inchado de terra, pedra, mato, frutos e árvores que cultivara a vida inteira sem nunca compreender perfeitamente, como uma parte enraizada dele mesmo, mas estranhamente cega ao homem que a servia. Entregou-se ao espanto da invasão com alguma paz de espírito; antes de revoltar-se, procurava compreender os desígnios secretos daquela violência, que forças se somavam para transformar seus atores num curral de prisioneiros e para encher a ilha de homens fardados incapazes de se harmonizar com a Paixão — seria tão fácil, cada soldado descobriria logo o seu lugar! Do alto, ele contemplava sem entender aquele acampamento monótono e despropositado na praia do trapiche, mais aquele navio sinistro de onde parecia brotar uma horda de figuras absolutamente iguais, num ir e vir sem sentido.

Com a velha espingarda na mão, revia sua plantação de mandioca, suas bananeiras, seus legumes tão caprichosamente encravados na encosta, em estreitas plataformas, parando de tempos em tempos para uma cachimbada filosófica. Não fosse a sua incapacidade absoluta para descer ao coloquial das conversas miúdas, para fazer um só gesto que não fosse teatro, representação, criação, teria talvez a paciência de se embrenhar naquele esquisito universo militar, envolver-se com os homenzinhos verdes e tentar compreendê-los. Já sabia — e aqui ele olhava de esguelha para os Céus, como a tomar satisfações, desconfiado de que isso era coisa d'Ele — que eram violentos, que eram semelhantes, que tinham a deliberação da Morte e a intenção de acorrentar. E não conseguia encontrar razões para descer até eles. Que viessem procurá-lo. Apesar da ameaça grandiloquente que fizera nas dunas, na verdade apenas um desejo de prosseguir o teatro incluindo os soldados na Paixão, não tinha nenhum desejo de tratá-los mal. No fundo seriam boas pessoas, como todo mundo. Mas não parecia que de algum modo eles fossem capazes de representar, deixar de ser eles mesmos por alguns momentos.

Além do mais — ruminava ele, podando aqui e ali um mato mais atrevido, removendo uma que outra pedra do caminho —, tinha os seus filhos para cuidar disso, com aquele talento prático que consegue se situar nas mais diferentes situações da vida, com a plasticidade bem-humorada da juventude. Todos filhos, a bem dizer: o pintor de quadros, Cisco das pernas tortas, Toco com o seu belo anjo mudo, Pablo e sua úlcera, Rômulo e suas plantas medicinais e sua invencível preguiça, Edgar e seu egoísmo familiar, a obstinação simbólica de Raquel, o silêncio de Maria, o arrogante Moisés (o único capaz de verdadeiramente subir aos Céus), as moças e moços confusos e bonitos, todos eles filhos, plantas tortas que precisavam de cuidados: belos, frágeis, únicos. Cuidariam bem disso por conta própria, em solidão, fosse como fosse, cada um obedecendo à força inexorável do destino.

Mas — e já era fim de tarde, Isaías fumando cachimbo num degrau da sua escadaria sem fim — alguma coisa o irritava mais que tudo.

Era a desconfiança, na verdade já uma certeza, de que não havia acaso naquela invasão esdrúxula, a primeira de uma vida inteira. Quem sabe uma vingança? Tratava-se, sem dúvida, de uma traição da Força Maior, ele adivinhava, olhando os céus onde se acumulavam nuvens avermelhadas, bem no topo da montanha. Naquele exato instante, sentiu a tragédia, o resultado impiedoso de uma luta desigual, de um ataque acovardado — e só então se convenceu da derrota.

Mas não se entregaria, pensou ele, olhando para o alto. Limpou o cachimbo com a minúcia costumeira, recolheu a espingarda e pôs-se a subir a outra metade dos degraus de pedra, para enfrentá-lo. Irritava-se já antevendo o diálogo de surdos, a velhíssima intolerância daquela figura imensa e caduca, a repreendê-lo como se ele não fosse um homem, mas uma criança idiota que precisava de castigo. Não teria paciência desta vez, não se humilharia com ladainhas gastas nem pediria desculpas — mas explicações.

Trêmulo, divisava o alto da montanha, logo adiante, onde as nuvens se amontoavam numa composição feroz, braços de luz e reflexos do poente. Não chegou a falar, entretanto — antes do último degrau, viu a escadaria se fechar numa linha de figuras verdes:

— O velho!

Três rajadas de metralhadora jogaram-no de um lado para outro, até imobilizá-lo na pedra — agora sim, em paz.

(Curitiba, 1979-1981)

Posfácio
Uma história pessoal

Nunca releia um livro que você escreveu há mais de quarenta anos, disse brincando para mim mesmo quando comecei a preparar esta nova edição para a Editora Record. O problema não é a sombra da insegurança de quem escreve, que imagino ser um sentimento permanente em todo escritor, ainda mais revisitando um livro de juventude; também não é deparar com aquele narrador em formação. A verdadeira dificuldade é enfrentar a pessoa que estava lá, vendo o mundo e a si mesmo e avaliando-os pela razão e pelo instinto, para descobrir e representar o que parecia realidade, criando duplos hipotéticos que, no minuto seguinte, transformam-se em outra coisa e respiram com vida própria. Nesse terreno, a psicanálise talvez acabe sendo mais útil que a pura crítica formal, e certamente mais que a mecânica sociológica. Como posso "me revisar"?

O primeiro susto deste leitor ao espelho é da percepção, quase que *auditiva*, da violência de formas, palavras, intenções e sentidos (morais, sexuais, sociais, raciais, de gênero) de um universo de valores que, hoje, praticamente saiu de cena por força de um consenso poderoso que já opera em silêncio. Nada de novo: é o que acontece com os quadros mentais e culturais, em perpétua mutação; a partir de conflitos vivos e turbulentos disparados por novas variáveis da cultura, os sentidos vão se sedimentando e criando uma nova normalidade, por assim dizer, que se espraia firmemente em todas as instâncias de sua manutenção, em suas bolhas e estamentos específicos (internet, imprensa, escola, igreja, família etc.). A palavra, é claro, terá aí um papel crucial, o que afeta, também claramente, o seu (quem sabe, ou quem dera) mais prestigioso subsidiário, o estatuto da literatura. Um estatuto que, sem perder a pressão hereditária, sempre presente, nunca é o mesmo de século em século.

Hoje, no Brasil e no mundo, de uma forma que me parece já dominante, este estatuto literário ganhou os traços controladores de um empreendimento político-moral coletivo de natureza didática. De fato, esta não é nenhuma forma nova de se entender a literatura; basta lembrar o milênio da literatura medieval na matriz ocidental, que funcionava basicamente com os mesmos parâmetros (embora com outros valores), o que não impediu o surgimento de obras duradouras e transcendentes, pelo poder da linguagem individual de contestar e destruir os modelos e ideários coletivos de origem. É só um pequeno exemplo de uma história sem fim.

Vou me ater à minha história pessoal de escritor, começando justamente pela *natureza didática* a que fiz referência acima. A ideia de literatura como "material didático", como instrumento de doutrina e ensino exemplar, é antiga como a Bíblia, e vai e volta sob diferentes roupagens ao sabor de contingências históricas e pressões culturais. Pois bem, este ideário em que a literatura será, em primeira e última instância, um atributo de controle de Estado (ou da religião, ou da pátria, ou da identidade, ou qualquer valor abstrato ou moral que aí se delimite) era estranho para mim e, provavelmente, para a maior parte da minha geração, que nasceu na década de 1950 e amadureceu nos anos 1960 e 1970.*

Continuo pensando assim: *material didático* é parte fundamental do processo civilizatório formal, as escolhas regulares da educação, objetivamente estabelecidas para desenvolver competências intelectuais, éticas e culturais. Nada contra o modelo: todas as sociedades precisam

---

* Na verdade, este "descolamento" do estatuto literário de uma voz social imperativa e obrigatória vem de muito longe, no compasso histórico; minha pequena ambição aqui, entretanto, é me limitar apenas à experiência pessoal.

discutir, estabelecer e enfim impor os seus projetos educacionais, que imaginam o melhor para a formação de seus futuros cidadãos. É uma escolha objetiva que se faz.

A questão central é que literatura — como atividade adulta — *não é material didático.* A sua força está na direção contrária: a literatura expressa uma voz individual, única, intransferível, e é exatamente nisso que reside seu interesse; é por natureza uma atividade individualista, realizada sobre a matéria bruta, e social, da linguagem. Fazendo uma metáfora com um toque de exagero, ela é uma experiência pessoal destinada não a ensinar o que o autor sabe, mas para ele mesmo descobrir, pela escrita, o que ainda não sabe, e eventualmente partilhar com o leitor. É uma atividade de risco, um ato de existência e um território livre; ela tem de ser um território livre para fazer sentido. E esse "livre" sente alergia congênita a adjetivos e adversativas.

Vivi o primeiro choque nessa área quando, em 1979, foi publicado meu romance de estreia (que eu imaginava "adulto", mas que foi publicado com o selo na orelha indicando adequação a partir da 7ª série, o que irritou bastante a pretensão do jovem autor). Seis meses depois, o editor me escreveu dizendo que, para a segunda edição, eu teria de cortar um trecho com uma cena de sexo porque as professoras estavam reclamando. Furioso pela intromissão, eu recusei e, para felicidade geral (o livro era mesmo ruim), a novelinha morreu para sempre.

Era algo novo que havia surgido naquela década e que se tornaria padrão no país: produção de literatura juvenil destinada objetivamente à escola, o que passou a ser uma área comercial pujante para as editoras e uma possibilidade de trabalho importante para os autores. Também nada tenho contra a literatura paradidática, mas foi uma área que, por acaso e circunstâncias, nunca me atraiu. O que não impediu a inclusão de livros meus (até onde sei, *Trapo*, *Uma noite em Curitiba*, *O filho eterno*, *Juliano Pavollini*, *A tensão superficial do tempo* e mesmo — o que é surpreendente — este *Ensaio da Paixão*) em uma ou outra lista de vestibulares, a compra deste ou daquele título por programas oficiais de governo e a adoção eventual por colégios e professores de romances meus para leitura e discussão.

Vivi também a experiência inversa: sob ameaças de processos e acusações de imoralidade, livros meus foram excluídos de sala de aula (às vezes com sanções aos professores que os indicaram), de escolas ou mesmo de um Estado inteiro (Santa Catarina recolheu todos os exemplares adquiridos oficialmente do romance *Aventuras provisórias*, atendendo à reclamação de uma pedagoga que chegou às "redes sociais" e desencadeou uma fúria coletiva).

Na verdade, isso nunca me incomodou muito, porque, desde o primeiro trauma nessa área, sempre soube a diferença entre literatura e material didático. Cheguei a escrever uma crônica provocativa com o título de "Não me adotem". Passei anos produzindo material didático na universidade, nos meus tempos de professor, e entendo perfeitamente a diferença entre uma coisa e outra. Seria o fim da picada, ou simplesmente ridículo, pretender definir o estatuto da literatura, ou até mesmo estabelecer seu cânone, a partir de uma "lista de vestibular" (é incrível: no Brasil algumas pessoas estão levando isso a sério).

É esta questão que me motivou a escrever este posfácio, a partir da releitura do livro. *Ensaio da Paixão* é um romance que parece não trabalhar com nenhum valor positivo, nenhuma referência sólida de valor moral; praticamente todos os personagens são figuras emocionalmente torturadas, infelizes, e quase todos mentem e enganam — ou então são ingênuos à beira da caricatura e da estupidez. O resultado entretanto não é um sentimento de tragédia (imagino que não haja nada mais avesso ao *ethos* brasileiro que o sentido trágico da vida), mas a explosão do riso e da gargalhada. Há um tom farsesco quase que permanente, um humor anárquico, às vezes cínico, com frequência violento e abusivo; ninguém ali é modelo de nada; é difícil extrair uma ética ou uma mensagem edificante dos personagens, ainda que os vilões — os militares, em particular o capitão Moreira, ou a figura esdrúxula de Barros — sejam bastante nítidos. Há o pano de fundo da ditadura militar, que é o subtexto da época em que se passa a história (1971). Praticamente tudo que se produziu no Brasil naqueles anos teria a sombra da ditadura. Os militares foram durante duas décadas os vilões coletivos do país (no discurso urbano-letrado dominante; com a ascensão do bolsonarismo, meio século depois, a velha caricatura, ainda mais encarquilhada, se tornará poder, e com forte apoio popular). Mas no livro há pouca determinação ou precisão históricas, pois quase tudo é inverossímil; o romance é dominado por uma aura de realismo aqui e ali mágico (criada por um narrador indeciso de seu registro), um realismo que também era um índice corrente do imaginário daquele tempo.

Sabendo disso, fiquei atento nesta revisão ao que seria (a expressão, de tão velha, não significa mais nada, mas vá lá) "politicamente incorreto". De certa forma, absorvendo o espírito do tempo, estava com temor da releitura, como quem pode descobrir nesta atividade inocente algum lado sinistro da pessoa que um dia eu fui — a linguagem não engana nunca. Na percepção feminista, eu me absolvi, autoindulgente: muitas mulheres do livro são personagens fortes e independentes, com plena consciência da questão feminina, repercutindo uma novidade explosiva daqueles anos de um Brasil ainda mal saído da vida rural.

Já na questão racial, o livro segue o padrão corrente da classe média letrada brasileira, do maior ao menor escritor — é branco, ou tendendo ao branco. Mas tem referências ao racismo (que ainda não se dizia "estrutural") e a presença forte de Mírian, uma personagem importante, que é "mulata" — a palavra hoje banida era de uso comum, inclusive com tonalidade neutra; a tonalidade "positiva", ou afetiva, era quase sempre sexualizada. Já a palavra "parda", de uso oficial e popular recente, não aparece no livro.* A percepção mais preconceituosa do olhar de alguns personagens, sob o domínio do narrador, é a dos gays — uma palavra, aliás, que também não se usava. A homossexualidade (que se dizia "homossexualismo"), que no romance, por reprodução anedótica de um lugar-comum, concentra-se no comportamento dos atores profissionais, é objeto de estranheza e mesmo de agressão (sempre a partir do olhar de personagens, e não do narrador); o ambiente da história mimetiza comportamentos reais da sociedade brasileira, às vezes num naturalismo simples e bruto, mas em alguns momentos a questão afetiva gay é (ainda que superficialmente) discutida e problematizada.

Tudo considerado, a pergunta do escritor que sou hoje é: devo "me revisar"? Purificar o livro das marcas do tempo — que, afinal, são as minhas marcas? Adequá-lo ao espírito identitário contemporâneo?

Antes de responder, vão duas palavras sobre a gênese deste romance e seu elemento autobiográfico. E também duas palavras sobre o ideário

---

* São puras impressões pessoais da minha memória dos anos 1970, que repercutem no livro. Não vai aqui nenhum levantamento histórico-linguístico de base científica.

artístico que me movia. É algo em que penso sempre, nessa eterna volta à infância que a literatura provoca.

Durante oito anos, de 1968 a 1976, vivi a experiência marcante de participar no litoral do Paraná de uma comunidade de teatro sob a liderança do escritor W. Rio Apa (1925-2016), um guru rousseauniano que ampliou a própria família transformando-a inteira numa trupe de atores, para o bem e para o mal. Muito da minha apreensão do mundo artístico e literário veio da experiência profunda desses anos de passagem, em que eu secretariava o carismático "velho barbudo" e bebia suas palavras, para mim sempre sábias, com a devoção e a lealdade de um aprendiz oriental. Há um dado psicanalítico que merece referência: quando meu pai morreu, eu tinha 6 anos de idade, e, nos anos seguintes, meu projeto rebelde de adolescente era sair o quanto antes de casa. O encontro com o exótico Rio Apa, sua família e seu grupo de teatro significou um inefável Shangrilá existencial — ali, com aquele pai e aquela família, eu seria feliz para sempre.

Era o melhor de dois mundos: adolescente revolucionário, vivia como um transgressor radical do "sistema", sob a égide da autêntica vida natural preconizada pelo guru; ao mesmo tempo, sentia-me protegido por um clã patriarcal autoritário, com valores mais ou menos poéticos de uma Idade Média pagã. Para dizer numa só expressão, o projeto de teatro rioapiano, acompanhando o espírito contracultural que começava a tomar conta do mundo dos anos 1960 em diante, preconizava uma fusão emocional completa entre a vida e a arte. Ser "autêntico" — uma gaiola perigosamente sem grades — era a chave. No caso dele, que formulou a ideia radical de um "teatro sem texto", composto de sessões emocionais a partir de um roteiro vago, era uma espécie simplificada de Jerzy Grotowski — o defensor do "teatro pobre" — antes que se falasse de Grotowski no Brasil e menos ainda naquele isolamento comunitário.

Muito deste ideário estava no espírito do tempo em sua versão "apolítica" (a versão "política" daquela geração, com ramificações que passaram pela tragédia da luta armada, ganharia o poder trinta anos depois). Vivia-se o primeiro momento de uma onda místico-irracionalista que não pararia de crescer nas décadas seguintes. Há dois detalhes importantes aqui. O primeiro é que o guru, uma figura carismática e messiânica, era de fato um anti-intelectual, atavicamente desconfiado da razão livresca (o que também estava no espírito do tempo, um traço que avançaria exponencialmente no país); sua formação acadêmica era pobre, e seu repertório limitado a referências mais míticas que racionais. Ele nunca conseguiu formular uma teoria sólida de seu projeto de teatro, basicamente realizado em torno de sua presença física e sua retórica contagiante (e com frequência manipuladora), diante das rebeldias sem causa do lumpesinato cultural que ali desembarcava.

O segundo detalhe é que éramos a periferia da periferia: escondidos em Antonina, com presença eventual em festivais de teatro amador com repercussão apenas local, aquela família comunitária vivia numa aldeia imaginária à margem do tempo — que passava. A aldeia se encerrou na segunda metade da década de 70, quando o projeto teatral rioapiano se concentrou inteiro numa Paixão de Cristo anual, representada ao ar livre com dezenas de atores e aderentes, num caos criativo de improvisos e de falas não ortodoxas (houve até um Cristo ateu). A partir de 1979, a Paixão se transferiu (com a família do guru) para Florianópolis, e passou a ser representada nas dunas da Lagoa da Conceição, em *happenings* anuais, agora agregando dezenas de atores, curiosos e aprendizes de várias cidades que se reuniam ali em dois ou três ensaios de fins de semana antes da Semana Santa. Já eram mais encontros afetivos de velhos amigos que propriamente existenciais, artísticos ou intelectuais; restava muito pouco da "alma" radical comunitária original dos tempos de Antonina, o país já era outro e o discurso do guru, paralisado numa essência cada vez mais anacrônica, perdia seu carisma e seu poder de angariar novos discípulos. Durante alguns breves anos — suprema heresia burguesa —, a Paixão chegou até a se incorporar ao calendário turístico da cidade durante a Semana Santa.

Sair daquele casulo familiar autoimune para o mundo urbano real não foi um processo emocionalmente simples para mim. *Ensaio da Paixão* (ainda com o título *Devassa da Paixão*), que comecei a trabalhar em 1979, inspirado pelas performances nas dunas da Lagoa da Conceição, foi um livro concebido já sob o espírito dessa passagem. Sua escrita incorporou o ideário rioapiano de fusão entre vida e arte, que eu trazia comigo como um talismã de infância — os principais personagens são quase todos baseados diretamente em pessoas reais que participavam do grupo, incluindo amigos bastante próximos. Mais: lia os capítulos em rodas dos amigos-personagens, absorvendo suas reações. Depois de pronto o livro, no final de 1981, os originais circularam no grupo — o pintor Mano Alvim (que serviu de fonte para o personagem Miro) chegou a desenhar uma bela ilustração em crayon e nanquim na capa do surrado exemplar datilografado e encadernado.

Eu já havia escrito algo semelhante, uma década antes, nos tempos da velha comunidade, numa novelinha "em tempo real" inteira *à clef*, em capítulos semanais, lida apenas pelos personagens, chamada *Sopa de legumes*. Era uma sátira às vezes cruel sobre as figuras da trupe e do nosso guru, frisando um ridículo em que eu mesmo me incluía conciliadora e estrategicamente — e que, aliás, o próprio Rio Apa achava ótima. Pura brincadeira; valor literário zero, mas divertido. Com o *Ensaio*, eu quis retomar esse projeto de origem, algo que representasse minha experiência comunitária, mas agora pensando em literatura; eu queria escrever um romance com vida autônoma, uma narrativa que transcendesse os limites autossuficientes da pequena tribo. Depois de um livro de contos e duas noveletas publicadas, comecei a me sentir um escritor. Enfim cursando a universidade, eu já me sentia intelectualmente do lado de fora; mas os vínculos emocionais funcionam com outra lógica, muito mais poderosa.

A linguagem não engana, e escritores são animais cruéis: o velho guru, de quem eu queria me livrar, está ausente da história que, afinal, só existe em função dele; no romance, ele se transforma numa efígie distante, um louco autoritário e messiânico, de fato sem nenhum diálogo ou interação com o grupo.* E morre ao final. A moldura da ditadura militar e de sua estupidez cria o elo da narrativa com o tempo brasileiro concreto, e de certa forma se mantém como o único ponto ideológico

* O objeto da minha dissertação de mestrado, alguns anos depois, foi a narrativa *Os vivos e os mortos*, a principal obra de Rio Apa. O detalhe linguístico que me surpreendeu (repetindo: a linguagem não engana) é que, em 800 páginas, o narrador em nenhum momento usa uma conjunção adversativa.

contestatório em comum, sem entrar em nenhuma minudência política realista. Já os personagens agem num enquadramento "teatral" dominado pelo diálogo, de presença permanente no livro. É exatamente o que eles dizem com tanta liberdade que, em vários momentos, fere o ouvido deste leitor mais velho que os escreveu quando jovem.

Volto à questão: como "revisá-los"? É a segunda vez que me faço essa pergunta. Terminado em 1981, o livro foi enfim publicado em 1986, numa coedição caseira da Criar Edições com a Fundação Cultural Catarinense (por ter recebido uma menção honrosa no antigo Prêmio Cruz e Sousa de Literatura). Em 1999, fiz uma revisão para uma edição da editora Rocco. Relendo agora, percebo que naquela releitura não foi o "politicamente incorreto" que me incomodou (embora começasse a entrar em cena, ainda era um tópico sem poder de polícia); tratei apenas de questões de estilo, aqui e ali tentando sofisticar e psicologizar momentos que me pareciam demasiado brutos (como linguagem) — via-me um escritor maduro ornamentando rascunhos.

Agora, outros vinte anos depois, vejo que foi um erro, que eu estava destruindo justamente a limpidez direta que era o sentido da sua criação. De modo que, para esta edição, "restaurei" muitas cenas e formas da composição original. Mas, em alguns momentos, cedendo covarde ao espírito do tempo, suavizei a violência preconceituosa de algumas falas (violência que continua presente com outra forma), não para purificar o livro de seus crimes, mas para não ser injusto com os personagens, que seriam julgados, cancelados e trucidados pela letra de leis, normas, eufemismos e critérios então inexistentes.

Percebo que o fantasma do velho guru continua presente: *Ensaio da Paixão* mantém seu espírito original de uma performance em tempo real, sempre inacabada, nunca igual a ela mesma.

C. T.

Este livro foi composto na tipografia Minion Pro,
em corpo 11,5/15, e impresso em
papel off-white no Sistema Cameron da
Divisão Gráfica da Distribuidora Record.